Aşk Hayatım

Zeruya Şalev

AŞK HAYATIM

Orijinal adı: *Şayey ahava*

Yazan: Zeruya ŞALEV
Almanca'dan çeviren: Ahmet ARPAD

1. baskı / kasım 2001
6. baskı / mart 2004 / ISBN 975-6612-54-1

Kapak tasarımı: Dipnot
Baskı: Altan Matbaacılık / Yüzyıl Mahallesi
Matbaacılar Sitesi 222/A Bağcılar - İSTANBUL

Doğan Kitapçılık AŞ Hürriyet Medya Towers, 34544 Güneşli-İSTANBUL
Tel. (212) 677 06 20 - 677 07 39 Faks (212) 677 07 49
www.dogankitap.com.tr

Aşk Hayatım

Zeruya Şalev

Çeviren
Ahmet Arpad

Marva için

I

Babam değildi, annem de değil, peki bana kapıyı niçin açıyordu, vücuduyla dar girişi doldurmuştu, bir eli kapının tokmağındaydı, bir adım geri çekildim, bakındım, acaba yanlış katta mıydım, fakat kapının yanındaki küçük tabela ısrarla, bu daire onların diyordu, evet burada oturuyorlardı, sordum usul sesle, annem ile babama bir şey mi oldu, büyük ağzını açtı, konuştu, hiçbir şey olmadı onlara Ya'arah, adım dudaklarının arasından ağın deliklerinden kayan bir balık gibi çıktı, kendimi daireden içeri attım, kolum kolunun serin, parlak derisine süründü bir an, boş oturma odasından geçtim, yatak odasının kapalı kapısını açtım.

Sanki yakalanmışlar gibi korkuyla başlarını çevirip baktılar, annem yatağa uzanmış, başına çiçek desenli bir mutfak bezi sarmıştı, düşmesinden korkarmış gibi bir eliyle tutuyordu, yatağın kenarına ilişmiş babam, elinde bir bardak su, bir bana, bir anneme baktı, bardaktan sular damladı, yerde, ayaklarının arasında kıpırdayan damlacıklar oluştu. Ne oldu? diye sordum, annem, kendimi iyi hissetmiyorum, dedi ve babam, daha birkaç dakika önce hiçbir şeyi yoktu, diye mırıldandı, annem homurdandı, görüyor musun, yine bana inanmıyor. Sordum, peki, doktor ne dedi, babam yanıtladı, ne doktoru, domuz gibi, hiçbir şeyi yok, isterdim ki ben de onun gibi sağlıklı olayım ve ısrarımdan vazgeçmedim, sordum, doktor çağırdınız, öyle değil mi? Az önce kapıyı açtı bana.

Doktoru da nereden çıkardın, babam güldü, o benim dostum Aryeh, anımsamıyor musun Aryeh'i? Annem söze karıştı, nasıl anımsasın onu, ülkeyi terk ettiğinde daha doğmamıştı bile ve babam ayağa kalktı, konuştu, yanına gidiyorum, yalnız başına bırakmamız hoş değil. Bana kalırsa, dedim, hayatından memnun, hiç de sıkılıyormuş gibi bir görüntüsü yoktu, ev sahibi gibiymiş davrandı bana, öksürmeye başladı annem, gözleri kızardı, babam heyecanla elindeki yarısı boşalmış su bardağını uzattı, annem öfkeyle soludu, yanımda kal Şlomo, kendimi hiç iyi hissetmiyorum, fakat o kapıdan çıkmak üzereydi, Ya'arah senin yanında kalacak, diye mırıldandı, niçin çocuk getirdik bu dünyaya.

Annem bardağı başına dikti, içti, ıslak bezi başından çekti, tel tel saçları bir kirpinin dikenleri gibi duruyordu, görünüşü hüzünlendiriciydi, elini saçlarında şöyle bir gezdirdi, onları düzeltmeye çalıştı, bana, küçük bir kedi gibi her yere onunla birlikte giden, yıllar önce kesmiş olduğu o güzelim saç örgüsünü anımsattı, niçin kesmiştin onu, dedim, bir bacağını kesermiş gibi, bacaklarından birini de aynı kolaylıkla keser miydin? Konuştu, o saç örgüsü bana artık yakışmıyordu, hele yaşamım da o kadar çok değiştikten sonra hiç, dedi ve yattığı yerden doğruldu, oturdu, sinirli sinirli masadaki saate baktı, daha ne kadar kalacak, güpegündüz saatlerce yatağa tıkılmak beni küplere bindiriyor.

Sen gerçekten hasta filan değilsin, dedim, kıkır kıkır güldü, tabiî değilim, o herife dayanamıyorum, hemen atıldım, ben de, dedim, yanıyordu kollarımızın birbirine sürtüştüğü yer, sanki zehirli bir böcek ısırmıştı, sordum, niçin?

Bu uzun bir öykü, çok uzun, diye mırıldandı, babanın onunla arası iyi, birlikte yaptılar yükseköğrenimlerini, otuz yıl önce, en iyi dostuydu, fakat bana sorarsan, Aryeh onunla hep oynamıştır, onu sömürmüştür, sanmıyorum o adamın bir kez olsun duygularını gösterebileceğini. Bak, yıllardır ondan hiç haber almamıştık, şimdiyse ansızın ortaya çıktı, evimize geldi, babandan beklediği bir şey var.

Fakat onun burada yaşamadığını söylemiştin, diye konuştum, yoksa onu savunuyor muydum, annem devam etti, doğru, Fransa'da yaşadılar, İsrail'e daha yeni döndüler, fakat kişi isterse uzaklardan da bağını koparmaz, diye mırıldandı ve yüzünde kötülük belirtileri oluştu, kırışıklar ve yaşlılık lekeleri dolu bir üçgen, gözlerinde kötümser, fakat çocukumsu bir bakış, camı yıllarca silinmemiş pencere örneği kirli bir surat ve dümdüz, bana ondan kalıt o güzel burnun altında, acıyla sıktığı, içten emilirmiş gibi incelen, boşalan soluk dudaklar.

Ne yaptı Fransa'da, diye sordum, annem, her yerde yaptığını, dedi, hiçbir şey. Baban onun gizli servisin görevlisi olarak Fransa'ya gitmiş olduğuna inanıyor, bana sorarsan zengin karısının sırtından yaşadı orada, bir cebi delik örneği, parayla evlenmişti o, şimdi gelmiş buraya, Avrupa'da öğrendikleriyle hava atıp duruyor, annemin karşıdaki aynanın camına baktığını gördüm, o kirli, zehirli sözlerin çıktığı ağzına nasıl baktığını ve düşündüm, kim bilir benden nasıl söz edecekti bir başkasına günü geldiğinde, boğulur gibi oldum, konuştum, artık gitmeliyim, dedim, o ise yalvarır gibi konuştu, hemen gitme, sarıldı, tutmak istedi, kal yanımda, o gidene kadar kal, sordum, niçin, inatçı çocuk örneği omuzlarını silkti, bilmiyorum, dedi.

Sert Fransız sigarasının ağır kokusu tüm odayı kaplamış, dışarılara kadar taşmıştı, yanında hiç kimsenin sigara içmesine izin vermeyen babam, dumanların ortasında kanepeye oturmuş, karşısındaki koltuğa da, kendinden memnun ziyaretçisi yayılmıştı, yanlarına doğru gelen bana dikkatle baktı. Anımsıyor musun

Ya'arah'ı, diye sordu babam ve ziyaretçisi yanıtladı, bebekliğini anımsıyorum, yerinden doğruldu, uzattı bana güzel elinin güneş yanığı parmaklarını ve konuştu dudaklarında alaycı bir gülümseme, hep kötü şeyler mi beklersin? Sonra babama dönüp açıkladı, az önce kapıda gördüğünde, sanki ikinizi de öldürmüşüm gibi bana baktı, sıra kendisine geldi diye ürkmüşe benziyordu, söze karıştım, doğru, dedim ve elim boşluğa düştü, ağır, birden bayılan insan örneği, beklemediğim bir anda bırakıvermişti parmaklarımı, oturdu koltuğuna, baktı kurşunî gözleriyle yüzüme, dikkatle, çabaladım kendimi saçlarımın arkasına saklamaya, karşısındaki koltuğa iliştim ve babama dönüp, gitmeliyim, dedim, acelem var, Yoni bekliyor evde. Annen nasıl, diye misafir sordu, sesi kalındı, derinlerden geliyordu sanki, yanıtladım, pek iyi değil, gülümsemeye çabaladım, her yalan söylemem gerektiğinde yaptığım gibi, babam bana baktı, gözlerinde pırıltı konuştu, biliyorsun, gençliğimizde aynı üniversiteydik, bir süre de aynı evde oturmuştuk, misafirin gözlerinde pırıltı yoktu, onun anıları çoktan unutulmuş, sönmüştü, babam ise hâlâ heyecanlıydı, bekle biraz, dedi, oturduğu kanepeden kalktı, sana birlikte çekilmiş bir fotoğrafımızı göstereyim, geçmiş babamı her zaman müthiş heyecanlandırırdı.

Yan odada bir şeyler aradığını duydum, çekmeceler açıldı, kapandı, kitaplar yere atıldı, içerden gelen sesler aramızdaki rahatsız edici, sıkıcı o suskunluğu bastırdı ve misafir bir sigara daha yaktı, sohbete başlamak zahmetine bile katlanmadı, bakışlarında bir meydan okuma, kibir ve umursamazlık, beni yukardan aşağı şöyle bir süzdü, varlığıyla tüm odayı doldurdu, ışınlar saçan bakışlarla ona karşılık vermek istedim, fakat başımı yukarı bile kaldıramadım, dar gömleğinin açık düğmelerine takıldı gözlerim, güneş yanığı göğsünün parlaklığına, sonra daha aşağılara indi, cilalı ayakkabılarına, aralarında duran kocaman, siyah kâğıt torbaya takıldı, üzerindeki altın harflere, "Sol Kıyı, Paris Modası", gülümsememek için kendimi zorladım, torbanın işveli görünümü beni biraz şaşırtmıştı, karşımdakine hiç de uymuyordu, gülümseme boğazıma tıkandı, ne yapacağımı bilmez gibi öksürdüm, konuşmak için sözler aradım, en sonunda, mutlaka bulamayacak, dedim, o aradığını hiç bulamaz.

Bulamayacak, çünkü fotoğraf bende, diye karşımdaki misafir fısıldadı, aynı anda yandaki odadan büyük bir gürültü, ardından da babamın lanet okuyan sesi duyuldu, bir ayağını sekerek içeri girdi, elinde, ayağına düşmüş olan çekmece, kim bilir nerede şu fotoğraf, misafir alaycı bir gülüşle baktı, boş ver Şlomo, dedi, ne önemi var ve birden içimi öfke kapladı, niçin söylemiyordu aradığı fotoğrafın kendisinde olduğunu, nereden biliyordu benim de söylemeyeceğimi, iyi anlaşmış iki dalavereci gibi elindeki çekmeceyi karıştırmasını bir an daha seyrettik, sonunda ben dayanamadım, ayağa fırladım, Yoni evde bekliyor, diye tekrarladım, beni kurtaracak o kelimeler çıkmıştı ağzımdan, bana sanki özgürlüğümü vereceklerdi. Yazık, diye konuştu babam, gençliğimizde nasıldık, görmeni çok isterdim ve misafir söze karıştı, ona gerekli değil, sana ise hiç değil ve ben, çok doğru, dedim, gerçekte ise çok görmek isterdim, güneş yanığı, hatları ince o yüzün gençliğini, babam arkamdan yürüdü bir ayağını çekerek, mırıldandı, gerçekte hasta filan değil annen, numara yapıyor, öyle değil mi? Niçin yapsın, diye karşı çıktım, gerçekten hasta, doktor çağırmalısın.

Evin önündeki basamakları ıslak yapraklar kaplamış ve çoktan yumuşamaya başlamıştı, kaygandılar, dikkat etmeliydim yürürken, tutundum soğuk demir parmaklığa, daha dün elimi yakmıştı, esen sıcak rüzgâr yerini artık güze bırakıyordu, gökyüzünden ilk damlalar düşüyor, her şey grileşiyordu, ana caddeye doğru ilerledim, otomobiller artık farlarını yakmıştı, hepsi birbirine benziyordu, hızlı hızlı yürüyen yayaların da birbirlerinden farkı yoktu, aralarına karıştım, yaklaşan akşamın alacakaranlığında hepimiz aynı renktik, grimsi, kendini yatak odasına kapatan annem, gençlik arkadaşının sigara dumanları içinde oturan babam, evde beni bekleyen, bilgisayarının karşısında can sıkıntısından esneyip duran Yoni ve az ilerde oturan Şira, şu köşeyi dönünce, bir sokak ötede evinin önünde buluverdim kendimi, şöyle bir uğrayıp, hatırını sorsaydım, acaba evde miydi? Ona anlatacak çok şeyim vardı, fakat neydi, bilmiyorum, hem daha bugün öğleden sonra üniversitede çene çalmıştık, kapının ziline bastım, açan olmadı, fakat ısrarlıydım, belki duşun altındaydı ya da tuvalette, duymuyordu, arkaya dolanıp, bahçeden bakmalıydım, pencereleri tıklattım, bir kedi miyavladı, yarı açık mutfak penceresinden Tulya, Şira'nın kedisi dışarı çıktı, bütün gün evde kapalı kalmaktan fena sıkılmış olmalıydı canı, tüylerini okşadım, mır mır mırıldandı, kara kuyruğunu dikti, beni sakinleştirdi, kendini de, ayaklarımın dibine uzandı, uyumaya hazırlanır gibiydi, fakat hayır, kuyruğu havada peşimden geldi, bahçeden çıkıp, alacakaranlığa bürünmeye başlayan sokağa doğru yürüdü, çevreyi aydınlatan lambanın ışığı bir an için titredi ve söndü.

Tulya, çekil, dedim, Şira az sonra eve gelecek, fakat o gereğinden fazla nazik bir ev sahibi örneği bana eşlik etmede ısrarlıydı, aynı anda, misafirini pohpohlayan, ona adeta sarılan babam geldi gözümün önüne, az ilerde yürüyorlardı sanki, babam küçük ve hızlı adımlarla, akşamın loşluğunda kaybolan incecik vücudu ve yanında büyük adımlar atan misafiri, bronz renkli yüzünün hatları sert ve saldırgan, gümüş rengi saçları pırıl pırıl, koşmak istedim onlara doğru, hızlandım, peşimde miyavlama, ayağımla ittim, çek git, Tulya, haydi koş eve, karşıya doğru yürüdüm, birden fren sesleri, bir çarpma, açılan bir otomobil kapısı ve bir haykırma, kimin bu kedi? Kimin bu kedi ve bir başka ses, kiminse kimin, bunun ne önemi var şimdi?

Koşar adım uzaklaştım, dönüp arkama bakmaya cesaret edemedim, önümde babamla misafiri yürüyordu, yan yana, kol kola, babam başını onun geniş omzuna dayamıştı, fakat hayır, onlar değildi, yanlarına vardım, yanılmıştım, bir çiftti, bir adam ile bir kadın, gençlik yıllarını arkalarında bırakmış, fakat aşkları genç kalmış ve sendeledim, sokağın gürültüsünden bir an önce kurtulup, evimizin olduğu semte doğru uzaklaştım, terler boşanıyordu vücudumdan, kedinin peşimden oluk oluk akan kanı örneği, ta evimizin kapısına dek akacaktı, durmayacaktı.

Ne oldu, benim küçük su farem, diye sordu, yüzü kızarmış, yumuşak karnı bir mutfak önlüğüyle kapalı, masayı akşam yemeği için itinayla hazırlanmıştı, çatal ve bıçaklar dikkatle konmuş, kırmızı peçeteler de unutulmamıştı, sevineceğime öfkeli oldu yanıtım, benimle öyle konuşma, kaç kez söyledim sana, bana böyle demen sinirime dokunuyor diye ve gözlerini iri iri açtı, ağrına gitmişti sözlerim, incitmiştim onu, fakat sendin bu sözü bulan, söylememi hep isteyen, diye konuştu, ne yapalım, dedim, ben başladım, ben son verdim, fakat sen devam ettin, söylemekten vazgeçmedin, daha dün herkesin içinde yine söyledin, bizi iki kaçkın sandılar eminim. Bana ne başkalarından, ne düşünürlerse düşünsünler, diye mırıldandı, önemli olan bizim ne düşündüğümüz, atıldım, ne zaman anlayacaksın, dedim, biz yokuz, bir ben ve bir sen varsın, ikimiz de düşüncelerimizde hürüz, fakat o devam etti, ısrarla, eskiden sevinirdin, sana böyle dediğimde, yılan tıslaması gibi çıktı ağzımdan sözlerim, ne yapalım, olabilir, fakat artık ben değiştim, sen niçin değişmiyorsun, öfkelendi, ben de değişeceğim günü gelince, kendi düzen ve uyumum içinde, diye konuştu, senin koymak istediğin kurallara uyacak değilim ve aldı tabağını, oturdu televizyonun karşısına. Bir anda yemek masasının görünüşü değişmişti, tek kişilik oluvermişti, düşündüm, kim bilir ne zordu, hüzünlüydü tek başına yaşamak zorunda kalmak, nasıl başarıyordu Şira böyle bir yaşamı, aklıma Tulya geldi, şımartılmış, bol tüylü şişko kedisi, homurdandım, karnım aç filan değil, yatak odasına geçtim, ne yapacaktık şimdi, birbirimize ne diyecektik, attım kendimi yatağa, o bana artık "küçük su farem" demeyecekti, benim de ağzımdan "kunduzum" sözcüğü çıkmayacaktı, peki, birbirimizle bundan sonra nasıl konuşacaktık?

Telefon çaldı, açıldı, yumuşak sesini duydum, odaya girdi ve Şira telefonda, dedi, söyle ona yattığımı, uyuyor de, fakat o devam etti, seninle mutlaka konuşmalıymış, dedi ve ağlayan telefon ahizesini uzattı. Tulya ortadan kayboldu, diye sızlandı, komşular da evimin yakınında bir kedinin ezildiğini söylüyor, çok korkuyorum, eğer ya Tulya ise, fısıldadım, sakin ol, mutlaka başka bir kedidir, Tulya hiç evden çıkmazdı ki, Şira hıçkırmaya başladı, duygularım bana, ezilen kedinin o olduğunu söylüyor, akşamları hep eve gelmemi beklerdi, ben ısrar ettim, fakat Tulya bir yere gitmez ki, dedim, mutfak penceresini açık bırakmıştım, diye sözümü kesti, bu sabah sıcak bir rüzgâr esiyordu, nereden bileyim oradan dışarı çıkacağını, niçin çıksındı sokağa, evde mükemmel bir yaşamı vardı.

Mutlaka yatağın altına ya da başka bir yere saklanmıştır, dedim, bilirsin bazen yapar kediler böyle şeyler ve canları istedikleri zaman da birden ortaya çıkıverirler, haydi şimdi yat ve uyu, seni yarın sabah erkenden uyandıracaktır, Şira bir şey söylemek istedi, fısıldadı, inşallah, dedi, hıçkırıklara boğuldu, o benim çocuğumdu, onsuz olamam ben, hemen buraya gelmelisin, onu aramamda bana yardım etmelisin, konuştum, fakat Şira kapıdan daha yeni girdim içeri, yorgunluktan bitkinim, kolumu kıpırdatacak halim yok, bekleyelim yarına kadar, fakat o ısrarından vazgeçmedi, hemen bulmalıyım onu, peki, dedim sonunda, geliyorum.

Kapıdan çıkarken Yoni sordu, senin için pişirdiğim yemek ne olacak, ağzındakileri çiğnerken gözlerine hüzün çöktü. Konuşurken bir parça domates dışarı çıktı, dudaklarından aşağı indi, çenesine yapıştı, orada durdu, Şira'ya gitmeliyim hemen, dedim, kedisini ararken yardımcı olmalıyım, o ise hüzünlü devam etti, hep şikâyet ederdin, hiç yemek pişirmiyorsun derdin, şimdi her şey masada, tadına bile bakmadın. Ne yapmamı bekliyorsun ki, öfkeleniyordum, az önce telefonda Ya'arah uyuyor, deseydin, şimdi gitmek zorunda kalmazdım, inanabilirsin bana, bu saatte dışarı çıkmak benim de hoşuma gitmiyor ve o karşımda çiğnemesine devam etti, sanki ağzımdan çıkan kelimeleri tek tek çiğniyor, ağzının içinde evirip çeviriyordu, sonra bakışları televizyona takıldı, dışarı çıkmadan önce bir kez daha baktım Yoni'ye, bakışımla veda etmek ister gibi, kapıyı çektim. Ondan her ayrılışımda sanki birbirimizi bir daha hiç görmeyecekmişiz gibi duygularla dolu olurdum, onu son kez görüyorum sanırdım, yüzlerce kez yaşadım bu duyguları ve hep yanılmama karşın, her defasında onu yine duydum içimde, daha çok ve daha güçlü, korkularımdan arındıramıyordum kendimi, onlar, bu kez son, görmeyeceksin artık onu, demeye devam ediyordu.

Şira mutfakta oturuyordu, başı masanın kirli örtüsünde, saçlarında ekmek kırıntıları. Böyle bir şeyden hep korkmuştum, diye hıçkırıklar arasında konuştu, şimdi oldu, beklediğimden de korkunç, konuştum, yas tutmaya başlamadan önce gel aramaya gidelim, odalarda aradım, dizlerimin üzerinde, yatağın altında, dolapların içinde, deli gibi, Tulya, Tulya, diye seslenerek, ne kadar çok ararsam, o kadar çok günah çıkartacağımı sanıyordum, çünkü ben kedisini eve geri götürmemiş ya da sokağa çıkmasını engellememiştim, devam ettim inatla aramaya, evin içinde köşe bucak her yeri, tozlar içinde kaldım tepeden tırnağa, akşamüstü kalkıp buraya geldiğim için lanet okudum kendime, niçin dosdoğru eve gitmemiştim, neyim vardı alelacele anlatacak Şira'ya, yerlerde sürünmekten dizlerim acımaya başladı, gel, dışarıya çıkalım, dedim, bahçede de arayalım.

Kapıdan çıkarken koluma girdi, sertti küçük vücudu, fısıldadı, buraya geldiğin için teşekkür ederim, sen olmasaydın şimdi kim bilir ne yapardım, sivri raptiyelerle vücuduma yapıştı sözleri, suçluluk duygularım arttı, sokakta yürüdük, yan sokaklardan da geçtik, Tulya, Tulya, diye seslendik hep, çöp kutularından her kedi fırlayışında Şira elimi sıkıyor, başka kedi olduğunu görünce de, elini çekiyordu, ne yapacaktık, evinin sokağına döndük yine, ağır ağır yürüdük, konuştu, sen ara, benim gücüm kalmadı, kaldırımların loşluğunda aradı boş gözlerim kıyıyı köşeyi, hiçbir şey görmedi, kaldırmışlardı ne de çabuk, o tüylü, şımartılmış vücudu, kibirli ve de gülümser gibi bakan o uzun bıyıklı suratı.

İşte görüyorsun, diye Şira konuştu, ne kadar yalnız bir insanım ben, evin önündeki sıraya ilişir gibi çöktü, sen mutlusun, çünkü yalnız değilsin, kendimi huzursuz hissettim, bu konuyu her açtığında olduğu gibi, ne de olsa Yoni'yi benden önce o tanımıştı, hep ona âşık olduğunu düşünmüştüm, önce onu elinden almıştım, şimdi de kedisini. Şaka yollu da olsa, bazen yaptığım gibi, Tulya bana sokulduğunda, bana yaşamında sevmiş olduğum tüm kedileri anımsattığında, mırıl mırıl homurdandığında, al Yoni'yi, ver kedini, diyemezdim artık. Ben her zaman erkeklerden daha iyi kedilerle anlaşmıştım, Yoni evde kedi istememişti, aramıza kedi girmesinden korkuyordu, şimdi gördü, kedi yine de girdi. Vicdanım rahat değildi, nefesim daralıyordu, o anda üst kattaki komşu kadın, elinde çöp kutusu dışarı çıktı, Şira hemen sordu, acaba Tulya'yı gördünüz mü, dedi, sanırım birkaç saat önce görmüştüm, uzunca boylu, saçları bukleli genç bir kadının peşinden gidiyordu, elleriyle o kadının boyunu, saçlarını tarif etmeye başladı, bana bir göz attı, durdu, pişman oldum o anda, çıkmadan önce üstümü değiştirmediğime, hiç olmazsa saçlarımı arkadan bağlamadığıma, baktı Şira suratıma, komşu kadın da bakışlarını çekemiyordu benden ve ben, hayır, hayır, ben bugün buraya hiç gelmedim, diye konuştum, anneme uğramıştım, saatlerce onun yanındaydım, yemin ederim, bir misafir de vardı ve komşu kadın devam etti, her neyse, fakat size benzeyen bir kadını buralarda dolaşırken gördüm, kedi de onun peşinden gidiyordu, caddeye çıkmışlardı. Komşulardan duydum, bugün burada bir kedinin ezilmiş olduğunu, diye Şira mırıldandı ve kadın, bilmiyorum, dedi ve çöp kutusunu boşaltıp eve girdi, bizleri yine yalnız bıraktı, inan bana Şira, diye başladım, bir şey bilseydim, mutlaka söylerdim sana, donuk bir sesle konuşmamı kesti, ne olduysa olmuş, bana ne, şimdi istediğim tek şey, kedim. Göreceksin, geri gelecek yine, konuştum yalvarır gibi, yarın sabah yine burada olacak, dedim, Ya'arah, diye mırıldandı, bırak, çok yorgunum, uyumak istiyorum, titriyordu sesi, fakat onsuz nasıl uyurum ben, ne kadar çok alışmıştım onunla uyumaya, mırıldanması ile beni ne güzel sakinleştirirdi, ben konuştum, kalayım bu gece yanında, kedi gibi mırıldanayım, sus, dedi, yeter, Yoni'ye dönmelisin, ona olan sevgisini dolaylı da olsa belli ederdi arada sırada, Yoni bu geceyi bensiz de geçirebilir, ben burada kalacağım, fakat Şira karşı çıktı, hayır, içinin sıkıldığı, umudunu yitirdiği belliydi, tek başıma üstesinden gelmeliyim, diye konuştu, göreceksin dönüp gelecek, dedim usul sesle, söylediğin doğru değil, bunu sen de biliyorsun, diye Şira mırıldandı.

Eve dönüş yolunda düşündüm, hep yalan söyleyeceğim ve benden başka hiç kimse bunu bilmeyecek, o kadar çok yalan söyleyeceğim ki, günün birinde gerçek ortadan yok olup gidecek ve ben yaşamımda neler olup bittiğini kavramayacağım. O akşamüstü kaygan, ıslak basamakları inerken içimi kaplayan korkuyu anımsadım birden, nedenini henüz bilmediğim bir korkuydu, o yüzde ne vardı, beni niçin ürkütüyordu, nedenini bulmağa çabaladım, doğru dürüst de anımsamıyordum o yüzü, içimi kaplayan korku gitmiyordu bir türlü ve böyle zor anlarımda hep yaptığım gibi sevimli Yoni'yi anımsadım, rahatladım, akşama yeniden başlamalıydık, hazırlamış olduğu bütün yemekleri yemeliyim, diye düşündüm, tabakları boşaltmalıydım, fakat caddeden fark ettim evde ışık yanmadığını, televizyon da kapalıydı, yalnız telefon uyanıktı, aralıksız çalıyordu, ısrarla, korkuyla açtım, ya yine Şira arıyorsa, hayır, annemdi.

Daha gitmedi, diye fısıldadı, inan bana, baban bunu bilerek yapıyor, çok eminim, önce hangimiz keçileri kaçıracak bakalım, açlıktan bayılacağım, kapalı kaldım yatak odasına, tek onun yüzünden, konuştum, anne, git mutfağa, ye bir şeyler, bunda ne gibi bir sorun var, yanıtladı, suratını görmek istemiyorum. O zaman sen de kapat gözlerini, görme onu, önerisini yaptım, bağırdı telefona, o beni görecek, anlamıyor musun? Beni görmesini istemiyorum, dedi, rahatlatmaya çalıştım, öfkelenme anne, bütün gece sizde kalacak değil ya, az sonra gider. Telefon kapattım, karanlıkta yürüdüm, yatak odasına. Yoni yatmıştı, uyuyordu, sakin nefes alıyordu, elimi uzattım, alnına dokundum, mırıldandım, iyi geceler kunduzum.

II

Bu harfleri daha önce nerede görmüştüm, eski İncil kitaplarını anımsatan, altın renginde, siyah zemin üzerinde altın harfler, vitrine bakan gözlerimi doldurdular, otobüs durdu, kapılarını açtı, kocaman tabelanın harfleri birleşti. Sol Kıyı, diye seslendiler bana, Paris Modası ve oturduğum yerden fırladım, açık kapıya doğru ilerledim, insanları ite kaka, sanki çok değerli bir şey unutmuştum, beni daha fazla bekleyemezdi.

Vitrine sokuldum, yakından okunamıyordu tabela, öylesine iri ve yüksekti harfler, umut dolu parıldıyordu altını, güz güneşi örneği, içimi ısıtıyordu, yaklaştım kocaman, yepyeni vitrine, daha bir ay önce inşaat malzemeleri satılıyordu burada, şimdi ise giysiler, cilalı ayakkabılarının arasındaki büyük torbadan sarkan o ayartıcı giysiler duruyordu, apaçık, gösteriyorlardı kendilerini gururla gelip geçenlere. Hele şu mankene giydirilmiş şarap kırmızısı, kısa ve dar, kolları uzun giysi ne de güzeldi, ince kumaşın altından fırlayan kalkık göğsün uçları, her şey çekiciydi, ince ve uzun bacaklar da, karşısındaysa ben, hüzünlü, aramızdaki farkı bulmaya çalışıyordum, gördüm açık duran bacaklar arasından onun siyah kadife bir pantolonun içine güzelce oturmuş dar kalçalarını, duruşunu, aynanın karşısında prova edişini, bir adım geriye, sonra bir adım öne, yine geriye, yüzünü görmeme mankenin sırtı engel oluyordu, yaptığı hoşuna gidiyor, gurur duyuyordu, hatta tatmin oluyordu, buna eminim. Ne işi vardı burada, sordum kendime, merakla, böyle aynanın karşısında yaşlı bir manken gibi hareketler yaparken neler geçiyordu kafasından kim bilir, sonra vitrindeki mankenin bacaklarının arası boşaldı, siyah pantolonlu adam kayboldu ve dükkân kapısından dışarı çıkan bir kadın, içeri buyurun, dedi, elbiseyi bir prova edin, her rengi var elimizde, kekeledim, fakat benim hoşuma giden yalnız bu rengi, sesi dumanlı satıcı kadın, mankenin üzerinden çıkarmak kolay değil, dedi, önce bir başka rengini prova edin, modelini beğenirseniz çıkarırız, ben inat ettim, sadece bu rengini giymek istediğimi söyledim, mankeni çıplak görmek istiyordum, kadının peşinden dükkândan içeri girdim.

Aynı anda o dar kabinlerden birinden çıktı, bu kez üzerinde kahverengi bir pantolon, sert adımlarla aynaya doğru yürüdü, saklanmak istedim, aniden bastıran sağanaktan kaçan biri gibi, onun çıktığı kabine giriverdim, geride bıraktığı vücut kokusuyla ürperdim, yerde duran siyah pantolona bastım, çengele takılı eski pantolonunun kokusunu içime çektim, ceplerini karıştırdım, ne yapıyordu bu kadar çok anahtarı ve aynı anda tezgâhtar kadının sesiyle irkildim, vitrindeki elbiseyi prova etmek isteyen genç bayan nerede, buradayım, dedim sesimi biraz değiştirerek ve elimi kapının aralığından dışarı uzattım. Elbiseyi koluma taktı, üzerimdekileri hızla çıkardım, onun kabinde bıraktıklarına sürttüm, elbiseyi prova edeceğime, üzerinden çıkarıp çengele asmış olduğu pantolonu aldım, hızla giydim, heyecanlandırıcı bir duyguyla ürperdim, ince, parlak derisi sanki tüm vücuduma yapışıyordu ve yaklaşan adımlar duydum, tezgâhtar kadın engel olmaya çalıştı, bu kabin dolu, müşteri var, fakat burası benim kabinim, diye konuştu derin sesiyle. Affedersiniz, hemen boşalacak, dedi kadın, yine sesini duydum, bu kez Fransızca bir şeyler söyledi, kapının aralığından gördüm onu, üzerinde kahverengi pantolon vardı, şık genç bir kadınla konuşuyordu, kadın ona kahverengi bir gömlek uzattı, yumuşak bir Fransızca'yla bir şeyler söyledi, prova et bakalım, demek istiyor gibiydi, o kadının verdiği gömleği aldı, aynanın karşısına geçip, üzerindekini çıkardı, bütün kabinler dolu olacaktı, teni gömleğin rengindeydi, giydi, cakayla aynanın karşısında sağa sola yürüdü, yeni giysileri içinde kendini seyretti gururla, hindi gibi kabardı, sonra iki sigara yaktı, birini yanındakine uzattı, kadın sigarasını ince, uzun bir ağızlığa taktı, düz kırmızı saçlarına ve iyi bir terzi elinden çıktığı belli olan ceketine çok yakışıyordu. Sonra bozuk bir İbranice'yle tezgâhtar kadına sordu, vitrindeki şarap kırmızısı elbise nerede, bir müşteri prova ediyor şu anda, fakat başka renklerimiz de var, dedi kadın utana sıkıla. Genç kadın benim beğendiğim elbisede ısrarlıydı, satıcı kabine doğru döndü, yüksek sesle, ne oldu, dedi, dışarıda bekleyenler var, elbiseyi alacak mısınız, ben de sesimi yükselttim, alıyorum, sigarasını ağızlıkla içen kadının düş kırıklığına uğradığı sesinden belliydi, hemen onun pantolonunu çıkardım, kendiminkini giydim, fermuarı hızla çekerken, öfkeli sesini duydum, neler oluyor burada ve kapı hızla açıldı, az kalsın suratıma çarpıyordu.

Ah, Korman'ın kızı buradaymış, dedi. Bir elimle şarap kırmızısı elbisenin fermuarımı kapatmaya uğraştım, birkaç kıl sıkışmıştı, çıplak ayaklarım yerde duran pantolonuna basıyordu, aynı anda hızla gömleğinin düğmeleri açıldı, soyundu, tüysüz koltuk altından yanık çam kokuları yükseldi, burnuma doldu, kalın dudaklar susamış gibi açıldı, geniş dil sakinleştirmek istermiş gibi bu dudakları yaladı. Çakmak çakmak gözlerinin acıtan bakışları üzerimdeydi, sonuna kadar yanmış, kızgın kül olmuş kara kömür örneği, açtı, bakışlarını vücudumdan çekmeden, fermuarını açtı, pantolonu uzun bacaklarından aşağı kaydırdı, önü kabarık dar siyah külotuyla karşımda kıpırdamadan duruyordu, ben başımı çevirdim, sanki karşımda duran babamdı, fakat o hemen bir eliyle başımı yakaladı, kendine doğru çevirdi, aşağı bastırdı, vitrindeki mankeni çevirir gibi, öteki eliyle elimi tuttu, ateş gibi yanan kabartıya kuvvetle bastırdı. Siyah külotunun hayatla dolduğunu hissettim, sanki bir filin kıvrılmış hortumu sevinç çığlıkları içinde açılıyor, havaya yükseliyordu, elim ona doğru kıvrıldı, kavradı, elbiseyi tutan öteki elimi de açtım, kabartıya dokundum, o anda başımı bıraktı, fakat gözlerinden fışkıran ateş, bakışlarının saçtığı titreşimler elleri kadar güçlüydü, beni zorluyordu, dizlerim üzerine çöktüm, deri ile kumaş arasındaki o gerginliğe, savaşa yanağımı koydum. Aynı anda uzun ağızlıklı kadının sesini duydum, alors,[1] Aryeh, parmaklarını dudaklarına koydu, beni yukarı kaldırdı, ellerimi iyice külotuna bastırdı ve sonra hızla eski pantolonunu giydi, o kadar hızlıydı ki, az kalsın parmaklarım fermuarına sıkışacaktı, güneş yanığı göğsünü gömleğiyle örttü ve kolunun altında bir sürü giysi kabinden çıktı, ben de çabucak giyindim, şarap kırmızı elbiseyi aradım, yoktu, aceleyle onu da koluna takmış olacaktı, attım kendimi dışarı, ayakkabılarımın bağları açıktı.

Kasada duruyorlardı, o dimdik ve iri, eliyle gümüş rengi saçlarını düzeltiyor, kadın şık, üzerinde son moda ceket, dizlerde biten bol pantolon, pek güzel değildi, fakat çok şık, bence bu güzellikten daha önemli, uzanıp kulağına bir şeyler fısıldadı ve kasanın yanında duran yığının arasından benim beğendiğim giysiyi çekip aldı, onlara doğru yürümek istedim, ayakkabılarımın bağlarına bastım, hafifçe sendeledim, çevremdeki aynalar bir an için yolumu şaşırttı, onları gözden kaybettim, onu aynada gördüm, çarptım, sıcaklığını hâlâ ellerimde hissettiğim vücuduna çarpmış gibi

1 Haydi. (ç.n.)

oldum. Nefes nefeseydim, fakat o benim giysim, diyebildim, affedersiniz, o giysi benim, kasadaki kız inanmamış gibi suratıma baktı, satıcı kadını tanık olarak çağırdım, bereket versin söylediklerimi doğruladı, evet, az önce prova etmesi için vermiştim, dedi ve o elindeki kahverengi cüzdanından başını kaldırdı, şaşırmış gibi, Ya'arah, burada ne işin var, dedi ve yanındaki kadına dönüp Fransızca açıkladı, la fille de mon ami,[2] fakat beni onunla tanıştırmayı gerekli bulmadı, cüzdanından aldığı çeki doldururken çok dostane bir ses tonuyla sordu, annen nasıl? İnşallah kendine gelmiştir, diye düşündüm, kendini çok iyi hissediyor, dedim, az önceki gerginliği kaybolmuştu, yüzünde yine o alaycı bencilliği sezdim. Geçen hafta almış olduklarımı geri verdim ve şimdiki hesaptan düştüm, diye konuştu kasadaki kıza çeki uzatırken, kız eski faturaya baktı, kimlik kartı numarası ile telefonunu rica etti, o da bir parça kâğıda istenenleri yazdı, telefon numarasını yüksek sesle ağır ağır, sonra yine tekrarladı, ben de, sessizce, dudaklarımı defalarca oynatarak, ezberleyene dek. Elinde siyah alışveriş torbası, bir öncekinden daha da büyük, dükkândan çıkarlarken, gülümseyerek el salladı, evdekilere selam söyle, diye seslendi, birden aklına gelmiş gibi, babana da hatırlat, ondan yanıt bekliyorum, söylerim, dedim ve peşlerinden baktım, uzaklaştılar, eli kadının omzunda, hızlı adımlarla, kalçalarını aynı ritimle sallayarak, kasadaki kızın sesiyle irkildim, giysinin fiyatını söylüyordu, hemen anlamadım, kafam başka şeylerle doluyordu, telefon numarasını da unutmamaya çalışıyordum, kız fiyatı tekrarladı, homurdandım, niçin bu kadar pahalı, bilmiyordum pahalı olduğunu, elimdeki giysiyi tezgâhın üzerine bıraktım, bir adım geri çekildim, satıcı kadın yanıma yaklaştı, öfkeyle, yüzündeki gülümseme bir anda yok olmuştu, bu da ne

2 Dostumun kızı. (ç.n.)

demek oluyor, sizin yüzünüzden öteki müşteriye satamadık, almayacağım diyemezsiniz, yok öyle şey. Fakat fiyatına dikkat etmemiştim, gibisinden bir şeyler kekeledim, eşime sormalıyım, ondan söz etmemin nedeni kendimi sakinleştirmek, akustik varlığına tutunmak içindi, bilmelerini istemiştim, yalnız başına yaşayan, ne yapacağını bilmeyen kadının teki olmadığımı, satıcı kadın giysiyi öfkeyle aldı, biraz sağını solunu düzeltti, bundan sonra almaya karar vermeden önce fiyatına bakın, dedi, ben de, haklısınız, özür dilerim, diye mırıldandım ve o güzel, yumuşacık, prova bile edemediğim giysinin yine vitrindeki mankene nasıl giydirildiğine baktım, dışarı çıktım, bir an için vitrinin önünde durdum, şaşkın, ne güzel de yakışıyorlardı giysi ile manken birbirlerine ve düşündüm, hiçbir şey olmadı, yoluna devam et, sen bu dükkâna filan girmedin, olup bitenler hiç olmadı, fakat avuçlarımda bir değişiklik vardı, seziyordum bunu, sanki ağrı verici bir ameliyatla parmaklarımın sırasını değiştirmişlerdi.

Utanç içinde geri çekildim, büyük kırmızı bir kumaş parçası gibi giysi arkamdan el salladı, meydan okuyarak ve utandırarak, geri geri yürüdüm, korkuyla, peşimden beni seyreden o iki kadının delici bakışlarına sırtımı dönmeye. Bir an için vitrindeki mankenin el sallayıp beni selamladığını görür gibi oldum, göz kırptım, özür diledim ve karşıdan gelen bir grup insanla çarpıştım, aralarından kurtulmak için çabaladım, kaçacak delik bulamadım, bir süre aralarına sıkışmış onlarla yürüdüm, kurtulacağımı ümit ettim, bırakmadılar beni, hoşuma gitti aralarında olmak. Kahverengi giysiler içindeydiler, güz renklerinde kocaman yapraklar üzerlerinden sarkıyordu, her adımda oynaşıyordu yapraklar, aniden durdular, geniş kaldırımın orta yerinde, ellerini gökyüzüne doğru kaldırdılar, ağaçları andırdılar ve yanımdaki kadına sordum, ne oluyor, ne yapıyorsunuz, güzü kutluyoruz, dedi kadın, hep birlikte bereket duaları mırıldanmaya başladılar, trampetler çaldı ve aniden durdu, her yanı bir sessizlik kapladı, üzerlerindeki yaprakları koparıp yere attılar, çılgınlar gibi tepinip ezdiler, sordum kadına, neler oluyor, eski yapraklardan kurtulmamızı kutluyoruz, temizleniyor ve saf oluyoruz, katıksız, tıpkı ağaçlar gibi, sadece gövde ve dallar. Işıldayan bakışları beni sanki hipnotize etti, saçları kar beyazıydı, fakat yüzü genç ve neşeliydi, başladılar hep birlikte hüzünlü bir şarkıya, çıktım aralarından, normal insanların arasına karıştım, kimileri alay eder gibi gülüyor, def olup gidin, der gibi, çılgınlar, gidin tımarhaneye, kimileri de kızgın bakışlarla onları izliyordu. Şaşırmıştım, hep sanırdım ki, ağaçlar yapraklarından büyük hüzünle ayrılırdı, tıpkı anne babaların çocuklarından ayrıldığı gibi, belki de bazı anne babalar çocuklarından ayrılırken sevinirdi, her ayrılış bir özgürlük olamaz mıydı, bir boşalma, bir arınma, sevindim, dünyada sandığımdan daha az hüzün olduğuna. Bu güzel düşünceyle güçlenmiş yoluma devam etmek istedim, fakat aynı anda ne kadar erken sevindiğimi fark ettim, hüzün öyle sandığım kadar az değildi, sadece az önce gördüklerim ayrılırken hüzünleneceklerine seviniyorlardı, peki karşılaştıklarında ne yapıyorlardı, sormalıydım bunu, inşallah yine görürdüm onları, örneğin ilkyazı nasıl karşılıyorlardı, hangi törenle, doğada çiçekler açarken hüzünleniyorlar mıydı, kafamı daha fazla yormamalıydım, üniversitede görüşmelerim vardı, geç kalırsam çok ayıp olurdu, saatime baktım ve görüşmelerimin on beş dakika önce başladığını fark ettim.

İrkildim, köşedeki kafeye attım kendimi, koşarak telefona gittim, asistan kızı aradım, bereket Neta hemen karşıma çıktı, o hımhım sesiyle, onu duymak beni hiç böylesine sevindirmemişti, bana bir iyilik yapacaksın Neta, dedim, benim bugünkü görüşme randevularımı sen al, en kısa zamanda karşılıkta bulunurum, Neta burnundan çıkan sesiyle, şu anda ne yapıyorum sanıyorsun, dedi, peki, peki, çok öğrenci geldi mi, diye sordum, ilk iki görüşme bitti bile, öğrenim planı konusunda yardım istiyorlar, dedi Neta, dışarıda birkaç kişi daha bekliyor, hem sen neredesin Allah aşkına, anlattım, üniversiteye gelirken otobüsten indim, vitrinde gözüme ilişen bir elbiseyi prova etmek için, saate bakmayı unuttum. Güle güle giy, dedi, ben de, yok, satın almadım, diye konuştum, çok pahalıydı, güldü Neta, gözümün önüne gülerken başını salladığı, kara saçlarının sık bukleleri geldi, onlar hep hareket halindeydiler, çokayaklı böcekler gibi, bana destek olduğu için teşekkür ettim, ancak sesindeki yengi sevincini sezmemek, kabullenmemek mümkün değildi, ne de olsa iki yıldır asistanlık için aramızda bir çekişme vardı ve benim bu gibi baştan savma, düzensiz davranışlarım ona hep puan kazandırıyordu.

Bu saatten sonra üniversiteye gitmenin pek anlamı yoktu, kafenin önündeki masalardan birine oturdum, kahverengi giysili o insanlar gözden kaybolmuştu, ancak havada bir tuhaflık, huzursuzluk vardı, kaldırımdaki yaprakları solmuş ağaçlara baktım, yüksek tel örgüler içine alınmışlardı, sanki kaçmalarını engellemek için, gözlerimi gezdirdim kimi katları tamir görmüş eski yapılarda, başını kaldırıp bakan oluyor muydu, yürüyenler, oturanlar eski püskü, dökülen dükkânları görüyordu daha çok, asfaltı çukurlarla dolu kaldırımda insanlar yürüyordu, canlı, sanki sözleşmişler gibi ellerini ve ayaklarını aynı anda hareket ettiren, teni kara bir çocuk aralarında koşup duruyor, bir ona, bir ötekine gidiyor, tavus kuşu tüyleri satmaya çabalıyordu, incecik sapların ucundaki kocaman renkli gözler sallanıyordu, alıcı bulamıyordu. Sordum kendi kendime, şu sağa sola giden insanlar acaba benim az önce hissettiğim şeyleri hiç yaşamışlar mıydı, ateş yutmuştum sanki, hep merak etmiştim, ateş nasıl yutulurdu, alevleri ağzına sokmadan az önce ne hissederdi kişi, alev ağza girdiğinde, içini ısıttığında, yakar gibi olduğunda neler geçirirdi kafasından, biliyordum şimdi hepsini, fakat neye yarıyordu bu bildiklerim? Külotunun içindeki o kıvrılmış organı gözümün önüne getirdim, saçlarını çok güzel taramış genç kadını da, hem kimdi bu kadın, inşallah kızıdır, diye bir an düşündüm, fakat sanmıyordum, eşi de olamazdı, oldukça gençti, hem nereye gitmişlerdi, ellerinde dolu torbalar, külotu da, niçin beraberlerinde götürmemişlerdi beni, ne de olsa o güne dek bilmediğim bir defineyi yitirmiştim dükkânda, o daracık kabinde, şimdi biliyordum ateş nasıl yutulur, ağız tadı nedir, beni artık daha fazlası mutlu edebilirdi.

Birden başım döndü, vücudumu yorgunluk kapladı, kemiklerime dek, başımı bıraktım küçük, yuvarlak, güz güneşinde ısınmış masaya, bir yastığa koyar gibi, yaşamımı düşündüm, karmakarışık sahneleri gözümün önüne getirmeye çabaladım, yıl sonuna kadar bitirmem gereken üniversite sınavlarını, tezimin ardından planladığımız çocuğu, doğumdan sonra satın alacağımız evi, bir Yoni'nin, bir benim hazırladığı akşam yemeklerini, benden hoşlandığını bildiğim, gelecekteki başarılarıma inanan dekanla olan toplantılarımı, karmakarışık, hepsi aynı anda ve toz içinde bulanık, çöllerden gelen rüzgârlar tüm dünyayı ince, gri bir kum tabakasıyla örtmüştü sanki. Buna benzer şeyleri bir kez daha yaşamıştım, bir düşü, bugünkü kadar müthiş değildi, fakat andırıyordu birkaç yıl önceki duygularımı, askerlik görevimi henüz bitirmiştim, âşık olmuştum, bir fırının yanında oturan gencin birine, onunla geçirdiğim ilk gecede tüm yatağın taze ekmek koktuğunu anımsıyorum, görmemiştim onu bir daha, fakat yatak çarşafındaki taze ekmek kokusunu hiç unutmamıştım. Bir süre sonra Yoni'yle tanışmış ve ötekini unutmaya çalışmıştım, ancak ne zaman burnuma taze ekmek kokusu gelse, onu düşünürdüm, şimdi de ekmeğin kokusuna içimde yanmaya başlayan ateşin sıcaklığı karışıyor, Aryeh Even'in kor bakışları tir tir titreyen vücuduma saplanıyordu, ilerde, az ötede, kaldırımda o yürüyor, bir avcının adımlarıyla, omzuna ölü vücudumu atmış. Çığlık atmamak için kendimi zor tuttum, oturduğum yerden fırladım ve deliler gibi koşmaya başladım, ormanda tüfek atıldığını duyan hayvanlar gibi, caddeye attım kendimi, otomobillerin arasından hızlı adımlarla geçtim, az ötede annem ile babamın oturduğunu anımsadım, ıslak yapraklı merdivenleri koşar adım çıktım, ayaklarımın gürültüsü kulaklarımı tırmalıyordu, zili çaldım, kapıda ona rastladığımdan bu yana bir hafta bile geçmemişti, sanki kendi eviymiş gibi durmuştu, şimdi annem duruyordu karşımda.

O anda içimden, çek git, burası artık senin yerin değil, onun yeri, demek geldi, o ise şaşırmış gibi sordu, ne işin var burada, niçin üniversitede değilsin, yanıtladım, gidiyorum, çıkarken ceketimi almayı unutmuşum, hava da serinlemeye başladı, annem hemen içeri koştu, dolaptan kareli eski bir ceket getirdi, başını kaldırıp, bulutsuz gökyüzüne baktı, terlemeyeceğine emin misin? Evet, dedim, dışarısı soğuk, omuzlarını silkti ve gel bir kahve iç, dedi, mutfakta oturduk, sanki havadan sudan konuşuyormuş gibi, şehirde dostunuz Aryeh Even'e rastladım, yanında kızı vardı, dedim, annem hemen atıldı, o babanın dostu ve kızı filan da yok, hiç çocuğu olmadı ki. Düş kırıklığına uğramış gibi sormaya devam ettim, öyleyse karısıydı, nasıl biri, tarif etsene. Yaşlanmaya başlamış, moda düşkünü Fransız'ın teki, dedi, fakat yıllar oluyor onu görmeyeli, ancak bu tip kadınların görünümü hiç değişmez. Kadının yaşamında bir dönem gelirdi ki, kendine ne kadar bakarsa baksın, güzelliğini yitirir, kimi zaman acınacak görünüme girerdi, annem de çoktandır kendini ihmal etmekteydi, fakat yine de yaşlanmış Fransız'dan alayla söz ediyordu, bundan keyif aldığı suratından belli oluyordu.

Niçin çocukları yok, diye sordum, parmaklarımın arasında erkeklik organı hareket etti, annemin yanıtı kısaydı, ah, sorunlar nedeniyle, hem bu senin niçin ilgilendiriyor ki?

Sorunlar mı, onda mı yoksa eşinde mi, diye ısrarla sormaya devam ettim, yanıtladı, onda, sana ne? Yanıt vermedim, daha fazla kalamayacağım, kahve yapma sakın, az sonra üniversitede görüşmelerim başlıyor ve ceketi kaptığım gibi kendimi dışarı attım, gün gittikçe ısınıyordu, kafamda karmakarışık, yakıcı düşünceler, yanındaki ne eşi, ne de kızıydı, demek, sadece sevgilisi, aralarındaki yakınlık apaçıktı. Eve yaklaştıkça binaların giderek yaşlandığını, kirli bir renge büründüğünü sezdim, karşılaştığım insanlarsa gençti, ağlayan çocuğunu elinden tutmuş çeken ya da çocuk arabasını iten genç anneler, düşündüm, onun çocuksuzluğunu, kendimi onun yerine koydum bir an, o yuvarlaklığı, içi boş kemeri gözümün önüne getirdim, kabardıkça içi boşalıyordu, güldüm, alay ettim onunla, siyah külotun içindeki erkeklik organı ne işe yarıyordu, kendinden beklenen görevi yerine getiremedikten sonra. Eve gelir gelmez sanki hastaymışım gibi hemen yatağa girdim, orada da rahatlayamadım, büyük bir kaybın verdiği duygular sanki perdeler gibi çevremi örtüyordu, mırıldandım kendi kendime, bekle, bekle, ancak neyi beklemeliydim, üniversitedeki toplantıyı mı, sabah evden çıkmadan önce astığım çamaşırların kurumasını mı, havanın biraz serinlemesini mi, en kısa günü mü, en uzun günü mü? Ve daha çok bekleyemedim, aldım telefonu elime ve beynimde bana bir türlü rahat vermeyen numarayı çevirdim.

Tam kapatıp, kendimi yatağa atmak üzereydim ki, telefon açıldı, en az on kez çalmıştı, sesini duydum, tuhaf, kendini beğenmiş bir "alo", Paris şivesiyle, derinden geliyordu sesi, boğuk, sordum, uyandırdım mı yoksa seni? Yanıtladı, hayır, derin bir nefes aldı, onu bir şey yaparken rahatsız etmişim gibi, dilimi ısırdım, benim, dedim, Ya'arah, o konuştu, biliyorum ve sustu. Sadece şunu söylemek istiyordum, diye kekeledim, babama gönderdiğin haberi kendisine ilettim, o, güzel, teşekkürler, dedi ve yine sustu, daha ne söyleyebilirdim, bilmiyordum, fakat telefonu hemen kapatmasını istemiyordum, hızla konuştum, kapatma, o sordu, niçin, bilmiyorum, dedim, yine sordu, ne istiyorsun, seni görmek, diye mırıldandım, sordu, fakat niçin, bilmiyorum, dedim yine, güldü ve konuştu, senin bilmediğin o kadar çok şey var ki, bir şey söylemek istedim, izin vermedi, şimdi işim var, dedi, sordum, ne zaman yok, bir an için sustu, sanırım düşündü, peki, yarım saat sonra burada ol, diye konuştu, hızla sokağın adını ve ev numarasını söyledi, sanki duraktan taksi ısmarlarmış gibi, oldukça kısa ve resmî.

O anda üzüldüm elbiseyi satın almadığıma, sigarasını uzun ağızlıkla içen kadının bol ve kısa sarı pantolonu, ona çok uyan bal rengi ceketi kadar güzel giysilerim yoktu dolabımda, dar bir pantolon, üzerine de örgü bir bluz giydim, saçlarımı arkaya topladım, gözlerimi siyaha boyadım, bebeklerin mavisi ortaya çıktı, aynada kendimi beğendim. Az sonra bindiğim taksinin şoförü de beğenmiş olacaktı ki, hemen sordu, evli misiniz? Evet, dedim, tabiî evliyim, içini çekti derin derin, yüreği parçalanıyormuş gibi ve kaç yıldır, dedi, çok uzun zamandır, diye konuştum, beş yıl olacak neredeyse. Öyleyse yenilik yapmanın zamanı gelmiş sayılır, diye mırıldandı, beni yüreklendirmek istermiş gibi, bu kez ben sordum, niçin, seviyorum eşimi, içinde bulunduğum durumda komik bir açıklamaydı, fakat taksi şoförüne yetmesi gerekirdi, yetmedi, fısıldar gibi, iki insan aynı anda sevilebilir, diye konuştu, ağzı kokuyordu, yüreğini gösterdi, acaba az önce düş kırıklığına mı uğramıştı, büyüktür insanın yüreği, dedi. Benimki çok küçük, diye mırıldandım, güldü, siz öyle sanıyorsunuz, şaşıracaksınız nasıl büyüdüğünü bir gördüğünüzde, yoksa sanıyor musunuz sadece erkeklik organı büyüyor? Bu konuşmadan iğrendim, başımı çevirip dışarı baktım ve az sonra köşede, bakımlı küçük bir evin kapısında durduk, veda ederken elini yine yüreğinin üzerine koydu.

Birbirinin içine girmiş sarmaşıklar, evi bir kürk gibi sarmıştı, yaklaştım, kalın yaprakların arasından arıların vızıltısını duydum. İşte bu bir işaret sana, dedim kendi kendime, hemen çekip gitmelisin, arı sokmasının beni öldüreceğine hep inanmışımdır, belli olur muydu önceden, arı soktuğunda bilemezsiniz ki, zehirlendiğinizde de iş işten geçmiş olabilir. Geri gitmeliydim, eve arkamı döndüm, fakat karşımdaki dünya, o evsiz bir dünya nasıl da bomboştu, evler, küçük bahçeler içindeki evler, adlarını bir türlü aklımda tutamadığım ağaçlar, odalar, ikide bir kirlenen ve ikide bir temizlenen odalar, mektup kutuları, arada sırada dolan ve boşaltılan, evlerdeki hamarat insanlar, her şey öylesine hüzün verici ve umutsuzluk doluydu ki, yine döndüm o bakımlı eve doğru, yürekli adımlarla basamakları çıktım.

Ağırdan aldı, kapıyı açmak için gerçekten acele etmedi, beklet-ti, zile birkaç kez bastıktan sonra kapı aralandı, içeri girdim, önden yürüdü, sessizce, büyük salona geçtik, derli toplu, duvarlar tablo, yerler halı doluydu, bir an için duvarların görüntüsü yerlere vuruyor sandım. Yeni aldığı kahverengi pantolon ile gömleği giymişti, bu yeni giysiler içinde yaşı belli oluyordu, ilk gördüğümden daha yaşlı görünüyordu, hatta babamdan da yaşlı, yanaklarının, alnının derin kırışıkları, yaraları andıran kırışıklar, saçlarının gümüş rengi de beyazımsıydı, kimi telleri dökülmüştü, kararmıştı gözlerinin altı. İlginçti, çoğu insan içinde yaşadığı ortamda olduğu gibi görünür, onun dışına çıktığındaysa, atmosfere ya da ışığa göre, görünümü değişir, diye düşündüm, rahatladım, açık renk kanepeye oturdum, karşımdaki insanın yaşlılığıydı beni rahatlatan, yaşlılık onu sivri tırnaklarıyla tırmalamıştı, sanki az sonra, hemen şuracıkta, gözlerimin önünde kalp yetmezliğinden ölecek ve beni sürekli şaşırtmasına bir son verecekti. Utanmadan gömleğinin sol üst cebine baktım, altındaki yorgun, son atışlarını yapan yüreğine diktim gözlerimi. Bu gömleğin altındaki tüm iç organlarını gözümün önüne getirdim, onları erkeklik organlarına benzettim, kırmızımsı bir mavi, iğrenç, yine de çekici, yıllar önce annemin beni zorla götürdüğü yaşlı kasabın tezgâhında gördüğüm hayvan organları gibi. İlk önceleri istemez, kolundan, eteğinden çeker, gel, eve gidelim, derdim, sonraları ise tezgâhta yığınla duran o parçalanmış iç organlardan iğrençliğin yanı sıra sızlandıran bir büyünün de yükseldiğini fark etmiştim.

İnip kalkan gömlek cebinin çekiciliğinden kendimi kurtaramıyordum, nefes alıp vermemi ona uydurmağa çabaladım, o andaki durumunu daha iyi anlamak istedim, son nefesini verirken ona eşlik etmek de, aynı gömleğinin cebi birden ayağa kalktı ve önümde durdu, ne içersin, diye sordu, aniden rahatlamış gibi oldum, hayır, dedim, ne karnım açtı, ne de susamıştım, ondan bir şey istemiyordum, sigara ağızlıklı o genç kadının kim olduğunu, dükkândan çıktıktan sonra ne yaptıklarını da merak etmiyordum, onunla aramda ne vardı ki, hızla rahat kanepeden kalktım, aramızda hiçbir şey yok, diye düşündüm, eve, eve gitmeliyim, Yoni'ye, yıl sonuna kadar bitirmem gereken araştırmamın başına dönmeliyim.

Affedersin, dedim, sesimde mutluluk vardı, ısrarlı konuştum, buraya gelmesem daha iyi olurdu, niçin geldiğimi de bilmiyorum ya, senin kendine göre bir yaşamın var, benim de, onlar birbirine hiç uymuyor, uymak zorunda da değiller.

Bir adım geri çekildi, şaşırmış gibi beni süzdü ve sesini çıkarmadan kapıya doğru yürüdü, açarken mırıldandı, çok sakin bir sesle konuştu, sanki kendi kendine konuşuyormuş gibi, tuhaf, dedi, ben de düşünmüştüm ki, sen, bir şey istedi mi, kafasına bir şey koydu mu, hemen, o anda, istediğine ulaşmak, onu hemen elde etmek zorunda olanlardan birisin. Bu sürpriz onu şaşırtmışa benziyordu, attığı yemi hemen yuttum ve sordum, kim, ben mi? Ne istiyorum ben, sanıyorsun?

Elimi eline aldı ve çok doğalmış, umursamazmış gibi pantolon fermuarına dokundurdu, bunun istediğin için geldin, dedi, yine gidersin, az sonra, onu alır almaz ve saatine baktı, konuşmak istedim, sesim zor çıktı, boğazıma sanki bir şey tıkanmıştı, kupkuruydu, ne istiyorsun benden? Bana gelen sensin, dedi, sen karar vermelisin, diye mırıldandım, sen ne istiyorsun, bana göre hava hoş, dedi, gerçekten, ben gelmedim sana, sen bana geldin, kararını ver, yine de yanıtımı beklemeden ağır ağır kahverengi kemerini açtı. Kendimi çok halsiz ve bitkin hissettim, bir adım bile atacak gücüm yoktu, ne içeri, ne de dışarı, kımıldamama da izin vermedi, olduğum yerde çevirdi beni, sırtımı kendine, yüzümü kapıya, kollarımı kaldırdı, ellerimle kapının yanındaki portmantonun askılarına tutundum, aşağı kaymış pantolonum dizlerimi kavradı, sert organının güçlü itişi vücudumu kapının pervazına yapıştırdı, tek parmağı bile bana dokunmamıştı, hareket edecek durumda değildim, boğuk bir sesle, bu senin için çok güzel, çok güzel, diye homurdandı, sanki benimle değil de yabancı biriyle konuşuyordu, bu senin için çok güzel, bu senin için çok güzel.

Sümüklüböceğin sümüğü gibi kapıya yapışmıştı tükürüğüm, şeffaf ve yapışkan, yanağımda pervaz tahtasının bıraktığı derin iz. Gururlu organın dışarı çekildiğini hissettim, duydum, çabucak gizlendiğini ve fermuarın kapatıldığını, kemerin bağlandığını. Başımı arkaya çevirdim, zorla, boynum tutulmuş gibiydi, aramızdaki farklılığın çekiciliği bir anda yok olmuştu, verimsiz sperma vücudumdan damlarken kendimi yalnız hissettim, ne yapacağımı bilemedim bir an için, başkalarının yanında altına kaçıran küçük kız çocuğu örneği, bana ne bir parça kâğıt, ne de peçete verdi, ben de utandım dizlerime inmiş pantolonla , tuvalet nerede, diye sormaya, her şeyi yukarı çektim, külotum o ıslaklığı emdi, konuştum, fısıldadım, boğazıma bir şey tıkanmıştı, şimdi susadım, dedim.

Ne içmek istiyorsun, diye sordu, donuk bir yüzle, nazik, ancak cana yakın değil, kızmış gibi, kahve, dedim ben de, az sonra eşim gelecek, diye konuştu, çabuk başka bir şey getireyim, uzaklaştı, elinde bir bardak portakal suyu hemen döndü, yavaş yavaş yudumladım, zaman kazanmak için, portakal parçalarını ağzıma aldım, hemen yutmadım, şu anda birbirimize yakın olmamız gerekir, diye düşündüm, o ise benden uzak durmaya çalışıyordu, niçin, Yoni her yatışımızdan sonra bir süre üzerimde dinlenirdi, buradaysa bir rahatlığın belirtisi bile yoktu. Sabırsızlıkla portakal suyunu içip bitirmemi bekliyordu, kepenkleri indirmek için en son müşterinin gitmesini bekleyen dükkân sahibi gibi, boş bardağı uzattım, hemen alıp mutfağa götürdü, geri geldi ve tekrarladı, az sonra eşim işten dönecek, tamam, diye konuştum, tamam, gidiyorum, kendimi toparlamaya çalıştım, kurşunî gözlerinden biraz olsun sıcaklık çalmak istedim, yok, onlar artık sönüktü, kendimi tutamadım, sordum, kimdi o sigara ağızlıklı kadın, hemen yanıtladı, eşimin yeğeni, Paris'ten geldi, niçin soruyorsun, benden saklayacak hiçbir sırrı yokmuş gibiydi, konuştum, hiç öylesine sordum, peki, dedi, ziyaretimin sona erdiği belliydi, kapıyı açtı, kilitlememişti bile, selam söyle, diye mırıldandı, teşekkür ederim, dedim ve dışarı çıktım, kapının kilitlendiğini duydum, şimdi buna gerek yoktu ki...

Basamakları ağır ağır indim, sallanarak, ilk adımlarını titreye titreye atan küçük bir çocuk örneği, fakat sevinç çığlıkları atmadım onun gibi, birden gözlerim karardı, hiçbir şey göremiyordum, yeterince aydınlıktı çevrem, basamaklara oturdum, yanı başımdaki anılar umurumda değildi, gözlerimi kapattım, başımı dizlerime bıraktım, mırıldandım kendi kendime, ne yaptın, ne yapıyorsun, ne yapacaksın, sanki dilbilgisi dersindeydim, ne yaptın, ne yapıyorsun, ne yapacaksın, aynı anda bir otomobilin durduğunu sezdim, korna sesini duydum, mutlaka eşi eve dönmüştü, aşağı gelip, otomobildeki torbaları taşıması için korna çalıyordu. Hemen çekip gitmeliydim, sallanarak ayağa kalktım, sendeler gibi oldum, birinin koluma girdiğini fark ettim, şaşkınla beni buraya getiren taksi şoförünü yanımda gördüm, bu sokaktan geçmem rastlantı, dedi, sizi görünce durdum, eve dönmek için taksi ister misiniz, çok sevindim onu gördüğüme, şimdi o benim kurtarıcımdı. Taksinin kapısını açtı, oturmama yardımcı oldu ve sordu, bir şey mi oldu, yok, dedim, sadece kendimi pek iyi hissetmiyorum, konuştu, fakat yarım saat önce keyfiniz yerindeydi, sizin gibi bir kadın böyle sokaklarda dolaşmamalı, evde oturun, sizden bir şey isteyen size gelsin, gözlerim yaşlandı, aşağılanıyordum, oturduğum yerde bir ileri bir geri hareket etmeye başladım, sanki dua edermiş gibi, o konuşmasına devam etti, alçak sesle, her şey yoluna girecek, üzülecek hiçbir şey yok, sesini yükseltti, belki yüreğiniz gerçekten henüz çok küçük, yeni doğmuş bir çocuğun yüreği, sonra sakinleştirmek istermiş gibi elini dizime koydu, üzülmeyin büyüyecek, dedi, parmağında kadınımsı altın bir yüzük taşıyordu, ışıltısı gözlerimi kamaştırdı, kapattım, sızlıyorlardı, gördüm kapalı kirpiklerimin arasından, gömleğinin altındaki yüreğinin nasıl attığını, sütlü, dolgun memeler örneği, iyilik dolu.

Loş yatak odasına çekilmiş perdelerin arasından çok az ışık vuruyordu, gözlerimi açtım, çevremi seçebildim, fakat içlerinde kaybolduğum dalgalar aralıksız, peş peşe üzerime geliyordu, yatakta sağa sola döndüm, düşüncelerimden arınmak, kendime gelmeğe çabaladım, Yoni'nin tarafına ulaşamıyordum, sanki birdenbire bir duvar örülmüştü, aldatmanın duvarı. Onunla benim aramda çok kez kimi engeller olmuştu, ayrımlar, gerginlikler, kırgınlıklar da, fakat aldatma hiçbir zaman, yatak şimdi ikiye parçalanıyordu sanki, elimi onun tarafına uzatmaya çabalıyor, fakat o duvar beni engelliyordu ve gözlerim yine yaşlandı, ne yaptın sen, ne yaptın, kimi zaman ona dayanamasam da, ortak yaşamımız dayanılmaz gelse de, günün birinde Yoni'yi aldatabileceğimi aklımdan geçirmemiştim, sanıyordum ki alın yazımızın ortaklığı aramızdaki sevgiden de üstündü ve onu aldatmak, alın yazısını aldatmak demekti. Öyle anlar olmuştu ki, kendimi başka bir yaşamı düşlerken yakalamıştım, fakat bunlar zararsız düşlerdi, sanki elimden kaçırdığım, artık egemenliğim altında bulunmayan olağanüstü, doğaüstü bir şeyi düşlerdim, şimdi ise dünyam ayaklanmıştı, onu nasıl sakinleştirecektim, bilemiyorum, başka şeyler düşünerek, Şira'nın kedisiyle denedim, hiçbir zaman kabul etmeyecektim ve sonunda yalan gerçeği yenecekti, sakinleşemedim, Şira'nın kedisi ölmüştü, Aryeh Even yaşıyordu, o yaşadıkça aldatmam da yaşayacaktı, aşağılanmam da ve ruhumdan yükselen sevgi, o yeşilimsi ve acı mide usaresi gibi yukarı çıkan gerçekler böyleydi, niçin karşı çıkacaktım?

III

Bir kez, kendi kendime söz verdim, sadece bu defalık olup biteni unutmalı, aşağılanmayı zafere çevirmeliydim, kollarım yukarıda kapının pervazında, ellerim soğuk askılara yapışmış, hep bu anıyla mı yaşayacaktım, hem bir kez aldatma ile iki kez aldatma arasında ne fark vardı, her iki günah da aynı kafese konmayacak mıydı, anılarımda acı, boğucu değil, tatlı kalmalıydı aldatmalarım.

Boş ver, bırak burada son verelim, diye konuştu, daha çok dayanamamış, telefon etmiştim, heyecandan tir tir titreyerek. Ne demek istiyorsun, diye sordum, böylesi daha iyi, dedi, fakat seni mutlaka bir kez daha görmeliyim, konuştu, inan bana Ya'arah, dedi, son vermek daha doğru olacak.

Bu da ne demek oluyordu, böylesi daha iyi, bütün gün kafamda tek bu düşünceyle dolanıp duracaktım, beynime saplanmış, çıkmak bilmiyordu, bazen ateş gibi yakıyor, bazen tokmak gibi vuruyor, kıvranıyor, yalvarıp yakarıyor, saklanır gibi yapıyor, tam rahatlamış gibi nefes almaya kalktığımda ise kasırga gücüyle üzerime saldırıyor, aniden bastıran, aç ve ıslak, küçük pencereleri açan bir kış fırtınası örneği, arkamda alay eder gibi ıslıklar çalıyordu ve Yoni, fakat eskiden severdin kışı, diye mırıldandı, öfkeyle yanıtladım, bugün ise nefret ediyorum ondan, ne olmuş yani, değişmeye hakkım yok mu, ölene dek hep aynı mı kalmak zorundayım ve bakışları, fakat sen beni sevmiştin, diyordu, beni, beni, beni.

Ne yapsam da onu bir kez daha görebilseydim, çok emindin, onu tekrar gördükten sonra kendimi ondan kurtarabilecektim, hissediyordum bunu, gezindim sağda solda, sokak kedisi gibi, belki bir yerde rastlarım diye ona, dükkânın önünden geçtim, vitrindeki mankene kışlık manto giydirmişlerdi, ikide bir babamlara uğradım, atan yüreğimle loş salona girdim, oturmuştu şurada koltukta, sakin sakin, heyecanlı babam ona hizmet etmiş, o ise sigarasının dumanıyla odayı doldurmuştu, ne de kolay olmuştu onu burada görmem, ne güzel bir rastlantıydı, hiç kendimi zorlamadan, istemeden, şimdi ise her şey öylesine ümitsizdi, bu ıslak basamakları bir daha çıkmayacak, aynanın karşısında ileri geri yürümeyecek, başını şöyle bir çevirip memnun memnun kendini seyretmeyecekti.

Bir gece çıkar yol buldum ve bu beni çok mutlu etti. Babamın bana yardımcı olması gerekiyordu, başka çıkar yol yoktu, öyle pek zor da değildi, kolay, pürüzsüz bir şeydi, yaşamını noktalamalıydı, kısacası ölmeliydi. Ölürse, Aryeh cenaze törenine mutlaka gelirdi, ben de başımı omzuna dayar, hıçkıra hıçkıra ağlar, hüzünle ona sarılır, bundan sonra yeni babam oymuş gibi ve ona her istediğimi yaptırırdım. Şimdi önemli tek şey, babamın böyle bir teklifi nasıl karşılayacağıydı, her şey onun iyi niyetine bağlıydı. Yarın sabah hemen ona gitmeli, sormalıydım, baba, artık gerçeği öğrenmemin zamanı geldi, senin gözünde benim değerim nedir? Belki de ona derdim ki, baba, artık şunu kavradım ki, yaşamımın bu aşamasında, içinde bulunduğum şu zor durumda, senin ölümünün, yaşamağa devam etmenden daha çok yararı olacak bana, insanın başına çok daha kötü şeyler geliyor, arkadaşlarım var, onlara anne babalarının ölümleri hiçbir değişiklik getirmedi, fakat bana, düşün lütfen şöyle bir.

Altmışına gelmişti babam, yaşamının ona önemi var mıydı, hiç bilmiyorum, yaşamına bağlı mıydı, bilinçli mi yaşıyordu? Geçmiş yıllardan sık sık söz ederdi, bir konuşmaya başladı mı, kolay kolay susmazdı, gelecekten, onu bekleyen şeylerden söz ettiğini ise hiç duymamıştım. İlerisi için planları, düşünceleri yoktu, bilmiyorum, planları olsa bile onları mutlaka yerine getirmesi mi gerekiyordu!

Geceyarısı aklıma yatan bu düşüncelerden gündüz vazgeçtim, sonra gerekliliğine yine inandım, zayıf ve endişeli yüzünü karşımda görünce, ağır ve ölümcül bir hastalık sonucu bu dünyadan ayrılmaya onu inandırmayı kafama koydum. Eski dostu hastalık döneminde onu sık sık ziyarete gelecek ve babasının hastalığına çok üzülen, şimdi ailenin tüm sorumluluğu artık omuzlarında olan kızı rolünde beni yatıştıracak, son saatlerinde de, bana koşacak, yoksa geç mi kaldım, diye soracak, ben ise, hayır, babam seni sorup duruyor, seni görmek istiyor, diyecektim.

Şu Aryeh Even denen dostun ne yapıyor? diye sordum babama, yanıtladı, her şey yolunda, keyfi yerinde, en son dün konuştum onunla. Niçin davet etmiyorsunuz, onu ve eşini, bir akşam yemeğine örneğin, diye bir öneride bulundum, hemen içerden mutfaktan annemin sesi duyuldu, bir de bu eksikti, hava atmasını seven şu moruğu yemeğe davet etmeliymişiz.

En iyi dostumdan sen nasıl böyle söz edebiliyorsun, babam hemen sinirlendi.

Demek en iyi dostun, peki uzun yıllar seni niçin aramadı acaba? Aranızdaki dostluğun devamı için ne yaptı? Hızla içeri girdi, elleri belinde babamın karşısına dikildi.

Sen hep böyle küçük hesaplarla uğraşıp duruyorsun, diye babam karşı çıkmak istedi, ben ise dostlarım üzerine hesap filan tutmuyorum.

Safın tekisin de ondan, hatta aptalsın bence.

Gittiğimin farkına bile varmadılar, alışılmış tartışmalarına öylesine dalmışlardı. Ve yürüdüm, yürüdüm, sokakları arşınladım, evimden onun evine giden yolu ezberledim, kaç adımdı, kaç trafik ışığı vardı, kaç bakkal dükkânı, kaç manav, kaç eczane, kaç yaya geçidi ve kafamda bir plan çizdim, içine kentin günlük yaşamını yerleştirdim, değişik, bambaşka bir dünyayı. Bugüne dek bakkal dükkânlarına böyle merakla bakmamıştım, ne kadar önemli olduklarını dikkatimi çekmemişti, yaya geçitlerinin beyaz çizgileri, giz dolu ve yakıcı, trafik ışıklarının yanan yeşil ateşi ve adımlarım, tek tek, ilerleyen yabanî hayvan gibi, sonra şaşırdım, olağanüstü bir olaydı, yürüyen bir heykelsin sen, diyordu duygularım.

Kapısının önünde yol bitmişti, durdum, açık renk, beyazımsı küçük tabelanın karşısında, aynı yükseklikte, duvarın öteki yanına alnımı dayamıştım o gün, tahtadaki vidaları hissetmiştim, düşünmeye çalıştım, tahta iniltilerimi kim bilir nasıl emmişti, onlar artık tahtanın bir parçasıydı, belki de karısı tahtadan yükselen iniltilerimi arada sırada duyuyordu, kulaklarını tırmalıyordu, bilemiyorum, o kadını kıskansa mıydım yoksa ona acısa mıydım? Ne kadar da kolay aldatılabiliyordu, evet bu doğruydu, fakat aynı kolaylıkla da başarıyordu onu hep görmeyi, evin her odasında, benim gibi utanç içinde kapısının önünde beklemiyor, ne bahaneler uydursam, diye kafa yormuyordu.

Benim de bahane uydurmam gerekmedi, yüzünde dostluk vardı, hatta sevinmiş gibiydi, beni tekrar gördüğü için, konuştu, sana bir fincan kahve borcum var, öyle değil mi? Sevinçle başımı salladım, yine bir bardak portakal suyu verse de mutlu olacaktım. Borçlu olmayı sevmem, diye konuştu ve mutfağa doğru yürüdü, peşinden gittim, kocaman, aydınlık mutfağa, sordum kendi kendime, bu kadar çok ışık nereden giriyor içeri, dışarıda parıltısız bir kış güneşi, şaşırdım, hareketleri yumuşak ve neşe doluydu, beni tekrar gördüğü için bu kadar sevindiğine göre, niçin daha önce aramamıştı yakınlığımı, ayrılırken niçin, bırak burada kalsın, demişti, benim kararlılığımı, inatçılığımı denemek istemiş olacaktı, şimdi sınavı başarmıştım, öğrencisiyle birlikte sevinen, onunla gurur duyan bir öğretmendi. Kahveyi mavi bir fincanla getirdi, güneşin ışıltılarında parıldayan, esnedi, dayak yemiş gibiyim, diye konuştu, daha bu sabah yurtdışından geldim. Öyle mi? Şaşırmıştım, nereden geldin? Fransa'dan, dedi, yine sordum, bir eğlence gezisi miydi? Güldü, eğlence gezisi de ne demek oluyor, iş, anımsadım annemin, sanırım güvenlikle ilgili bir işi var, dediğini, ne işi, diye sordum, bedenen ağır iş, biraz da beyin gerekli, güldü ve başını gösterdi, ak düşmüş saçları ıslaktı, az önce duş yapmış olmalıydı, yine esnedi. Bu biraz da abartılmış bir esnemeydi, rol yapıyormuş gibiydi, belki de sabahın bu saatinde, henüz kendine gelmediği şu saatte uğramam pek hoşuna gitmemişti, sabah geç kalkmayı seviyor olmalıydı, anımsadım birden, babamın, onunla dün konuştum, dediğini, hemen sordum, son günlerde babamdan haber alıp almadığını, yanıtladı, hayır, hiç aramadı, ben de bugün ona telefon edecektim, bakalım bana ne haberleri var, düşündüm, ne oluyordu, ikisinden biri yalan söylüyordu. Kafamı çalıştırdım, yalan söylemek için hangisinin önemli bir nedeni olabilirdi, babam annemi kızdırmak istemişti belki, görüyorsun dostumla devamlı haberleşiyorum, peki ya Aryeh'nin niyeti neydi, karar veremedim, hangisine inanacağıma, buzdolabına gitti, bir çikolata paketi aldı, yurtdışından geldiğini bana göstermek istiyormuş gibiydi, *Duty-Free-Shop* etiketi henüz paketin üzerindeydi, kâğıdını yırtarken biraz zorlandı. Peki nasıl geçti iş gezin, diye sordum, yanıtladı, yorucuydu ve suratını ekşitti, sordum kendi kendime, evinde niçin o kadar çekici değildi, kafamda onu canlandırdığım gibi değildi, oturuyordu karşımda şimdi, yaşlanmış bir kaplan gibi, suratında nazik ev sahibi gülücüğü, kahvesini keyifle yudumladı, ah, ne kadar lezzetli, derin bir nefes aldı, memnun memnun, o gün bana sahip olurken arkamda böyle mutlu bir nefes almamıştı, sigarasını yaktı, dumanlar çevresinde dans etmeye başladı, dostça davranışları şaşırtıcıydı, fakat huzursuzluğum kayboldu, rahatladım. Elimdeki acı çikolata parçasını yaladım ve dikkatli bakışlarla onu tepeden tırnağa süzdüm, henüz bir yakınlık yoktu aramızda, vücudu bana tamamen yabancıydı, gizem doluydu, dostane davranışları da pek içten değilmiş gibiydi, sanki aramızda bir şey geçmemişti, hiçbir şey olmamıştı ve bundan sonra da olmayacaktı, onun bu azgın, tedirgin edici erkekliğinin benliği ruhumu kaplamayacaktı, evet, gerçekti, ne de olsa o günden anımda kalanlar pek güzel şeyler sayılmazdı.

Peki senin bana anlatacak neyin var, diye konuştu, düşüncelerim karmakarışıktı, yoktu hiçbir şey, ne anlatabilirdim ona, bana tamamen yabancı bu insana, nasıl başlasaydım söze, hangi konuyu açsaydım, o sordu, son haftaları nasıl geçirdin, içimi bir utanç kapladı, anımsadım o ıstırap verici, dehşetli, hiç geçmeyecekmiş sandığım günleri, pişmanlığımı, anlaşılmaz hırsımı, birdenbire tümü de korkunç bir düş gibi gözlerimin önünden geçtiler, uzun süren, iyileştikten sonra utanılan ödünsüz bir hastalık gibi ve konuştum, zor, dedim, onun yolculuğundan söz ettiği gibi, yüz ifademi de onunkine benzetmeye çalıştım, çok önemli bir şey söylüyormuş gibi. Niçin, neydi zor olan, diye sordu, sanki anlamamıştı, başımdan geçenlerde hiç suçu yoktu. Ancak bu gibi sorularla beni belli bir yöne çekmek istiyormuş gibiydi, pek rastlantı değildi davranışları, kapıda beni dostça karşılaması, nedenini sen çok iyi biliyorsun, dedim, o ise, nereden bileceğim, diye konuştu, mırıldandım, seni istediğimi. Beni mi? Sözlerime çok şaşırmış gibi gülümsedi, gerçekten mi? Evet, dedim, seni ve tekrarladım, zordu, bilemiyorum ne denir buna, sordu, peki niçin ve ben fısıldadım, utanıyordum o kelimeleri söylerken, seni sevdiğim için, güldü, öğrencisinin ağzından sonunda doğru yanıtı almayı başarmış bir öğretmen gibi güldü ve sordu, niçin, benim neyimi seviyorsun? İşte buydu, konuşmamızın bundan sonraki konusu bu sorunun yanıtında yatıyordu.

Onun neyini mi seviyordum? Ben onu doğru dürüst tanımıyordum ki, onun nesini seveyim, fakat bir kez ağzımdan çıkmıştı o sözler, nedenini de söylemek zorundaydım, ancak yanıtım ne olacaktı, onu biraz bekletecektim, kendime pek güvenim yoktu, karşımdaki heyecanla bana bakıyordu, sonunda kekeleyerek konuştum, bilmiyorum, senin neyini sevdiğimi söylemem zor, fakat yine de seni sevdiğimi biliyorum.

Beni seviyorsun, nedenini bilmeden, düş kırıklığına uğramış gibiydi, olur mu böyle şey, sesi sert çıkmıştı, açıklamalarım demek ki yetersizdi.

Niçin böyle söylüyorsun, düşüncelerim birden karmakarışık olmuştu, gerçekten onu doğru dürüst tanımıyordum, fakat tanışmadan önce de âşık olamaz mıydı kişi, örneğin onun bilincine varabilirdi, hayır, ağzımdan çıkanlar saçma sapan şeylerdi, aşk filan değildi benimki, nasıl da aşk olsundu, konuştu, yanıtım yetersiz olduğu için benden öç almak istermiş gibi, gitmem gerekiyor, dedi. Hayır, gitme, isterik çıktı sesim, şimdi kalkıp gitseydi dünyam yine yıkılacak sanıyordum, çalımla şöyle bir doğruldu oturduğu yerden ve konuştu, bak Ya'arah, yeteri kadar dikkatli değilsin, nedenini bilmediğin bazı şeylerin ısrarla üzerinde durduğun gibi, o şeyleri nedenini bilmeden de yapabilirsin, altından kalkacak ruhsal güce yeterince sahip değilsin. Gerçek yaşam insandan zor kararlar bekler, sonuçlarına herkes katlanamaz, onun için en iyisi sen de yaşamını kabullen. Dinle beni, karşına çıkacak ilk engelin yaşamının öngördüğü şeyleri yıkmasına izin vermemelisin, karşı çıkmak istedim, konuştum, boğulacak gibi, gücümü ve iyi niyetimi göstermeliydim, fakat kişi nereden bilsin, dedim, engelin ne olduğunu, yaşamın onun için neleri öngördüğünü? Yanıt verdi, bana sorarsan, kişi bilir bunları, yaşamında hatalar yapan bunu önceden bilir, fakat kendini engelleyemez. Tabiî hatanın büyüklüğü de önemlidir, ancak hata hatadır.

Fakat ağzından çıkan bu doğru sözler, güneş yanığı uzun parmaklı elini dizime koymasını engellemedi, okşadım parmaklarını tek tek, hepsine aynı anda dokunmaya cesaret edemedim, fakat az sonra elini yukarı doğru ittim, eteğimin altına, geri çekmedi, orada kaldı, belki gerçek arzuladığım yerde değil, fakat çok yakınında, o noktaya öylesine yakındı ki, sanki her an gelebilirdim, heyecanım doruk noktasındaydı, elimdeki fincan titriyordu, uzun parmakları vücuduma giren kapının önünde beklemekteydi.

Birdenbire elini çekti, sanki arı sokmuş gibi, göstere göstere kol saatine baktı, kocaman siyah, rakamları olmayan bir saat, göremiyordum kaçı gösterdiğini, biliyordum durumun benim için iyi olmadığını, hızla ayağa kalktı, gitmem gerekiyor, dedi, geç bile kaldım, ben ise yengiyi hemen kabullenmeye niyetli değildim, düşündüm, ne yapsam da onu biraz daha burada tutabilseydim, sonra konuştum, tuvalete gitmem gerekiyor, dedim, sabırsızkıkla bana tuvaleti gösterdi, içeri girdim ve kapağın üzerine oturdum, elbiselerimle ve düşündüm, gitmesini nasıl engelleyebilirdim, ona nasıl hâkim olabilirdim, sonra kalktım, aynanın önündeki muslukta ellerimi yıkadım ve birden küvetin içinde kırmızı bir saç teli gördüm, parlak ve dümdüz, son anda, tam delikten kaçıp gitmek üzereyken yakaladım, havaya tuttum, uzun uzun inceledim, kimin başından düşmüş olabileceğini biliyordum. Gördüm o kadını, sanki bir dikiz aynasındaydı, geriye döndüm, biraz kötümser, gizem dolu bu yeğen bana saldıracaktı, arkamdaki banyodan hızla çıkıp, aynı anda küvetin kenarında da bir kıl daha buldum, kıvırcık ve koyu renkte, ne demek oluyor, bir an düşündüm, bu evde mi kalıyordu? Onunla ve karısıyla aynı evde mi yaşıyordu? Önce rahatlar gibi oldum, ne de olsa ailenin bir ferdiydi, fakat kötümser düşüncelerden yine de kurtulamadım, protesto etmeden yapamazdım, vücudumdan aynı yerden bir kıl kopardım ve yeğenin küvetin kenarında duran kılının hemen yanına koydum, yalnız başına kalmamalıydı orada.

Oturma odasına döndüm, rahatlamış gibi koltuğa yayılmıştı, konuştu, az önce telefon geldi, randevum ertelenmiş, biraz daha vaktim var, üzüldüm, banyoda gereksiz yere değerli dakikalar yitirmiştim, biraz da şaşırdım, çünkü telefonun çaldığını hiç işitmemiştim, oturdum, fincandaki kahvem çoktan buz gibi olmuştu, yüzündeki hiçbir şey söylemeyen o ifade pek hoşuma gitmedi, düşündüm, nasıl devam edecekti, ne yapabilirdim, sordu, ne istiyorsun sen? Biraz kederli ben de sordum ona, peki sen ne istiyorsun? Kendi iraden yok mu? Yanıtladı, var, dedi, fakat aramızda bir denge yok, sen açsın, ben ise tok. Elimdeki çikolata parçasını fincanın yanına bıraktım, söylediklerine karşı çıkmaya çabaladım, fakat ben de biliyordum ki, sözlerinde gerçek payı vardı, açlığın beni içten kemirdiğini hissettim, evet, bu bir açlıktı, tutku değil, çünkü açlıktan ölmek üzere olan önüne konan her şeyi yerdi, bakışları parmaklarımda geziniyordu, manikürlü tırnaklarımda, ben de onun ellerine baktım, düşündüm, o ellerin yine bana gelmesi için ne yapmam gerekiyordu, aynı anda sesini duydun, ısrarlı çıkmıştı, bugün seninle yatmayacağım Ya'arah, dedi, şaşırmış, karmakarışık düşüncelerle sordum, niçin, yanıtladı, bugün başka bir kadınla yattığım için, çok ciddi konuşuyordu, sanki diyordu ki, bugün sığır eti yedim, doktor günde iki kez et yememi yasakladı. Ne olmuş ki, diye sordum, ben aynı günde değişik iki kadınla yatmam, oldu yanıtı, prensiplerim vardır, şaka yaptığını umuyordum, her an beni rahatlatıcı bir kahkaha atacaktı, fakat beklediğim gerçekleşmedi, sonunda ben başladım gülmeye, rahatlatıcı değildi, gerginlik doluydu gülüşüm ve o sordu, nedir bu kadar komik olan, yanıtladım, hiç, dedim, yok bir şey ve rahatlamaya çalıştım, gerçekten durum komik değildi, konuştum, seni demek ki sabahın erken saatlerinde yakalamak gerekiyor, önce gelen sana konuyor, ya da önceden randevu almak mı daha doğru? Alaylı soruma yanıt vermedi, bırak bunları, dedi, sesi soğuk çıkmıştı, unutalım, amacım hoş olmayan kimi şeylerden seni korumak, fakat ben galiba hoş olmayan bazı şeylerden vazgeçemiyordum, üstüne gittim, kafama koymuştum, onu prensiplerinden vazgeçirmeyi, konuşmama devam ettim, her zaman kuraldışı durumlar da vardır, yanıtladı, evet, ben de böyle bir şey duydum, suratıma baktı, bomboş gözlerle, aynı anda heyecan dolu bakışlarını gözümün önüne getirmeye çalıştım, örneğin o genç kadınla yatarken, şu sigara ağızlıklı yeğenle, bu kadın hem sevgilisi olabilirdi, hem de karısının yeğeni, niçin olmasın, kim karşı çıkardı buna, belki onunla da benimle yaptığı gibi yatıyordu, içine kapanık ve buz gibi, konuştu, hiçbir şey yokmuş gibi, yarın sabah boşum, dedi, portmantoya doğru yürüdü, siyah paltosunu eline aldı, giydi, itinayla, sanki kırılmasından korktuğu çok değerli bir eşyayı taşıyordu. Sözlerine tutundum, yapıştım onlara, sordum, saat kaçta, yanıtladı, dokuzdan sonra boşum, dedi, kapıyı açtı, peşinden yürümemi işaret etti, ben düşündüm, ne yapacaktım yarın sabah saat dokuza kadar?

Gün çabuk geçti, Şira'nın çok işi vardı ya da varmış gibi davranıyordu, kedisi kaybolduğundan bu yana benden uzak duruyordu, eve gelir gelmez ortalığı topladım, müzik dinledim, elime uzun süpürgeyi alıp onunla dans ettim, sert sapına sarıldım, duygularım karmakarışık, sonunda, artık çok şükür bekleyebileceğim bir şey vardı ve düşünmeye korktum, ardından ne olacaktı, örneğin yarın saat on ikiden sonra, zor da olsa kendimi yaptığım işe verdim, sağı solu temizledim, Yoni geldiğinde hem sevinçle, hem de inanmaz gözlerle etrafına bakındı, gördüklerine şaşırdı, onun sevinci beni mutlu etti, bana gurur verdi, çok iyi biliyordum, keyifli olmamda kendisinin de bir rolü var sanıyordu.

İyileşip hasta yatağından kalkmış birini andırıyorsun, diye konuştu, evet, dedim, kendimi öyle hissediyorum, sarıldı bana, bilsen ne kadar üzülüyordum, benim minicik su farem, sana ne olduğunu bir türlü anlamıyordum, birden geri çekildi, beni öfkelendireceğinden korkarmış gibi, fakat onu sakinleştirdim, kendimi çok iyi hissediyorum, kunduzum benim, özür dilerim, davranışlarımla seni eğer yaraladıysam, o karşı çıktı, kendi kendinden özür dile, diye konuştu, benden değil, ne de olsa sen kendini yaralamıştın. Haklısın, dedim ve düşündüm, ilk günlerde kendimi nasıl da zorlamıştım onu sevmek için, sürekli ölenlerini anımsayan, güzel şeylerden ise elini eteğini çeken biri gibi ne çok düşünmüştüm Yoni'yi, şimdi ise yeni gelmişti, geri dönmüştü ona olan sevgim, bir süre kaybolduktan sonra, üzerinde uzakların kokusu evine gelen, artık istenip istenmediğinden pek emin olamayan bir kedi örneği, bir an için şaşırdım, düşüncelerim beni mutlu etmişti, nasıl da haklıymış taksi şoförü, aynı anda iki erkek sevilebilirdi, hatta iki erkeği sevmek sadece birini sevmekten daha kolaydı, bu sevgi ruhsal bir denge sağlıyordu, sevilen iki erkek birbirlerinin eksiklerini tamamlıyordu, korkulacak hiçbir şey yoktu, bunu niçin daha önce düşünmemiştim, ertesi gün beni bekleyen randevuyla daha çok heyecanlandım, Yoni'nin varlığı da heyecanımı artırdı, kucağına oturdum, ensesini öpücüklere boğdum, kulağına fısıldadım, haydi, gel dışarı çıkalım, eve kapalı kalmayalım. Güldü, ev ne güzel derli toplu, tam evde kalmanın zamanı, diye konuştu, fakat elinden tutup çektim, merak etme, biz dönene dek kirlenmeyecektir ve aşağı indik, ana caddeye çıktık, yolda aklıma Şira geldi, haydi, onu da çağıralım, gelsin bizimle, dedim, fakat bu teklifim Yoni'nin pek hoşuna gitmedi, karşı da çıkmadı, kapısını çaldık, açtı, hüzünlü bir yüzle, bir yere gidecek keyfim yok, dedi, hava soğuk, biraz üşüttüm de, sonra, bana doğru dönerek konuşmasına devam etti, sanıyordum ki, sen de hastasın, bugün kafeteryada Neta'ya rastladım, öğrencilerle görüşme saatine gelmediğini söyledi, elimi başıma vurdum, hay Allah, bugün günlerden çarşamba olduğunu nasıl da unuttum, ne oluyordu bana, ondan başka düşünce yoktu kafamda, böyle devam ederse üniversitedeki görevi kaybedecektim, bu şans ancak iki yılda bir gelirdi, sonunda o görevi bana değil, Neta'ya verebilirlerdi. Şira da, içinde bulunduğum sorunlara artık seviniyor gibiydi, kendimi tutamadım, inatla sordum, Tulya'ya ne oldu, geri geldi mi? Bugüne dek gelmedi, dedi, Yoni söze karıştı, onu sakinleştirmek istermiş gibiydi, mutlaka aşk yapıyordur, biliyorsun, erkek kediler aşk yapmak istediler mi bir süre çekip giderler, sonra yine aniden ortaya çıkarlar, fakat Şira karşı çıktı, mevsimi değil ki, ben söze girdim, hayır, hayır, mevsimi, çevrede o kadar çok kedi gördüm ki, hissediyorum havada bir şey var, fakat Şira ümitsizce omuzlarını silkti ve ben hissetmiyorum, diye konuştu, kapıya dayandı, sizin yüzünden eve soğuk giriyor, karar verin içeri mi, dışarı mı, ben, gidiyoruz, dedim, Yoni ise bir kez daha ısrar etti, haydi gel bizimle birlikte, dedi, öfkelendirdi beni, kişiliği yoktu, az önce karşı çıkmıştı, şimdi ise gelmesini istiyordu, Şira'nınsa kişiliği vardı, düşüncesini değiştirmedi, gelmeye yanaşmadı, hayır, diye mırıldandı, belki başka bir zaman.

Tekrar ana caddeye çıktığımızda içimin daraldığını hissettim, az öncesine kadar ise mutluydum, nasıl olmuştu, nasıl bir mutluluktu o, hayır o bambaşka bir şeydi, bir kusursuzluktu, içine düştüğüm çelişkilerin ortaya çıkardığı duyguların kusursuzluğuydu, Yoni'ye olan sevgim ile bu karanlık, yaşlı adamın çekiciliğinin oluşturduğu çelişkilerdi, ben de altında ezildiğim bu parçalanmışlık duygularını tam bana göre sanmıştım, ancak az önce Şira'nın bakışları, davranışları, üniversitedeki öğrenci görüşmelerimi unutmuş olmam, beni aniden kararsızlığa sürükledi, sanırım Yoni de keyfimin kaçtığını fark etmiş olacaktı, yüz ifadesi değişmişti, oturduğumuz kafede kalın parmaklarıyla yuvarlak masaya vuruyor, sağ bacağını da sinirli sinirli ileri geri sallıyordu. Soğan çorbası ısmarladık, sakinleşmeye, mükemmelliğin duygularına yeniden ulaşmaya çalıştım, fakat mümkün değildi, bir şeyler kırılmıştı, farkında olmamıştım, ancak içimdeki bir şey sürekli karşı çıkmıştı, sonunda karar verdim, yarın son kezdi, artık bitirme sınavlarına hazırlanmam gerekiyordu ve Yoni'ye dönüp sordum, merakla, Şira'yla arasında ne geçmişti, yanıtladı, hiçbir şey, fakat ben ısrar ettim, yine sordum, peki ama sana niçin hep öyle tutku dolu bakıyor, konuştu, bilmiyorum, gerçekten aramızda bir şey geçmedi, sadece iki dosttuk, iki kardeş gibiydik. Karnım birden içeri çekildi, hüzünle, biz de öyle olmuştuk, iki kardeştik, o anda bunu fark ettim, bu duyguyu parçalamaya çalıştım, zorladım kendimi, o karanlık yaşlı adamın bende yaktığı ateşin de yardımıyla karşımda oturan Yoni'nin elini aldım, dizime koydum, onun güneş yanığı elini koyduğu yere, eteğimin altına doğru ittim, Yoni ise parmaklarını sinirli sinirli oynatmaya devam etti, eteğim sanki bacağımda çekirgeler sıçrarmış gibi inip kalktı, çorbalar masaya geldiğinde parmakları durdu, elini bacağımdan çekti, kaşığı aldı ve büyük bir zevkle içmeye başladı.

Müzik çok gürültülüydü, sohbet etmek zordu, yemek boyunca

sustuk, çorbanın acısına ekmeğimizi batırdık ve ben düşündüm, ilk tanıştığımızda en büyük armağan gibi gelmişti Yoni bana, az sonra ise yük olduğunu fark ettim, çünkü armağanın yanlışlığını kavradığımda iş işten geçmişti, artık değiştirilemezdi, onun yerine bir başkasını alamayacağımı biliyordum, ömrüm boyunca. Sormaya çalıştım, çalışmaları nasıldı, bir yenilik var mıydı, yanıtladı, değişik bir program geliştiriyorlardı, çalışmalar iyi gidiyordu, sonuçta başarılı bir şey ortaya çıkacak gibiydi, babasının bilgisayar kuruluşunda çalışmaktaydı, garsona işaret etti, müziğin sesini biraz kısmalarını rica etti, birbirimizi zor duyuyorduk, garson, tabiî dedi, sorun değil, fakat müzik kısılmadı, hatta daha da yükseldi sanki ve Yoni, bir daha rica etti, garson da, ilk kez duyuyormuş gibi yine, tabiî dedi, sorun değil ve müzik aynı gürültüyle çalmaya devam etti. Yoni vazgeçmiş gibi içini çekti, tartışmalara girmeyi hiç sevmezdi, onlardan mümkün olduğu kadar kaçar, susar ve içine atardı, atıldım ve gel dedim, gidelim, ayağa kalktık, tepki gösterimiz kimsenin umurunda değildi, gençten iki kişi üzerine atılır gibi boş masayı kaptı. Dönüş yolunda el ele yürüdük, gökyüzü bulut doluydu, sanki başımız değecekti onlara, üzerimizdeki bulutlar, düğünlerde gelinle damadın altında yürüdüğü tenteyi andırıyordu, ufak-tefek yorgun dört adam taşıyordu tenteyi.

Bazı geceler, uykumun kaçtığı, gözüme uzun süre uyku girmediği gecelerde ufak tefek, yorgun babamı düşünürdüm. Yanılmıyorsam o bir zamanlar iriyarıydı, sonra küçülmüştü, sanki onu ortadan ikiye kesmişlerdi, bir yarısı bizimle birlikte yaşamaya devam ediyordu, öteki yarısınıysa kendisine saklamıştı, babamı gözümün önüne getirdim, alçak dağların önünde onu görür gibi oldum, bundan önceki yaşamımda oturduğum yörenin dağlarında, bir sürü çok alçak, önemsiz tepelerin önünde, niçin o kadar iri görünmüştü gözüme, bugün ise böyle küçücük, nedeni, benim o zaman bir çocuk, bugünse yetişkin bir insan olmam değildi, ben yaşamımı hiç çocukluk, yetişkinlik diye ayıramamışımdır, ne de olsa bugün bile daha çok bir çocuğum, yıllar öncesinden pek farkım yok, benim için ilk yaşam ve ikinci yaşam hep vardı, ancak birbirleriyle hiçbir zaman bağlantıları olmamıştı ve ben her yaşamımda hem çocuk, hem de yetişkin bir kadın olmuştum. Kim bilir yaşamım belki sadece iki değil, üç ya da dört bölümden de oluşmuş olabilirdi, bana kalırsa kişioğlu yaşamını bölmeliydi, ona uzun süre dayanabilmek istiyorsa. Geceyarıları babamı düşündükçe uykum daha çok kaçar, içimi sonsuz bir acı kaplardı, bir defasında gazetede okuduğum bir olayı anımsamıştım, küçük otellerden birinde müşteri bekleyen üniversite öğrencisi bir genç kız otele gelen babasıyla karşılaşmıştı, sormuştum kendi kendime, bu durumda acınacak kimdi, genç kız mı yoksa babası mı, Yoni'nin, ikisi de, dediğini anımsıyorum, ancak bence çözüm bu değildi, ben bilmek istemiştim, kime acımalıydım, gazetede üniversite öğrencisi bir kızdan söz edildiği için bir süre, babasız büyümüş olduğunu öğreninceye dek Neta'dan bile şüphelenmiştim. Düşündüm, neler olmuştu benim doğumundan önce, babamın o çok sevdiği, hayran olduğu geçmişinde, yaşamının en güzel yılları olduğunu söylerdi, çocukluğunu mutlulukla anardı, gençliğindeki arkadaşlarını, üniversite yıllarını da, yaşamış olduğu küçük odalı evleri bile, onun bu geçmişine karşı çıkılmazdı, ben ne yazık ki babamın o sıkıcı, mutsuz yıllarını tanımıştım, düşündüm, yarın sabah saat dokuzda ya da dokuzu beş geçe Aryeh Even'e geçmişi sormalıydım, gökyüzünün sonsuzluklarına yükselen, ufak tefek ve yorgun babamın öylesine canlı o geçmişini anlatmalıydı bana, ancak sormaya zaman olmadı, oturma odasındaki kanepede, üzerine dar bir havlu yaymış, hareket özgürlüğünün sınırlarını önceden belirlemişti, her şeyi unutuverdim, haftalar sonra Yafa yolunda yeniden anımsadım.

IV

Evinde, saçımdan iki tel bıraktığım lavabonun üzerindeki aynada yüzüm soluk, kanı çekilmiş gibiydi, şimdi dükkânda, bir sürü giysi arasındaysa coşku doluydum, yanaklarım kırmızı, gözlerimde intikam hırsı, ondan öç almalıydım, davranışları mesafeliydi, ağzından çıkan sözler kupkuruydu, konuşmamıştı benimle, sanki gırtlağıma doldurmuştu sigara dolu o boğuk öksürmesini, ümitsiz ve bilinçdışı.

Bereket versin, o günkü tezgâhtar kadın şimdi yoktu, sevindim, başka bir genç kadın bana yardımcı olmaya uğraştı, pek becerikli değildi, askılarda takılı bütün giysileri karıştırdım ve o gün alamadığım şarap kırmızısı elbiseyi gerçekten buldum, kimse onu alıp götürmemişti, dar kabine girdim, o günkü heyecanı tüm vücudumda yine hissettim, umursamaz yüzünü birkaç gün sonra karşımda gördüğümde tüm heyecanım, dayak yediği için kaçan, bir yerlere sinen hayvan örneği gizlenmişti, şimdi ise kabinde yine ortaya çıktı, benimle tek başınaydı, korkacak hiçbir şeyi yoktu.

Soyundum, vücudunun o yanmış ten kokusu vücudumdan yükseldi, pahalı tıraş losyonunun, spermasının kokuları da, sonra birleşti hepsi, o güzel, kadifemsi giysiye büründü, tümünü içimde hissettim, güzelliğimi de, onunla beni haftalar önce içine kapatmış olan dar kabinde ayna olmamasına karşın.

Büyük hasretle, acıtan ısrarlı bakışlarını gözümün önüne getirdim, o sabah kapıyı açtığındaki donuk, işadamı bakışlarını değil, ne vardı onu böyle rahatsız eden, bir türlü aklımdan çıkaramadığım kızıl saçlı o genç kızın yakınlığı mı? Elbisenin üzerine mavi kazağımı giydim, bol blucinimi de, kabinden çıktım, içim heyecan ve esenlik doluydu, hemen gitmedim, biraz dolanıp durdum dükkânda, askılar arasında bir şeyler daha aradım, kendimi ilk yaşamımda hissettim, küçük erkek kardeşim öldükten sonra o kentin, insanın içini bunaltan sokaklarında annemin elinde dolaştığım günleri anımsadım. Seni nasıl teselli ederim anneciğim, diye sormuştum, o ise üzüntüden çılgınlık dolu gözleriyle bana bakmış, hiçbir şey söylememişti ve günün birinde vitrinde işlemeli, beğendiğini bildiğim çok dişi bir giysi görmüş ve belki bu senin hüznünü azaltır, anneciğim, diyerek dükkâna girmiştim, o ise dışarıda bir banka oturmuş, beklemişti, ben, tıpkı şimdi yaptığım gibi, askıdaki giysilerin arasından onun beğeneceğinden emin olduğum o giysiyi çekip almış, üzerime giymiş, on yaşındaydım, fakat oldukça iriyarıydım, dışarıda beni bekleyen annemin merakını artırmak için dükkânda bir süre daha gezinmiş, sonra yanına gitmiş, elini tutmuştum, çılgınlar gibi gülerek koşmaya başlamıştık, giysinin uzun kolları mantomun kollarından dışarı taşıyordu, sormuştum ona, seni biraz avutabiliyor muyum, anneciğim, evet, dememişti, hayır da, ısrarım üzerine o akşam elbiseyi giymiş ve kol kola mahallemizde gezinmiştik. O günden sonra da, onu ne zaman üzgün görsem, eve bir sürprizle döner, elimdeki çantayı heyecanla yatağımın üzerine boşaltır, tek onun gülmesini bekler, birlikte gülmek, yaşamın tadını hissetmek isterdim, anımsadım, günün birinde onu güldürme çabalarım sona ermişti, ne zamandı, bilmiyorum ve odam giysiler, takılar ve kitaplarla dolmuştu, o ise gittikçe şişmanlamış, güzelliğini yitirmiş, çirkin elbiseler giymeye başlamış, takılarını bir kenara atmıştı, ben de tüm heyecanımı yitirmiştim, şimdi, yıllar sonra, bu dükkândan çıkarken aynı heyecanın ruhumu yeniden doldurduğunu sezdim, üzüntülerim yok oluverdi, kişisel ve sır dolu yenginin bilinci geldi, beni bekleyen o yenginin, sevginin, çaldığım giysi her yanımı sarıyordu, bir anne örneği merhametle, koruyordu beni bir zırh gibi yeni savaşımda.

Birkaç hafta sonra sabahın erken saatlerinde telefonla arayıp, onunla Yafa'ya gitmeyi teklif ettiğinde, bunun yengimin başlangıcı olduğuna inandım. Gerçekte pek teklif etmiş sayılmazdı, sanki şöyle laf arasında söylemişti, kendi kendine konuşurmuş gibi, Yafa gidiyorum, yalnızım. Telefonda sesini duymak beni öylesine şaşırtmıştı ki, ilk anda ne söyleyeceğimi bilemedim, ancak hemen de kabullenmedim, sözü uzattım, sevincimi sakladım, niçin sigara ağızlıklı dostunla gitmiyorsun, dedim. Başka kadın dostları da var mıydı, bilmiyorum, hiç söz etmemişti, fakat bana öyle geliyordu ki, evinin hemen yanında bir kadınlar sürüsü otlayıp, onu beklemekteydi.

Sigara ağızlıklı dostumun bugün gidecek zamanı yok, dedi, sıra sana geldi.

Belki benim de zamanım yok, diye konuştum, o güldü, belki?

Gerçekten de yoktu. O sabah seminerim vardı, ardından da dekanla bir görüşmem, çalışmalarım üzerine benimle konuşmak istiyordu. Bana çok inanıyordu, inatla, beni hep destekliyordu, bana zaman ayırıyordu, Şira'ya göre dekan bana âşıktı, bense karşı çıkıyordum, fakat bazı duygular beslediğini de sezmiyor değildim, ancak iyi niyetini sömürmek yerinde olmazdı. Yine de üniversiteye telefon ettim ve ona haber vermelerini rica ettim, hastalanmıştım, Yoni'ye de bir haber bıraktım, kâğıt parçasına bir şeyler karaladım, o eve gelmeden önce dönmüş olacağımı ümit ederek, belki de hiç dönmeyecektim, Yafa'da kalacak, aşk oyunları için hazırlanmış küçük bir odaya sığınacak, denizi seyredecek, sevişecek, akşamları balık yemeye, şarap içmeye gidecektim, bakışlarımı odanın içinde gezdirdim ona veda eder gibi, sarıya boyamış olduğumuz duvarlara baktım, herkes, bu renk açar, demişti, aksine zaman onu kirletmişti. Tuhaftır, bu eve içim hiç ısınamamış, ona bir türlü bağlanamamıştım, yıllardır adresimdi, fakat evim değildi, sanırım benim bir tek evim olmuştu, ilk yaşamımdaki, bundan böyle de bir erkeğe bağlanacak, ondan fazla bir şey istemeyecektim. Ancak giyinirken, şarap kırmızısı güz elbisesini sırtıma geçirirken, parlak külotlu çorabımı ve çizmelerimi giyerken, düşündüm korkuyla gideceğim randevuyu, şu ana dek onunla bu kadar uzun bir arada olmamıştım, buluşmalarımız hep kısa sürmüştü, gözü hep saatindeydi, şimdi ise tüm günü birlikte geçirecektik, çok aniydi, ürkütücüydü, az sonra kesilmeyi bekleyen kremalı bir pasta gibi de çekiciydi. Anlattıklarını dinlemem zor değildi, ağzından çıkan sözler havalıydı, yine de sıkılmadan dinliyordum, fakat hiç konuşmazsa, birden susarsa ne yapardım, ne söylerdim, onu sevdiğimden başka söyleyecek bir şeyim yoktu, niçin sevdiğimi de bilmiyordum ya.

Düşündüm, elime bir olanak geçmişti, uzun süredir beklediğim, yıllardır, babamdan söz etmeliydim, hiç tanımamış olduğum genç babamdan, kendimi Aryeh'e yakın hissettim birden, birbirine uzak iki yabancı değildik, kendisine çok yakın olduğumuz ortak bir tanışımız da vardı, ona olan ilişkimiz ayrı ayrı dönemlere rastlasa da, sanırım bu durumu çok daha ilginç yapıyordu.

Otomobiline biner binmez konuştum, babamı anlat bana, dedim, daha emniyet kemerini bile takmamıştım, korkuyordum susmaktan, aramızda bir boşluğun oluşmasından, beni geziye davet ettiğine pişman olmamalıydı, mükemmel yaşamının bütün bir gününü bana ayırdığına da. Daha yola koyulmadan içimi yine o sıkıcı duygu kaplamıştı, rakibim vardı, fakat onun kim olduğunu bile bilmiyordum, kimdi karşımdaki öteki insan? Eşi miydi yoksa sigara ağızlıklı genç kız mı? Bu dünyanın tüm kadınları da olabilirdi benimle yarışan, duygularım gerçekten çok bunaltıcı ve karmakarışıktı.

Babanı mı anlatayım, diye şaşkın sordu, elindeki sigarayı dolgun, kahverengi dudakları arasına soktu, sanırım, sen onu benden daha iyi tanıyorsun.

Evet, diye konuştum, özür diler gibi, fakat insan anne babasını her zaman doğru dürüst tanıyamıyor, çoğu kez rol yapıyorlar, çocuğuna her şeyi anlatan, ona gerçek yüzünü gösteren anne ya da baba pek yoktur sanırım.

Sonra birden aklıma geliverdi, çocuğu olmamıştı, sustum ve hafifçe öne doğru eğildim, Yoni'nin bürosunun önünden geçiyorduk, el çantamda bir şey ararmış gibi yaptım, konuyu değiştirmek istedim.

Çok mükemmel gencin biriydi, diye konuştuğunu duydum, tanıyan herkes çok parlak bir geleceğin onu beklediğine inanırdı, fakat hastalığı tüm yaşamını berbat etti.

Doğruldum, bakışlarım bir ağacın kırmızı tepesine takıldı, kışın ortasında, kent merkezinde, giz dolu bir kamp ateşi gibiydi, düşündüm, ağzından çıkan son sözleri iyi duymamış mıydım yoksa, sordum, hastalık mı? Ne hastalığı?

Ve o şaşırmış gibi konuştu, sigarası ağzından düşecekmiş gibi sarkıyordu, dumanın rengi dudaklarının rengine karışmıştı, ne, yoksa sana ondan hiç söz etmediler mi? Sordum, neden? Senin ne söylemek istediğini anlamıyorum, dedi hemen, affedersin, sanırım yanlış bir şey söyledim.

O anda bağırmaya başladım, haydi, anlat bana, başlamıştın, devam et, ne hastalığı, bedenen mi yoksa ruhen mi hastaydı?

O ise radyoyu açmış, bir istasyon aramaktaydı, kentten çıkmıştık, yokuş aşağı bir caddede ilerliyorduk.

Söyle, kalıcı bir hastalık mı, irsî mi, ağzından sır almak istiyordum, o ise sadece, hiç telaşlanma, dedi, üzülmene gerek yok ve en son olarak da, unut, sadece bir şaka yapmak istemiştim, diye mırıldandı.

Alnımı pencerenin serin camına dayadım, cadde kenarından bize yol boyunca eşlik eden uzun, sarı çizgiye daldım. Ne olabilirdi hastalığı, evimize öyle sık sık doktor filan da gelmezdi ki, belki arada sırada, birisi hastalandığında, önemli bir şey olay anımsamıyorum, ameliyat olduğunu, günlerce hastanede yattığını da, her insan gibi bizler de anjin ya da grip geçirmiştik, evimizde doğru dürüst ilaç bile bulunmazdı, peki ne demek istemişti, hastalığından söz ederken?

Ve aniden bir şey anımsadım, o ilk yaşamımdan bir günü, o çılgın köpeğin kedimizin yeni doğurmuş olduğu yavrusunu parçaladığı günü, o zaman bir an için düşünmüştüm, babamın davranışı tuhaf, diye. Çılgına dönerdi o köpek kedileri gördüğünde, öldürdüğü yavruları parçalar, ne yaptığını da mahallede herkes görsün diye olacak, orta yere bırakırdı, her neyse, babam o gün bizim kedinin yavrusundan arta kalanı evimizin merdiveninde bulunca öfkesinden kıpkırmızı olmuş, parçayı eline aldığı gibi köpeğin, o anda öğle yemeğine oturmuş sahibinin evine gitmiş, yemek kokuları dışarı taşıyordu, masadaki tabağa, şnitzel ile bezelyeler arasına, bırakmış ve hıçkırmaya başlamıştı.

Yerlerde kan izleri vardı, çok şaşkın ve dehşet içindeydim, babam gerçekte rahat bir insandı, hep sakindi, usul sesle konuşurdu, annem sesini yükselttiğinde, komşular ne der, diye onu ikaz ederdi, o anda ise her şeyi unutmuştu, kimseyi umursamaz bir hali vardı. Kedileri aslında öyle pek sevmezdi, onları okşadığını bile anımsamıyorum, bizim okşadığımızı görürse sinirlenir, hemen gidip elimizi yıkamamızı söylerdi, şimdiyse öldürülmüş bir kedi yavrusu yüzünden neredeyse bütün mahalleyi ayağa kaldırmıştı.

Ben ise peşinden koşmuştum, ancak beni görüp de daha çok öfkelenmesinden ve dayak yemekten korktuğum için çalılıkların arasında saklanmıştım, az sonra o sallanarak dışarı çıkmış, akasya ağacının yanında durmuş ve öne doğru eğilip, kusmuştu, bir yandan da ağlamıştı.

Yanına gitmemiştim, ona sokulmamıştım. Nedenini bilmiyorum, fakat onun böyle acı çekmesi bende tuhaf bir sevinç yaratmıştı, sonraki yıllarda da kimi zaman acı duyguları içinde kıvrandığını sezmiştim, bunaltıcı, anlayamadığım bir kederdi içini sıkan, ruhunun derinliklerinde, ulaşılamayan, ona destek olmak, yardım etmek de mümkün değildi, fakat o güneşli kış gününde yaşadığı tüm keder dışarı vurmuştu, gözle görülmüştü, tersine çevirdiğiniz bir paltonun iç dikişlerini ve astarını gördüğünüz gibi, umutlandırmıştı beni, gelecekte bambaşka bir babam olacaktı, neşeli, ruhunda birikmiş olan tüm kederi artık dışarı çıkmış ve toprağın derinliklerinde kaybolup gitmişti. Onu beklemiş, eve doğru gitmesini gözlemiş, suratı kıpkırmızı, tüm gün onu izlemiş umut dolu, nasıl değiştiğini görebilmek için, fakat o bir süre odasına kapanmış, bizimle birlikte akşam yemeğine bile oturmamıştı. Gece uyuyamamıştım, hep odasından gelen sesleri dinlemiştim, için için ağlamıştı, ruhu sızlıyordu. Bir ara uyur gibi olmuştum, sabaha karşı uyandığımda kafama bir şey takılmıştı, neredeydi parçalanmış kedi yavrusu. Orada mı bırakmıştı, komşunun yemek dolu tabağında, şnitzel ile bezelye arasında yoksa kendi ağzına atıp yutmuş muydu, köpeğin başladığını sona erdirmek için, belki de ağacın yanında kusmasının nedeni buydu, kafam karmakarışık olmuştu, düş kırıklığına uğramıştım, çünkü yeni doğmuş o kedicik benimdi, babam benim için savaşmıştı, fakat hava aydınlanıp da sabah olduğunda düşüncelerim yine değişmişti, bambaşka bir savaş olmuştu, gizli, benim hiçbir zaman nedenini öğrenemeyeceğim bir savaş.

Ertesi sabah o kocaman akasyanın yanına gitmişi taşların arasındaki toprağı ellerimle eşelemiş, babamın kustuğu kedi yavrusunun parçalarını bulacağımı ummuştum. Toprak yumuşaktı, gece yağmur yağmıştı, tam neresi olduğunu da bilememiştim, ağacın altında bir sürü ıslak, yumuşamış dal parçası ellerime takılmıştı, kedi yavrucuklarının küçük kuyruklarını andıran, onları boylarına göre ayırmış, yan yana dizmiştim, fakat o anda yağmur başlamış, ben de koşarak eve gitmiştim, yağmur dindiğinde yine dışarı çıkmak istediğimde annem yanıma gelmiş, elini alnıma koymuş, ateş gibi yanıyorsun, demişti, sabah kalktığından bu yana suratını beğenmiyorum, beni yatağa sokmuştu, yatağın içine kustuğumu anımsıyorum, o günden sonra da yeni bir babam olmayacağını, ondaki her türlü değişikliğin daha çok kötüleşme getireceğini kavramıştım.

Acaba hastalığının kedilerle bir ilgisi var mı, diye Aryeh'ye sordum ve bu soruyu çok aptalca buldum, sanırım o da, direksiyonu elleriyle kabaca kavradı, tıpkı beni kavradığı gibi, sordu, ne hastalığı, anlamıştım, artık ağzından bu konuda hiçbir şey çıkmayacaktı.

Onunla ne konuşsaydım, nelerden söz etseydim? Tanıdıklarım beni cana yakın, neşeli ve çekici bulurdu, şu anda kafamdan geçen tek şey, yatmaktı, yazık, ben rastlantı sonucu yoldan arabasına aldığı kadının biri değildim, öyle olsaydı şu anda aramızdaki her şey kolayca olup biterdi. Teklif ettim çekinerek, istersen ben yoldan aldığın bir kadın olayım, dedim, çok hoşuna gitti, hemen otomobili durdurdu, inmem için, az sonra yine almak için. Gerçekten inanmalıyız, diye konuştu, beni indirirken, sonra uzaklaştı, benzin istasyonundan döndüğünü gördüm. Acaba önümden geçse, beni almadan çekip gitse ne olurdu, diye bir an düşündüm, ona pek inanmıyordum, belki az sonra gerçekten bir başkasının otomobilinde oturacaktım, beni yoldan alan birinin.

Az sonra yanımda durdu, ağzı kulaklarına varan bir gülümsemeyle bana bakıyordu, şaşırmış gibi yaptım. Kapıyı açtım, o konuştu, Yafa'ya gidiyorum, sen nereye?

Yafa'ya, dedim, ateş kokan otomobile bindim, sanki yanıyordu, direksiyondaki adamı süzdüm, yukarıdan aşağıya, pek güvenmez gibi suratına baktım, sezdi bakışlarımı, korkmana gerek yok, dedi, ırzına geçmeyeceğim.

Ne iş yapıyorsun, diye sordum, belki bana şimdi gerçeği anlatırdı, güldü, seyahatler organize ediyorum, evet, bütün işim bu. Güneş yanığı profilini inceledim, yanımda bir Hintli oturuyor sandım, koyu tenli, saçları gümüşi, elmacıkkemikleri az çıkık, yaşlı bilge bir Hintli, çok görmüş geçirmiş, tek eksiği başındaki beyaz türbanıydı, kendi kendime güldüm, ne işim vardı benim onunla, başını çevirdi, bakışlarında merak sordu, peki, ya sen?

Avişag, adım, diye konuştum, Necef'teki bir kooperatif kampında yaşıyorum. Adı gerçekten Avişag olan bir kadını tanımıştım, birlikte askerilik görevimizi yapmıştık, aynı odayı paylaşmıştık, yattık mı hemen uykuya dalardı, ben ise çok zor uyur, çoğu kez sabaha kadar yatakta bir yandan öteki yana döner, uykusuzluğuma lanet okurdum, kıskanırdım onu, nasıl da isterdim böyle gecelerde Avişag'ın yerinde olmayı.

Avişag adın, öyle mi, diye konuştu, yeni kimliğim çok hoşuna gitmiş gibiydi, külotlu çorabın altına ne giydin?

Küçücük bir külot, dedim, ne sanmıştın sen?

Ben de öyle düşünmüştüm Avişag, diye yanıtladı hayal kırıklığına uğramış gibi, uzun yıllar Paris'de yaşadım, biliyor musun orada ne keşfettim?

Hayır, nereden bileyim, dedim soğuk bir tavırla, ne de olsa yeni adımın koruması altındaydım.

Parisli kadınların külotlu çorabın altına hiçbir şey giymediklerini keşfettim, diye konuştu, inanabilirsin bana, çok daha rahat, çıkar o küçük külotunu, Avişag, göreceksin, hiç de gerekli değil.

Fakat sana gerekli, diye sırıttım, o kendini beğenmiş ses tonuyla konuştu, benim için değil, kendin için yapacaksın, dedi, kendi vücuduna yakın olmak için.

Hiç de istekli değildim, kendi vücuduma yakın olmayı, o andaki tüm beklentim onun vücuduna yakın olmaktı, vücut doğru kelime değildi, doğrusu ona, onun ruhuna girmeliydim, o uzun, düzgün parmaklarına, güneş yanığı tenine, güzel dudaklarına sahip olmalıydım, gözlerini benden ayırmıyordu, bir anda canlanmış bakışlarını sık sık önümüzdeki caddeden çekiyor, bacaklarımda gezdiriyordu, bir beklentisi olduğunu gizlemiyordu.

Başladım otomobilde soyunmaya, önce ayakkabılarımı, sonra da külotlu çorabımı, yana doğru şöyle bir döndüm, yırtılmasın diye, çokayaklı bir örümcek gibi bacaklarımı havada oynattım, o gereksiz giysi parçacığını çıkarıp attım, sonra külotlu çorabımı yine giydim, üzerimden çıkardığım kumaş parçasını da ona doğru havada salladım, güldü memnun memnun, küçücük külotumu aldı, pantolon cebine soktu, uçları görünüyordu. Yol boyunca nereye gittiğimizi sormadım, ne de olsa bir macera yaşıyorduk, oyunbozanlık etmemeliydim, sorsaydım belki kızar, her şey bozulurdu, seziyordum, baştan sona ona güvenmemi bekliyordu benden, düşündüm bir an için, bugün alışıyorsun, dedim kendi kendime, ona güvenmeye ve külotsuzluğa, dişiliğin, daha doğrusu metresliğin ulaşılması gereken hedefiymiş gibi. İnsanların bana mesleğimi sorduklarını gözümün önüne getirdim, onlara, metreslik, yanıtını verdiğimi de, ağızlarını açık bırakan bir ses tonuyla.

Sanmıştım ki, buraya gelince galerileri gezecek ya da deniz kıyısında bir barda oturacaktık, fakat o hızla dar bir sokağa saptı, küçük bir evin dar merdivenlerini çıktı, cebinden külotum sarkıyordu, kapıyı çaldı, birkaç saniye sonra kapı açıldı ve yataktan yeni kalmış adamın biri dışarı çıktı, onu görür görmez ağzı kulaklarına vardı.

Aryeh, diye konuştu ince bir sesle, ne güzel seni görmek, uğrayacağını hiç ummuyordum, sonra başını çevirip bana baktı, belliydi, neler olduğunu anlamadığı, fakat suratında mutluluk vardı, Aryeh konuştu, bu Avişag, güneydeki kamplardan birinde kalıyor, yoldan aldım.

Kendimi çok rahat hissediyordum ödünç aldığım bu yeni kimliğimle, düşündüm, kim bilir gerçek Avişag bu durumda ne yapardı, fakat onun gibi geceleri çok derin uyuyan bir kadın, Aryeh gibi adamın birini ele geçirip, buralara düşmezdi. İçeri girdik, tek odalı bir yerdi, eve pek benzemiyordu, köşede geniş bir yatak, küçük bir buzdolabı, ortada yuvarlak bir masa, bakırdan, burada sanki bir üniversite öğrencisi kalıyordu, ev sahibi ise emekliye benziyordu. Aryeh, şaşkınlığımı anlamış olacak ki, burası Şaul'un aşk yuvası, diye konuştu, aynı anda yatağa doğru baktığını fark ettim, Şaul güldü, karşı çıkmak istedi, çekingen bakire bir kız gibi, hayır, dedi, niçin, burada dinleniyorum, tek başıma, iki dava arasında, ona baktım, inanmamış gibi, sonra düşündüm, olabilirdi, avukat, hatta yargıç, fakat hiç de benzemiyordu böyle birine, yine de biraz utangaç, biraz da çekingen davranışlarıyla beni oldukça rahatlatmıştı. Düşündüm, tuhaf, bu odada duran her iki insana da erkek deniyor, karşımdakiler ise birbirine benzemeyen iki erkekti, biz insanlar için sadece iki olanak vardır, erkek veya kadın, üçüncü bir cins yoktur, çay ya da kahve gibi, sevindim, onun Aryeh'e benzemediğine, teşekkür eder gibi baktım, gülümseyerek. Sordu, ne içiyoruz, hemen karar veremedim, çay mı yoksa kahve mi içseydim, o hemen alkollü içkilerden teklif etti, bira, viski, brandy, birkaç marka saydı, çok güzel bir konyağım da var, dedi, Macaristan'dan getirdim, geçen hafta dönmüştü, birkaç şişe getirmişti beraberinde, peynir de, dönüşte Paris'e uğramıştı, başka şeyler de almıştı, sanki Avrupa büyük bir marketti, içinde el arabasıyla dolaşılan, raflarda ne hoşuna giderse içine atılan, az sonra Avrupa'nın bu hazineleri, yuvarlak, alçak, kirli bakır oryantal masaya dizilmişti, sözünü ettiği içki şişeleri de boy boy duruyordu, çevresine kurulduk, kamp ateşi yakmış izciler örneği. Aryeh bardağıma viski doldurdu, sucuktan bir parça kesip, ağzıma uzattı, sonra kendi bardağına da viski koydu, sucuğun acısı viskinin keskinliğine karıştı, beni canlandırdı, daha başka bir yaşamın duygularına kavuşturdu. Ve başladılar aralarında konuşmaya, Paris'ten söz ettiler, uzun uzun, anlattıklarının hepsini dinlemiyordum, bir kulağımdan girip ötekinden çıkıyordu, sadece arada sırada lokanta, sokak, şarap, kadın sözleri kulağıma çalınıyordu, üç gün kalmıştım Paris'te, sohbetlerine karışacak kadar tanımıyordum o kenti, o üç günün yarısını da dehşetli bir baş ağrısıyla otelde yatağımda geçirmiştim, en çok anımsadığım duvar kâğıtlarındaki çiçekler ile üzerime çektiğim örtünün pembe rengiydi, şimdi onların bu sohbetine kulak misafiri olmak güzeldi, kelimeler bir dere gibi şarıl şarıl akıyordu, uzun süredir dost olmalıydılar, ikisinin arasında kendimi rahat hissediyordum, hele Şaul'un yanında güven duyuyordum, Aryeh'e karşı beni koruyordu, sanırım o da dostunun yanında şimdi bana başka gözlerle bakmaktaydı.

Aryeh arada sırada bir sigara yakıp, bana uzatıyor, sucuktan bir dilim kesip ağzıma sokuyor, boşalan bardağımı dolduruyordu, yiyor ve içiyordum, kafamda karmakarışık düşünceler, her şeyi büyüklerinin yaptığı bir bebek gibi hissediyordum kendimi. Ayağa kalktım, tuvalete gitmek için, hafifçe sallandım yürürken, tuvalete oturduğumda da bir an için gözlerim kapandı, zorla açtım, orada olduğuma sevindim, kocaman bir odaydı tuvalet, sanki özürlüler için yapılmıştı, dışarı çıktım, Şaul bana baktı, seni merak ettik, dedi, kendini iyi hissediyor musun Avişag? Bir an düşündüm, ne kadar kolaydı dert veren sorunlardan kurtulmak, adını değiştir, yepyeni bir insan ol, o zaman kimliğin de değişiyordu. Aryeh'in yanından geçerken, eli elbisemin altına girdi, bacağımı okşadı, parmakları yukarı çıktı, külotumu tekrar giyip giymediğimi bilmek istermiş gibi, gel, dedi, otur kucağıma, oturdum dizlerinin arasına, bir eliyle elbisemin altından bacaklarımı okşarken, öteki eliyle ağzıma bir şeyler doldurdu, parmakları dudaklarımda kaldı, ağzıma girdi, hoşuma gitti, elini tuttum, bir sandviç gibi, yaladım, ısırdım, emdim, o dostuyla sohbete devam ediyordu, Şaul'un bir gözü bendeydi, ağzımın ve vücudumun hareketlerini gözünü ayırmıyordu, az sonra dayanamadı, yanımıza geldi, nefesini yanaklarında hissettim, elini de yüzümde, burnumu okşadı, gözlerimi de, parmakları ağzıma girdi, kıvrandı, Aryeh çekildi, ona yer açmak istermiş gibi, bir sigara daha yaktı, Şaul'un parmakları ağzımda dolaştı, kıvrandı, yumuşaktı parmakları, her an eriyip yitebilirlerdi, bu düşünceyle irkilir gibi oldum, iğrendim, o da bunu fark etmiş gibi çekildi, yerine oturdu, yoksa hayal kırıklığına mı uğramıştı, Aryeh yüksek sesle güldü, her şey yolunda, diye konuştu, bana mı söylüyordu yoksa ikimize birden mi, her şey yolunda, diyordu.

Ağzım birdenbire boşalmıştı, bir şeyler yapmayı arzuluyordum, ağzım boş kalmamalıydı, başımı Aryeh'in omzuna dayadım, boynunu öptüm, kulağını ve yanağını da, tıraş losyonunu genzime çektim, kulağına baktım, içine, ne güzeldi, yüzünden çok farklıydı, daha açıktı derisinin rengi, pembemsi, derinlerine de baktım, bir kulaklık görür gibi oldum, pembe, küçük bir kiraz kadar, parmağımı soktum, ona dokunmak istedim, fakat bulamadım, Aryeh konuşmağa devam ediyordu, derinden gelen o sesiyle, heyecansız, kendine güvenir bir ses tonuyla, heyecan vücudundaydı, hissediyordum bunu, daha önce hiç fark etmediğim bir heyecandı yanımdaki Aryeh'ten yükselen.

Demek sen böylesin, diye bir an için düşündüm, onu hep heyecan dolu görmek istemiştim, o ise çevresine soğukluk ve yabancılık yaymıştı, bir makine örneği, fakat şimdi bambaşkaydı, ellerinin bana dokunuşu bile değişikti, içinden geldiği belliydi, sıkıcı değil, gerilim dolu ve de yumuşaktı. Birdenbire gök gürüldedi, şimşekler çaktı, gökyüzü açıldı, müthiş bir sağanak başladı, küçücük ev şimdi Nuh'un gemisiydi, oda karardı, her şey üzerimize yıkılacak sandım, sustular, gökyüzünün gürüldemesini dinlediler, Şaul başını çevirip bana baktı, gözlerinde bir soru var gibiydi, belki de bilmek istiyordu, benim gibi genç bir kadın azametli bu yaşlı adamın kulağıyla niçin oynuyordu ya da buna benzer bir şey geçiyordu kafasından, çekildim, durgunlaştığımı fark eden Aryeh hemen elini çoraplarıma attı, aşağı doğru sıyırdı, ayağa kalktı, beni de kaldırdı, çoraplar dizlerime kadar inmişti, bir kelepçe gibi sarıyordu bacaklarımı, konuştu, gel yatağa, orada daha rahat ederiz, karşı çıkmak istedim, peki ya Şaul, diye mırıldandım, fakat Aryeh, o bizden rahatsız olmaz, dedi, öyle değil mi, Şaul? Yüksek sesle ve kelimelerin üzerine basa basa konuşmuştu, çocuk yuvasındaki bir bakıcı gibi, Şaul da, ince ve uslu sesiyle, tabiî, çekinecek bir şey yok, dedi, ben şurada oturur, sizi seyrederim, sanki bize iyilik ediyordu, Aryeh yatağa doğru yürürken pantolonun önünü açtı, bir an için tuvalete koşan, pantolonlarını yarıya kadar indirmiş, kıçı çıplak küçük çocuklara benzettim kendimizi, yatağa sırtüstü uzandı ve bekledi benim çizmelerimi ve çoraplarımı çıkarmamı, üzerine oturmamı, böyle istiyordu, başka şekilde değil, mümkün olduğu kadar sırtım dik oturmaya çabaladım, hareketlerim işveliydi, sahnede rol yapan bir artiste benzettim kendimi, biliyordum Şaul'un bakışları sadece benim üzerimdeydi, ilk kez seyirci karşısında bir erkekle yatıyordum ve bunun bir zorunluluk olduğunu biliyordum.

Her geçen an hırsım daha çok arttı, seyircim benden hoşnut kalsın, yaptıklarımı beğensin istiyordum, sırtımı eğdim, tam bir köprü oluşturdum, avuçlarım yatağın kenarlarına değdi, alkış bekledim o anda, fakat derin bir nefes alışı kulaklarıma geldi, yere düşen giysi parçalarının sesi, koltuktaki insanın rengi değişti, giysileri azaldıkça teninin soluk rengi parıldadı, aniden hiçbir şey göremez oldum, Aryeh beni çevirip üzerime kapandı, şimdi oydu seyircimizi etkilemek isteyen, kalçaları baştan çıkarıcı hareketler yapıyordu, inlemeye başladım, çok hoşuma gittiğinden değil, acıdığı için, inlemelerim arttı, bu üzerimdeki insanı daha çok tahrik etti, ateşledi sanki, mırıldandı, hoşuna gidiyor, evet, hoşuna gidiyor, Tibetli Budistlerin öğrencilerine ilk derste mırıldandığı sözler gibi, hoşuna gidiyor, hoşuna gidiyor, ben ise o an, hayır, demek istedim, her şeyi bozmak. Birdenbire yatak sallandı, sanki ağır bir şey düşmüştü üzerine, Aryeh çekildi, benden çıktı, aynı anda Şaul'un ellerini vücudumda hissettim, beni okşayan, Aryeh'i aradım, ona tutundum, Şaul'la tek başıma kalmak istemiyordum, onu ancak Aryeh'in elçisi olarak kabullenebilirdim, hissettim bana sokulduğu, içeri girmeye çabaladığını, yumuşak organıyla kurcaladığını, körün değneği gibi, Aryeh beni sıkı sıkıya tutuyordu, yataktan kaçacağım diye korkuyordu, bir yandan da, her şey iyi, her şey güzel, diye mırıldanıyordu, sesi inandırıcıydı, rahatlatıcı, Şaul da usul usul konuştu, sen güzelsin, çok güzel, sevindim, Aryeh'in de bunları duyduğuna, mırıldandım, her şey yolunda, üzerimdeki adam bana girmeye uğraşıyordu, çabalıyordu, fakat başaramadı, sanırım Aryeh'in erkekliği altında ezilmişti, az sonra vazgeçtiğinde rahatladım, beni okşamaya devam etti, hoşuma gitti, yaladı vücudumu yukarıdan aşağı, Aryeh beni kollarıyla sarmıştı. Şişeyi yatağa getirdiler, içtik, birbirimize uzattık şişeyi, o keskin, tatlı duygular yine kapladı her yanımı, düşündüm, tek bu anı yaşamak için değmişti dünyaya gelmem ve Aryeh organını bana geri verdi, arkamı Şaul'a dayadım, ileri geri hareket ettik, uyum içinde, aynı anda geldiler, arkamda Şaul'un spermasını hissettim, önümde, içimde Aryeh'in, kendimi etli büyük bir parça kemiğe benzettim, köpeklerin ya da kedilerin her yanını yaladığı, anımsadım köpeğin parçaladığı kedi yavrusunu, babamın o esrarengiz hastalığını, dekanla olan randevumu ve başladım ağlamaya, beynim zonkluyordu, iş işten geçti, iş işten geçti, beynim parçalanacaktı.

Bana dikkat bile etmiyorlardı, uyuyakaldılar, Aryeh rahat bir uykudaydı, Şaul'un uykusu daha derindi, gençliğini ve sağlığını yitirmiş insanların uykusuna daldı, çıktım yataktan, tuvalete gittim, aynanın karşısına geçtim, gözlerim yaşlıydı, kıpkırmızıydı, duşa girdim, soğuk suyla yıkandım, kendi kendime mırıldandım, her şey iyi, her şey güzel.

Az sonra odaya döndüğümde Aryeh kalkmıştı, giyiniyordu, yüzünde yine o ciddilik, nüfuz sahibi bir Hintli'yi andırıyordu, sakinleştim, böyle görünümlü bir insan, otoriter biri, ne yaptığını bilen biridir, korkularım azaldı, o sigarasını yaktı, kahve hazırladı, bu arada Şaul da uyanmıştı, masanın çevresine oturduk, ben ve Şaul çıplak, Aryeh giyimli, sordu, üşümüyor musun Ya'arah, konuştum, hayır, Şaul şaşırmış gibi baktı, niçin Ya'arah, dedi, adı Avişag sanıyordum, sırıttı Aryeh, benim gerçek adımın Ya'arah olduğunu söyledi, güzel bir adın var, dedi Şaul, Korman'ın kızı, diye Aryeh devam etti, senin onu tanıdığını unutmuştum, Şaul sözünü kesti, hem de çok iyi tanırım, birlikte üniversiteye gitmiştik, üçümüz bir aradaydık, Aryeh konuştu yine, haklısın, dedi, o anda utandım Şaul'un karşısında çıplak oturduğuma, giysilerimi sağdan soldan topladım, onlara çıplak arkamı göstermemek için çömelmek istedim, yere kapaklandım.

Eskilerden söz ettiklerini duydum, babamdan, sınavlarda nasıl ondan kopya aldıklarını, hangi kızlarla çıktıklarını, babamın profesörlerle tartışmalarını anlattılar, profesörlerin babamdan çekindiğini de, günün birinde hastalığı nedeniyle her şeyi yüzüstü bırakmıştı, aniden sustular. Kendimi iyi hissetmiyordum, başım da ağrıyordu, yatağa uzandım, Aryeh yanıma gelip şaka yapar gibi sordu, bir tur daha arzu ediyor musun? Hiçbir şey arzu etmiyordum, yanıt vermeyi bile, benim yerime Şaul konuştu, sus, bırak da dinlensin, ona baktım, bakışlarında merak seziliyordu, bir şey sormak istermiş gibiydi, sanırım az önce Korman'ın kızıyla yatmak istemiş olmak, bir başka dostunun onunla yattığını görmek çok rahatsız etmiş gibiydi, içimi bir korku kapladı, her şeyi babama anlatabilirdi, ona imzasız bir mektup yazar, kızının üniversitedeki çalışmalarıyla ilgileneceğine ihtiyar heriflerle yattığından söz edebilirdi, gözlerim karardı.

Tekrar kendime geldiğimde, yanımda durduklarını fark ettim, üzerime doğru eğildiler, baktılar, huzursuz ana baba örneği, Aryeh babamdı, Şaul da annem, yüzümü ve boynumu küçük bir havluyla ıslatıyorlardı. Uzun, tatlı bir uykudan uyanıyormuşum sandım, uykuların en tatlısından, başım biraz ağrıyordu, bu daha çok başka bir ağrının anısıydı, kendimi iyi hissediyordum, birdenbire, ummadığı bir anda iyileşmiş hasta örneği. Onlara gülümsedim ve yüzlerinde bir rahatlama sezdim, Aryeh konuştu, birkaç dakika baygın kaldın, dedi, merak edecek bir şey yok, gitti bir bardak su getirdi,

Şaul anlattı, bir kez de onun başına gelmişti, bir dava sırasında bayılıvermişti, o zaman anladım ki gerçekten yargıçtı, gülmeye başladım, az kalsın bir yargıçla yatmış olacaktım, meraklanacağın bir şey yok, diye bir an düşündüm, bir yargıç da karşı çıkmış olmadığına göre yanlış bir şey yapmadın, Aryeh saatine baktı, gitmeliyiz, Ya'arah, diye konuştu, kapıda Şaul beni yanağımdan öptü, bir amca gibi ve babana selam söyle, dedi, Aryeh dirseğimden tuttu, otomobile yürüdük, denizi görmeden dönüyorduk, yolda sordum Aryeh'e, külotum nerede, elini cebine soktu, boştu, sanırım orada kaldı, bir an için kızdım, çok sevdiğim, en güzel külotumdu, Aryeh, bir külot yüzünden geri dönecek değiliz, dedi, bir daha gittiğimizde alırız, biliyordum, bir daha gitmeyecektik oraya, külotsuz geri dönmemin benim için bir kayıp olduğunu da hissediyordum, sanki sağlıklı yola çıkmış, yaralı geri dönüyordum, bu gezi de onun planlamış olduğu şeytanca bir düşünceydi, külotumu çalmak için.

Sustum ve dışarısını seyrettim, konuşmayacaktım bu kez, onun konuşmasını bekleyecektim, düşünsündü, nelerden söz edeceğimizi, fakat o da ağzını açmadı, kafa yormaya pek niyetli değildi, kendinden memnun bir görünüşü vardı, radyodan yükselen melodilere dalmış, parmaklarıyla direksiyonda tempo tutuyor, bir şeyler mırıldanıyordu, yarım saat geçti aradan, yanında oturduğumu yeni fark etmiş gibi bana doğru döndü, sordu, senin için ilk kezdi, değil mi? Yanıtladım, evet, peki, ya senin için?

Çok bilmiş gibi güldü, benim için olur mu, ne de olsa en hızlı yıllarım Paris'te geçti, her şeyi denedim, aklına ne gelirse, fakat artık zorlanıyorum.

Zorlanıyor musun? diye şaşkın sordum.

Evet, artık şey canımı sıkıyor. Biliyorum, bu söylediğimi üzerine alınıyorsun, fakat yanılıyorsun. Benimki genel bir sıkıntı, ondan kurtulmam çok zor. Her defasında yepyeni heyecanlar istiyorum, bir gün gelecek onlar da bitecek. Televizyondaki jimnastik programı kadın ile erkek arasındaki yatmadan daha heyecan verici artık benim için.

Teknik bakımdan belki haklısın, diye konuştum, fakat duygulara ne oluyor? Seni çok ilgilendiren bir kadınla yatman seni heyecanlandırmıyor mu, senin için çok ilginç olmuyor mu, onunla yaptığın ilginç bir sohbet örneği?

Onunla sohbeti ilginç bulacağımı da nereden çıkardın, diye homurdandı, seks konusunda söylediklerim sohbet konusunda da geçerli benim için. Her ikisinde de heyecan olmalı, giderek artmalı. Duygulara gelince, çoktandır bilmiyorum duyguların ne olduğunu. Yıllar geride kaldıkça insan hayvanlaşır ya da çocuklaşır, yaşamda önemli olan gereksinmelerdir.

Düş kırıklığına uğradım o anda, hem de tam bir düş kırıklığına, geri dönülmeyecek, sanki zehir içmiştim ve pişman olmama karşın vücudumdan çıkaramıyordum, artık yapacak hiçbir şey yoktu benim için. Yaşamımı kendi elimle berbat ediyordum, güzel elini kalçama koydu, bir an için oluşan soğukluğu kurtarmak istermiş gibi, beni avutmaya çabaladı, konuştu, biliyor musun, seni Şaul'la gördüğüm o anda benim için olan değerini, beni nasıl çektiğini kavradım ilk kez.

Bu sözler beni daha da şaşırttı, düş kırıklığımı artırdı, sordum, ne olacak, karşılık verdi, hiçbir şey, dedi, mutlaka bir şey mi olması gerek, konuştum, fakat ben seni seviyorum.

Yine sordu, niçin, benim neyimi seviyorsun?

Sustum, yanıt bulamadım, kendimi zorladım, kıvrandım, onu gözümde büyütüyordum, belki gerçek değildi, fakat bana göre o bencil, kaba, burnu havalarda ve duygusuzdu, ancak bunları suratına karşı söyleyemezdim. Haydi, söyle, benim neyimi seviyorsun, sorusunu tekrarladı, çok merak ediyorum.

Sonunda seni de ilgilendiren bir konu bulduk, diye tıslar gibi konuştum, teninin rengini seviyorum, sesini ve yürüyüşünü, sigara yakışını da, ancak bu söylediklerimin, arka arkaya sıraladığım özelliklerin onu pek tatmin etmeyeceğini de biliyordum, gülümsedi, pek önemsemezmiş gibi, konuştu, böyle küçük şeyler sende büyük sevgi uyandırdığına göre, karşına çok daha etkileyici özellikleri olan bir erkek çıktığında kim bilir ne yapacaksın? Konuştum, ne güzel olurdu, bir aşkın büyüklüğü ile sevilenin özellikleri arasında bağlayıcı unsurlar olabilseydi, fakat ne yazık ki yok, düşündüm, Yoni'yi ve o mükemmel özelliklerini, Aryeh'in bana düşünceli baktığını sezdim, söylemiş olduklarımı kabullenmişe benzemiyordu, çünkü benim onu sevmemin nedenleri kişiliğiyle pek bağlantılı değildi, onu okşamıyordu, belki de kendini aşağılanmış görüyordu, sevilmesinin başka nedenleri olmamasını anlamıyor gibiydi, konuştu, sanırım, sen beni pek anlamıyorsun, kafanı yoran tek şey benden şu ana kadar aldıkların ya da alamadıkların, gerçek beni görmüyorsun bile, sen olmadığın zaman ben nasıl biriyim, bilmiyorsun, evet, dedim, bu doğru.

Kara bulutlara baktım, ağır ağır ve alçaktan gittikçe yaklaştıklarına, tepemizdeki gökyüzü sanki otobandı, bir an için sınırların kaybolduğunu sandım, yukarı çıkıyoruz hissine kapıldım, yoksa bulutlar mı aşağı inip bizi örtüyordu, dışarıda hava birden karardı, daha akşam olmamıştı ki ve sağanak boşandı, aniden, yol dere oldu, otomobil sallanmaya başladı. Kapıya dayandım, dışarısını seyrettim ve düşündüm, işte benim için en uygun an gelmişti, kapıyı açıp kendimi dışarı atmalıydım, olduğum gibi, mantosuz ve de külotsuz, her şeyi şu anda bitirmeliydim, çünkü bu ilişkiyi sona erdirmek için çıkar başka yol göremiyordum. Elimi gözlerimin üzerine koydum, parmaklarımın arasından ona baktım, tıpkı sinemada korku dolu bir sahneyi seyreder gibi, korkmama rağmen kaçırmak da istemiyordum, karşımda onu koskocaman gri bir tırtıl gibi gördüm, dışarı fırlamış gözleri ve iri ağzı, pembemsi kulakları, çok uzun süre pişmiş bir eti anımsatan koyu renk teniyle, gülüverdi birden, kendi kendine, çok bilmiş bir gülmeydi, düşündüm, ne gülüyorsun, duymadın mı tekerleğin nasıl döndüğünü, hoşuma gitti bu düşündüğüm, tekrarladım, dudaklarımın arasında bir melodi, fısıldar gibi ve kendimi biraz daha iyi hissettim. İnsan her istediği an ölebilir, dedim kendi kendime, haydi, yaşamına bir şans daha tanı. Şimdi görüyorsun, o yanında, gerçeği artık daha iyi biliyorsun, onu ve kişiliğini yakından tanıyabildin, birlikte şu yolculuğu yapman hiç de fena olmadı, o aç ve susamış, alkış ve onay bekliyor, tıpkı senin aşka susamışlığın gibi, ne yapacaksın, yaşam böyle, hep susamış kalmak çok tehlikeli. O nedenle daha işin başındayken vazgeçmek daha doğru olurdu, bırakayım başkaları onun canını sıkmakla uğraşsın, niçin sen olacaktın, senin yapacağın çok daha iyi şeyler var, fakat o anda durakladım, nelerdi o iyi şeyler, gözümün önüne hiçbir şey getiremedim, az öncesini düşündüm, ağzıma doldurulan o yağlı Macar salamı parçaları ve ağzıma giren erkek parmakları canlanıverdi gözümün önünde.

Onu gözlemeye devam ettim, parmaklarımın arasından, en iyi böyle görünüyordu, bölüm bölümdü, parçalara ayırmıştı parmaklarım, onları istediğim gibi oynatıyor, onu nasıl görmek istersem öyle görüyordum, konuştum kendi kendimle, peki, diyelim ki ona karşı bir aşk besliyorsun, iyi, gel, çıkaralım iki kelimeyi, ona karşı, geriye kalır, bir aşk, güzel bir şeydir aşk, öyle değil mi? Çocuklar bile bilir ki, birisini sevmek çok güzeldir, armağan edelim öyleyse onu bir başkasına. Diyelim ki, sen birisi için bir pasta yaptın ve o senin pastanla hiç ilgilenmedi, ne yapardın o zaman? Bir başkasına verirdin, öyle ise sen de al aşkını, ver bir başkasına, adresi seninle aynı olan birine, telefon numarası da. Düşüncelerime birden Yoni girdi, ayrıntıları gözümün önüne getirmeye çabaladım, ne de olsa ayrıntılar onun güçlü yanıydı, gördüm kahverengi gözlerini, uzun kirpiklerini, portakal rengi, kadınımsı diyebileceğim dudaklarını, kumral saçlarının kıvırcıklarını, ilk yıllarımızda ellerimle karıştırdığım, gözümün önüne getirdim, boyunda sallanan yuvarlak nazarlığı andıran yüzünü, aniden karşımda gördüm onu, otomobilin silecekleri gibi ağır ağır bir sağa bir sola gidiyordu, güçsüz sallanıyordu, anlayamadım niçin böyle sallandığını, birden kavradım, elimin arkasından hafif bir çığlık attım, kendini asmıştı, görüyordum, biliyordum da, eve döndüğümde onu banyoda bulacaktım, bakışları yerde, altındaki iskemleye tekme attığı anda içeri girecektim. Tanımadığım biri ona Aryeh ile benden söz etmişti, benim yalanımla daha fazla yaşayamazdı, beni de terk edemezdi, benim Aryeh'i terk edemediğim gibi. Yoksa başka bir sürpriz mi bekliyordu beni, çekip gitmeye mi hazırlanıyordu, belki şu anda bavulunu yapıyor ya da bana bir veda mektubu yazıyordu, sana inanmıştım, diyordu, sen ise beni aldattın, aşkımıza leke sürdün. Ben senin hiçbir şeyine engel olmadım, seni eve bağlamadım, sana özgürlük verdim ve ümit ettim, iyi şeyler yapmanı, senden tek ricam olmuştu, beni artık istemediğinde bana söyle, demiştim. Biliyordun, benim gözümde sen hep özgür bir insandın, hiçbir zaman buyruğum altında olmamıştın, ben senin ne vücuduna, ne de ruhuna hükmettim, bana bağımlı olma, dedim sana. Her sabah uyandığında bana yeniden âşık olmanı, başkasını seçtiğinde ise bunu bana söylemek yürekliliğini göstermeni beklerdim senden.

Ah, biliyor musun, yaşam bu kadar kolay olsaydı, derdim ona, sanıyor musun her şey böyle olup bitiyor? Evet, hayır, siyah, beyaz, sence öyle mi? Peki, ya ben bir başkasını seçersem, fakat o beni seçmezse ne olacak?

Beni yine de olayın dışında tutacaksın, diyecektir, sonuç ne olursa olsun, bir an için bile bir başkasını seçersen, bense karşı çıkmaya kalkışacağım, peki, ya ben yaptıklarımın doğruluğundan emin değilsem, sonra pişman olacaksam, diyeceğim, o ise daha fazla karşı koyamayacağım berrak mantığıyla konuşacak, tekrarlıyorum, diyecektir, sonuç önemli değil, beni karıştırma.

Ben onu yitirdim, diye düşündüm, öyle veya böyle, yitirdim onu, bu adamın yüzünden, elimden gelse o anda Aryeh'in memnun memnun sırıtan yüzünü parçalardım, direksiyonu alır, onu otomobilden fırlatırdım, dışarıdaki sağanak yağmura, fakat mümkün değildi, elleriyle sıkıca kavramıştı direksiyonu, boşuna çabalama canikom, dermiş gibi, burada kontrolü elinde tutan benim. Aklından çıkar, diye düşündüm, beni yarın yine göreceğini, iki gün sonra veya iki hafta, iki ay, iki yıl sonra, kurtaracağım yaşamımdan bana geri kalmış şeyleri, tabiî geri kalmış bir şey varsa ve mırıldandım kendi kendime, Yoni, bekle, tekme atma iskemleye, ne senin, ne de benim altımdaki o iskemleye, şans tanı bana ve yağmur şiddetini artırdı, Aryeh usul sesle bir küfür savurdu, korktum birden, eve hiç varamayacağım sandım bir an için, kaza yapacağız, Aryeh direksiyonda kalp krizi geçirecek, benim elim ayağım birbirine dolanacak, her şey berbat olacaktı, o anda kendi kendime ant içtim, kazasız belasız eve varırsam ve Yoni beni terk etmezse, Aryeh'i bir daha görmeyecektim, Yoni'den bir çocuk yapacak ve yaşamımı, ömrümün sonuna kadar Yoni ve çocuğumla birlikte geçirecektim.

Bir şey mi aradın, diye sordu, az önce kente girmiştik, sabah geçtiğimiz caddeleri yine geçtik, tabiî bu kez ters yönde, evet, dedim, şurada kırmızı bir ağaç vardı, alev alev, onu aradım, sordu, niçin, benim için bir simge o, dedim, bulsam da bulmasam da, konuştu, öyleyse önemli değil o kırmızı ağacı bulup bulmaman, benim de sabah kırmızı bir şey dikkatimi çekmişti, fakat ağaç mıydı yoksa kırmızı kiremitli bir ev damı mı, bilemiyorum. Az sonra Yoni'nin bilgisayar servisinin önünden geçerken yine başımı eğdim, inşallah Yoni hâlâ oradaydı, çalışıyor, bilgisayarlarını terbiye ediyordu. Bizim sokağın girişinde otomobil durdu, itiraz ettim, çok uzakta durduk, biliyorum, dedi, senin emniyetin için, başına dert açmak istemem, sanki çok önemli bir şey yapıyordu, casusluk üzerine ders mi almıştı ne bir zamanlar, beyninin içine girmeliydim, serinkanlı görünmeli, çok profesyonel davranmalıydım, gözlerimi ona diktim, biliyordum, onu bir daha görmeyecektim, yüzünü ezberlemeli, ilerde anımsadığımda, yıllar sonra da olsa, bulmaca çözüyormuş gibi hemen gözümün önüne getirebilmeliydim. Direksiyonu sıkı sıkıya tutuyordu, düşündüm, eğer bırakıp da bana dokunursa bu bir işaretti, bırakmazsa yine bir işaretti, ellerini direksiyondan çekti, bana dokunmak için değil, burnunu kaşımak ve bir sigara yakmak için, ona bakmayı bıraktım, konuştum, allahaısmarladık, otomobil uzaklaşırken düşündüm, acaba teşekkür mü etseydim, kaşlarına da bakmamıştım, siyah mıydı yoksa saçları gibi aklaşmış mıydı, şimdi tüm ömrüm kaşlarının rengini bilmeden geçecekti.

Evin önüne geldiğimde korkmaya başladım, kalp atışlarım da hızlandı, fakat kendi kendime, soğukkanlı ol, soğukkanlı ol, dedim, kimsenin aklına senin kötü bir şey yapmış olduğun gelmeyecektir, bütün gününü kentte geçirdin, avare avare dolaştın, giyecek bir şeyler aldın, o aklından bile geçirmeyecektir, senin bir buçuk erkeklik organını içine sokturtmak amacıyla Yafa'ya gittiğine ömrü boyunca inanmayacaktır, karşısına geçip, suratına anlatsan bile, gerçeğin en güzel yanı kimsenin ona inanmamasıdır. Kapıyı açmadan önce dua ettim, Yoni, lütfen evde olma, bunu senin kendi iyiliğin için arzu ediyorum, ne işin var evde, gerçekten de henüz gelmemişti.

Evin içi karanlık ve sıcaktı, dışarıda hava serinlediği için kalorifer erken çalışmaya başlamış olacaktı, okşadım radyatörleri tek tek, sokulgan ev hayvanlarının tüylerini okşarmış gibi, evin içine sıcaklık benden önce gelmişti, radyatörler benim yanımdaydı, ne zaman geldiğimi kimseye söylemeyeceklerdi. Mutfakta musluğun içi bulaşık doluydu, sabah giderken bıraktığım, rahatladım, üstümdekileri çıkardım, dolaba tıkıştırdım ve duşun altına girip, sabunu elime aldım, çabucak vücudumun belirli yerlerini yıkadım, sonra da üzerime pijamamı geçirdim, kendimi yatağa attım. En iyisi saatlerce uyumuş gibi yapmaktı, o gelince de yeni uyanmış birinin mahmurluğuyla az konuşmak, zaman kazanıp, keyfinin yerinde olup olmadığını anlamaktı, karanlık odada gözlerimi kapattım, rahatladığımı hissettim, fakat sonra saat altı oldu, yedi oldu, korkmaya başladım, Yoni eve gelmedi, telefon da etmedi, başkaları da telefonla aramadı, sanki o gün benden habersiz bir şeyler olmuştu, insanın ömründe tek bir kez gelen o treni kaçırmıştım, benden başka herkes binmişti, korkularım arttı.

Düşündüm, gözümün önüne getirdim, benden uzakta, çok uzakta bir yerde Yoni ile annem babam eğleniyordu, dekan da oradaydı, bugün eksikliğimi fark etmiş olan öğrenciler ve Şira da, telefon etmeye karar verdim, Şira'yı aramalıydım, o hep bilirdi nerede ne olduğunu, olmadığını da, çevirdim karanlıkta numarasını, sesi cana yakındı, sordum, Yoni'den bugün haber alıp almadığını, aramak fırsatını bulamadım da, dedim, konuştu, 5786543, Yoni'nin bürosunun telefon numarasını söyledi ve birden sesi değişti, artık cana yakın filan değildi, affedersin Ya'arah, dedi, misafirlerim var, emindim bir parti veriyordu, yaşamımın kişileri onun evinde bir araya gelmişler, geleceklerini tasarlıyorlardı, bensiz.

Denedim, gözümün önüne getirmek istedim, anımsamak, Aryeh'in sigara dumanlarının örttüğü yüzünü, sigara içmiyordu, fakat yüzünün hatları dumanların ardında silikti, bana der gibiydi, ne önemi var ayrıntıların, çizgiler seçiliyordu, stilize edilmiş bir yüzdü dumanların kapattığı, otorite ve düzensizlik karışımı, sanki iyi ve kötü onu yüceltmişti, ahlak ve ahlaksızlık, alışılmış ve alışmamış da, birden öfkelendim, kim onu oraya çıkarmıştı, kimdi onu böyle yücelten, mırıldandım, o, sonra sen de, yani ben.

Başka şeyleri de düşünmeye, gözümün önünde canlandırmaya çalıştım, ilk evimiz nasıldı, odaları, duvarları, duvarlarının badanası, karar verdim, ilk yıllarda badana filan yoktu, sonra badana yapmışlardı, neye benziyordu, yine düşündüm, zorladım kendimi, bir ev nasılsa öyleydi, daha doğrusu nasıl olması gerekiyorsa, yanılmıyorsam kiremitli damı bile vardı, fakat yine de bir ev karikatürüydü. Orası benim yirmi yıl süresince evim olmuştu, her şeyini ben anımsamazsam kim anımsayacaktı, zorladım kendimi yine, fakat kimi zaman insan ne kadar çabalarsa çabalasın en önemli şeyleri yine de anımsayamıyordu, günlük yaşamında kimi olaylar ona ufak tefek, fakat önemli şeyleri unutturuveriyordu. Hele şu Tirza Yengemin hikâyesini anımsadıkça hep gülümserim, annem anlatırdı bazen, keyifle, otuz yıllık evli yengem kocasından boşanmaya karar verdiği günün sabahında ona güzel bir kahvaltı hazırlar, kahvesini önüne koyarken de, kaç kaşık şeker istersin diye sorar, kocası da, kahvemi otuz yıldır sakarinle içiyorum, yanıtını verir.

Bu yaşta boşanılmaz, derdi annem iç geçirerek, elli yaşında boşanılmadığı gibi yirmi yaşında da evlenilmez, fakat kişi başlangıçta budalalık yaptı mı sonunda da yapıyor, bir defasında gözlerini bana dikmişti, dikkat etmezsem beni de aynı alın yazısının beklediğini söylemek istermiş gibi. Eşini hiç saymamıştı, kadın kocasına değer vermek zorundadır, derdi annem, o adam o kadına çoktu bile, bana kalırsa acı çekmek istiyordu, ömrünü acısız noktalamak niyetinde değildi, sonunda istediğini elde etti, hem de faizin faiziyle.

Uzun boyluydu, zayıftı Tirza Yenge, güzel ve soğuktu, acı çekip çekmediğini hiç belli etmezdi, suratında hep o umursamaz ve canı sıkkın bir ifade vardı, sanırım acı çekmek bu kadına can sıkıntısı verirdi ve kocası, Aleks Dayı, onun yanında bir böceği andırırdı, küçük, siyah ve çalışkan, yengemin sinirine dokunmasını anlardım, boşanmalarının hemen ardından genç bir kadınla evlenmişti, yeni eşi ona hayrandı, dayım da tanınmayacak kadar değişmişti. Bazı cumartesileri bize geldiğinde yeni eşini de getirirdi, hava atmak istermiş gibi, değişimi beni çok şaşırtmıştı, gözümde birdenbire erkekleşmişti, kendine güveni artmıştı, şakacı da olmuştu, kimi zaman Tirza Yenge da evde olurdu, yatak odasına gizlenir, kapı ardından onu dinlerdi. Annem o geleceği zaman yengeme haber verirdi, gizlice eski kocasını dinlesin diye, Aleks erkek kardeşi olmasına karşın annem yengemle daha iyi anlaşırdı, babam da her defasında öfkelenir, bu son kez, diye tehdit eder gibi sesini yükseltirdi, böyle numaraları hoş görmeyeceğim. Benim görevim de, Tirza Yenge'ye gizlice kahve ve yiyecek bir şeyler götürmek, dolu kül tablasını boşaltmaktı, bir gün Aleks Dayı beni elimde dolu kül tablasıyla görmüş, kuşkuyla suratıma bakmış, bu da ne demek oluyor Ya'arah, demişti, sen sigara mı içmeye başladın, hayır, demiştim, sadece biraz ortalığı topluyorum, aferin, diye konuşmuştu, fakat yine de bana pek inanmamıştı, bir süre sonra anneme, kızın güzelleşiyor, dediğini anımsıyorum, fakat çok da güzel değil. Niçin, diye annem sormuştu, yanıtı, güzelliği yengesini andırıyor, olmuştu, kimseyi sevindirmeyen bir güzellik, kendini bile. Dayımın bu sözlerini duyan Tirza da sigaranın birini söndürüp ötekini yakmış, mutlu çift gittikten sonra bitkin, gözlerinin altı kızarmış, üstü başı sigara kokusu içinde yatak odasından çıkmış ve yeni kadına atıp tutmuştu, orospu gibi giyiniyordu, konuşması da öyleydi, yerine böyle biri geçtiği için utanç duyuyordu, Aleks'i hiç affetmeyecekti, bunu üzerine annem de, unutma Tirza, boşanmak isteyen sendin, demişti, o seni ömür boyu terk etmezdi, sohbetleri uzun sürmüştü, arada benim duymamam gereken şeyler vardı ki, usul sesle konuşmuşlar, akşama doğru da Tirza, elli yaşına karşın gergin ve güzel yüzünü yıkamış, derin derin içini çekmiş ve evine gitmişti, tıpkı dayanabildiği kadar saunada kalmış, son anda kendini dışarı atmış, fakat yine de saunanın sağlıklı bir şey olduğuna inanmış bir insan gibi.

Sen sadistten başka bir şey değilsin, derdi babam bazı akşamlar anneme, hâlâ sigara kokan yatak odasında, niçin onu hep buraya çağırıyorsun, onurunu kırmak için, öyle değil mi, sen kıskanç bir kadınsın, o başarılı bir avukat, sen ise kendisini harcamış birisin. Ondan yana görünüyorsun, fakat gerçekte ona eziyet çektiriyorsun, farkında değilim sanıyorsan yanılıyorsun.

Ben kendisini harcamış bir kadınım, öyle mi? Annem öfkesinden çılgına dönerdi, acaba kime harcadım ben kendimi? Bütün ömrümü sana harcadım.

Evet, ömrünü bana harcadın! Benim için harcayacak ne vardı? Sen yaşamını saçma sapan şeylere harcamış birisin.

Senin çocuklarını yetiştirmek saçma sapan şeyler, öyle mi? Ailesiyle ilgilenmek saçma sapan şeyler!

Hangi ailenle, söyle! Sen tek kendinle ilgilendin, gördük, çocuk öldüğünde ne olduğunu, o çocuğun sana çok gereksinimi vardı!

Sen bunu nasıl söylersin bana, diye bağırırdı annem, duyan da senin çok başarılı adamın biri sanır! Bütün gün laboratuvarına kapanıyorsun, su sıçanı örneği kayboluyorsun! Üniversiteyi yarıda bırakacağına sonunu getirseydin, belki çocuğumuzu kurtarabilirdin, o lanet olası hastanenin lanet olası doktorlarının eline düşmezdik! Sonra her tartışmada olduğu gibi odanın kapısı çarpılır, annem koltuğunun altına yastık ile battaniyesini alır, oturma odasındaki kanepeye uzanır ve hiçbir şey olmamış gibi yüzünde rahat bir insanın ifadesi uyurdu, ben de yanına gider, gerçeğin belirtilerini arardım yüzünün kırışıkları arasında. Hangi gerçeğin? Sorun bu değildi, sorun ikisinden hangisine acımam gerektiğiydi, böylece bir onun bir ötekinin yanına gider yüzlerine bakardım, bir babamın, bir annemin, yüreğimde bir kutu acıma duygusu, elindeki tek ilacı hangi hastasına vereceğini, hangisini kurtaracağını bilemeyen bir doktor örneği, ben de bilemezdim kime acıyacağımı. Kimi zaman iki yatak arasında gidip gelirken yarı yolda, halının üzerinde uyuya dalar, ertesi sabah da üzerime dikilmiş gözlerle uyanırdım, bakışlarında geçmiş tüm yılların beklentileri sezilirdi, beni dünyaya getirdikleri an başlayan ve bugüne dek süren beklentiler, yerine getiremediğim ve onları düş kırıklığına uğratan beklentiler, tüm çabalarını boşa çıkarmıştım, yaşamlarının kurtarıcısı olamamıştım, acıyordum, fakat hangisine acıyacaktım, bunu hiç bilemedim, kendi kendime acıdım, beni hep suçladılar, çocukluğumdan bugüne, suçlamalar o kadar büyüdü ki, geceleri uzanacağı bir yatak aradı durdu hep kendine.

Kimi zaman babam yılan gibi tıslardı, tıpkı Tirza gibi olacak bu kız, derdi, fakat yengem geldiğinde, masada hep birlikte oturduklarında, hiçbir şey yokmuş gibi konuşurdu onunla, güzel güzel sohbet ederlerdi, sanırım babam Tirza Yenge'nin tümünden değil, sadece bir bölümünden nefret ederdi, gerçek Tirza'da ilk bakışta görünmeyen, ancak yakından tanıma fırsatı elde ettiğinizde farkına varabileceğiniz kibir ve gaddarlığını sevmezdi, bu gibi özellikler ancak Tirza gibi kadınlara özgüdür.

Annem de sorardı, niçin böyle konuşuyorsun, Ya'arah yengesini andırmıyor ki, Tirza soğuk kadının biri, Ya'arah ise sıcacık, babam da, biraz kırgın, belki sana karşı öyle, derdi, bana karşı değil.

Annem, ne sıcaklık bekliyorsun ondan, diye biraz öfkeli sorardı, sen ona ne sıcaklık veriyorsun ki, kızından aynısını bekliyorsun?

Ve birden salonda ışık yandı, kapının açıldığını, birinin eve geldiğini fark etmemiştim, Yoni'yi gördüm, pardösüsünü çıkarmıştı, üzerinde kısa bir şort vardı, o anda yüreğimin daraldığını hissettim. Ne de genç bir görünümü vardı, hele üzerindeki bembeyaz spor giysileriyle, tenisten geliyor olmalıydı, genç, yakışıklı ve tatlı, gururlanır gibi oldum, karanlık odadan seyrettiğim insan sanki çocuğumdu, yürümesini, odanın ışığını yakmasını ve giysilerini giyip çıkarmasını öğrenmişti küçük oğlum, her şeyi artık tek başına yapıyordu, benim iyi huylu çocuğum, sonra yatak odasına doğru yürüdü, kapıda durdu ve karanlıkta bir şeyler görmeğe çalıştı. Ben onu çok iyi görüyordum, o ise beni seçemiyordu, orada olup olmadığımın farkında bile değildi, emin olmak için yatağa sokulmağa da cesaret edemiyordu, yüz hatlarının ne güzel olduğunu gördüm, şaşırdım, onu ilk tanıdığım gün olduğu gibi, yüzünün tek tek hatları güzel olmalarına karşın bütünleşemiyordu, Yoni güzel bir erkek değildi.

Benim küçük su farem, diye fısıldadı, birkaç saniye sonra şöyle bir kıvrandım, gerindim, gözlerimi ovdum, daha o sormadan, biraz uyudum da, diye mırıldandım, bugün işten sonra tenise gittiğini unutmuştum, memnun oldum, sesinin yumuşak çıkması da beni rahatlatmıştı, fakat aynı anda, seni üniversitede aradım, diye konuştu, bugün hiç gelmediğini söylediler, düşündüm, soğukkanlı olmalısın, soğukkanlı, homurdanır gibi, evet, kendimi hiç iyi hissetmedim, işe gitmedim, evde kaldım, o sesindeki aynı yumuşaklıkla devam etti, fakat bu kez dudaklarından dökülen kelimeler acımasız ve korku vericiydi, fakat ben az önce eve uğramıştım, üzerimi değiştirmek için, sen evde yoktun, dedi, o anda onunla her şeyi konuşmak, ağlamak ve nasıl bir deliğe düşmüş olduğumu anlatmak istedim, bana dikkat etmesi gerektiğini, evden çıkmama izin vermemesini söylemeyi düşündüm, fakat vazgeçtim, kendi kendime, soğukkanlı olmalısın, dedim, kişi her zaman günah çıkarabilir, hele önce namuslu rolünü oynamaya devam et, eczaneye gitmiştim de, diye konuştum, aspirin almaya, çok güzel, dedi, benim de başım çatlıyor, hemen bir tane alayım ve birden ışığı yaktı, gözlerimi kapattım, mırıldandım, çantamda olmalı, çantayı aldı, yatağa getirdi, annesine emzirmeye getirilen bebek gibi, çantamı karıştırmak istemedim, fakat yine de karıştırdım, arar gibi yaptım, sonra, yok, bulamıyorum, dedim, acaba mutfakta mı kaldı, eczanede bir tane ağzıma atmıştım, yoksa orada mı unuttum, çılgınlar gibi dua ettim, hemen gidip alayım, demesin diye, şansıma o anda dışarıda gök gürüldedi, sağanak gibi bir yağmur başladı, seller akıyordu, gel, diye mırıldandım, gel yatağa, ben senin baş ağrını geçiririm.

Yatağın kenarına oturdu, fakat oturması ile kalkması bir oldu, sanki aniden aklına bir şey gelmişti, önce yıkanmalıyım, dedi, ter kokuyorum, fakat burnuma ter kokusu filan gelmemişti, tuhafıma gitti, başka zaman duş yapmasını ona anımsatan bendim, şüphelendim, tenise gitmemiş miydi yoksa, vücudunda başka bir kadının kokusu mu vardı, hemen aklıma Şira geldi, telefondaki sesini duyar gibi oldum, misafirim var, demişti. Tenis nasıl geçti, diye sordum, yanıtladı, her zamanki gibi, sormaya devam ettim, bugün kime karşı oynadın, biliyorsun, hep aynı rakiple oynuyorum, dedi, unuttun mu? Anımsamama yardım et, diye mırıldandım, kim o, konuştu, Aryeh, dedi, meleği andıran o yumuşak dudaklarında şeytanca bir gülümseme sezer gibi oldum, Aryeh mi, o da kim? Kaç yaşında? Benim yaşımda, belki de birkaç yaş daha büyük, dedi, anımsamıyor musun onu? İki hafta kadar önce süpermarkette karşılaşmıştık, unuttun mu?

Arkasını döndü, beyaz sırtını, banyoya doğru yürüdü, konuştum kendi kendime, sinirlerine hâkim olmalısın, en ufak şeyle yüreğin hoplamasın, fakat neydi beni böyle heyecanlandıran, öteki kadının kokusundan kurtulmak için yıkanması mı yoksa yalan söylediğimi bildiği için benimle önemsemezmiş gibi konuşması mı? Bu genç adamın adı niçin birdenbire Aryeh'ti, aklım almıyordu, Yoni mutlaka bir şey biliyordu ve bildiğinin sinyalini de bana vermek istiyordu. Duşun altına girip, bir melodi mırıldandığını duyunca yataktan fırladığım gibi salona koştum, spor çantasını karıştırdım, içinde telefon numaraları yazan küçük bir defter buldum, "A" sayfasını açtım, fakat Aryeh adına rastlamadım, hızla bütün sayfaları karıştırdım, başka adlara baktım, hiçbir yerde göremedim, sonra Yoni'nin bana seslendiğini duydum, Ya'arah, havlu getirir misin, küçük defteri çantasına koydum ve yatak odasından bir havlu alıp, banyoya doğru yürüdüm.

Birlikte yaşayan iki insan arasındaki yakınlığın en doruk noktası bence, biri banyodan seslenip de havlu istediğinde diğerinin o anda her işi bırakıp, koşmasıydı, ne yaparsa yapsın, ötekinin sesini duyar duymaz yattığı yataktan çıkar, oturduğu iskemleden kalkar, telefon defterini karıştırmayı bırakır dolaba koşar, tek bir kelimenin gücü işte o anda belli olur.

Kapıda durdum, onu seyrettim, nasıl kurulandığına baktım, vücudu yumuşaktı, hamur gibiydi, havluyla ovaladığı yerlerde kırmızı lekeler oluşuyordu, yüzünde hâlâ gülümseme var gibiydi, umursamamaya çalıştım, kendi kendime bir melodi mırıldandım ve arkamı dönüp yatağa yürüdüm. Beklemeye karar verdim, zaman gösterecekti ne olacağını, bakalım peşimden yatağa gelecek miydi? Gelirse, daha önce başka bir kadınla birlikte olmamıştı, fakat düşündüm, ben bir erkeğin yanından geliyordum ve yine de onunla yatmaya hazırdım, şüphelenmesin diye, niçin o da aynı şekilde davranmasın, kafam karmakarışık oldu, başka türlü düşünmeli ve davranmalıydım, karşımdaki insan üzerine her şeyi bilemeyeceğimi kabullenmeliydim, hatta gerçeklerin yarısını bile, eminim onun da şu anda aynı şeyler geçiyordu kafasından, çünkü o da her şeyi doğru dürüst bilmiyordu, önce güldüm, sonra da hüzünlendim.

Yatak odasına geldi, karnımın aç olup olmadığını sordu, hem de nasıl, diye yanıtladım, fakat aynı anda da pişmanlık duydum, az önce kendimi iyi hissetmediğimi söylemiştim, yani aç olamazdım, iştahım da olamazdı, hata üzerine hata yaptığımın farkındaydım, fakat o mutfağa gitti, aynı hızla inip kalkan, çabuk hareket eden bıçağın sesini duydum, ruhunda fırtınalar kopan, duyguları karmakarışık bir erkek huzursuz olurdu.

Mutfağa gittim, yanında durup, omlet hazırlamaya başladım, tavada yumurtalar olana kadar da, ona sokuldum, sarıldım ve onu sevdiğimi mırıldandım, gerçekten de o andaki duygularım öyle söylüyordu, gülümsedi, biliyorum, dedi, birden huzursuzluk içimi sardı, nereden biliyorsun, dedim, belki öyle söyleyiverdim, rahat rahat gülümsemeye devam etti, şüphelenmediğine artık emindim, o anda kendimi rahatlamış hissettim, fakat üzüldüm de, bir şüphe, özellikle karşılıklı bir şüphe ikimizi de eşit duruma getirirdi, sadece birinin ötekinden şüphelenmesi eşitsizlik demekti, anne ile çocuğunu andırıyorduk, bana inanması, suçun tüm ağırlığıyla şimdi benim üzerime çökmesi demekti, halbuki az önce hiç olmazsa bir bölümü üzerimden kalkmış sanmıştım. Suç duyguları karın ağrılarını getirdi beraberinde, birdenbire iştahım kapandı, tavadaki omleti çevirdim, bir tarafı yanmıştı, kendimi iyi hissetmiyorum, dedim, yine yatmalıyım.

Karanlıkta yatağa uzandım, o yemek yemeye başladı, çiğnerken çıkardığı sesleri yattığım yerden duyuyordum, ekmeği kesişini, eline aldığı parçayı salatanın sosuna batırışını da, çıkardığı bütün gürültüleri ayırt edebiliyordum, az sonra ağzını peçeteyle sildi, masayı topladı, tabakları musluğun içindeki dünden beri bekleyen bulaşıkların yanına koydu ve yorgun yorgun içini çekti, geldi yanıma uzandı.

Ve beni okşamaya başladı, bunun ne demek olduğunu unutmuştum, kendimi toparladım, acaba ona söylese miydim, canım istemiyor mu, deseydim, fakat bu şüphesini artırabilirdi, bugünkü seks ihtiyacımın yeterince karşılanmış olduğunu düşünebilirdi, kendimi iyi hissetmiyorum dememe karşın ihtiraslı rolü oynarsam daha da çok şüphesini çekebilirdim, sonunda kararımı verdim, davranışlarım sınırlı olacaktı, okşamalarını umursamadım, fakat elini de itmedim, ümitsizliğe düşmüş, yardım isteyen bir insanın bakışlarıyla karşılaştım, vücudumla, kendi vücuduyla da ne yapacağını bilmez gibiydi, acıdım ona, acıma duygularının ne demek olduğunu çok iyi bilirdim, tüm vücudumu elektrik dalgaları gibi sardı, aşağılara kadar, kendi kendimi uyandırmalıydım, düşündüm, gözümün önüne getirdim Aryeh'le beraber oluşumuzu, Aryeh ve Şaul'un arasında, rolümü oynamalıydım, uğraştım, çaba gösterdim, harekct ettim, onu okşadım, fakat onun ateşi sönmüştü, yanıma ölü gibi uzandı, gözleri açık, yaptığım hareketleri komik buldum, vücudunu bıraktım, parmaklarımı kıvırcık saçlarının arasında gezdirdim, buklelerini karmakarışık ettim, alnını öptüm ve gözlerini, yüzü beni her zaman vücudundan daha çok rahatlatmıştı, yanına uzandım, el ele tutuştuk, parmaklarımız birbirine kenetli, çırılçıplak, fakat cinsiyetsiz, kampın hastanesindeki çocuklar gibi, yağmuru dinledik.

Korkuyordum, ya birden konuşmaya başlarsa, ne anlatırdım, bereket versin az sonra uykuya daldı, ağır ağır nefes alışını duydum, uyurken bile yanındaki rahatsız etmemeye çaba gösteriyordu, iyi terbiye edilmişti, biraz sonra nefes alışı da duyulmaz oldu, bu yoksa bir son muydu, uykusunda birden nefes alışı duran bebeğin sonu gibi, bu ona çok uyan bir ölüm olurdu, buklelerini okşadım, yüzüne dokunmaya cesaret edemedim, kafamdan o anda bir sürü şey geçti, saçmalıklar, soğumaya mı başlıyordu, neresinden, saçlarından mı, gözümün önüne getirdim, beni polise götürürlerdi, katil bendim, çünkü onunla yatmaya yanaşmamıştım, herkes parmakla beni gösterecek ve şarkı söyleyen koro gibi, katil bu kadın, yatmadı onunla, diyeceklerdi hep bir ağızdan, ben de karşı çıkacak, niçin, suçlu ben değilim, diyecektim, aniden ölüverdi, bebek gibi, melek gibi, fakat onlar bana inanmayacak, şaka mı yapıyorsun, diyeceklerdi, bebek ölümüymüş, otuz yaşında, öyle mi? Karşımda Şaul'u da görecektim, yargıçların kara cüppesi içinde, ona doğru koşacak, anımsıyor musun beni, Şaul, diyecektim, Ya'arah, Korman'ın kızı, beni buradan kurtarmalısın, fakat o karşılık verecek, Korman'ın mı, diyecek, onun kızı yok ki, yine bağıracaktım, nasıl olur da beni anımsamazsın! Aramızda müthiş bir yakınlaşma oldu, bebekliğimde bezimi değiştirmiş olan babam bile beni senin kadar yakından tanımamıştır. Sonra karşısına geçecek, soyunmaya başlayacaktım, çaresizlik içinde her şeyi denemeliydim, beni daha kolay anımsaması için, karşısına geçecektim, çıplak, kıvranmaya, o gün yaptığım hareketleri tekrar edecek, onu yatağında, tıpkı bir pornografik filmde yaptıkları gibi, gerçekten uyandıracaktım, anımsamaya başlayacaktı, derisi bembeyaz parmaklarıyla beni okşar gibi yapacaktı, duygusuzca, evet, diyecekti, seni şöyle böyle anımsıyorum, fakat sen Necef'teki kamplardan birinden geliyorsun, öyle değil mi? Hayır, diye karşı çıkacaktım, bu Aryeh ile benim aramda olan bir şakaydı, sonra inanmamış gibi gözlerini kırpıştıracak ve konuşacaktı, seni buradan kurtarmak istesem de, yapamam, görmüyor musun beni de hapishaneye attılar, yargıç değilim, ellerini uzatacaktı, kelepçelerini görecektim, çevremizde duran herkes birdenbire gülmeye, kahkahalar atmaya, şarkılar söylemeye başlayacaktı, istiyorsa yap, zor değil, bak kıçını nasıl da oynatıyor. Giysilerimi hemen üzerime geçirecek ve Aryeh'i aramaya başlayacaktım, o da buralarda bir yerlerde olmalıydı, hatta ayakları zincirli, çünkü en tehlikelisi o, fakat göremiyorum, o böyle yerleri sevmez, onun için de gelmez, fakat ben de sevmiyorum, diyecektim, sevmeseydin burada olmazdın, yanıtı verecekti Şaul.

V

Geldiğimi görünce biraz yer açtı, yatağının kenarına oturmam için. Yatağı yüksek pencerenin yanında duruyordu, dışarıdaki görüntü sanki bir tablodandı, kıskandırıyordu, sağlıklı insanların aydınlık dünyasının kışkırtıcı bir kesitiydi, sarı renklere bürünmüş bir dağ, daha doğrusu bir tepe, üzerinde tek tük evler. Pencerenin yanına koydukları yatak sanki geri plandaki o doğanın içinden çıkmıştı, zavallı ve daracık, içinde Tirza Yengem yatıyordu.

Bana gülümsedi, acı dolu bir gülümseme idi, sanki kızmış gibiydi, beni hiçbir zaman sevmemişti. Niçin geldin buraya, diye azarlar gibi sordu, annene tembih etmiştim, ondan başka hiç kimseyi görmek istemediğimi söylemiştim.

Bugün annemin zamanı yoktu, diye yalan söyledim, benden uğramamı rica etti, bir şeye ihtiyacın var mı diye sormamı söyledi. Tabiî annem böyle bir şey söylemiş filan değildi, annem sadece, bugün Tirza Yenge'ye uğrayacak zamanım yok, demişti, ben de üniversiteye giderken hastaneye uğramaya karar vermiş, bir durak önce inmiştim, daha önce de kimi zaman buraya gelmek istemiştim, bu hastanenin ılık ve dar koridorlarının, çirkin, ufacık odalarının koruyuculuğu beni hep çekmişti, öksüren, inleyen, ağrılar içinde sızlanıp, gereksiz umutlara kapılan insanların bu acınacak dünyası.

Tabiî var bir şeye ihtiyacım, diye sözümü kesti, fakat sanmıyorum bana onu verebileceğini.

Vermeye çalışırım, dedim, başka ne diyebilirdim o anda.

Yaşını, dedi, gençliğini.

Ben kendimi artık o kadar genç hissetmiyordum, kimi zaman sokakta karşıma çıkan genç kızları boğazlamak istiyordum, benden daha genç oldukları için, fakat buradaki hastalık dolu yüzler arasında kendimi çok genç ve çok sağlıklı hissediyordum, bu duygular bana mutluluğu garanti etmese de. Sanırım her insan başka bir insanı kıskançlıktan boğazlayabilirdi, bu bir piramit, bir insanın üstündeki öteki insanın boğazını sıktığı. Dar yatağında yatan, geceliğinin altındaki sutyeninin içi boşalmış Tirza Yenge'yi bile kıskanacak bir başkası mutlaka vardı, böyle birinin olabileceği onu avutmasa da.

Seni iyi gördüm, diye konuştum.

Öyle mi? İnanmış gibi sormuştu, yanındaki masada duran küçük aynayı aldı, saçlarını şöyle bir taradı, gerçeği söyleyip söylemediğimi bilmek için. Yüzü anımsadığımdan daha zayıftı, derisi de artık gergin değildi, kırışıkları artmıştı, yüzünün zayıflığı, elmacık kemiklerini ve donuk, keskin bakan gözlerini daha da belirgin kılmaktaydı. Şimdi birisi, birbirinizi nasıl da andırıyorsunuz dese, çok sevinirdim, diye konuştum.

Birisi niçin söylesin bunu? Sen benden çok başkasın, kan akrabalığımız da yok. Olsa olsa sen Aleks Dayı'na benziyorsun, fakat ona benzemeni hiç öğütlemem. Sonra merakla sordu, ne yapıyor şimdi? Görünüşünde bir değişiklik var mı, yaşlılığında nasıl?

Pek değişmiş sayılmaz, diye konuştum, saçlarına ak düştü, hâlâ ufak tefek ve esmer.

Ufak tefek ve esmer, güldü, ufak tefek ve esmer, saçları bembeyaz, konuşmağa devam etti, bakışlarını elindeki aynadan ayırmadan, sanki karşısında duran Aleks Dayı'yı süzüyordu. Yaşlılığında nasıl biri oldu kim bilir, diye karşısındaki aynaya mırıldandı, yüzünü en ufak noktasına kadar tanırdım, hele gözlerinin nasıl yaşlandığını bilmek isterdim, dudaklarının da. Ağzının çevresinde kırışıklar var mı?

Evet, sanıyorum var, fakat tam olarak bilemiyorum, pek dikkat etmedim.

Yattığı yerde doğrulmaya çalıştı, hareketleri dehşet vericiydi, korkutucu. Niçin sızı veriyor, bilemiyorum.

Yatakta hareket etmen mi yoksa Aleks'i anımsaman mı?

Her ikisi de, diye mırıldandı, dudaklarında acı bir gülümseme, acılar geçecek demişlerdi, hepsi yalanmış. Vücudumun ağrıları geçmedi, hele ötekiler hiç. Yaptığım her hareketi önceden düşünmek zorundayım, tepe taklak düştüm mü, bir daha kendime gelemem. Yaralar kapanmaz.

Pişman mısın, diye usul sesle sordum.

Evet, diye konuştu, fakat bu önemli değil artık, onunla birlikte yaşamaya devam etseydim de pişman olurdum, belki o zaman yanımda olur ve kahvemi yatağa getirirdi, hepsi o kadar, şimdi beni pişman eden tek şey, başka bir kadının yatağına kahvesini götürmekte olması.

Yandaki yataktan bir inleme sesi duydum. O ana kadar boş olduğunu sandığım yatakta inlemenin ardından soluk örtü aralandı ve ufak tefek renksiz bir kadın belirdi. Sanki yanlış yıkanmış çamaşır gibi çekivermişti derileri, ılık suda yıkanacağına kaynatılmıştı, dikkat etmeyip çamaşırı yanlış yıkarsanız gece elbisesini yer bezine benzetirsiniz.

İyi misin, Joséphine, diye yengem sordu, gereğinden fazla bir özenle, biraz da keyifli. Piramidin içindeki öteki insan bu kadın olmalı, diye bir an düşündüm, Tirza'nın boğazını sıkabilirdi kıskançlık içinde, çünkü zavallı görünümlü, kraliçe adlı o kadının yanında yengem güçlü ve çok güzeldi.

Evet, iyiyim, diye tısladı öteki yatakta kıvrılmış yatan kadın, saçma bir yanıttı, acılar dolu sesine hiç uymayan. Yatağın yanında duran kocaman bir tekerlekli sandalyeyi kendine doğru çekmek istedi, çok zorlandı, çektikçe sandalye yataktan uzaklaşıyordu. Ayağımı uzattım ve yatağına doğru ittim, oturduğum yerden, kımıldamamıştım bile, onu yaralayabilirdi davranışım, çünkü sandalyeyi itmek benim için çocuk oyuncağıydı, belki de elimde olmadan, bilerek böyle davranmıştım, Tirza Yenge'nin bakışında öfke seziliyordu, sanki seni hiç sevmemiştim, demek istiyordu, niçin sevmediğimi şimdi daha iyi anladım.

Ufak tefek kadıncağız teşekkür eder gibi bana baktı, gülümsedi ve beni şaşırtan bir çeviklikle yatağın kenarındaki tekerlekli sandalyeye sıçrayıp, oturdu, içinde kayboldu, az önce yatağında kaybolduğu gibi. Aynı anda tekerlekli sandalye, sanki bomboş, hızla dar koridora çıktı, gözden kayboldu.

Niçin böyle acelesi var, diye Tirza'ya sordum.

Bunda hayret edecek ne var, yengem azarlar gibi konuşmuştu, sanıyor musun, ölümü bekleyenlerin hiçbir şeyleri yok, acele etmeleri de gereksiz? Başkalarına göre onların yapacak daha çok işleri vardır, bir sürü şey bekliyordur onları, çok az zamanları kalmıştır.

Onun yapacak neyi var, diye inatla sordum.

Örneğin, dejenere olmuş kocasının ziyareti, adam her gün bu saatte geliyor, kadıncağız da onu koğuşun kapısında karşılıyor, ziyaretinin bir saniyesini bile kaçırmak istemiyor, koridorda atacağı beş-altı adımı bekleyemiyor.

Adam niçin dejenere, diye sorum, yengem de omuzlarını silkti, bilmiyorum, belki de yanılıyorumdur. Erkeklere karşı pek sempati beslemiyor olabilirim, özellikle de erkekliklerini önlerinde bir bayrak gibi taşıyanlara.

Ve içeri girdiler. Tekerlekli sandalyenin tekerleklerinin gıcırtısını duydum, bambaşka bir yaşamı hak etmiş, dertsiz, rahat, fakat şimdi acılar içinde kıvranan bir insanın yüzünü gördüm, sonra da onu, iskemleyi sıkıca tutan güzel ellerini, büyük adımlar atışını, iriyarı vücudunu, bir hafta önce Yafa'ya giderken giymiş olduğu siyah kazağını, hatları güzel yüzünü, bu güzel yüzdeki aşağı bakan gözlerini, beni burada görmesine rağmen parıldamayan o gözlerini gördüm.

Ya'arah, diye konuştu, senin ne işin var burada?

Yengemi ziyarete geldim, diye mırıldandım biraz şaşkın, özür diler gibi, sanki iznini almadan ona ait bir yere gelmiştim.

Annesi bana yollamış, diye Tirza Yenge söze karıştı, sanki bana destek vermek istermiş gibi ve bakışlarını keyifle bana doğru çevirdi.

Ah, öyle mi, dedi, rahatlamıştı sanki, sonra bir yengeme, bir bana baktı, incelermiş gibi, siz gerçekten birbirinizi andırıyorsunuz.

Ben dememiş miydim sana, diye Tirza'ya bakarak konuştum, gülümsedim, o ise üstüne basa basa, fakat kan bağlılığımız filan yok, dedi.

Bütün çevrem pespembe oluverdi, dışarıdaki sağlıklı dünyanın güneşi batıyordu, pencerenin orta yerinden içeri girip, Tirza Yenge'nin yatağına yatacakmış gibiydi, tekerlekli sandalyedeki kadıncağız da pembe, beklentili gözlerle Aryeh'e bakmaktaydı, o bakışlarını bana çevirdi, konuştu, tanıştırabilir miyim, eşim, eliyle kadını gösterdi, sanki odada ondan başka birisi varmış da tekerlekli sandalyeyi işaret etmesi gerekmişti, kendine çok hâkim oluyordu, sesinde titreme yoktu, sonra karısına beni gösterdi, Korman'ın kızı, dedi, o anda ne yapacağımı bilemedim, acaba elini sıksa mıydım yoksa gülümsemem yeterli miydi, gülümsedim ve memnun oldum, dedim, fakat karşımdaki kadına bu kadarı yeterli değildi, elimi de uzattım, iç geçirdi, birinin elini sıkmak çok yorucu bir hareketmiş gibi. Elimi hemen geri çektim, fakat aynı anda o elini uzattı, pembe ve kırışık, yeni doğmuş bebeğin elini andıran, tuttum ve birdenbire cereyan çarpmış gibi titredim, sanki birbirine dokunan eller hastalığını bana geçirmişti.

Ayağa kalktım, tuvaletin nerede olduğunu sordum ve dışarı çıktım, muslukta avuçlarıma bol bol sabun sıktım, iyice yıkadım, sabun sıktım, yine yıkadım, sıcak suyla, kaynar suyla, nasıl olurdu da bu kadın onun karısı olurdu, sevgililerin karıları kıskandırmalıydı, birden ona da acıdım, bir insandan geriye kalmış bir kadın karısıydı, sanki ışınlar yayıldı, beni de etkisi altına aldı, ben de mi böyle olacaktım, yaşamım sona erecekti, çocuk doğurmadan, fakat küçücük, bir çocuğun ölçülerinde, eli bir yeni doğmuşun eli, gözü bir farenin gözü. Anımsadım, öğleden sonra evine gittiğimde, bana söylediğini, gitmelisin, karım az sonra işten eve gelecek veya sabah buluşmalarımızda öğleye doğru, karımla kafede randevum var, derdi, özel yaşamını daha da özgür yaşamak için burada hastanede yatan eşini sürekli bahane ederdi. Çok kez gözümün önüne getirmiştim, benim az önce çıktığım eve onun gelmesini, bürodan, yorgun, fakat şık ve kendinden emin, yaşamdaki yerinin neresi olduğunu çok iyi bilen bir kadın.

Kapının yavaşça açıldığını duydum, tuvalete girdiğimde dış kapıyı hiç kilitlemezdim, eğer açık bırakmazsam burada ömrüm boyunca hapis kalacağım korkusu vardır içimde, kafasını uzattı, pembemsi yüzünü gördüm, sonra geniş omuzlarını ve bütün vücudunu, aceleyle kapıyı arkasından kapattı, anahtarı çevirdi, kilitlere benden çok güveniyor olmalıydı, sırtını kapıya dayadı, bir an için hareketsiz durdu, çevresine şöyle bir bakındı, ortası delik tekerlekli sandalyeye, yanındaki koltuk değneklerine, yerde duran, suni bağırsakları andıran bir sürü hortuma, en sonunda da bakışlarını bana çevirdi ve özür dilermiş gibi konuştu, çiş yapmak istiyorum.

Lavabonun üzerindeki aynadan sırtını gördüm, şırıltı sesini duydum, dar tuvaleti keskin, iğrenç idrar kokusu kapladı, elime sabun sıktım, burnuma tutup kokusunu genzime çektim ve düşündüm, birisi ona daha çok su içmesi gerektiğini söylemeli, hiç de sağlıklı değil, böyle bir idrar, fakat kim söyleyecekti, karısı da ölümcül bir hastalığın pençesindeydi, suya bastı ve bana doğru döndü, külotundan çıkmış karamsı erkeklik organı henüz elinde, üzerinde sidik damlası, hızla düşündüm, niçin temizlemiyor ya da silkeleyip atmıyordu, bu damladan gözlerimi ayıramıyordum, kendiliğinden de düşmüyordu, tam tersine sanki erkeklik organına yapışmıştı, çam ağacına yapışmış sakız gibi, sımsıkı.

Yıkaya yıkaya ellerim kızarmıştı, bir çamaşırcı kadın örneği, yine de musluğu kapatmak istemiyordum, sessizlikten korkuyordum, avuçlarıma biraz daha sabun akıttım ve kollarımı yıkamaya başladım, hastanın mikropları yukarılara da çıkmış olabilirdi ve aynadan onun bana yaklaştığını gördüm, ağzımı açtım, şaşkın, elini arkamda hissettim, eteğimi kaldırıyordu.

Sana bir şey öğrettim sanıyordum, diye düş kırıklığına uğramış gibi konuştu, eli külotumda, yana doğru döndüm, başı aynayı doldurdu, iri, kara gözleri de, sordum, niçin söylemedin bana?

Seni ilgilendirmediği için, diye konuştu ve sert bir hareketle musluğu kapattı, ellerini yıkamamıştı. Bir gün gelecek hiçbir şeyi kalmayacak, diye çabuk çabuk konuştu, kendini yüreklendirmek istermiş gibi ya da beni, damla düştü, pantolonu emdi, kayboldu, beni birdenbire havaya kaldırdı, tıpkı poposunu yıkamak için bir çocuğu kaldırır gibi hafifçe, lavabonun kenarına oturttu, soğuktu, iyice kapanmamış musluktan damlayan su giysimi ıslatıyordu, eğildi, başını baldırıma koydu, yastığa bırakır gibi, gözlerini yumdu ve ağır ağır nefes aldı, bakışlarımı ak düşmüş saçlarında gezdirdim, hüzünlü, saçlarının arasından parıldayan başını, kepeklerini gördüm, kaşlarını gözümün önüne getirdim, kara mıydı yoksa gümüş renginde miydi, kaşları baldırlarımın arasında kaybolmuştu.

Birden kapıya vuruldu, birkaç kez, yengemin sesini duydum, soruyordu, Ya'arah içerde misin? Bir şeyin yok ya? Homurdanır gibi yanıtladım, yok, hemen çıkıyorum, lavabonun kenarından aşağı inmek istedim, fakat başı kurşun gibi üzerimden kalkmadı, itmek zorunda kaldım, hafifçe sallanarak doğruldu, onu iki elimle tuttum, dikkatle birkaç adım ötedeki ortası delik tekerlekli sandalyeye oturttum, başı önüne düştü, sustu, gözleri kapandı, hırıltılar çıkardı, horulduyordu, uyuya kaldı.

İçimde tuhaf duygular vardı, sanki şurada, düğün sırasında misafirlerden kaçıp, yatak odasına gizlenen damat ile gelin gibi, birlikte geçirdiğimiz birkaç dakika içinde çok korkunç bir şey olmuştu, mutlaka karısı aniden ölmüştü, haber vermek için herkes onu aramaktaydı, dışarı çıkıp onlara söyleyecektim nerede bulacaklarını, tekerlekli sandalyede oturuyor, başı önüne düşmüş uyukluyor, erkeklik organı pantolonundan dışarı çıkmış sarkıyor, fakat ben önce onu içeri, külotuna sokmak zorundayım, diye telaşla düşündüm, içeri giren birinin aklına hemen burada gizli bir şey yaptığımız gelebilirdi. Yanına sokuldum, elimi açık pantolonuna attım, külotunu araladım ve erkeklik organını içeri sokmaya çalıştım, fakat o pulsuz balık örneği elimden kayıyordu, sanki bu organ o vücudun değildi, bir oraya bir buraya gidip duruyordu, içeri girmek istemiyordu, ucundaki küçük açıklık da, tıpkı bir balık ağzı gibiydi, yuvarlak ve aptalca, beceremeyeceğimi fark ettim, üzerindeki güzel siyah kazağı aşağı çektim, örttüm, hiç olmazsa ilk bakışta organı görünmüyordu. Korku ve telaştan ter içinde kalmıştım, hastane de çok sıcaktı, kapıyı da hemen açamadım, elim ayağım birbirine dolaştı, buradan hemen çıkamayacaktım, kilit açılmıyordu, ter içindeki ellerim anahtarı doğru dürüst tutamıyordu, bir süre uğraştıktan sonra anahtar döndü, top ateşi örneği kendimi dışarı attım, tir tir titriyordum.

Bereket versin kapının önünde beni bekleyen yoktu. Yavaş yavaş yürüdüm, Tirza Yenge yatağına uzanmıştı, bir şey okuyor gibiydi, yanına sokuldum, elinde tuttuğu şeyin bir kitap değil, küçük aynası olduğunu gördüm, öteki kadın, tekerlekli sandalyesinde başı önüne düşmüş uyukluyordu, tıpkı kocası gibi, düşündüm, onun da tekerlekli sandalyesini buraya çekip karısının yanına koysaydım, yetim kalmış çocuksuz ikizleri andırırlardı. Yengem elindeki aynayı bıraktı, ne oldu, diye sordu, merak ettirdin beni, o nerede? Yanılmıyorsam benim arkamdan tuvalete girmişti, diye çabucak konuştum, Tirza yüzünde acı gülümseme devam etti, tanışıyorsunuz, hemen yanıtladım, evet ve konuyu değiştirmek için eşinin sağlık durumunu sordum, sonu geldi sayılır, diye Tirza Yengem mırıldandı, en geç bir ay sonra o çok aranan dul bir erkek olacak, bir kez daha sordum, onun bundan haberi var mı? Yanıtladı, tabiî biliyor, günümüzde doktorlar her şeyi suratına söylüyor insanın, anımsadım, o ise bana, hiçbir şeyi kalmayacak, demişti.

Birkaç dakika sonra odaya girdiğinde karşımda sanki şeytan ruhlu birisi duruyor sandım, öylesine değiştirmişti görünüşünü, az önce zor ayakta durabilen, yıkıldığı yerde iğrenç bir horuldamaya başlayan sanki o değildi. Enerjik ve neşeliydi, saçlarını geriye doğru taramış, pantolonun önünü kapatmıştı, sadece fermuarın yanındaki koyu yuvarlak bir leke az önce olanı anımsatıyordu. Hızla karısının yanına gitti, bir elini omzuna koydu, dokunmasıyla kadıncağız hemen uyanıverdi, başını kaldırdı, kocasına gülümsedi, sevgi ve teşekkür dolu bir gülümsemeydi dudaklarındaki, sonra küçücük, bir fareninki kadar küçülmüş elini onun elinin üzerine bıraktı.

En güzeli, yaşamın ortasında, aşk henüz tazeyken ölmek, yüz yaşına kadar tek başına yaşayıp da ölmek çekilmez, diye Tirza bana fısıldadı, gözlerinden kıskançlık okunuyordu. Sence bu iki olanaktan başkası yok mu, diye sordum, hemen yanıtladı, bu iki olanak bile çok, bazen onlar da yok.

Sonra bakışlarını büyük pencereden yana çevirdi, şimdi biraz uyumak istiyorum, Ya'arah, dedi, ben ayağa kalktım, kendine dikkat et, diye mırıldandım, o iç geçirdi, sen de kendine dikkat et, sanki hasta olan benmişim gibi. Birbirlerine sokulmuş iki kumruya döndüm, karısının o mutlu gülümsemesi hâlâ dudaklarındaydı, bir maske örneği, fısıldar gibi ona sordum, daha ne kadar burada kalacaktı, ben otomobilsiz gelmiştim, yanıtladı, bekle dışarıda birkaç dakika, koridora çıktım, kapının yanındaki sıraya oturdum, hemşirelerle hastaların önümden bir aşağı bir yukarı geçişlerini seyrettim, tuhafıma gittiler. Sanki kocaman bir ayağın bir saniye sonra ezeceği karıncaları andırıyorlardı, bunu biliyorlardı, yine de sağa sola kaçışıyorlar, terliyorlardı.

Az sonra dışarı çıktı, saatine bir göz attı, sanırım düşünüyordu, hastanede ne kadar zaman yitirdiğini ve bugünden ona daha kaç saat kalmış olduğunu, yürüdük, her metrede adımları gençleşiyordu, ona eşlik etmede zorlanıyordum, sanırım tuvaletteki zayıf anını bana unutturmak istiyordu, gerçekten olmuş muydu yoksa ben sınırsız düşümde mi canlandırıyordum, bereket versin o leke benim kanıtımdı, ancak az sonra otomobilde yanında otururken lekenin de kaybolmuş olduğunu fark ettim.

Peki senin ne işin vardı orada, diye sordu yola koyulduğumuzda, neşe vardı bakışında ve sesinde, ben de aynı neşeyle yanıtlamağa çalıştım, söylemiştim ya, yengemi ziyarete gitmiştim.

Fakat ben seni hastanede daha önce de birkaç kez gördüğümü anımsıyorum, diye devam etti, koridorlarda geziniyordun, şimdi söyleyeceklerine dikkat etmek zorundasın, dedim kendi kendime, o anda mutlaka kıpkırmızı olmuştu yüzüm, benim hakkımda bilmesini istemediğim kimi şeyleri bildiğini bir süredir tahmin ediyordum, şimdi söylediğini yine de beklemiyordum, beni şaşırtmıştı.

Kendimi toplamaya çalıştım, peki ben seni niçin görmedim, diye sordum, zaman kazanmalıydım, o ise kibirli bir ses tonuyla, beni görmeni istemediğim için, yanıtını verdi, biliyorsun bu gibi şeylerde başarılıyımdır, kendimi korumaya çalıştım, sanki bir suç işlemiştim, hastane koridorlarında gezinmek suç değil ki, dedim.

Hayır, tabiî suç değil, fakat bana yine de çok komik gelmişti, gülümsedi, günah çıkarmalıydım, başka çıkar yol yoktu benim için, sanırım o anda ben de bunu arzuluyordum, konuştum, belki sana çok tuhaf gelebilir, fakat hastane koridorlarında gezinmeyi severim ben, orada kendimi çok güven içinde hissederim. Düşüncelerim ve duygularım karmakarışık olduğu anlarda hastanelere giderim, daha kapısından içeri girer girmez rahatlarım, oda kapılarını açarım, sanki birisini arıyormuş gibi, o sürekli kontrol edilme ve koruma altına tutulma duygusu benim için çok mükemmel bir şey, biliyorum, beni gören bir çok hasta kıskanıyor, sağlıklı olduğum için, fakat ben de onları kıskanıyorum, birileri sürekli bakımlarını üstleniyor, dertlerini dinliyor, kimi zaman oluyor ki, onların yaşamı benimkinden daha iyiymiş gibime geliyor.

Senin yaşamında o kadar kötü ne var ki, diye sordu, sesi birden çok hüzünlü çıkmıştı, konuştum, bilemiyorum, pek önemli bir şey değil, tek bildiğim, yaşamımdı bana sahip olan, ben onun derinlerinde bir yerdeyim.

Yazık, diye mırıldandı ve ıslık çalmaya başladı, beni hemen sakinleştirdi ıslığı, eskileri anımsattı, çocukluktan genç kızlığa geçtiğim günleri, çoğu kez uyandığımda babamın ıslık çaldığını duyardım, bilirdim ki, o sabah neşesi yerindeydi, o gün kimseye kızmayacaktı, ne bana, ne de yatağımın kenarında oturan anneme, günaydın, derdi, baban bugün ıslık çalıyor, gerçekten de o gün bambaşka geçerdi. Kimi zaman da, bu sabah çok uzun ıslık çalıyor derdi, sesinde gurur hissederdim annemin, o zaman bilirdim ki gece birlikte olmuşlardı.

Bazı geceler yatağımda gözlerim açık yatar çevremdeki sesleri dinlerdim, yandaki evin fıskiyesini, kedilerle köpeklerin bağırtılarını, bazen uzaklardan gelen çakal sesini bile duyardım, yandaki odadan bazı sesleri de. Derdim o zaman kendi kendime, sana ne yan tarafta olup bitenden, sen kendi yaşamınla ilgilen, fakat benimle onların arasında yine de bir şey vardı, yaşamlarımız pek birbirine uymuyordu, ilerde de pek uyacağa benzemiyordu.

Konuştum, ıslık çalmayı hemen bıraktı, inanıyor musun bana, orada çakallar olduğuna, sordu, nerede, ıslık çalmaya devam etti, yanıtımı beklemeden.

İlk evimde, diye konuştum, çocukluğumda, biliyorum, dedim, vardı orada çakallar, söylediklerime yine de inanmadım. Bana öyle geliyordu ki, eski yaşamım düş ile kuruntu arası bir şeydi, biliyordum, ben o yaşamı yaşamıştım, fakat yine de inanamıyordum. Sanmıyordum, annemle babamı her gün gördüğümü, üçümüzün de büyük masanın çevresine oturup birlikte yemek yediğini, bir şey yapmadan önce onlardan hep izin aldığımı, sanmıyordum bir aile olduğumuzu.

Her şey için izin dilenmek zorunda kaldıktan sonra buna aile mi denir? Güldü, devam ettim, evet, her şey için, konuştu, bence denmez, dedi, benim için tam tersi geçerli olmuştu, annemle babam işsiz ve zavallı iki göçmendi, İbranice de bilmiyorlardı, daha on yaşımda on kişinin sorumluluğu omuzlarımdaydı.

Bir sigara yaktı ve memnun memnun gülümsedi, ailesinin geçmişiyle gurur duyar gibiydi, onu seyrediyordum şaşkın, kusursuz ve mükemmel bir görünümü vardı, kalın dudakları arasından yükselen gri sigara dumanında ona baktım, otomobilin direksiyonundaki uzun parmaklı güzel ellerine, zevkli giysisine, uçları hafif kıvırcık saçlarına, tek tek küçük buklelerine, yüzündeki o yaşlılık lekeleri bile görünümünün mükemmelliğini bozamıyordu. On yaşındaki halini gözümün önüne getirmeye çalıştım, yırtık giysileri arasından görünen esmer tenini, kir içindeki kıvırcık saçlarını ve açlıkla bakan gözlerini. Nasıl gelmişti bugüne, nasıl böyle kibirli biri olmuştu?

Nasıl böyle kibirli biri oldun, diye sordum, ben de seni hep sarayda büyüdün sanmıştım, hoşuna gitmiş gibi güldü, neşeyle, yıllar boyu beni hiç kimse şımartmamıştı, sonra bir gün geldi, ben kendi kendimi şımartmaya karar verdim, insan yaşamını bir zaman sonra dengelemelidir.

Peki, o kadın seni şımarttı mı, diye sordum.

Hangi kadın? Bekledi, konuştum, Joséphine, dedim ve için için sevindim, tanımadığım o insanın zavallı görünümü ile gizem dolu adı arasındaki tutarsızlığa.

Hemen ciddileşti. Beni mutlu etmek için elinden gelen her şeyi yapmıştır, diye konuştu, sesi dokunaklı çıkmıştı, sanki o anda karısının tabutunun ardından yürüyorduk, omuzlarım çöktü, öne doğru eğildim, tekme yediği için yattığı yerde kıvrılan küçük bir köpeğe benzettim onu, keyiflenmenin, evli sevgilinin eşi üzerine dedikodu yapmanın, çamur atmanın sırası değildi, onun ağzından, karısının ne kadar sıkıcı biri olduğunu, onu hiç anlamadığını, fırtınalı aşk duygularını tatmin edemediğini de duyamayacaktım. Bütün bunların aksine karşımda suçluluk duyguları dolu, eşini neredeyse azize sanan bir adam vardı. Eğer ben şu anda ölümcül bir hastalık nedeniyle hastanede yatıyor olsaydım, Yoni kim bilir neler anlatırdı. Ne de olsa, ben de evliydim, bir erkeğin eşiydim. Acaba o da, beni mutlu etmek için elinden gelen her şeyi yapmıştır, diye konuşur muydu?

Ben tam Yoni'yi kafamdan geçirirken, otomobil köşeyi döndü, dar ve hareketli caddede, tam evimizin önünde durdu, ilk kez bu kadar yakında indiriyordu beni. Mutfakta ışık yandığını gördüm, neredeyse sebze kestiğini duyacaktım, yorgun, ümitsiz ve yine de iyi niyetli, tüm vücudumun ağrıdığını hissettim, sanki tahta üzerine uzanmış, kesilmeği bekleyen bir sebze parçasıydım. Aryeh, diye usulca mırıldandım, henüz eve gitmek istemiyorum, sordu, soğukça, niçin? Biliyorum evde ne olacağını, yanıtını verdim, sesim güçsüz çıkmıştı, biliyorum onun ne diyeceğini, benim ne yanıt vereceğimi, akşam masaya ne yemek geleceğini biliyorum, bana nasıl bakacağını da, tüm bunlar beni büyük bir depresyona itiyor, ben senin yanında kalmak istiyorum.

Konuşmadı, fakat otomobil yeniden hareket etti, mutfağın ışığı giderek uzaklaştı, ev çok gerilerde kaldı, ötelerde bir yerde. Yeniden ıslık çalmaya başladı, elimi uzattım, dizine bıraktım, gözlerimi kapattım, loş ışıklı mutfağı gözümün önüne getirdim, önünü bitkilerin kapattığı, içeri ışık bırakmayan küçük pencereyi de düşündüm, az sonra içi sebze artıkları ve salatalık kabuklarıyla dolacak çöp kutusunu da, acıdım ona, çünkü boşuna doluyordu, eve döner dönmez bir güzel yıkamalıydım onu, gerçek rengi ortaya çıkmalıydı, anımsamaya çabaladım, ne zaman ve nerede satın almıştım o çöp kutusunu, acaba beni mi yoksa Yoni'yi mi mutlu kılmıştı çöp kutumuz ve bu mutluluk daha ne kadar sürecekti.

Ve Aryeh elini elimin üzerine koydu, sonra yeni bir sigara yakmak için yine geri çekti, sordu, niçin evlendiniz? O anda aklıma geldi, evlenmeye karar verdiğimiz gün satın almıştık çöp kutusunu, aldığımız dükkân da aynı gün açılış yapmış, fakat nedense birkaç gün sonra yine kapanmıştı. Eve giderken önünden geçmiştik, vitrindeki yepyeni şeyler dikkatimizi çekmişti, hele o çöp kutusu çok hoşumuza gitmişti, bembeyazdı, ben o günlerde beyazı çok seviyordum, bir gelinin beyazlığını, çöp kutusunun beyazlığı bana bir kuğuyu anımsatmıştı, yüzdüğü sular ne kadar kirli olursa olsun, beyazlığını hiç yitirmeyen bir kuğuyu.

Beni hep seveceğine söz verdiği için sonunda, evet, demiştim, biliyordum o, verdiği sözü tutan insanlardan biriydi.

Güldü, işte böyle olur sonunda, yaşamına korkuların girmesine izin verirsen, dedi, bana anneni çok anımsatıyorsun, baştan aşağı şöyle bir süzdü, sordum, annemi mi? Neyim sana annemi anımsatıyor? Şimdi sana anlattıklarım mı yoksa dış görünüşüm mü? Fakat aynı anda frene bastı ve otomobilden inip, hızla yürüdü, sanki benden kaçıyordu, korkuyor gibiydi, soracağım başka sorulardan mı acaba, peşinden eve yürüdüm, her yanı sarmış yeşillik evi boğacak gibiydi, basamakları çıktık, kapıyı açtık, içeri girdim, sanki gerçek evime adımlarımı atmıştım, aradığım evi sonunda bulmuştum, gerçek yaşamım burada başlayacaktı, başka hiçbir yerde değil.

Evin içinde ağır ağır gezindim, sağa sola bakındım, halılara, mobilyalara ve duvarlardaki resimlere, sanki her şeyi ilk kez görüyormuşum gibi, her gelişimde hep onunla ilgilenmiştim, şimdiyse başka gözle bakıyordum eve, kimi eşyalarımı buraya getirirsem, nereye yerleştirirdim, getirmeli miydim, Yoni'de bıraksam belki daha iyi olurdu, düşündüm, ona hemen telefon edip, söylese miydim nerede olduğumu, hayır, Aryeh'in yanında ona bunları söylemekten utanıyordum, eve gittiğimde konuşurdum onunla, fakat ne anlatırdım, düşünmeliydim, mutlak bir şeyler gelirdi aklıma.

Evin içi soğuktu, sanki burada kimse oturmuyordu, her şey yaşamın ortasında donup kalmıştı, tertemizdi, hem de çok, alışılmamış bir temizlik göze çarpıyordu evinde, eşyalar dezenfekte mi edilmişti acaba? Kim temizliyor burayı, diye sordum ona, gururla yanıt verdi, ben, dedi, hiç sevmem, başkalarının eşyalarımı karıştırmasını. Elimi büyük piyanoda gezdirdim, hiç kirlenmedi, konuştum, tebrikler, dedim, kim öğretti sana ev temizliğini, bir an durakladı, sonra yanıtı kesin oldu, söylemiştim, ailem beni şımartmamıştı, annem tanımadığımız insanların evlerine temizliğe giderken, ben ona yardım ederdim, baban ise lisede güzel yaşamını sürdürürdü, ağzından çıkan sözler sanki acı doluydu, düşündüm, anlattıkları doğru olabilirdi, fakat emin değildim, belki de her şeyi uyduruyordu.

Hem konuşuyor, hem de evin içinde geziniyorduk, nereye giderse ben de peşinden gidiyordum, mantomu henüz çıkarmamıştım, nasıl yaşadığını doğru dürüst bilmiyordum, açıklığa kavuşturmalıydım, kaloriferi nasıl yaktığına, buzdolabının kapısını nasıl açıp içine baktığına, bomboş olmasına karşın raflarına yukardan aşağı dikkatlice göz gezdirişine, buzluğunu açışına, bir paket dondurmayı alıp bıçakla dikkatle ortadan kesişine, parçaları tabakalara koyuşuna baktım, hareketlerinden kişiliğini öğrenmeye çabaladım. Kanepeye oturduk, önümüzdeki masada tabaklar, tabakta dondurma parçaları, bu soğukta da dondurma yemeyi canım hiç çekmiyordu, üstelik geçen yazdan kaldığı belliydi, ambalajı dondurmaya iyice yapışmıştı. Sormak istedim, bilmeliydim, karısı yazın hasta mıydı, Joséphine, fakat kendini dondurmasına öylesine vermişti ki, vazgeçtim, düşündüm, hem artık ne önemi vardı bunu bilmemin, tabağımı ona doğru ittim, donmuş, hatta taşlaşmış pembe dondurmayı, erimek bilmiyordu sanırım, hemen elini uzattı, ağzına attı, aç gibi, ardından da ayağa kalktı ve dolaptan bir şişe viski getirdi, açtı, ağzına dayayıp içti, sonra dolaptan iki de bardak aldı, doldurdu, kendi bardağını hemen başına dikti, boşalttı.

Hipnotize olmuş gibi seyrettim bu tuhaf ve özel gösteriyi, hatta bir an için gurur bile duydum, karşımda kendini böyle teşhir ettiği, daha doğrusu benim varlığımı reddettiği için. Üçüncü bardak viskiden sonra, orada olduğumu daha yeni fark etmiş gibi suratıma baktı, acı ve suskunluk vardı bakışlarında, sonra konuştu, hepsi bu kadar, dedi, sustu, dondurmadan mı söz etmişti, dudaklarına bir sigara götürdü, düşündüm, onunla yaşamak ne kadar kolay olurdu benim için, çünkü hep bilirdim ki, beni sevmiyordu, yaşamazdım içimde o sürekli heyecanla, acaba birdenbire beni sevmekten vazgeçerse ne yaparım, diye düşünmezdim, o anda farkına vardım, dünyadaki birçok kadına oranla mutlu sayılırdım, çünkü o beni gerçekten sevmiyordu.

Oda ısınmaya başladı, üzerindeki kazağı çıkardı, içine kahverengi bir fanila giymişti, tenine uygun, sanki vücudunun bir parçası, üzerimdeki mantoyu çıkardım, o bardağına viski doldurdu, devam et, diye mırıldandı, sevindim içime dantelli çamaşırlarımı giydiğime, kazağımı da çıkardım, karşısında bir an durdum, gerindim, tahrik etmek istiyordum, fakat o oturduğu yerde hareket bile etmedi, viskisini yudumlamaya ve sigarasını içmeye devam etti, yüzünün hatları yavaş yavaş değişmeye başladı, konuşması da ağırlaştı, biliyorsun, dedi, sana verecek hiçbir şeyim yok. Keyifle başımı salladım, sanki çok güzel bir şey söylemişti bana o anda, yanına sokuldum, kollarını okşadım, boynuna öpücük kondurdum, tenindeki hastane kokusunu genzime çektim, bir an için yatakta yatan o ufak tefek, her geçen gün küçülen kadını, inanamıyordum bir türlü onun karısı olduğuna, kadından çok kucakta taşınan bir ev hayvanını anımsatıyordu bana, o nedenle de yaklaşan ölümü bir insanın ölümünden daha az üzücüydü, Tulja'nın ölümünden bile, dudaklarımı boynundan çekmeden fısıldadım, götür beni yatak odasına, o kadının yatağını daha önce hiç görmemiştim, hareket etmedi, duymamış olacak diye bir an düşündüm, acaba yine uykuya mı dalmıştı, fakat aynı anda ayağa fırladı ve her geldiğimde kapalı duran o kapıya doğru yürüdü, vücudu öne eğik.

Kapı açıldığında hemen anladım, niçin her gelişimde kapalı olduğunu. Hayatımda gördüğüm en berbat, cinsellikten en uzak yatak odasıydı. Birbirinden ayrı daracık iki yatak, hastane yatakları, bir kenarda tekerlekli sandalye, bomboş duvarlar, havada ilaç kokusu, fakat yine de tuhaf bir heyecan duygusu içimi kapladı, böyle bir odada insan romantik bir odadakinden daha az sorumluluk hissederdi, rahatlamıştım, yataklardan birine çektim onu, hemen nasıl ayıldığını fark ettim, elinde olmadan gevşediğini, az önce ağzına doldurduğu dondurma gibi eridiğini, düşündüm bir an, organı büyürken, karısı küçülüyordu ve kısa süre sonra yitip gidecekti, ondan hiçbir şey kalmayacaktı geriye, insan gözünün göreceği.

Pantolonunu çekiştirdim, güçlü ve çabuk, belki de sevgi göstermemesiydi beni o anda güçlendiren, gerçek sevgi böyle oluşabilirdi, sevmesini öğrenirdim, karşılık beklemeden. Pantolonu yere kaydı, fanilası ile külotunun sarmaladığı vücudunu seyrettim, zeytinyağı gibi kaygan, yumuşak tenini, düşündüm, benim olacak, az sonra bütün vücudu benim, biraz daha ve dokundum ince kumaşa, hissettim, kumaşın içindekini, okşadım, çok severdim böyle okşamaları, daha rahat olurdu, öptüm külotunun kumaşını ve konuştuğunu duydum, artık yalnız kalmam gerek, Ya'arah.

Hastanede onu yakalamasaydım, şimdi mutlaka, karım biraz

sonra eve gelecek, derdi, fakat şimdi onun için gerçeği söylemekten başka çıkar yol yoktu, neydi gerçek, söyleyeceği acaba gerçek miydi, belki başka bir randevusu vardı, fakat onun durumunda biri şu anda başkasına gidemezdi, onun aniden bambaşka insan oluverdiğini de biliyordum, yaşamıştım.

Başımı külotundan kaldırıp baktım, homurdanır gibi konuştu, kendimi iyi hissetmiyorum, seni eve bırakamayacağım, cebimden para al, taksi için. Gerçekten de yanıma pek para almamıştım, sevindim, ceplerini karıştırabileceğim için, fakat ilgimi çeken hiçbir şey bulamadım, birkaç kâğıt para, bir çakmak, hastanenin vermiş olduğu bir kâğıt ve bir sürü anahtar, nereleri açıyordu bu kadar çok anahtarla?

Yüzükoyun dönmüştü bile, arkasını görüyordum, küçük ve adaleli poposunu, derin derin nefes alıyordu, ceplerini karıştırmaya devam ettim ve düşündüm, bir zamanlar aklımdan geçirirdim, bir erkeğin çıplak poposunu görürsem onunla aklıma gelen her şeyi yapabilmeliydim. O zamanlar her şey bir bütün sanırdım, yürekte erkeklik organı vardı, popoda da yürek, gözlerde popo, kadının bacak arasında da gözler. Vücudun organlarının tek tek çekiciliği olduğunu da bilmezdim, bir gün gelip de tiksindiğim, daha doğrusu benden tiksinen bir erkeğin çıplak poposu karşısında ağlayacağımı da düşünemezdim. Dışarı çıktım, duygusuzluğun yaşları gözlerimde, bir an için durdum kapının önünde, henüz başlamış yağmurun damlaları altında, kaldırımda siyah bir otomobil durdu, küçük, uzun sigara ağızlıklı o genç kadın indi, ona benzeyen bir başka kadın da olabilirdi, kısa kızıl saçlı, koşar adım binaya girdi, kaçtım oradan, yağmurun durmasını beklemedim, görmek istemiyordum, az sonra hangi katın hangi penceresinde ışığın yanmasını, gerçeği bilmek ve görmek yürekliliği yoktu bende. Yürüdüm bomboş yollarda, şemsiyem yoktu, cebimde de taksiye binecek param, gözümün önüne getirdim, o genç kadın içeri girince nasıl ayağa kalktığını, vücudunun tüm hatları gerilmiş ve hazır, ne de olsa külotunu bile çıkarmıştım, hanımefendiye zahmet olmasın diye, kadının bakımlı, tüysüz bacak arasını açtığını da getirdim gözümün önüne, şimdi o alıyordu, az önce benim sahip olmak istediğimi, yaşamımda bir şeyi bu kadar çok istemiş olduğumu anımsamıyordum, birdenbire ters yüzü dönüp, oraya geri gitmek istedim, fakat onurumun ayaklar altına alınmasından da korkuyordum, yürümeye devam ettim, gözlerim yarı kapalı, düşündüm, ondan hıncımı nasıl almalıydım, aşağılık kompleksleriyle ne kadar da itici olabiliyordu, bunu henüz, o gün kavramıştım, düşünmeye devam ettim, idrarının kokusunu, midesinde eriyen bayat dondurmayı, ata binmiş gibi üzerine oturmuş allı pullu o genç kadını, geçen yazdan kalma bayat dondurma ile arasında sadece zeytinyağı gibi kaygan, yumuşak ten olduğunu bilmeyen kadını.

VI

Ertesi sabah neremin sızladığını bilmiyordum, başım mıydı veya boynum mu, yoksa içinde yüreğimin gizlendiği vücut parçası mı, bacak aramdaki, taze bir yara gibi canlı ve gıdıklayan nokta da olabilirdi. Yanağım after-shave kokuyordu, uykumda Yoni bir "veda öpücüğü" verme zahmetinde bulunmuş olmalıydı, sinirlendim, her tıraştan sonra yüzüne bolca losyon sürerdi, babasının after-shave şişesiyle oynayan oğlan çocuk gibi, yanağımdaki o kokudan tüm gün boyunca kurtulamayacağımı biliyordum, sonra düşündüm öpücüğünü, gözümün önüne getirdim beni nasıl öptüğünü, heyecanlandım, yanımda durup, hafifçe eğilmiş, portakal rengi ince dudaklarını büzmüş olmalıydı, karşılığında hiçbir şey beklememişti, ne de olsa uyuyordum, öpmüştü beni, bir eşyayı ya da bir ölüyü öper gibi, ona karşılık veren, onu takdir eden yoktu. Düşündüm, gerçek sevginin göstergesi bu olmalıydı, ciddiye almalıydım, hem de çok, daha önce hiç başıma gelmemişti, denedim, onun gibi eğilmeyi, öpmeyi, onun duygularını yaşamağı, sevgisinin büyüklüğünü anlamak istedim, başım yere eğildi, dudaklarım kışın soğuk fayanslarına dokundu, o anda yatağın altında duran bir kitap ilişti gözüme, üzerinde kalın toz tabakası onu sanki kamufle etmişti, kim bilir ne zamandan beri oradaydı, saklanmıştı, elimi uzattım, çektim kendime, dekanın aylar önce bana güzel sözlerle ödünç vermiş olduğu kitabı aldım elime, özel kitaplığımdaki ender baskılardan biridir, demişti.

Yastığımın kenarında duran kâğıt mendillerle üzerindeki tozu sildim, Yoni mutlaka o gece zavallı Tirza Yenge'nin hastalığına ağlıyorum sanmıştı, kapağı tozlardan arındıktan sonra sayfalarını çevirdim, başladım okumaya ve bir türlü elimden bırakamadım, anımsadım, dekanın bu kitabı bana niçin vermiş olduğunu, tezimi hazırlamalıydım, "tapınağın tahribi"ydi seçtiğim konu, bir an düşündüm, şansım var sayılırdı, artık tapınak filan yoktu, yoksa yazdıklarım yanlış anlaşılabilir, birileri tapınağı yok etmeye kalkıştığında da benim tezimi örnek gösterebilirdi, tapınağın tahribinden beni suçlu tutabilirlerdi, marangozun çırağının yalan dolanla ustasının karısını çalması gibi. Sonra da ona boşanma öğüdünde bulunan çırak, evlenme sözleşmesinde kararlaştırılmış parayı boşandığı karısına ödeyebilmesi için ustasına borç veriyor, borcunu ödeyemeyen marangoz onlara hizmet etmek zorunda kalıyor, boşandığı karısı ile çırak yiyip içiyor, o ise yanlarında duruyor, kadehlerini dolduruyor, gözlerinden akan yaşlar kadehlerine damlıyor. Gözümün önüne getirmeye çalıştım, Aryeh ile ben salam yiyip konyak yudumlarken Yoni'nin bir yandan kadehlerimizi dolduruşunu, öte yandan ağlayışını, hüzün kapladı içimi, gözlerim yaşlandı, o anda karar verdim, Yoni'yi hiç terk etmeyecektim, beni gerçekten sevdiğini artık kavramıştım ve gerçek sevgi besleyen biri terk edilmezdi, sonra düşündüm, peki ya sen ne yapıyorsun, senin sevgin nerede, karar verdim, ben bu öyküde, duyguları ve düşünceleri pek bilinmeyen, sadece yaptıkları tahmin edilen kadın olacaktım.

Öylesine düşüncelere dalmıştım ki, uzun süre yataktan çıkmadım, hiçbir şey yapmadım, ta ki fakülteden telefon gelene kadar, sekreter kız, dekanın benimle konuşmak istediğini söyledi, ses tonundan seviniyor gibiydi, biliyordum, şaşırıyordu, dekanın benimle böyle ilgilenmesine, gerçeği söylemek gerekirse, ben de onun gibi şaşırıyordum ve bekliyordum, günün birinde onun umduğu bir eleman olmadığımı anlayacağını, büyük ümitlerinin büyük düş kırıklığına dönüşeceğini. Biliyordum bu gibi şeyler beklenmedik bir anda olurdu, dünden bugüne, telefondaki sevinç dolu sesinden o anın geldiğini sezdim, yüreğim çılgın gibi attı, elimdeki kalın kitaba parmaklarımı geçirdim, gerilim içindeydim, sayfaları kıvırmaya başladım, özel kitaplığından çıkarıp bana ödünç verdiği bu önemli eseri berbat ettiğimin farkına az sonra vardım ve aynı anda onun sakinleştirici, hafif İngiliz şiveli sesini duydum, konuştu, bir fakülte toplantısında hakkımda şikâyetler geldiğini anlattı, öğrencilerle haftalık görüşme toplantılarına katılmadığım şikâyet edilmiş, bitirme tezim konusunda hâlâ öneri getirmediğim de söylenmiş, eğer böyle devam edersem bana görev veremeyeceğini belirtti. Size ben bile yardım edemem, dedi, siz kendinize yardım etmezseniz. O görevi üstlenmek için kaç kişi sırada bekliyor, haberiniz var mı? Bekledim, sözlerini bitirmesini, sonra konuştum, anlatmaya çabaladım af dileyen bir ses tonuyla, tezimin geç kalmasının nedenini, konusu üzerine karar vermekte çok zorlanmıştım, belki bir rastlantıydı, fakat bu sabah tezim konusu üzerine karar vermiştim, tapınağın yok edilişi sırasında kişilerin parçalanışını tezimde ele alacaktım, söze karıştı, öyle ise hemen buluşalım, konuyu bir ele alalım, az sonra boş dersim var, o saati size ayırabilirim. Konuştum, çok güzel, hemen yola çıkıyorum, dolaba gidip güzel bir elbise seçmeliydim, meslek yaşamına atılmaya hazır bir kadına yakışan, bundan sonraki görünümüm, ümit verici akademik kariyerli ve seven kocalı bir kadına uygun olmalıydı, saçlarımı kısa kestirecek, uzun ağızlıkla sigara içecektim, kimseyi de kıskanmayacaktım ve günün birinde ona yolda rastladığımda, kibirle gülümseyecek, durmayacak, yoluma devam edecektim. Hem o da kim oluyordu? O bir emme tulumbaydı, benim tüm gücümü ve tüm zamanımı içine çeken, kararlılığımı yok eden, yaşamıma el koyan, karşılığında ise hiçbir şey vermeyen. Yaşamımı onun uğruna saçıp savurmama izin vermesi bile sanki bana lütfen yaptığı bir iyilikti.

Siyah deri pantolonumu giydim, gözlerimin rengine uyan mavi kadifeden ince bir de bluz, aynaya bakar bakmaz onun beni böyle göremediğine üzüldüm, ne yazık ki dekana harcıyordum bu görünümümü, ancak unutmamalıydım, şu anda benim için önemli olan "tapınağın tahribi"ydi, başka hiçbir şey değil, yine Yoni geldi gözümün önüne, bize konyak servisi yapıyordu, hatta ona bir de cilveli önlük giydirdim, garson kızların giydiği cinsten, gülmeye başladım, ağlanacak o duruma.

Aşağı indim ve Yoni'nin otomobili almış olduğunu gördüm, durağa gittim, az sonra bindiğim otobüsün hastane yolundan geçeceğini fark edince huzursuz oldum, yolu biraz uzatıyordu, fakat buradan daha hızlı gidiliyordu, öğleye doğru caddeler boş sayılırdı, anımsadım o boş, terk edilmiş evi, portakal ve limon ağaçları arasındaki, çocukluğumda beni hep beklemiş olan o evi. Altın gibi parıldayan yollar uzanırdı oraya, iki yanında kara servi ağaçları, kimileri yerlere kadar eğilmiş ya da kırılmış, aralarında rengârenk minicik güller, ışıldayan, portakal rengi, leylak rengi, sarı, kırmızı ve beyaz, yaklaştıkça irileşen, olgun mandalina büyüklüğüne erişen, az ötede ev, bomboş. Oraya her gidişimde yeniden hayran olurdum, şaşırırdım evin güzelliğine, uzun zamandır terk edilmiş olmasına ve yıkılmaya başlamasına karşın, kimseye söylemezdim, fakat orası benim tapınağımdı. Gerçekten terk edilmiş bir yerdi, benden başka aç ve kötü kokan, tarla ve bahçelerde çalışan işçiler uğrardı kimi zaman oraya, bu insanlar bitkinlik, şanssızlık, kutu bira ve ucuz tuzlu sardalye kokardı. Soğuk akşamlarda evin içinde küçük bir ateş yakarlardı, yerler karaydı, duvarlar da, fakat ben bu evi bambaşka görürdüm, görmek istediğim gibi, her yer tertemiz ve pırıl pırıl, muhteşem ve çekici, beni de böyle görmeliydiler, böyle olmalıydım, sevdiğim kişileri oraya götürürdüm, sanırdım ki beni ancak orada, tapınakta, olduğum gibi göreceklerdi. Başlangıçta sınıftaki kız arkadaşlarımı götürürdüm, portakal ağaçlarının gölgesindeki bu bomboş evde tek başlarına korkarlardı, sonraları da ilk erkek arkadaşımı, otururduk onunla her yanı yaban otlarıyla dolu kaplı bahçede, upuzun, tuhaf çiçekler de yetişirdi otların arasında, düşlerdim çoğu kez orasının evimiz olduğunu, dallardan sarkan meyveler arasından öpüşürdük, dudaklarım kabarırdı öpüşmekten, korkardım eve gitmekten, ne diyecektim annemle babama, dudağımı bir arının soktuğunu mu söyleyecektim, fakat arkadaşım, hiç de şişmiş gibi görünmüyorlar, derdi, belki sen öyle hissediyorsun, kızardım ona, senin yüzünden oldu, demek isterdim, fakat öfkemi belli etmezdim, onu incitmek istemezdim. Sonra el ele yarısı yıkılmış geniş merdiveni çıkar, odalarında gezinir, geçmiş günlerin görkemini gözlerimizin önüne getirirdik, tavan arasından portakal ve mandalina bahçelerinin sonsuzluğunu seyrederdik, yeşil, yeşil, yine de yeşil. Akşama doğru, hava kararmaya başlayınca dönerdik eve, akşamın serinliği yanardı dudaklarımda, fakat o, emin ol, dudakların şiş değil, derdi, bense anlamazdım, öylesine hissettiğim bir şeyi gözlerin nasıl göremediğini, göğüslerimin uçları da yanardı, bluzumun altından memelerimi tutardım, o bir avuç gül toplar, başıma serpiştirirdi, gül yaprakları beni ele verirdi evde, dudaklarım değil, annem sorardı, nereye uzandın, bu yaprakların ne işi var saçlarının arasında, bu son kez, bütün gün ortadan kaybolmak yok, duyuyor musun, sonra, akşama doğru babamın fısıldar gibi onunla konuştuğunu duyardım, ne istiyorsun kızdan, seninki kıskançlıktan başka bir şey değil, o âşık olmuş, sen olamıyorsun. Birkaç ay sonra erkek arkadaşımla orada yattım, yaşamındaki ilk erkekle, kirlilikten kararmış tahtalarda, boş bira kutuları, kömür parçaları ve eski gazetelerin sayfaları arasında, benim için bir ilkti, o eve de son gidişimdi, nedense yerlerden tavana kadar her tarafın kirliliği, is lekeleri beni iğrendirmişti, evi bir daha görmek istememiştim, hatta erkek arkadaşımı bile, çünkü o bana evi anımsatıyordu, kısa süre sonra da ondan ayrılmıştım.

Otobüsün penceresinden dışarı baktım, meme uçlarımın yandığı hissettim, parçalanacak gibiydi ve o zavallı kadınları gözümün önüne getirdim, yollardaki hayvan pislikleri arasında arpa arayan, açlıktan memeleri ip gibi ince sarkan, bebekleri bu memeleri emmeğe çabalayan, annelerinin kucağında ölen, düşündüm, tanrıya şükür ben o günleri yaşamamıştım, elimdeki kalın kitapla memelerimi kapattım, başımı kaldırıp, gökyüzüne baktım, dumanlarla örtülüydü, inanılmaz, diye düşündüm, yanan tapınağın dumanları yükseliyor, sonra birden kavradım, hastanenin bacasından yükseliyordu duman bulutları, mırıldandım kendi kendime, bu kez inmeyeceksin, yoluna devam edeceksin, fakat bir tehlikenin belirtilerini sezer gibi oldum, sanki birisini kurtarmam gerekiyordu, kaçınamazdım, üniversiteye gideceğime, çabucak otobüsten indim, kapıları kapanmadan ve kendimi hastanenin kapısında buldum.

Sadece birkaç dakika, dedim kendi kendime, şöyle bir uğrayıp, bakayım, ne var ne yok, üniversiteye bir sonraki otobüsle de gitsem olur, geç kalmış olmam, biraz daha zamanım var, odasına girmem bile gerekmez, kapıdan şöyle bir bakarım, yaşayıp yaşamadığına. Onu bir daha görmeye pek niyetli değildim, neler olup bittiğini artık kendi çabamla öğrenmek zorundaydım, fakat öğrendiklerim işime yarayacak mıydı, onu da bilmiyordum. Hastanenin alışık olduğum o ilaç, yemek ve kalorifer kokusu eski bir manto gibi üzerime kondu, beni sarıp sarmaladı, itici, fakat rahatlatıcı, uyuşturucu ve teselli edici, yararı olmasa bile umut verici bir tedavi örneği, böylesine iyi niyetli bir ortamda kendimi rahat hissettim ve düşündüm, o gün Yafa'da olduğu gibi burada bir baygınlık geçirseydim, biri olurdu hemen koşup yanıma gelen, yardım eden, bana bir yatak verirlerdi, yanında da bir komodin, orada ne işim vardı, kimse sormazdı bana, bir an için düşündüm, acaba denese miydim, baygınlık geçirirmiş gibi yapsa mıydım, bakalım ne yapacaklardı, fakat aynı anda beni bekleyen dekan geldi aklıma, acele etmeliydim, hiç zamanım yoktu. Okuldaki beden eğitimi dersinden bu yana böyle koştuğumu anımsamıyorum, ancak bu kez içimde büyük bir heyecan vardı, o günlerde olmayan, belki bu koşunun sonunda beni çok mükemmel bir şey bekliyordu, bütün koridoru koştum, odanın kapısına varınca durdum, nefes nefese, açtım, Tirza Yenge'nin yatağı boştu, yastığın üzerinde küçük aynası bıçak sırtı gibi ışıldıyordu, yandaki yatakta ölmekte olan karısı gözleri kapalı yatıyordu, üzerini örten çarşaftan daha beyazdı suratı.

Yanına yaklaştım ve merakla baktım, sanki ondan bir parçaydı, karısının gizini öğrenebilirsem, onu da daha yakından tanıyacağım sanıyordum. Görünüşü içler acısı ve dokunaklıydı, asil karakterli, iç dünyası mücadelelerle dolu bir ejderhaydı sanki, kimi zaman ruhu ağır basıyordu, kimi zaman da ejderha korkunçluğu. Gözlerini bir an için açtı, sanırım o anda ruhu galip gelmişti, gözleri mavi ve pırıl pırıldı, fakat gözleri açıldıkça savaşı yitirmiş olduğunu daha iyi sezdim, o kadar irileşti ki onlar, korkutucu oldular, bakışları camlaştı, nerede olduğunu görmüştü, durumunun da farkına varmıştı. Yanında durduğumu sezince, Korman'ın kızı, diye mırıldandı, tam bir Fransız şivesiyle, başımı salladım, söylediğini onaylamak istermiş gibi ve düşündüm, son zamanda bu sözü sık sık duymaya başlamıştım, böyle devam ederse adımı unutacaktım, devam etti, sesi yorgun, yengeni tedaviye götürdüler, ancak öğleye döner, sordum, ne tedavisi, zaman kazanmak istiyordum, içini çekti, bilme daha iyi, inler gibi devam etti, bakımı gerekli, küçük bir çocuk örneği, kelimeler zorla çıkıyordu dudaklarının arasından, kim ister bunu, az kalsın, ben, diyecektim.

Birkaç dakika daha oturmak istiyordum yanında, sordum, benden istediği bir şey var mıydı, hemen yanıtladı, bir bardak çay, dedi, bu isteğini nasıl yerine getirmem gerektiğini de tarif etti, odadan çıktım, mutfağa gittim, dolap ile musluk arasında gidip geldim, açıklamalarına uygun çayını hazırladım, bardağa bol çay, bol süt, iki kaşık da şeker koydum, onun gibi yarım bir insanın her şeyi bu kadar bol istemesine de şaşırmadım değil. Odaya döndüğümde onu yatağında oturmuş gördüm, omzuna kırmızı bir kazak atmış, dudaklarında gereğinden fazla gülümseme, sanki o anda en azından hayatının kurtarıcısıydım. Bense yavaş yavaş huzursuz olmağa başladım, dekan bekliyordu, Tirza Yenge de şu anda odaya girip, beni burada görürse çok kızabilirdi, en çok da kocasının aniden çıkıp gelmesinden korkuyordum, hele karısının hemşireliğini yaptığımı görmesini hiç istemiyordum. Tam gitmeye karar vermiştim ki, daha da çok gülümsedi, bana yakınlık gösterdi, yatağın baş ucunu yükseltmemi ve şişmiş bacaklarının altına yastık koymamı rica etti, hemşireyi de çağırmamı söyledi, ağrılarına karşı bir ilaç getirmeliydi, duygularım değişti, nihayet işe yaramak ne güzeldi, o anda çekip gidemezdim, kolay olmazdı. Bu saatten sonra dekanın da bir işine yaramazsın, diye düşündüm, hiç olmazsa aynı anda ışıldayan ve solan şu acayip yaratığa yararlı ol.

Tutup kaldırdığım şişmiş bacaklar kirli sarı lekelerle doluydu, ağırdılar, sanki aniden patlayacaklardı, gözlerimi ayıramıyordum onlardan. Yastığı sürdüm, bacakların ağırlığı altında ezildi, bir yastık da sırtına koydum, yatakta oturuyordu, banyo küvetinin içinde oturur gibi, güldü bana, uzanıp masanın çekmecesinden bir ruj çıkardı, dikkatle ve becerikli bir şekilde dudaklarını boyadı, aynaya filan bakmadan, ben karşımda ayna olmadan dudaklarımı bile bulamazdım, kazağının kırmızısı güzel dudaklarının kırmızısına çok uyuyor, dikkati deforme olmuş yüzüne çekmiyordu, düşündüm, belki o da Bitus'un kızı Marta gibi, şımartılmış bir kadındı, aynı anda neşeli bir sesle konuştu, belki inanmayacaksın, dedi, fakat senin dünyaya geldiğin günü çok iyi anımsıyorum.

Gerçek mi, diye sordum, ancak doğum günümü anımsamasının beni pek ilgilendirmediği ses tonumdan belliydi, bu onda düş kırıklığı yaratmıştı, fakat yine de devam etti, ben aynı gün Aryeh'e ilk kez rastlamıştım, anımsıyorum, bana demişti ki, kız arkadaşım bugün bir çocuk dünyaya getirdi, yıllar süren tedaviler sonunda başarılı oldu.

Kız arkadaşım mı? diye sordum, emin misiniz, kız arkadaşım, dediğine? Erkek arkadaşım, demiş olmasın? Babamın onun arkadaşı olduğunu sanıyordum, annemin değil, yataktaki kadın başını salladı ve konuştu, o gün söylediklerini kelimesi kelimesine anımsıyorum, kız arkadaşım demişti, çok heyecanlıydı, sanki kendi baba olmuş gibiydi. Senin şerefine kadeh kaldırdığımızı da anımsıyorum, Paris'te barın birinde oturuyorduk, Aryeh bir şişe şampanya ısmarlamıştı.

Çay bardağını eline aldı ve o akşam nasıl şampanya içmiş olduklarını bana göstermek istermiş gibi havaya kaldırdı, fakat aynı anda öksürüğü tuttu, bardaktan çaylar döküldü çarşafa, gözlerine yaş geldi, kızardılar, o gün ile bugün anılarında birleşmiş gibiydi.

Bardağı elinden aldım, çarşafta leke kalmasın diye bir bezle hafifçe sildim, başka bir bardakla su getirdim, dikkatle içti, gözlerinde mavi ile kırmızı birleşti, bir araya geldi, mor lekeler oluştu, haritalardaki bilinmeyen ülkeleri andıran, okulda coğrafya dersindeki korkularımı anımsadım, birbirine benzeyen lekelerden ülkeler ve kentleri bulmayı hiç becerememiştim, gözlerinden de bir şey okunmuyordu, mırıldandı, kendi kendine konuşurmuş gibi, gebe olduğumdan o gün henüz haberim yoktu, ne tuhaf değil mi, sözünü kestim, kendimi tutamamıştım, sormalıydım, gebe mi? Sizin çocuğunuz yoktu sanıyordum.

Hayır, çocuğumuz yok, diye çabuk çabuk konuştu, ben o günlerde bir başkasıyla beraberdim, evlenmeyi düşlüyorduk, fakat o akşam her şeyi değiştirdi, senin doğduğun günün akşamı. Gebe olduğumu bilmiyordum, diye tekrarladı, ikide bir bulantı gelmesini de anlamıyordum.

Peki, çocuk ne oldu, diye sordum ve bütün vücudum titriyordu, kendimi iyi hissetmiyordum, sanki söz konusu bendim, yanıtladı, çocuk filan yok, dedi, bir hafta sonra bavulumu almış ve Aryeh'nin evine taşınmıştım. Başkasından gebe kalmış birini istememişti, ben de çocuğu aldırmıştım.

Ondan çocuğunuz olacak mı sanıyordunuz, diye sordum, konuştu, hayır, hayır, biliyordum, çocuğumuz olmayacağını.

Bilmenize karşın çocuğu aldırmıştınız, dedim çabuk çabuk, ses tonum azarlarmış gibi çıkmıştı elimde olmadan, o da kararlı konuştu, evet, vazgeçmiştim, dedi, sanki elinden gelse yine aynı şeyi yaparmış gibiydi.

Yaptığınız sizi biraz da olsa üzmedi mi, diye sordum, yalvarır gibi, sanki kürtajla aldırtmış olduğu cenin bendim.

Beni en çok üzen, annem ile babamın bale dersine göndermemiş olmasıdır, sesi kızgın çıkmıştı, bir an için şaşırdım, ne söyleyeceğimi bilemedim, hastaların öfkesiydi bu, kendilerini önemsiz konulara kaptırır, pireyi deve yaparlardı, seni inandıramam, bilsen babama nasıl da yalvarmıştım, ben dans etmek istiyorum, demiştim, fakat o, senin dansın için paramız yok, diye karşı çıkmıştı. Daha geçen gece düşümde gördüm, babamla o tartışmalarımı. Hastalığım başlayalı beri sık sık düşüme giriyor bale dersleri, başka çocukların ortasında dans ediyorum, beyaz kısa bir etek var üzerimde. Çok eminim, eğer bale öğrenmiş olsaydım, ömrümü dans ederek geçirseydim, bugün hasta filan olmazdım. Bunun için babamı hiç affetmeyeceğim.

Hayatta mı, diye sordum, birden öfkelenmesi ve sesini yükseltmesi beni şaşırtmıştı, konuştu, hayır, dedi, ne fark eder, ben de artık yaşamıyorum.

Gözleri kapandı, bir an düşündüm, şimdi birden ölüverseydi, dudaklarının arasından çıkan şu son cümleye ne güzel de uyardı, tıpkı filmlerdeki gibi, o hemen bana gelirdi, dört ayağının üzerinde sürünerek, benim ağzımdan karısının söylediği son kelimeleri duyabilmek için, ben ise ona tabiî biraz ıstırap çektirir, hemen söylemezdim, unuttum, derdim, belki de karısının söylemiş olduklarını biraz çarpıtır, kürtaj yaptırmış olduğu için ne kadar üzüldüğünü söyler, ona ömrünün sonuna kadar vicdan azabı çektirirdim, fakat yataktaki insan şişmiş ayaklarını hafifçe oynattı, sanki nasıl bale yapabildiğini bana göstermek istiyordu, sonra gözlerini açtı ve saate baktı, belki bilmek istiyordu, kocasının gelmesine ne kadar kalmıştı, o anda birden irkildim, belki de şimdi geç kalmıştım, yarım saat önce kendime gelmeliydim, odaya girdiğim anda, dönüp gitmeliydim. Bir an kolumu bile kıpırdatamadım, önce onun saatine baktım, az sonra da kendi saatime, şaşırdım ikisinin de aynı saati göstermesine, on ikiyi, tam bu anda dekanla olan bir saatlik randevum sona ermişti.

Artık yitireceğim hiçbir şey yoktu, yine de telaşa kapıldım, ayağa fırladım, üniversitede dersim başlıyor, hemen gitmeliyim, dedim, beni anlamış gibi başını salladı, rica ettim, buraya gelmiş olduğumu Tirza Yenge'ye söylememesini, yoksa çok üzülürdü, başını hiç durmadan sallıyordu, gördüm, gözlerindeki karışık renkler birbirinden yine ayrılıyordu, mavi yine ortaya geçmişti, kırmızı da çevresine, konuştu, oldukça ciddi, umarım darılmadın bana, niçin darılacakmışım sana, diye sordum, senin doğduğun gün içtiğim şampanyayı kustuğum için, dedi, ne diyeceğimi bilemedim, ciddi mi konuşuyordu yoksa şaka mı yapıyordu, ah, önemli değil, dedim, şerefine ve düşündüm, bundan da daha budalaca bir yanıt verilemezdi. Başka şeyler de saçmalamadan önce, çıkıp gitmeliydim, kapıya doğru yürüdüm, tam çıkarken, durdum, arkama döndüm, bir kez daha sormak istedim, o gün kız arkadaşım mı yoksa erkek arkadaşım mı demişti, vazgeçtim, burada daha fazla kalamazdım, hissediyordum, anlattıkları beni hasta edebilirdi, kaçar gibi uzaklaştım, koridorlarda koştum, hastaneden çıktım, dışarının kurşunî soğuk havasına, o anda kurtulduğumu fark ettim.

Otobüsle üniversiteye giderken, bir gerekçe bulmaya çalıştım, fakat kendimi bir türlü toparlayamadım, yaşamıma bu kadar karışmış olmasına şaşırdım, anlayamadım, hatta öfkelendim birden, ne hakkı vardı, kim vermişti ona bu hakkı ben dünyaya geldiğimde kızmağa, niçin kızmıştı, şimdi ise umurunda bile değildim, hem sonra niçin bir erkek arkadaştan değil de bir kız arkadaştan söz etmişti, annemle arasının iyi olmadığı açıkça belliydi, düşüncelere öylesine dalmıştım ki, otobüsten inmiş olduğumu fark etmemiştim bile, kendime geldiğimde üniversite binasının içindeki yürüyen merdivende duruyordum, birden yanda, aşağı inen merdivende dekanın başını gördüm, asistanı kızla hararetli bir konuşmaya dalmıştı, bir an için kendi kendimle savaş verdim, acaba peşinden gitse miydim, fakat güçsüzdüm, o gün çok koşuşturup durmuştum, karar verdim, en iyisi inandırıcı bir gerekçe bulup, ona güzel bir özür mektubu kaleme almalıydım.

Kendime sakin bir köşe aradım, mektubu hemen yazmak için, yukarı çıktım, kütüphaneye. Yan yana kafalar, hepsi öne doğru eğilmiş, tıpkı bir serada az önce sulanmış bitkileri andıran, beni nedense ürküttüler, bir köşeye çekildim, kimsenin beni göremeyeceği bir yere. Herkes bir şeye dalmıştı, ben ise oturmuş budalaca bir mektup yazıyordum, özür dolu kelimelerle, bitirme tezime başlamanın zamanı ise çoktan gelmişti, hatta geçiyordu, mektubu hemen vermeseydim, ilerde bir gün kutusuna bıraksam da olurdu, başladım kitap rafları arasında dolaşmaya ve malzeme toplamaya, "tapınağın tahribatı" üzerine bilgiler, yanımdan her geçen, üzerime gelen sanki bana kötü haberler getiriyordu, hiç durmadan yürümeme devam ettim, başpapazı anımsadım birden, zina yaptığı için günah çıkarmaya gelen kadın su isteyince dışarı çıkar, bardağı uzatırken görür, günah çıkaran kadının annesi olduğunu.

Tam burada, kitap raflarının arasında rastlamıştım Yoni'ye ilk kez, ben bilimsel kitaplar dolu el arabasını sürüyordum, Yoni yanında Şira karşıma çıktığında, yanımdan geçerlerken Şira eliyle onu şöyle bir göstermişti, işte o, demek istermiş gibi, aynı anda pencereden vuran güneş ışığı da Yoni'nin yüzünü aydınlatmıştı, gençliğinde doktorların öğütlerine karşın yüzündeki sivilceleri ezip kanattığı, şimdi güneşte iyice belli olmaktaydı, bu beni o anda rahatlatmıştı, yüzünün cildiyle böylesine düşüncesizce oynaması, yaralarını saklamamaya çalışması benim için umursamazlık ve güvenirliliğin belirtisiydi, başparmağımla Şira'ya bir işaret verdim, bana göre her şey yolunda, demek istermiş gibi.

Bir süre sonra tekrar onu gördüğümde yüzündeki sivilce izlerinin o günkü kadar belirgin olmaması beni düş kırıklığına uğratmıştı, sanırım üniversite kütüphanesinde yüzüne vuran güneş o gün oldukça güçlüydü. Sivilce izlerinin çekinecek, saklayacak kadar belirgin olmadığını fark ettim, sadece yanaklarında ve çenesinde biraz vardı, onlara dokunmak, onlara yakınlaşmak istedim, dost olmalıydım, benim de olmalıydı onlar.

Gittik, bir sokak kahvesine oturduk, çevremiz güzel çimenlerle kaplıydı, koyu bir yeşil, masada, aramızda bir sepet içinde taze ekmek dilimleri duruyordu, yükselen ekmek kokusunu içime çektim ve anımsadım, uzun zaman önce yine bu masada bir başkasıyla da oturduğumu, gençti, kaldığı ev bir fırının yanındaydı, birlikte burada bir şeyler içmiş, sonra da evinde yatağa girmiştik, ilk ve son kez. O akşam kahvede oturup konuşmuştuk, anımsadığım kadarıyla uzun yıllardır bir kızla beraberliğinden söz etmişti, ona bağlıydı, fakat benimle de yatmayı çok istiyordu, öyleyse, demiştim, baştan kararlaştıralım, yalnız bir geceliğine beraber olacağız, sevinçle hemen kabul etmişti, ikimiz de sevinmiştik, sanki pastanın bütünlüğünü bozmadan pastadan bir dilim yemenin püf noktasını keşfetmişiz gibi, o saatler, birlikte olduğumuz gecenin öncesi, o günün en tatlı anlarıydı, beraberliğimizin sonunu baştan kararlaştırmamız tüm gerginliği silmişti, ben sonra ayağa kalkmış, vücudumu germiş, kollarımı yukarı doğru uzatmıştım, yan masalarda oturanlar nasıl büyümeye başladığımı, organlarımın uzadığını görmüş, şaşırmıştı, vücudumun uzunluğu iki kat, hatta üç kat artmıştı, elimin parmakları yukarıdaki güneşliğe değmeye başlamıştı, o yerinden fırlamış, bana sarılmış, daha fazla uzamamı engellemişti, kollarım, bacaklarım onun üzerine düşmüştü, niçin önledin büyümemi, diye sormuştum, o ise sadece gülmüştü, gözleri yeşildi, çevremizdeki çimenler gibi. O akşam düşünmüştüm, karar verdiğimiz şeyi sonuna kadar sürdürmek hiç de sorun değildi ve ertesi sabah birbirine âşık olmuş iki kahraman gibi ayrılmıştık, yüzüne baktığımda, seni bir daha görmeyeceğimi çok iyi biliyorum, diye bir an aklımdan geçirmiştim., fakat o gün henüz bilememiş olduğum başka bir şey vardı, daha sonraki yıllarda ne zaman burnuma taze ekmek kokusu gelse, onu düşünecektim, sonra Yoni'yle aynı kahvede otururken, aramızdaki sepetin içinde taze ekmek dilimleri, düşünmüştüm, acaba Yoni'nin benimle o kahvede buluşması bana bir işaret miydi, burada yaptığım başlangıcı acaba onunla mı devam ettirecektim, denedim, yine o günkü tatlı duygularla dolsun istedim ruhum, ayağa kalkıp uzandım, kollarımı havaya kaldırdım, fakat Yoni oturduğu yerden kımıldamadı, hareketlerime engel olmadı, tekrar oturduğumda şunu biliyordum, bu Yoni'ye âşık olmam gerekliydi, eğer hüzünlerimi sevinçlerle değiş tokuş etmek istiyorsam o benim için bir şanstı.

Sivilce yaraları arasında hafifçe eğik iki göz duruyordu, kahverengi ve kadife yumuşaklığında, bir çift de dudak, çok olgun şeftali benzeri ve portakal renginde. Bu görünümde bir eksiklik vardı, az sonra farkına vardım, eksik olan burundu, daha doğrusu burnu vardı da, küçücüktü, yeni doğmuş bir bebeğin burnuydu, yuvarlak düğme büyüklüğündeydi, onun yaşında bir adamın yüzünde biraz komik duruyordu, sordum, kaç yaşındaydı, umdum, yanıtı iki yaşındayım olsun diye, o zaman sorun kalmazdı, fakat o, yirmi üç dedi, tam benim yaşımdaydı, az sonra bir şey daha öğrendim, benimle aynı ay ve aynı günde doğmuştu, ikiz kardeş olabilirdik. Bana göre bu da ikinci belirtiydi ve iki belirtinin olduğu yerde yanılma olmazdı, bu nedenle içimdeki ateşi yakmamın zamanı gelmişti. Anlattı, annesinin birkaç hafta önce öldüğünü anlattı, üzüntüsünün henüz geçmediğini söyledi, her şey bana yeni bir belirti gibi geliyordu, çok güzel, diye konuştum, çılgınca teklif ettim, öyleyse hemen sana gidelim ve bir hafta boyunca evini terk etmeyelim, ilk erkek arkadaşıma bir gece yerine bir hafta demediğime hep pişman olmuşumdur, Yoni gülümsedi, yumuşak, fakat işe gitmeliyim, konuştum, boş ver, dedim, sen tatili hak ettin, susmadım, başka şeyler de söyledim, onu ve beni kışkırtıcı, sonra el ele yürüdük, evine gittik, asansörde öpüştük ve sevdim onu tüm hafta boyunca, sadece onu düşündüm, kendimi mutlu hissettim, yaşamımda ilk kez iki parçayı birleştirebildiğim için. O, benim onu sevişime âşık oldu, o kadar inandırıcıydı sevgim, sonra da bana, hafta bitip de sorduğumda, beni ömrü boyunca sevecek miydi, yanıtladı, evet dedi, inandım ona ve o genç adamla ayrıldığımız sabahı anımsadım, yandaki fırına bakan pencerede durmuştuk, ben ona sormuştum, bundan sonra nasıl devam edecek yaşamımız, o ise, niçin her şeyi önceden bilmek istiyorsun, demişti, kişi nereden bilsin geleceğini?

Sonraları yavaş yavaş dünyayı tanımaya başladık, ben de Yoni'den nefret etmeye, sanki sevgisini daha çok gösterdikçe bana kötülük yapıyordu, ondan niçin nefret ediyordum, bunu ben de anlamıyordum, beni aldatmıyordu ki, bunu ona söyleyememek, duygularımı gösterememekse beni yıkıyordu, söylesem, eminim benimle alay ederdi. Kimi zaman ondan nefret ediyordum, kimi zaman da kendimden, ikimizden birden nefret ettiğim de olmuyor değildi. Oturduğu evin arkasında kocaman bir park vardı, çoğu zaman öğleden sonraları oraya gider, güneşte otururduk, bir gün o parkta otururken ona bir kez daha sormuştum, birlikte olduğum başka erkeklere de aynı soruyu, bir zamanlar dilimi yakan, şimdi ise yavan ve tatsız olmuş o soruyu sordum, beni sonsuza kadar sevecek misin? Evet, sözcüğü ağzından o kadar kolay çıkmıştı ki, hayır da deseydi aynı düş kırıklığına uğrardım. Kimi anlar vardı ki yaşamımda, kendimi bir kayanın üzerine oturmuş görürdüm, hıçkıra hıçkıra ağlardım, gözlerimden yaşlar akardı. İkimiz de yitmiştik, yetim kalmış ikizlerdik, beyaz kayalar ile kırmızı gökyüzü arasında çobanlardık, koyunlarını yitirmiş. Parkın güneşinde oturken kafam yine düşünce doluydu, yeniden gerçek yaşama dönmenin olanakları var mıydı, sonra başımı Yoni'ye çevirdim, haydi eve gidelim, dedim, güzel bir akşam yemeği yapayım sana, sanki üzerimizdeki o lanetten kurtulmak için tek çıkar yol buydu, Yoni gülümsedi her zamanki gibi yumuşak ve hüzünlü, sustu. Sesimi yükseltmek istedim, haykırmak, niçin bir şey söylemiyorsun, indir yumruğunu masaya, vur kayalara, zorla beni böyle şeyler düşünmemeye, korkut gözümü, sana şu kadar süre tanıyorum, de, kayalar arasında hıçkırdım, göz yaşlarımı akıtmadım, kayalar yavaş yavaş karardı.

Düğün gecemizde yatakta, birbirimizle yatmak zorunda değiliz, dedim, herkes böyle yapıyor diye biz de mi aynı şeyi yapmalıyız, onu buna inandırmaya çalıştım, o geceyi başka türlü geçirsek çok güzel olurdu. Daha sözlerim bitmeden uyuya kaldı, benimse gözüme uyku girmedi, yatağın içinde oturdum, düşündüm, geçmişi anımsadım, o güne nasıl gelmiştik, neler olup bitmişti, bir ara bilanço yaptım kendi kendime, yaşadıklarıma "aşk hayatım" demek gülünç olacaktı, nedenini bulmaya çalıştım, Yoni'den niçin daha işin başında ayrılmamıştım, onunla birlikte yaşamaya niçin bu kadar çabuk karar vermiştim, şimdi pişmanlık duymam geç değil miydi, düşündüm, beni ömrünün sonuna kadar seveceğine söz vermiş olan tek oydu, sanırım ben de bundan vazgeçmeye yanaşmamıştım, anımsadım o geceyi, taze ekmek kokusunun beni bir örtü gibi sarıp sarmaladığı o geceyi.

Hafif bir patlama sesiyle irkildim, büyük bir gölge üzerime düştü, raflardaki bütün kitaplar birden kapakları kapatılmış kutular gibi göründü gözüme. Elektrik kesilmişti, pencerelerden içeri giren güçsüz öğleden sonra ışığı kocaman kütüphaneyi aydınlatmaya yetmiyordu, çekildi, geri gitti dışarıya ve öne eğilmiş bütün başlar kalktı, şaşkın, gözler çekik, yeni doğmuşlar gibi. Memnun

memnun onlara baktım, birdenbire ışıksız kalmış o yüzlere, tam cümlenin orta yerinde bilgisayarı kararmış insanlara, şimdi beklemeleri ve bana olanak tanımaları gerekiyordu, cam kırıklarını birbirine yapıştırmam için.

Pencerenin kenarına oturdum ve dışarının alacakaranlığına baktım, o benim için tapınağın gölgesiydi, doğuya, ta Eriha'ya kadar uzanan gölgesiydi, kentin kadınlarını, bir araya gelmiş, çocuklarına sımsıkı sarılmış kadınları örtüyordu, birden annem ile babamın özlemini duydum içimde, budalaca bir özlemi, evde ne zaman elektrik kesilse üçümüz bir araya gelir, yaktığımız mumun çevresine otururduk, ne yapacağımızı bilmeden. Ben göz ucuyla onlara bakar, düşünmeye çalışırdım, eğer annem ile babam olmasalardı, acaba kafamdan neler geçerdi, neler düşünürdüm onlar üzerine. Kimi zaman bana doğru baktıklarını görür, korkardım, acaba onlar da benimle aynı şeyi mi düşünüyordu, ne olurdu, ya onlara uymadığıma karar verirlerse. Annem mumun yanına bir deste kitap koyardı, bu elektrik kesintisi sonsuza kadar sürecekmiş gibi, destenin en üstündeki kitap da her zaman sayfaları dökülen bir Tevrat olurdu, açtığında hep aynı hikâye çıkardı, Davud ile Yonatan, Davud ile Bat-şeba, Davud ile Abşalom'un sesi bölümleri sanki okşardı, düzlerdi onları. En hüzünlü bölümleri beklerdim hep, utanç duymadan ağlayabilmek için, bir bölümden ötekine uzanan gözyaşlarının peşinden giderdim, karşımda oturan babamsa sinirli sinirli parmaklarıyla masanın tahtasında tempo tutar, yeter artık, derdi, bırak ağlamayı. Sonra annem ile babama bakar ve düşünürdüm, işte gerçek bu, derdim kendi kendime, ortak yaşamımızda değişmeyecek, birbirine geçmiş, kenetlenmiş bölümler, örneğin tempo tutan parmaklar, temposuna mumun alevinin bile uyduğu, işte onlardı benim geleceğimi belirleyecek şeyler. Kimi zaman evin çevresindeki portakal bahçelerinden çakalların uluması duyulurdu, korkularım artardı, duygularım da, az sonra elektrikler tekrar yandığında üçümüz de rahatlamış gibi iç geçirir, birbirimize bakardık, biraz hüzünlü, bakışlarımızı odada gezdirirdik, kırılacak kadar incecik birlikteliğimiz az sonra açılır, parçaları birbirinden ayrılırdı, çakallara olan korkumu unuturdum, fakat onların sonsuz üzüntüleri korku verirdi, geceleri yatağımda ulurdu bu üzüntüler.

Az sonra yaşamın arı gibi vızıldayan o sinir bozucu tekdüzeliği içine aldı beni, kimseyi umursamayan o gerçekliğiyle nefesimi daralttı, bütün başlar yine masalarına döndüler, ben de dışarı çıkmak için kapıya doğru yürüdüm. Onlara gidecek, rica edecektim, haydi gelin yine bir mum yakalım, hep birlikte çevresine oturalım, isteğimi geri çevirmeleri için nedenleri yoktu, o eşsiz bir arada olma duygusunu mutlaka bir kez daha yaşamalıydım, bunu benden esirgeyemezlerdi, hem niçin? İnsanlar lokantalarda bile mum ışığında oturuyordu, biz niçin mutfakta oturmayacaktık, hiç kimsenin görmeyeceği bir yerde?

Bana kapıyı açtığında, geldiğime şaşkın ve sevinçli, öğle uykusundan yeni kalktığı yanağındaki yastık izinden belli, mumu da unuttum, kafamdan geçen başka şeyleri de, dudaklarımın arasından, sanki çok olağanmış gibi bir soru çıkıverdi, ne yaptın onunla, anne, dedim? Ve o, sanki yıllardır bu soruyu sormamı bekliyormuş gibi, sormadı bile, kiminle demek istiyorsun, demedi.

Aynı anda omzunun arkasında, sanki oraya saklanmış gibi duran babamı gördüm, başını uzattı annemin yanına, o ezik kulakları ve sert bakışlarıyla, az önce Yoni buradaydı, diye konuştu, aynı anda Yoni'nin after-shave kokusu burnuma geldi, sanki evin odalarında bir casus gibi dolaşıyordu, ürperdim, belki de buraya gelmiş ve onlara anlatmıştı, beni terk ettiğini, sordum, umursamaz rolü yaparak, ne istiyordu, karşımda duruyorlardı dimdik kuleler örneği, suratları soru dolu, beni yanıtlamadılar.

Az sonra konuşan babam oldu, kendi anlatır sana, tabiî canı isterse, dedi, evde seni bekliyor, bakışları tuhaftı, sanki ben laboratuvarındaki farelerden biriydim, o en büyük papaz, ben de günah işlemiş zavallı bir kadın, peşlerinden yürüdüm mutfağa, dimdik yürümeğe çalıştım, musluktan bir bardak su doldurdum ve başıma dikip sonuna kadar içtim, zina yapmış bir kadındım ben, elimdeki boş bardağı sıkıca kavradım, biraz umutsuz, bana karşı bir dolap çevriliyordu, ne olduğunu, Yoni'nin kafasından neler geçirdiğini babamın yüzünden okumalıydım, bu zor görevi yıllar boyu becerememiştim, belki şimdi başarırdım, her şey yine de ümitsizdi, bir insandan ötekine uzanan yollar karmakarışıktı, virajlar doluydu, Aryeh'i tanıyabilmem için karısını tanımalıydım, Yoni'yi tanıyabilmem için önce babamı, bu bir dönme dolaptı, sonsuza dek dönüp duran, o ise, annem, kenardaydı, bir fotoğrafın dışında duruyormuş gibiydi, saklıyordu kendini buruşuk yanaklarının ardına, geçmiş yılların güzelliğinin en ufak belirtisi bile yoktu, sanki o yüzle dünyaya gelmişti, durmuş musluğun kenarında, bir ev kadının saflığı ve durgunluğuyla bulaşık yıkıyordu, fark ettim az sonra, elinde hep aynı tabak vardı.

Yürüdüm, arkasında durdum, elimdeki bardağı musluğun altına uzattım, konuştu, musluktan sıcak su içmek sağlıklı değil, karşı çıktım, fakat su soğuk, dedim, yine o konuştu, aç mısın? Yanıt verdim, çok susamışım, dedim, başını çevirdi, bakındı çevresine, mutfakta babamı arar gibiydi, konuştu, bana az önce ne sormuştun, dedi, seni tam anlayamamıştım da, bardağıma su doldurdum ve konuştum, elektrik kesilmelerinden söz etmiştim, sormuştum sana, üçümüzün küçük bir mumun çevresinde oturduğumuz günleri anımsıyor musun, yanıtladı, bunu da nereden çıkardın, dedi, üç gaz lambamız vardı, herkese bir tane, fakat benim için bu sözleri çevirdikleri dolaptan bir parçaydı, daha doğrusu doruğuydu, bardaktaki suyu lavabonun içine boşalttım, tabağı yıkayan ellerinin üzerine, tabağı bırakmadı, hızla geri çekildi, öfkeyle sesini yükseltti, çıldırdın mı sen, dedi, kaynar suyu elime döküyorsun.

Aşağıda caddede, evlerinin az ötesinde bir polis memuru duruyordu, elinde düdük, durdum ve onu seyrettim, kafamdan geçirdim şimdi onun kulağına istesem neler fısıldardım, herkesten gizli, gelin bir an için yukarı derdim, üç numaralı daireye gelin, inanmayacaksınız orada olup bitenlere, belki çoğu gözle görülemeyen şeyler, fakat yanınızda aletler var sizin, öyle değil mi, böyle şeyleri hemen ortaya çıkarmak için, bende yok, derdim, olsaydı mutlaka size bu yorgunluğu verdirmek istemezdim. Sizin loş odalarınız da var sorgulamalar için, nasıl çalıştığı anlaşılmayan yalan makineleriniz de, hapishaneleriniz bile. Benim neyim var ki? Gözlerim ve kulaklarım, kısa bir belleğim, insancıl gereksinmelerim ve sıkılganlıklarım, başka hiçbir şeyim yok ve inanmayın bunları sömürmeyen insanlar olmadığına. Ne kadar sömürüldüğümü bir bilseniz çok şaşırırsınız. Gençti o, benden daha genç, yüzünün teni dümdüzdü, esmerdi, rahatlatıcı bir gülümsemesi vardı, düdüğü her çalışından sonra gururla gülümsüyordu, bakışları bir an için bana takıldı. Mutlaka evinde onu bekleyen genç bir kadın, küçük bir bebek, kadın çok gençti, sanırım çocukları olmasaydı evlenmezlerdi, fakat şimdi iş işten geçmişti, pişmanlığın hiç yararı yoktu. Yirmi yıl sonraysa, karısını mutlaka terk edecekti, başka bir genç kadın nedeniyle, fakat önümüzdeki yirmi yıl için bakımını güvence altına almıştı, doğal olarak karısı da ve birden kıskandım o polisin karısını, yirmi yıl sonra terk edilecekti o kadın, bense bugün.

VII

Yolda düşündüm, eve giden yoldan nasıl da nefret ediyordum, karşıma çıkan her trafik işaretinden, lambalarından ve tüm dükkânlardan, anılarımın bu tanıklarından, aşağılanmamın ve budalaca inadımın, en çok nefretim de o eve karşıydı, daha kapısını uzaktan gördüğümde heyecanla yüreğimi attıran, yüzümü kızartan eve. Sarmaşıklar altına gizlenmiş, yaprakları arasında anıların vızıldadığı ev, birçok şeyi gizlemesi gereken ev, utanması gereken de, ağır bir depremi hak etmiş ev, kapısı kalın ev, o kadının burada yaşamış olması şaşırtıcıydı, hastaneye ne güzel uyum sağlamıştı, sanki gerçek evi orasıydı, gözümün önüne bile getiremiyordum onun bu evin basamaklarını çıkmış olacağını ve çantasında benim dediği evin kapı anahtarını aradığını. Onun evde olmayacağını biliyordum, fakat yine de buraya gelmiştim, utanç içinde kapalı kapının önünde duracağımı bile bile, o ise aynı anda karısının tekerlekli iskemlesini büyük bir bağlılık içinde hastanenin sonsuz koridorlarında sürmekteydi, ben ise kapının önündeki soğuk basamaklara oturacak, eve gitmeyecek ve böylece, Yoni'nin nemli, portakal rengi dudaklarının arasından çıkacak kelimeleri, suratıma karşı söyleyeceği o müthiş planı dinlemekten kurtulacaktım.

Merdivenin basamaklarına oturdum, can sıkıntısı içinde karşıdaki yapının yavaş yavaş karanlığa bürünen duvarlarını seyrettim, az sonra yaprakların yapıya vuran gölgeleri can sıkıntımı korkuya dönüştürdü, tehdit edici, kötü niyetli bir danstı yaprakların oynaşması. Ağaçları görünümleri olağandı, fakat duvara vuran gölgeleri çok korku vericiydi, anımsadım bir kez daha böyle oturmuş olduğumu, yine tek başıma, evimizin merdivenlerinde, kış henüz başlamıştı, beklemiştim annemin ya da babamın hastaneden dönmesini, yemek yapmasını, bana anlatmasını, doktorların neler söylediğini.

İkisinden biri hastanede geceliyordu, erkek kardeşimin yanında, öteki de eve gelip benimle kalıyordu, ben gelmelerini bekliyordum merdivenin basamaklarında, yaprakların dansını seyrediyordum yandaki evin duvarında, bu dans gittikçe çılgınlaşıyor, gittikçe vahşileşiyordu, korkutuyordu, yaprakların dansından onların eve ne zaman döneceğini kestirmeye çalışıyordum. Komşumuzun penceresinden dışarı vuran titrek mum ışığının sarısı üzerime düşüyordu, sonra ikinci mum, üçüncü mum ve birden uzaktan geldiklerini gördüm, ikisi de geliyordu, ürperdim, belki bir aydır, erkek kardeşimin hastalanmasından bu yana eve birlikte dönmemişlerdi, ne olmuştu, niçin hastanede kalmamıştı annem ya da babam, onlar niçin gerekli değildi? Yalvarır gibi yapraklara baktım, sonra yine caddeye, acaba onları çift gösteren gölge miydi, fakat vücutlar birbirinden ayrıldı, aralarındaki uzaklık büyüdü, annem bana doğru koşuyordu, babamsa ağır ağır yürüyordu, adımları sanki geri gidiyordu, annemin koşmasıysa hızlandı, çılgın gibi koştu, güzel örgü saçları boynuna sarılmıştı, yüzü gözü çarpılmış gibiydi, ağzını sonuna kadar açmıştı, haykırmak mı istiyordu, fakat sesi çıkmadı, bir an düşündüm, yoksa annem değil miydi o koşan, onu hiç böylesine çılgın görmemiştim, bana sarıldı, bir bebeğe sarılır gibi, hızla yürüdü benimle, evimizin arkasındaki portakal bahçelerine doğru, yürürken bluzunun düğmelerini açtı, uçlarından süt damlayan memeleri çıktı ortaya, şimdi sen içeceksin sütümü, diye hıçkırdı, anladın mı, şimdi seni emdireceğim, memelerinden birinin ucunu ağzıma dayadı, çılgınlığından eli ayağı tutulmuş ben de ağzımı açtım ve emmeğe başladım, on yaşındaydım, o sulu ve tatlımsı sütü, annemin bir anda yararını yitirmiş sütünü. Babamı gördüm, sağa sola gidiyor, bizi arıyordu, Raşel, diye haykırıyordu, o da ağlıyordu, neredesiniz, alacakaranlıkta ağaçların altında yapayalnız duruyor ve ağlıyordu, saklambaç oynayan, oyunu çok ciddiye alan bir çocuk örneği, annemse hiç sesini çıkarmıyor, derin derin nefes alıyor ve bütün gücüyle memesini ağzıma dayıyordu, neredeyse boğulacaktım, kollarının arasında kıvrandım, çırpınıp kurtulmaya çabaladım ve bir an için ağzım dolu seslendim, baba! Koşarak yanımıza geldi, bana doğru eğildi, yere çöktüm, annem de, oturduk hep birlikte, üçümüz, karanlıkta bir ağacın altında, annem konuşmaya devam etti, sanki babam yanımızda değilmiş gibi, niçin ele verdin bizi, öfkeli küçük bir kız çocuğu gibi, niçin yaptın, o bizi hiç bulamayacaktı, galiba annem o anda gerçekten, bütün ömrünü benimle birlikte bu ağacın altında geçireceğini sanmıştı, babamın da köpeğini yitirmiş, elindeki bastonu kırılmış bir kör gibi hiç aralıksız sağa sola koşup duracağını.

Sevinçlerini bir arada kutlarlardı, fakat üzüntülerini değil, biri ötekini kolayca suçlardı, sorumluluk söz konusu oldu mu, kimse üzerine almazdı ya da üzüntüye bile, kendi malıymış gibi sahip çıkar, ötekinin üzülmesine izin vermezdi, ben kendimi kurtarmaya çabaladım ateş gibi kollarının arasından, yüzüm gözüm ıslak, memesinden fışkırmış sütten, düşündüm küçük kardeşimi, ancak başaramadım üzülmeyi, onu sevmesini öğrenmeme zaman yetmemişti, onu kıskanmaya bile başlamadan hastalığa yakalanmıştı, kliniğe götürmüşler, bana da onu ziyaret etmemi yasaklamışlardı, ayrı bir bölümde yatıyor, demişlerdi, kimse yanına giremiyordu, daha ölmeden onun yüzünü unutmuştum, fotoğrafını çekecek zaman bile olmamıştı, annem ile babama çok az göstermişlerdi. Annemi teselli etmeğe çalıştığımı anımsıyorum, onun hiç dünyaya gelmemiş olduğunu düşün, demiştim. Doğumundan önce, o yokken kendini iyi hissetmemiş miydin? Şimdi o yine yok, niçin iyi değilsin? Yıllar boyu var olmayışına alıştığın bir şeye nasıl üzülürsün? Fakat annem bana kin oldu bakmıştı, sanki kardeşimi ben öldürmüştüm, bana karşı niçin böyleydi, anlayamamıştım, ben ona sadece yardım etmek istemiştim. Bundan sonra, dedim, artık beni şımartmalısınız, bana sahip olduğunuz için değerimi bilmelisiniz, fakat siz ne yapıyorsunuz, sanki ben üvey çocuğunuzum, bana öyle davranıyorsunuz, gerçek çocuğunuz oydu, öyle mi? Çocuğunuzu yitirdiğiniz gün, dedim, ben yetim oldum.

O anda yaklaşan adımlar duydum, düşündüm, gelen oydu, irkildim ve çabucak düşündüm, nereye gizlenebilirdim o anda, içeri girip karşı kapının önünde durdum, sanki kapının açılmasını bekleyen biriydim, avcıdan kaçan bir hayvandım, niçin buradasın, dedim kendi kendime, onu görmek için geldinse niçin kaçıyorsun şimdi, arkamda adımlar duydum, bir kadın bana yaklaştı, anahtarların şıngırtısını duydum, bir şey arar gibi kapıya baktım, aniden ağlayan bir bebeğin sesini duydum, annesinden bir şey bekliyormuş gibiydi, titrediğimi hissettim, yıllardır bebek ağlaması duymamıştım, dayanamadım, arkama döndüm ve onunla göz göze geldim, kolunda bebek taşıyan genç bir kadınla, anahtarlar dolu öteki elini uzattı, sanki beni delip kapıyı açmak istiyordu, ne söyleyeceğimi bilemedim, üzerinde "Even" yazan karşı kapıyı gösterdim, kekeleyerek, onları bekliyorum, dedim. Onu, dememiştim, onları, çıkmıştı ağzımdan, şüphesini çekmemeliydim, sanki bir aile ziyaretine gelmiştim, rahatlamış gibi gülümsedi, anahtarı çevirip kapıyı açtı, evin sıcaklığı bir an yüzümü yaladı, kadın içeri girdi ve kapıyı kapatırken, istersen bizimle beraber bekleyebilirsin, diye konuştu, bizimle, demişti, burada ya da bizde, dememişti, sanki hep birlikte bekleyecektik, o, bebeği ve ben, sanki beklemenin yükünü beraber taşıyacaktık, heyecanını, düş kırıklığını da, benim umudumun ne kadar hüzünlü olduğunu anlamış mıydı acaba, çünkü benim ümitsizce beklediğim o değil, hiç gelmeyecek olan aşkıydı.

Kendimi bir anda kapının arkasında buldum, orada durdum, tek adım bile atmadım, genç kadının özel yaşamına girmekten çekiniyordum, bebeğin üzerindekileri çıkardı, başından şapkasını çekti, yüzünü gördüm, şaşkınlıkla baktım, çünkü bebeğin yüzü tıpatıp Yoni'ye benziyordu, portakal rengi dudakları, yumuşak bakan kahverengi gözleri, kumral saçları, bir kuzunun tatlı suratıyla, gerçekten de aynı anda küçük bir kuzu gibi meledi, düşündüm, tüm bu saçmalıkların yerine keşke Yoni'den bir çocuk yapsaydım, yüzü tıpatıp babasına benzerdi.

Aynı anda korkunun dikeni batmış gibi irkildim, bu küçük bebeğin yüzü niçin Yoni'ye benziyordu, başımı çevirip genç kadını süzdüm, acaba o da mı bir kuzuyu andırıyordu, hayır, annesinin yüzü bambaşkaydı. Dümdüz yüzü dinamikti, gözleri açık renk, dudakları dolgun, saçları topuz, bir balerin örneği, gülümsedi bana sıcak ve sordu, ne içmek istersin, yanıt verdim, biraz su, dedim ve sırtımı kapıya dayadım, çünkü bu çocuğun Yoni'den olabileceği düşüncesi bir an için başımı döndürmüştü, belki de buydu, eve girince bana anlatmak istediği, genç kadın bir bardak su getirdi, kucağında bebeği odalardan birinde kayboldu ve az sonra geri geldi, yalnız. Hemen uyudu, diye konuştu, yengi dolu gülümseme dudaklarında, bense sustum, söylemedim, nasıl olur az önce canavar gibiydi, ne de olsa kahverengi gözlerini görmüştüm, eminim bilerek gizliyordu onu benden, Yoni'yle olan benzerliği gerçek miydi yoksa ben mi kuruntuya kapılıyordum, göremeyecektim çocuğu. Ona soracaktım, söylesene, bu çocuk kocamdan mı yoksa, diye, fakat son anda utandım, başka sorular sormaya başladım, yaşamı üzerine kimi şeyler bilmek istedim, oğlunun yaşını ve adını da öğrenmek istedim, ancak verdiği yanıtları hemen yine unuttum, sonra rol yaptım, sanki yeni fark etmişim gibi sordum, hiç de sana benzemiyor dedim, gülümsedi ve evet, dedi, babasına benziyor, kendimi tutamadım, acaba birlikte çekilmiş bir fotoğrafları var mı, diye sordum, hayır, dedi, ikisinin birlikte fotoğrafını çekmeyi henüz başaramadım, bebeğini bir kez daha görmeliydim, konuştum, sanırım ağlıyor, genç kadın bir an kulak kabarttı, hayır, dedi, ben bir şey duymuyorum, dışarıdaki adım seslerinden başka, hemen arkama döndüm ve kapının gözetleme deliğinden dışarı baktım, dua ettim, inşallah o değildir.

Oydu. Delikten kısa boylu ve şişman görünüyordu, hiç de çekici değildi, çekinecek bir görüşü de yoktu, hafifçe öne doğru eğilmişti, kamburu var gibiydi, bir sürü torba taşıyordu pazardan dönen yaşlı bir kadın örneği, inlediğini duydum ve genişlemiş arkasını bana doğru dönüp, çantalardan birinde anahtarlarını aradı, bir başörtüsü eksikti. Eli kolu niçin böyle torba doluydu, bu kadar alışverişe ne gerek vardı, ah, evet, tahmin etmeliydim, bir partiye ya da mükemmel bir yemek davetine hazırlanıyordu, fakat neyi kutlayacaktı, karısı ötede her geçen gün ufalırken, o burada hayvan gibi yiyor, yağlanıyordu, anahtarını buldu, kapıyı açtı ve torbaları yüklenip içeri girdi, evet, hepsi bu kadar, diye düşündüm, artık gidebilirdim, kafamdaki sorunun yanıtını bulmadan. Gözlerini açarak bana baktı, sordu, eve geldi mi? Yanıtladım, evet, fakat birkaç dakika bekleyeyim, belki çişini yapıyordur, niçin çıkmıştı ağzımdan böyle bir söz, niçin, çişini, demiştim, karşımdaki genç kadın gülümsedi beni anlarmış gibi, ben ise şaşırdım, niçin olağan karşılıyordu sözlerimi, sordum ona, şanuka denen hastalıktan ölmüş bir bebeğin ardından mum yakılır mı, dudaklarındaki gülümsemenin silindiğini gördüm, sorduğuma pişman oldum, sorumu değiştirdim, oğlunun adı ne, sanki ikinci soru birincisini silecekmiş gibi, şüphelenmeye başlamıştı, niçin soruyorsun adını dedi, günün birinde bakıcı istersen beni çağırabilirsin, diye konuştum, bebekleri çok severim, tabiî bu gerçek değildi, fakat çocuğunu mutlaka bir kez daha görmeliydim, konuştu, olabilir dedi, telefon ederim sana, fakat telefon numaramı sormadı, kapıyı açtım ve dışarı çıktım, karşı kapının önünde durdum, zili çaldım, önce kısa, sonra uzun, fakat kapı açılmadı.

İçerden adım sesleri duymadım, kapıdaki delikten ışık da görmedim, tam bir sessizlik, az önce içeri girdiğini gözlerimle görmemiş olsaydım, kimsenin evde olmadığına yemin edebilirdim. Kapıda durdum ve düşündüm, Joséphine bu kapıyı hiç görmeyecekti, gözetleme deliğini, üzerinde kalın, göze hoş gelen harflerle Even yazan küçük tabelayı da, kapının tahtasındaki çatlakları, boyası parmak lekeli siyah kapı tokmağını, bir zamanlar portakal renginde, şimdi ise kahverengi, üzerinde mutlu iki kedi motifi olan paspası da bir daha görmeyecekti, düşünmeye devam ettim, fakat ben kendimi mutlu hissetmeliydim, tüm bunları görebildiğim için, elimi koydum kapının tokmağına, parmaklarımın izi kalsın istiyordum, aynı anda tokmak hareket etti ve kapı gıcırtıyla açıldı, inlermiş gibi.

Bir adım geri attım, arkamı döndüm, yüzüm karşı kapıya dönük durdum, acaba genç kadın gözlerini aça aça beni gözlüyor muydu, tıpkı iki cephe arasında kalmış şaşkın bir asker gibi orta yerde duruyordum, aynı anda merdiven ışığı yandı, yukarda bir kapı kapandı, hızlı adımlar merdivenleri indi, ne yapacaktım, arkamda kapı açık duruyordu, büyük bir adım attım, kapıyı kapatıp, buradan kaçmalıydım, içeri girdim.

Evin girişi karanlıktı, fakat ötede bir ışık yanıp söner gibi oldu, bir motor gürültüsü kulağıma geldi, tekerleklerin gıcırtısı da, biri evin içinde motosikletle dolaşıyormuş gibiydi, hiç kıpırdamadan olduğum yerde durdum ve kulak verdim, bu gürültüyü büyük halıda gezinen elektrikli süpürge yapıyordu, halbuki halı daha dün tertemiz görünmüştü gözüme. Torbalar mutfak kapısının duruyordu, bir salata yere yuvarlanmıştı, ekmek salataya yaslanmıştı, evi süpürmek için çok acele etmişti. Kimin içindi bu acele, bu temizlik, yoksa bugün yeni bir kadın mı bu eve taşınacaktı? Joséphine'in bundan haberi olmayacaktı, o her akşamüstü saat beşte hastane koridorlarında tekerlekli iskemleyi gezdirecek, sonra tozsuz evine dönecekti, kafasında bir sürü kötü plan, Joséphine'in bilmediği.

Düğmeye bastığını ve elektrikli süpürgenin uzun bir iç geçirmeyle sustuğunu ve girişe doğru itildiğini duydum. Yüreğim çılgın gibi atıyordu, bacaklarıma da sanki inme inmişti, kaçıp gitmek istiyordum, fakat onları hareket ettiremiyordum, eski günleri anımsadım, evimizin önünde çimenlerde oturduğumuz o günü de, uçuşan kuşları seyrediyordum, birden babam haykırmıştı, yılan, hemen eve koş, fakat ben olduğum yerde donup kalmıştım, çıplak ayaklarımı hareket ettiremiyordum, babam bütün gücüyle beni iteliyor, omuzlarımı acıtıyordu, kocaman kahverengi yılan ise yaklaşıyordu, babam yine yüksek sesle konuşmuş, çoraplarımı giymemi söylemişti, yepyeni bir şeydi benim için yazın ortasında çorap giymek, babamın bana bu kadar düşkünlüğü de şaşırtıcıydı, kendime gelir gibi oldum, ayaklarımı sürüye sürüye dışarı çıkmayı başardım, kapıyı da usulca arkamdan kapatmayı, fakat orada durdum, gidemedim, sanki yeni gelmişim gibi kapının önünde durdum ve zili çaldım, içimden de dua ettim, karşı dairedeki genç kadın benim bu acayip dansımı inşallah görmüyordu. İçerden elektrikli süpürgenin tekerleklerinin sesini duydum, sanırım onsuz bir yere gitmiyordu, kapının çabucak açılmasına şaşırdım, gülümsedim, biraz budalaca, merhaba, benim, dedim, ona telefon açmışım gibi, konuştu, görüyorum, dedi, kenara çekildi, gel içeri, hızla eve girdim, fikrini değiştirmesinden korkuyordum, elektrik süpürgesinin kordonuna takıldı ayağım, orada durduğunu bilemezdim, sendeledim, yere yuvarlandım, yüzümü çarptım, elektrik süpürgesinin henüz sıcak motoruna.

İlk düşüncem, bozdum onun malını, oldu, bunun için beni hiç affetmeyecekti, bu olayı da hiç unutmayacaktı, anılarında sonsuza dek kalacaktı, içimi büyük bir hüzün kapladı, başımı kaldırdım, yerde kan lekesi gördüm, yaralanmış olduğumu fark ettim, elimi yüzümde gezdirdim, burnuma dokundum. Aynada en çok seyrettiğim, hoşuma giden, annemi andıran olduğu gibi ince ve uzunca burnum ağrıyordu, kanıyordu da. Dokunmaya korktum, başımı kaldırmaya da cesaret edemedim, burnum düşebilirdi, dalından kopan bir yaprak örneği, olduğum yerde kaldım, kıvrılmış, ellerimle yüzümü kapatmış, sessizce ağlayarak.

Bir an için onun yanımda olduğunu bile unuttum, kendi kendimle ilgileniyordum, yitirdiğim burnumdan başka bir şey düşünecek halim yoktu, buzdolabının kapandığını duydum, yaşama yeniden dönmüştüm, sanırım ben burada kıvrılmış yatarken o salatayı dolaba kaldırmıştı, birden yüzüme sert bir şey dokundu, buz gibi soğuk ve sert, gerçekten de buzdu, bir sandviç torbasına koymuş olduğu üç buz parçası, aldım, teşekkür bile etmeden, ağrıyan burnumun üzerine koydum, dikkatle. Gölgesini tepemde hissettim, kan damlamış dizlerimde, bana iyice sokuldu, derin bir iç geçirdi, yanıma çöktü, elindeki beyaz bezle o sabah sevinç ve gururla giymiş olduğum deri pantolonumdaki kan lekelerini silmeye başladı.

Galiba hasta olan ya da yaralanan herkese karşı böyle yakın davranıyor, diye bir an düşündüm, belki de karısı bu nedenle hastalanmıştı, bana kalırsa, çevresindeki insanlar arasında tek sağlıklının kendisinin olmasına ve bunu herkese gösterme olanağı çıkmasına çok seviniyordu, yazık, keşke bunu daha önce fark etseydim, ona bu olanağı vermek için güzel burnumu kurban edebilirdim, kafamdan geçenlerin gerçek olup olmadığını anlamak istedim, başımı omzuna dayadım, aynı anda kolu kalktı, omzumdan beni sardı, ağır ve sevgi dolu. Kırıldı, diye fısıldadım hüzün dolu, sanki ailemden birisini yitirmiştim, o konuştu, usul sesiyle, dur bakayım, dedi, göster bana, tuttu burnumu saran parmaklarımı, çekti yavaş yavaş, gelinin yüzünü örten duvağı kaldırır gibi. Şaşkın ona baktım, sanki karşımda bir aynaydı, durumumun ciddi olduğu yüzünden okunuyordu, aynı anda gülümsedi, beni rahatlatmak ister gibi konuştu, korkulacak bir şey yok dedi, sordum, burnumdan bir şey kalmış mı yoksa çocuk lapası mı, ne görüyorsun, dikkatle baktı, ciddi konuştu, bir burun görüyorum.

Bir hastaneye gidip röntgen çektirmeliyim, diye konuştum, o ise, korkacak bir şey yok, Ya'arah, dedi, burnunda bir şey yok, ben bilirim kırılmış burnun nasıl göründüğünü, inan bana, düşündüm, tabiî sormam gerekiyordu, şaşırmış gibi, nereden bildiğini, sonra da anlatacaklarını dinleyecektim, daha on yaşında kırık burnuyla yabancı insanların evine temizliğe gittiğini söyleyecekti, bense kafama taktığım bir soruya yanıt arıyordum, o gün annem ile babama uğramamın nedeni de bu soruydu ya, fakat ona nasıl sorsaydım bilemiyordum, sonra birden konuştum, sen hangisinin dostuydun, söyle lütfen, annemin mi yoksa babamın mı? Güldü, cebinden sigara paketini çıkardı, dudaklarımın arasına bir sigara soktu, kendi de aldı konuştu, tıpkı bir çocuğa, söyle, en çok babanı mı yoksa anneni mi seviyorsun, diye sorar gibi soruyorsun dedi, karşı çıktım, fakat sen bir çocuk değilsin, konuştu, yine de bir çocuk gibi yanıtlayacağım, her ikisinin de, ben hem annenin, hem babanın dostuydum. Fakat en çok hangisinin, diye inatla sormaya devam ettim, dedi ki, biliyorsun yaşamda zamanla çok şey değişiyor. Bana sorarsan, dedim, annem senden hoşlanmıyor, o da, evet, diye mırıldandı, bazı şeyler zamanla değişiyor. Konudan kopmadım, sorularıma devam ettim, ne zaman değişmeye başladı, dostluğunuz ne zaman sona erdi, iç geçirdi, bilmiyorum, dedi, pek anımsamıyorum, sanırım sen doğduktan sonraydı, ben o yıllarda Fransa'daydım, İsrail'e pek gelmiyordum, evlenmiştim de, ilişkilerimizde bir kopma olmuştu, işte böyle, zamanla çok şey değişiyor, bu sözü birkaç kez tekrarladı, parola örneği, bense devam ettim sorularıma, evet, dedim, fakat neden seni görmemek için hasta rolü yapıyor? Adın geçince niçin öfkeleniyor? Ne bileyim ben dedi, sıkılır gibi bir hali vardı, bu onun bileceği bir şey, ne benim, ne de senin ve hızla ayağa kalktı, gitti bir el bezi daha getirdi, yerdeki kan lekelerini sildi. Ayaklarımı kaldırdım, eskiden annem yerleri silerken yaptığım gibi, kimi günler, daha çok hasta olduğum için okula gitmediğim günlerde, bir kenara oturur, şaşkınlıkla evdeki yaşamı izler, ben okuldayken, sakin öğleden önceleri annemin neler yaptığını görürdüm, yaptığı zor işlere bakardım, onun yaptığı her şey gerçekte olduğundan daha zordu, evi toplaması, öğle yemeğini hazırlamasını, iş yaparken çok titiz olduğunu evde kaldığım günlerde fark ederdim, her gün aynı şeyleri bıkmadan usanmadan yapardı, ben uzaklardayken, okulda.

Elektrikli süpürgeyi kenara çekti, hortumun ucunu ve diğer parçaları çabucak söktü, hepsini dolaba yerleştirdi, sık sık yaptığı belliydi, sonra elimi tuttu, beni kenara çekti, oturmuş olduğum yeri de temizleyebilmek için, gerçekten orada da birkaç damla kan vardı, ne olduğunu bilmeyen etrafta kanı görse, burada birisi bıçaklanmış sanırdı, o ise hiç sesini çıkarmadan, her gün aynı şeyi yapıyormuş gibi, taşları ustaca çabucak temizledi, bir anda yerler yine pırıl pırıldı, sanki burada hiçbir şey olmamıştı, sadece yüzümde burnum bir balon gibi şişmişti. Kapının yanındaki aynaya sokuldum, yavaş ve dikkatle, irkilip her an geriye doğru bir adım atmaya hazır, gördüm yüzümün ortasındaki o çirkin ve kocaman yarayı, geldi yanıma dikildi, memnun memnun gülümsüyordu, sanki bir gazete fotoğrafçısının karşısında duruyorduk, bir an ikimizin de aynadaki yüzüne baktım ve birbirimize hiç uymadığımızı gördüm, irkildim, iki yabancı gibiydik, fotoğraf çerçevesine sokulmuş iki yabancı, sanki ayrı ayrı ırklardandık, o koyu renk teni, ak düşmüş saçları, bense açık tenim ve koyu renk saçlarımla, yanımda bir gölge gibi duruyordu, o kara ve ben ak, ruh gibi. Aynada görünen yüzünde belirli bir orantısızlık vardı, kimi parçalar arasında uyum yoktu, kendime baktım, orantısızlık bana da bulaşmıştı, ondan bana geçmişti, dudaklarımı oynattım, onu kovalamak istedim, aynada iki insan yan yana durdu mu, kimin yüzünün orantısız olduğu pek kolay anlaşılamaz, birden o yanımdan ayrıldı ve her şey yine eskisi gibi oldu, güzel, aynada tek başıma kalmıştım. Arkasını döndü, mutfağa gitti ve getirmiş olduğu torbaları boşaltmaya başladı, sesini duydum, çabuk çabuk konuşuyordu, merak edecek bir şey yok, diyordu, burnunun kemiği filan kırılmadı, olup bitenleri unutmak istermiş gibiydi, üzerine sorumluluk almak istemediği de belliydi.

Aynanın karşısından ayrılmadım, şişmiş burnumu seyrettim, hoşluğu kalmamıştı, şikâyet eder gibi sordum, misafir mi bekliyorsun, sanki evine dostlarını davet etmesi büyük bir suçmuş gibi, yanıtı benim için sürpriz oldu, evet dedi ve ayrıntılara girmekten de kaçınmadı, açıkladı, o akşam Fransa'dan Joséphine'in akrabalarının geleceğini söyledi, kız kardeşi, kayınbiraderi, yaşlı annesi de birlikte gelmek istemişti, az sonra uçakları havaalanına inecekti, gidip onları alacaktı, gitmeden önce yemeği hazırlamalıydı. Yemek sözünü üzerine basa basa söyledi, sanki İsrail'e gelmelerinin tek nedeni yapacağı yemekti, sordum, budalaca, niçin geliyorlar, aynadan gördüm, bir an sustuğunu ve açık buzdolabında bir şeyler aramaya devam ettiğini, sanki vereceği yanıt o dolabın içindeydi, sonra konuştu, Joséphine'e veda etmek için, dedi, sesi hüzünlü çıkmıştı, belki de Joséphine veda ediyor, film adı gibiydi, Joséphine cennete gidiyor, uçuyor, kuş tüyü kadar hafif. Genç bir kızı yok, onun yerine yaşlı bir annesi var, diye düşündüm, tüm nedeni o, ne bulmuştu acaba onda, çocuktan daha önemli ne olabilirdi, şu son günlerinde bile zamanında o kararı vermiş olduğuna pişman değil, belki yaşlı annesi şu anda uçakta gözyaşları döküyor, niçin onun yerine benim ölmememe izin vermiyorlar, diyor. Annemi düşündüm, gözümün önüne getirmeye çalıştım, ben ondan önce ölseydim, onlar çift yetim kalmış ana baba olurdu. O zaman benim için yasa gömülecekler, yasları küçük kardeşiminkiyle karışacak, büyük bir aile yası olacak, bir çocuğun ölümünde tutulan yas ikinci ölümden sonra çiftleşmez ki, sadece büyür, sonsuz bir yas olur, unutulmaz.

Kendi kendime acıdım, gözlerim yaşardı, ölümümden sonra da bana değer vermeyeceklerdi, benim için yas tutmayacaklardı, bana baktığını gördüm, acı veriyor, diye mırıldandım, burnum acıdığı için ağladığımı sanmalıydı, fakat o beklediği ziyaretten söz ediyorum sandı, evet, haklısın, dedi, kolay değil, hele annesi çok bitkin, galiba ona göre kocadan çok anne babalar çocuklarını sevmeliydi, o andaki görünüşü bana bunu anlatıyordu, hiç de bitkin ve üzgün bir hali yoktu ya da böyle görünmek istemiyordu, sordum, yemek hazırlarken sana yardım edeyim mi, verdiği yanıt beni çok şaşırttı, evet, dedi.

Hemen mutfağa gittim, pişman olup da düşüncesini değiştirmesin diye, aynı anda ikimiz de musluğun önünde yan yana durduk, evlenmek için kilisede papazın karşısında duran gelin ile damat örneği, musluğun içi bulaşık doluydu, Aryeh, önce bunları yıkayalım, diye konuştu, torbalardan birinden bulaşık sabunu aldı ve bana uzattı, ellerimde koskocaman, aile boyu bir şişe tutuyordum, kucağında bebeğini taşıyan karşıdaki genç kadın gibi, onu düşünmek beni hemen huzursuzlaştırdı, çabucak sordum, söylesene, komşu kadın evli mi? Yanıtladı, bebeği var dedi, bütün gece bağırıyor, duymamak mümkün değil, fakat kocası, bilmiyorum, hiç sesi çıkmıyor.

Emin misin kocasının olduğuna, diye sordum, hiç gördün mü adamı? Nasıl biri? Çok gördüm onu, fakat görünüşüne hiç dikkat etmedim, tarif edemem sana. Anımsamaya çalış, uzun boylu mu, yoksa ufak tefek mi, şişman mı, zayıf mı, diye sormaya devam ettim, konuştu, bana kalırsa normal görünümlü biri, dedi, evet, hiçbir özelliği olmayan adamın biri. Niçin bu kadar ilgileniyorsun onunla? Fısıldar gibi konuştum, utanarak mırıldandım, bebeği Yoni'yi andırıyor da.

Yoni kim? Sorusunda merak yoktu, yanıtladım, kocam dedim.

Öyle mi? Neşelenmiş gibi bir hali vardı, kocan nasıl biri? Tarif etsene biraz.

Koyunu andırıyor dedim, o anda aklıma geldi, çantamda bir fotoğrafı vardı, hemen gidip çantamı aldım, bir elimde bulaşık sabunu şişesi, öteki elimde çanta, aradım, az sonra da Yoni'yle beni gösteren buruşmuş o fotoğrafı buldum, düğünümüzde beni alnımdan öpüyordu, duvağım açılmış, omuzlarıma düşmüştü, benimle aynı boyda olan Yoni ayaklarının ucuna basarak üzerime doğru uzanmıştı, ben de işini kolaylaştırmak için başımı hafifçe öne doğru eğmiştim, gereksiz bir öpücük için bu kadar eziyet, ikimiz de çarpılmıştık, utandım Aryeh'e bu fotoğrafı göstermeye, fakat konuya mutlaka bir açıklık getirmeliydim, utanarak da olsa fotoğrafı uzattım, o bir an baktı, umursamaz gibi, sesini çıkarmadı, merakla sordum, o mu? Aryeh fotoğrafı niçin gösterdiğimi unutmuş olacaktı ki, onun kocan olup olmadığını bana mı soruyorsun, dedi. Hırçınlaştım bir an için, tembel öğrencisinin ağzından yanıtı zorla çekip alan öğretmen gibi, karşıdaki komşu kadının kocasına benziyor mu, diye sordum.

Fotoğrafa uzun uzun ve umursamazmış gibi baktı, vereceği yanıt sanki öyle pek önemli değildi, dolgun dudaklarını büzdü ve sonunda konuştu, hayır, dedi, sanmıyorum, devam etti, bilmiyorum, onu doğru dürüst gözümün önüne getiremiyorum. Ona niçin benzemesi gerekiyor? Farkındaydım, anlamak istemiyordu, belki de ben ne demek istediğimi iyi anlatamamıştım, benim ondan bilmek istediğim, komşu kadının kocası bu mu, diye sormalıydım, bense, bu adam komşunun kocasına benziyor mu, diye sormuştum, fakat kocam niçin komşusunun da kocası olacaktı? Kendi kendimi budala buldum, fotoğrafı hemen çantama soktum, rahatlamış gibiydim, gerçekler karşısında korkmama hiç de gerek yoktu. Kolumun altında bulaşık sabunu şişesi musluğa gittim, haydi, dedi o, hemen başla bulaşığa, ben de yemeği hazırlayayım, sonra bulaşık sabununu elimden aldı, bir tasa az damlattı, o gün satın aldığı belli olan yepyeni bir süngeri, açık mavi renkte, içine attı ve çalışmağa başlamamı bekledi, aniden sordu, bulaşık yıkamasını biliyorsun, değil mi?

Musluğun içine baktım, yanıt vermedim, o anda anımsadım, dün buradayken mutfakta hiç bulaşık görmemiştim, musluğun içi bomboş sayılırdı, bir dondurma tabağı ile bir bardaktan başka şey yoktu, bugün ise taşıyordu musluk, kirli tabaklar, bardaklar, büyük çukur cam kâseler, dün akşamdan bugüne dek hiç durmadan yemek yeseydi yine de bu kadar bulaşık çıkmazdı, tek başına yememiş olduğu da musluğun içinde her parçadan ikişer tane durmasından belliydi, tabaklardan öteye şarap kadehleri, kahve fincanları, yıkamam gereken bulaşık, dün akşam burada iki kişilik büyük bir ziyafet gerçekleştiğinin belirtisiydi, gülüşmelerle ve okşayıcı güzel sözlerle, pohpohlamalar ve okşamalarla, şimdi ben o güzel saatlerden geriye kalanları yıkayacaktım, öykümdeki aldatılmış adamı anımsadım, şimdi ben oydum, yemek servisini yapan, gözyaşları içinde kadehlere şarap dolduran, hüzünlerinin tapınağı tahrip ettiği o adam bendim, Aryeh de karısı, ancak bu senaryoda üçüncü kişi yoktu, bulaşığını yıkamayı kabullendiğim kişi, ben çekip gittikten sonra onunla burada karşılıklı yemek yemiş olan, her şeyin keyfini çıkarmış insan, kimdi o, kestiremedim, uzun sigara ağızlığı kullanan genç kadını gözümün önüne getirmeye uğraştım, gizem dolu yeğenini, ancak anlattığına inanılırsa o çoktan Fransa'ya dönmüş olmalıydı, yüzünü anımsayamadım, yalnız üzerindeki giysiler gözümün önüne geldi, diz üstü kısa pantolon ve ceket, tabiî şimdi bunları kışlık, ısıtan giysilerle değiş tokuş etmiştir, şu andaki görünümü nasıldır, bilemiyordum.

Elimdeki süngeri tasa batırdım ve büyük tabakları yıkamaya başladım, bakışlarım pencereden dışarı takıldı, bahçeden görünen limon ağacına, bir otomobilin far ışıkları ağacı aydınlatıyordu, ışığında limonlar küçücük aylar gibi parıldıyordu, bir an düşündüm, ne yapıyordum ben burada, durmuş, yaşlanmaya başlamış, karısını aldatan bir adam ile sevgilisinin bulaşıklarını yıkıyordum, eve gidip, mutfakta yığılı bekleyen, Yoni ile kendi bulaşıklarımı yıkayacağıma, Yoni'nin yumuşak, hoş ve rahatlatıcı o sesini dinleyeceğime, bu adamın kısık, belki de hastaneden taşımış olduğu mikroplarla dolu öksürüğünü dinliyordum. Veremli bir hasta gibi öksürdü, arka arkaya birkaç kez, kendimi önümdeki bulaşığa verdim, duymamaya çalıştım, göz ucuyla ona bakıyordum, yaklaştığını sezdim, hafif sendeler gibiydi, elindeki bardağı uzattı ve homurdandı, su dedi.

Sigara içmeye son vermelisin, diye konuştum, uzatmış olduğu bardaklı elini görmezden geldim, alın yazısı sanki o anda benim elimdeydi, bunun zevkine vardım. Su, diye tekrarladı, bardağı elinden aldım ve ılık suyun altına tuttum, elimden biraz sabun köpüğü bulaştı, umursamadım, uzattım, çok dikkatli ve temkinli, bardağı ağzına götürdü, fakat daha ilk yudumda öksürüğü yine başladı, içemedi, yere tükürdü, suratı kıpkırmızı olmuştu. Çabucak kenara çekildim, deri pantolonum ıslansın istemiyordum, yıkılır gibi musluğa saldırdı, yalağa kafasını sokan at örneği, kocaman başını akan suyun altına tuttu, çenesini kirli tabaklara dayadı, içti, öksürüğü az sonra kesildi.

Başını kaldırıp bana baktı, yüzü solgun ve ıslak, bir an için düşündüm, ağlıyor muydu, hayır, gözleri kuruydu, uzandı, iskemlede takılı mutfak bezini aldı, yüzünü sildi, ellerini vücudunda gezdirmesini hoş buldum, bir erkeğin kendine olan güveniyle vücuduna dokunması beni etkilerdi, onu gözümün önüne getirdim, düşümde canlandırdım, yazın üzerimde, terler yüzünden akacak, şimdi suyun damladığı gibi, sıcak ve tuzlu yanaklarımı ıslatacaktı, şimdi yaptığı hareketlerle ıslak vücudunu kurulayacaktı. Başını önüne eğdi ve mutfaktaki masaya ilişti, hüzünle ona baktım, kim bilir yaza çıkacak mıydı, yanına sokuldum ve kucağına oturdum, sarıldım ona, kıpırdamadı bile, fakat itmedi de, burnumun sancısını hissettim, fakat bu o anda önemli değildi, dizlerinde mutluydum, sanki benim için şu anda dünyanın en güzel yeriydi dizleri, dayadım başımı omzuna, konuştum, sigarayı bırakmalısın, devam ettim, senin için üzülüyorum, sordu, niçin, yanıtladım, ailemin bir parçası olduğun için, gülümsedi, niçin bir başkasını ailenin içine alıyorsun, diye konuştu, sen de iyi biliyorsun ki, onun çoktan içindesin.

Omzunda rahatladım, kendimi bıraktım, profilini yakından inceledim, biraz basık, Afrikalıyı anımsatan burnuna baktım, dolgun dudaklarının altındaki güçlü çenesine de, onu çok istiyordum, fakat mutlaka yatağa girmem de gerekli değildi, sadece onunla beraber olmalı, düşündüğü her şeyi bilmeliydim, neler geçiriyordu aklından merak ediyordum, onun düşündüklerinin bir parçası olmalıydım, istedim, düşündüklerimi bilmesini istedim ve düşünceler, onun ve benim düşüncelerim bir araya gelseydi, çift olsalardı. Onu tutup sallamak istedim, eğer vücudunun herhangi bir yerinde, örneğin bir parmağının tırnağında da olsa, bana bir parçacık sevgi ayırmışsa, tüm vücuduna yaymalıydım onu, gülümsedi, gizem dolu bu gülümseme içine kapanıktı, yakınımda olmasına karşın bu gülümseme onu benden uzaklaştırdı, sonra birden yine ciddileşti, konuştu, altından kalkamayacağım dedi, işimi bitiremeyeceğim, fakat oturduğu yerden de kalkmadı, onu teselli etmek istiyordum, ben sana yardım edeceğim, diye konuştum, daha zamanımız var, mermer tezgâhın arkasında duvarda asılı beyaz saate baktı, yarım saat sonra yola çıkmalıyım, havaalanına, onları bir lokantaya davet etmekten başka olanağım yok, geç kaldım, kendimi o anda suçlu hissettim, üzüldüğü sözlerinden belliydi, programın değişmesi sanki bir felaketti, bu felaketin peşinden bir başkası gelecekti ve tümünden de ben sorumluydum.

Beni kucağından indirdi, yavaş yavaş yerinden doğruldu, masada ve tezgâh üzerinde duran yiyecekleri buzdolabına tıkıştırmağa başladı, gereksiz yere almış olduğu yeşil salataları, balıkları, mantarları, gören de yas tutuyor sanırdı, eve geldiğinde bir sergi hazırlarmış gibi mermerin üzerine, itinayla, sevinçle yan yana dizmiş olduğu her şey şimdi artık gereksizdi, teklif ettim, yemeği ben yapayım, dedim, her şeyi hallederim, sen eve döndüğünde bütün yemekler hazır olur, fakat o, başını hayır anlamında salladı, teklifime yanaşmadı bile, konuşmama hızla devam ettim, meraklanma, dedim, geldiğinizde ben burada olmayacağım, seni zor durumda bırakmak istemem, fakat o kabul etmemekte ısrarlıydı, hızla mutfağı topladı, sonra da musluğun başına geçip, suratında hırçın bir ifadeyle bulaşığa girişti, bense, burnu şiş, birdenbire yeşil salatadan bile gereksiz oluverdim, onu belki yarın da kullanabilirdi, fakat ben yarın işine yaramayabilirdim, güzel bir akşam yemeğinden vazgeçmek zorunda kalmak, veda etmeye gelen hüzünlü bir aile için sanki alın yazısıydı, teselli bulmak için birlikte güzel bir akşam yemeğine bile oturamayacaklardı.

Bırak, hiç olmazsa bulaşığı yıkayayım, diye yalvarır gibi konuştum, yanıt vermedi, arkasına bile dönmedi, ısrarla bulaşığa devam etti, anlamıştım, artık gitmeliydim, fakat birbirimize kızgın ayrılmak da istemiyordum, havayı nasıl değiştirseydim, iskemleye iliştim ve sırtını seyrettim, hızlı hareketlerini, saydım yıkayıp kurumaya bıraktığı tabakları, bulmak istedim kaç çift tabak kullandıklarını dün akşam, aramızdaki elektrikli hava bana küçük kardeşimin ölümünden sonraki günleri, hayır haftaları, hatta ayları anımsattı, belki bir yıla yakın evde kimse kimseyle konuşmamıştı, diğerini düşmanı sanmış, ona katil gözüyle bakmıştı. İlk günlerde babam annemi teselli etmeye çalışmış, fakat kısa süre sonra çoğu anlaşmazlıkta olduğu gibi yine yelkenleri suya indirmişti, o günden sonra da annemle arası iyice açılmıştı, birbirlerine düşman olmuşlardı, annem bunun farkındaydı, ancak kendini yine de değiştiremiyordu ve hiç konuşulmayan evde her şey sessizliğin örtüsüne bürünmüştü, arada sırada konuştuklarında da eskilerin unutulmuş suçlamaları yeniden su yüzüne çıkardı, en çok suçlamaları da babam işitmek zorunda kalırdı, niçin tıp öğrenimini yarıda bırakıp da, hiç işe yaramayan o laborantlık mesleğini yeğlemişti, eğer öğrenimine devam etmiş olsaydı çocuğunu ölümden kurtarabilirdi, tüm ailenin kurtarıcısı olurdu, annem bu suçlamaları sık sık yinelerdi, babam kaçardı odadan, kapıyı çarpıp evden çıkar, saatlerce portakal bahçelerinde gezinirdi. O yıl her ikisinin de görünüşü değişmişti, babam çok az yemek yiyordu, iskelet gibi zayıflamıştı, ıstırap çeken yüzündeki ateş gibi yanan bakışlar ürperticiydi, annemse şişmanlamıştı, domuz gibi tıkınıyordu, süpermarketten torbalar dolusu yiyecek taşıyordu eve, bir defasında köfte kızartırken ağzına çiğ kıyma attığını görmüştüm, anne, demiştim, fakat o daha çiğ, konuşmuştu, midemde pişer, demişti, gel, bak, karnım ne kadar sıcak. Babamın anneme, benim üzerimden söyledikleri de inanılır gibi değildi, kimi zaman derdi ki, sütü için bu kadar çok yemesi gerektiğini sanıyor, kim istiyor onun sütünü, hiç kimse ya da kendini gebe mi sanıyor ne, şişmanladığı ve bol elbiseler giydiği için, annem de sesini yükseltir, kimden gebe kalacakmışım, derdi. Bundan mı? Onun tohumları bayat. Ben karşı çıkardım, fakat anne, ben de onun tohumundanım, derdim, o zaman annem acı acı gülümser ve susardı, tombullaşmış elini kısa saçlarında gezdirir, örgüsünü kesmiş olduğu yeri tutardı, babama inat yok etmişti o güzel saçlarını.

Ben odama gider, yatağa girerdim, yorganın altında kardeşimden bana kalmış, kurtarabildiğim tek oyuncağa sarılıp uymaya çalışırdım, onun tüm oyuncaklarını ve giysilerini beyaz parmaklıklı çocuk yatağına doldurup, evden çıkarmışlar, bilmediğim bir yere götürmüşlerdi, oyuncakları içinden küçücük bir kuzuyu çalmıştım kendime, yumuşak tüylü kuzuya yıllar boyunca kimseye göstermeden sarılmış, annem görüp de atmasın diye akla gelen her yere gizlemiştim, okuldan gelir gelmez de ilk işim odama gidip, kuzucuğumun sakladığım yerde durup durmadığına bakmak olurdu, kız arkadaşlarım evlerine çağırdıklarında da çoğu kez gitmezdim, onu saatlerce yalnız bırakmaktan korkardım, uzun yıllar sonra orduda göreve çağrıldığımda da yanıma almıştım, fakat onu orada yitirmiştim, sanırım çalmışlardı, sonraki günlerde korktuğumdan daha az üzüldüğümü anımsıyorum, belki de çalındığına mutlu olmuştum.

Sen bebeği biliyor muydun, diye sordum Aryeh'e, bir an için durakladı, sonra yanıtladı, tabiî biliyordum, o günlerde bir ziyaret için İsrail'e gelmiştim, size gelip, başsağlığı dilemek istedim, fakat annen ile baban hiç kimseyle görüşmüyordu. Gelmeyi çok istemiştim, diye devam etti, gerçekten, inanabilirsin, tabiî inanıyordum söylediklerine, onlara ne kadar acımıştım, hep bir çocukları daha olsun istemişlerdi, yıllar sonra o mutluluğa kavuşmuşlardı, birden konuşmasını kesti, bulaşıkları yıkamıştı, mutluluk içinde musluğa ve tezgâha bakıyordu. Şimdi duş almaya gidiyorum, diye konuştu, sonra da yola çıkarız, seni eve bırakırım, sesi yumuşaktı, bana olan kızgınlığı geçmiş gibiydi, peşinden yürüdüm yatak odasına, kazağını ve pantolonunu çıkarmasını seyrettim, külotu kırmızı, fanilası şarap kırmızısıydı, elimde olmadan gülümsedim, sanki az önce bana, iç çamaşırlarım beni üzerimdeki giysilerden daha genç gösterir, demişti, karşımda ise kırmızı iç çamaşırlı genç görünmek çabasında yaşlı bir erkek duruyordu, banyoya geçti, peşinden gittim, polis gibi, seyrettim külotunu ve fanilasını çıkarmasını, çıplak kalışını, güneş yanığı parlak teni onu kadife bir giysi gibi örtüyordu, duşun altında gerinişini, vücudunun her köşesini sabunlayışını da izledim, önündeki kıllar da sabunsuz kalmadı, annemin de bol sabunla yıkandığını bir an için anımsadım, düşündüm, acaba o annemden mi, yoksa annem mi ondan öğrenmişti, vücudunun her yanına bol sabun sürmesini.

Anımsadım, gözümün önüne getirdim, annemi yıkanırken nasıl seyrettiğimi, vücudunun o gizem dolu ve nazik organını çabuk çabuk ve kaba hareketlerle yıkamasından nasıl iğrendiğimi anımsadım, elindeki sabunu döndüre döndüre yıkardı kıllarını, pasta hamuru karıştırırmış gibi. Sonraları, kilo almaya başladığı yıllarda yıkanırken banyonun kapısını hep kilitlerdi, o hareketleri bir daha görmemiştim, ta ki Aryeh'in karşımda yıkanışını görene kadar, ondan iğrenmedim, annemden iğrendiğim gibi, hatta çekici buldum onun vücuduna sabun sürüşünü, her yanı sabunlar içindeydi, sabunların arasından kahverengi, şekli güzel organı görünüyordu, sanki dışarı taşıyordu, tüm vücudumun ürperdiğini hissettim, bu bir arzu ürpertisiydi ya da hasret, ilk yaşamımda da yaşadığım duyguydu, o zaman, çikolata yersem bu duygudan kurtulurum, diye düşünürdüm, fakat ne kadar çok çikolata yersem yiyeyim, o duygu yine de geçmezdi, şu anda biliyordum ki, kendimi bu vücudun üzerine atsam bile, o hasret dolu ürpertim geçmeyecekti, çünkü hasret duygularını dindirmek mümkün değildi.

Musluğu kapattı ve dikkatle duştan çıktı, kocaman bir havluya sarındı, elbise dolabının karşısında durdu, rengârenk çizgili bir külotu ayağına geçirdi, üzerine de morumsu bir fanila, gri bir gömlekle lacivert bir takım elbiseyi de giydikten sonra küçük bir tarakla saçlarını arkaya doğru taradı, gören de onu çok önemli bir iş görüşmesine gidiyor sanırdı, tarağı pantolonunun arka cebine soktu. Hiçbir şeyi gözden kaçırmadan, en ufak detayı bile not almakla görevlendirilmiş bir casus gibi merakla izledim yaptıklarını, sakin ve deneyim dolu hareketleri arasında beni kızdıran tek şey, onun gibi yakışıklı, geçkin, karısı ölüm döşeğinde bir adamın pantolonun arka cebine ucuz bir plastik tarak sokmasıydı.

Oturunca arkana batmıyor mu, diye sordum, şaşırmış gibi suratıma baktı, elini arka cebinde okşar gibi gezdirdi ve hayır, bir şey hissetmiyorum, dedi, yanına sokuldum ve pahalı takım elbisesine dokundum, arkasını hafifçe okşadım, gerçekten de tarak hissedilmiyordu, onun gizem dolu vücudu tarağı yutmuş gibiydi, bana kalırsa her şeyi gizemliydi, yakınları bile, ölmeyi bekleyen karısı, veda etmeye gelen yaşlı annesi, değişik renkteki külotları da, fakat ben emindim, bu dünyada mutlaka bir kadın vardı, o kadına göre olağandı, duş alması, kıllarını iyice sabunlaması, havaalanına giderken böyle şık giyinmesi, o kadını etkilemezdi bu gibi şeyler, doğaldı hepsi, yine dünyada başka bir kadın daha vardı mutlaka, belki de aynı kadındı, Yoni'nin tüm davranışlarını özlem dolu izleyen, onunla banyoya gidip, duş almasını seyreden, vücudunu sabunlamasını da, bembeyaz tenini umursamaz hareketlerle yıkaması çok hoşuna giden biri, çaba gösterdim, uzaklaştırmak istedim bu kadını düşüncelerimden, belki dünyanın ta öteki ucunda yaşıyordu, belki de duvarın öteki tarafında, kötümser bakışlarımı duvarda gezdirdim, aynı anda bebekli kadını anımsadım, sanki unutmuş olduğum kötü bir düştü o, bir gün küçük oğluna mutlaka bakıcılık yapmalı, onu iyice bir gözden geçirmeliydim, sadece koyunu andıran başını değil, vücudunu da görmeliydim, onu soymalı, teninin rengine, ayaklarının şekline, erkeklik organına, kulaklarına da bakmalıydım, bir şey öğrenmek için en iyi çıkar yol buydu, annesine her şeyi soramazdım ya, sorsam bile doyurucu bir yanıt alacağımı da sanmıyordum, az öncesine kadar mutfakta yığılı duran tabaklardan kimin yemek yemiş, kadehlerden kimin içki içmiş olduğuna da bir yanıt alamayacağımı bildiğim gibi.

Odayı after-shave kokusu doldurdu, iki yatağın arasında duruyordu, kendine çeki düzen vermiş, parfümlenmiş bana bakmaktaydı, görünüşü biraz gülünçtü, ucuz bir televizyon dizisindeki, hüzünlü göreve gitmeye hazırlanan gururlu kahramanı andırıyordu, çalımlı davranışları ve sağlıklı görünme çabaları acındırıcıydı, gerçekteyse her geçen gün vücudundan bir parça çürüyor ya da küçülüyordu. Haydi, gidelim, diye konuştu, geç kalıyorum, dikkatle burnuma baktı, hafifçe gülümseyerek, sonra hızlı adımlarla önden yürüdü, hole çıktı, uçak az sonra iniyor, bir an için gözümün önüne getirdim, ne olurdu ikimiz de havaalanına gitseydik, düşündüm, bir gün gelecek bu mutlaka gerçekleşecek, aklıma Yoni geldi, umurumda değildi, bana anlatacağı şeyler, düşünmeye devam ettim, ne güzel olurdu, bana şimdi acele ettirseydi, haydi, deseydi, geç kalıyoruz, biz, sözünün içinde ben de vardım, bilinçli olarak onu biraz bekletirdim, uzun uzun aynanın karşısında durur, burnumu incelerdim, ona birkaç kez, geç kalıyoruz, dedirtebilmek için.

VIII

Saat kaçta ölmüş olduğunu bilmek istiyordum, fakat annemin ölüm saatinden haberi yoktu, bunu mutlaka öğrenmek istememi de anlamıyordu, ne önemi var ki, dedi. Tirza Yengen telefon etti, Aryeh'in karısının dün gece öldüğünü söyledi. Aynı odada, yanındaki yatakta yattığını biliyor muydun? Evet, evet, diye hızla konuştum ve ısrarla sordum, fakat saat kaçta ölmüş, telefon et yengeme, sor, ölümü saat kaçta olmuş. Senin bu saçma sorunla onu rahatsız etmek aklımdan bile geçmiyor, dedi annem, burnundan soluyordu.

Sabahları beni uykumdan kötü haberlerle uyandırmak hep hoşuna gitmiştir, ya tüm tanıdıklar hastalanmıştır ya da ölmüştür, tüm aile fertlerinin şurası burası ağrıyordur, böyle şeyler ilk yıllarda can sıkıntısının vitaminiydi, sonralarıysa can sıkıntısının yerini hüzünlü ve nefretli yılların getirdiği depresyonlar almıştı. Tabiî başkalarının başına gelenler onu sevindirmiyor da değildi, yaşamlarında kaderin kurbanı olmuşların kulübü giderek genişliyordu, annem buraya oğlunun ölümünden sonra girmiş ve kapıyı ardından sıkı sıkıya kapamıştı, babam içeri girip de felaketi elinden almasın diye. Diğerleriyle arası iyiydi, alın yazısının yıktığı insanlara nazik davranır, kendisiyle birlik olmayı önerirdi, tabiî bunu yaparken de bu insanları başlarından geçen felaketlerin büyüklüğüne göre sınıflandırırdı, kocalarını, çocuklarını, vücutlarının herhangi bir organını yitirmiş, inanılmaz tedavi yöntemlerine katlanmak zorunda olan tüm kadınları özellikle seçerdi, tümünü sorunlarıyla birlikte kafasında toplar ve telefon görüşmelerimizde en son yenilikleri bana aktarırdı. Biliyor musun ona veya buna ne olmuş, diye başlar ve yanıtımı beklemeden hemen devam ederdi, tüm yenilikleri konuşmasına ara vermeden anlatırdı. Hasta olduğundan haberim bile yoktu, diye doğum gününe davet edilmeyen bir çocuğun kırgın ses tonuyla konuşur, babanınsa haberi varmış, diye devam ederdi, fakat o bana söylememişti. Anımsıyor musun, Aryeh'in birkaç ay önce bizi ziyaretini? Babanla yeni bir tedavi şeklini görüşmek istemişti, fakat yeni bir şey denemek için sanırım geç kalınmıştı. Bana belki inanmayacaksın, karısı Tirza'nın yanındaki yatakta yatmış, ben de her sabah yengeni ziyarete gitmeme rağmen onu tanımamıştım, orada yatanın Joséphine olduğunu aklımdan bile geçirmemiştim, öylesine değişmişti görünüşü. Gençliğinde porselen bebekten farkı yoktu, sonra onu yıllarca görmemiştim, fakat böylesine değişmesi inanılmaz, ses tonunda bir acıma vardı, ölülere rezerve ettiği bir acıma. Kendi kendime soruyorum, ne yapacak o şimdi karısız, bu kocaman çocuk, Joséphine ona destek oluyordu, inanabilirsin bana, o adam bir kadının desteği olmadan bir dakika bile yaşayamaz. Göreceksin, aradan bir hafta geçmeden bir yenisini koluna takacak, belki de hafta sonunu bile beklemeyecek.

Kendimi tutmaya çalıştım, göreceksin ve şaşıracaksın, dememek için, belki de o kadın ben olacağım, fakat en son söyledikleri de beni şaşırtmıştı. Benim gözümde Aryeh çok güçlü ve hürdü, annemse onu çocuk kadar bağımlı ve güçsüz görüyordu. Karısı ona nasıl destek verecekti, diye karşı çıktım, son yıllarını hasta yatağında geçirmişti.

Tirza bana dedi ki, hastalığında bile hep kocasını düşündü, onunla ilgilendi, o kendini yalnız hissetmesin, depresyona kapılmasın, dostsuz kalmasın istedi. Hastaneye gelen ziyaretçileri de birkaç dakika sonra Aryeh'e yolladı, hasta olan kendisi değil de kocasıymış gibi, dedi annem ve zafer kazanmış gibi derin bir soluk aldı.

Demek bilmiyorsun, saat kaçta öldüğünü, diye ısrarla tekrar sordum, annem öfkelendi, ne oluyor sana, Ya'arah, cenaze töreni ne zaman, diye soracağına, ne zaman öldü, diye sorup duruyorsun. Benimle törene geleceksin, değil mi?

Cenaze törenlerinde anneme hep ben eşlik ederdim. Babamı mezarlığa götürmek istemezdi, törenlerde hep önünde dikilip, olanı biteni görmesini engelliyor diye, yanında ben olayım isterdi. Bense her defasında, bir daha gitmeyeceğim, diye kendi kendime yemin ederdim, fakat en son anda yine gevşerdim, üzüntüsüne katılırsam, belki tesellisinden de bana pay verir umudunu beslediğim için.

Eğer saat kaçta öldüğünü öğrenirsen, diye başladım, fakat annem bağırarak sözümü kesti, sen çıldırmışsın, dedi, bu kez seve seve tek başına gidecekti cenaze törenine, bensiz. Fakat birkaç dakika sonra tekrar aradı, senin yüzünden Tirza Yenge'ni uykudan uyandırdım, diye öfkeyle konuştu, dün akşam saat on sularında ölmüş. Şimdi memnun musun?

Hayır, memnun değildim, ürkmüştüm, bulaşıcı hastalığı ortaya çıkmış biri gibi, bütün akşam içimdeki bir duygu bana, hastaneye yetişemeyecekler deyip durmuştu, başaramayacaklardı ona veda etmeyi, beni evimin önünde indirirken de, inşallah yetişirsin, demiştim, o da, meraklanma, yetişeceğim, diye mırıldanmıştı, o havaalanından söz etmişti, benim ne demek istediğimi anlamamıştı, düşündüm onları, parfümler ve işadamı giysileri içindeki damadı, hastanedeki kadının kız kardeşi ile kocasının kolunda zor yürüyen, yaşlılıktan her yanı titreyen, saçlarını maviye boyamış bir anne, sonra otomobilin bagajına tıkılan bavullar, kentin en pahalı lokantasında akşam yemeği, çünkü evde yiyecek yemek yoktu ve döndüklerinde telesekreterde onları bekleyen haber.

Hüzünle karışık suç duyguları başımı döndürdü, Aryeh'e yaptığım o budalaca ziyaretim onların tüm programını altüst etmişti, mutlaka karısı ölmeden hastaneye ulaşırlardı, eğer akşam yemeğini onun tasarladığı gibi evde yemiş olsalardı, biliyordum, bu hatanın peşinden bir başka hata gelecekti, tıpkı domino oyununda olduğu gibi, çok önemsiz bir şey ters gitti mi arkasından gelen çok önemli şey de mutlaka ters giderdi, o da biliyordu, suçlu bendim, beni ömrüm boyunca affetmeyecekti.

Fakat o bana gülümsedi, sıcak, dostça bir gülümseme, karısının açık mezarı üzerinden bana doğru, bir grup insanın ortasında duruyordu, çevresindekiler gezginci bir tiyatronun artistlerini andırıyordu, her biri de rolünü elinden geldiğince yapmaya çalışıyordu, anne anne rolündeydi, ağlarken bile aşırılığa kaçmıyordu, tam bir Avrupalı kadın gibi, buklelerinin mavisi gökyüzünün mavisine karışıyordu, ölenin kız kardeşi koluna girmişti, destek olmak için, süt dökmüş kedinin bakışı gözlerinde, ablası kadar güzel değildi, belki de daha az başarılı olmuştu yaşamında, fakat o şimdi yaşıyordu, kocası eli omzunda yanında duruyordu, bu zor anında karısına olan bağlılığını gösterebildiği için gururluydu, onun da yanında Aryeh, genç görünmek isteyen dul erkek rolünde, uzun boylu, şık takım elbisesi, dün de üzerinde aynı giysi vardı ve kimse aklından bile geçiremezdi içine rengârenk bir külot giymiş olduğunu.

Ben onlara yakın duruyor sayılırdım, annem her zamanki gibi bu cenaze töreninde de ortalarda iyi bir yer bulmuştu bize, hatta birkaç kişiyi de itelemişti, uslu kız ben, onun ile bu cenazeye mutlaka gelmek isteyen babamın arasında duruyordum. Annemin öfkeli suratından, evde aralarında büyük bir tartışma geçtiği okunuyordu, tartışmanın konusu mutlaka, cenazeye gitmek hakkına daha çok hangisi sahipti, annem mi yoksa babam mı, kısacası Aryeh'e en yakın olan hangisiydi, aynı anda içim gururla doldu, çünkü ben her ikisini de bu yarışmada geride bırakmıştım, hüzün içinde mezarlıkta toplanmış tüm yakınlarının arasındaki yerimi şerefimle kazanmıştım, belki şerefimle sözü pek uygun kaçmıyor, fakat anlatmak istediğim duruma bence yine de en uygunu. Bu büyük topluluk içinde o kadını en son görmüş olan da bendim, iki kaşık şekerli en son çayını da benim elimden içmişti, bana birisi sorsaydı anlatırdım, sanırım son saatinin geldiğini biliyordu derdim, bir şeyler beklediği en son insan bendim

Somurtkan suratlara gururla baktım, kızıl saçlarını kısa kesmiş o genç kadını aradı gözlerim, yoktu mezarlıkta, gelen kadınların çoğu da yaşlıydı, içlerinde kıskanacağım ya da şüpheleneceğim bir tanesi bile yoktu, o anda uzakta Tirza Yenge'yi seçtim, mezarlar ile taşların arasında ağır ağır bize doğru ilerliyordu, yürüdüğü yol çakıllıydı, burası mezarlıktan çok inşaat alanını andırıyordu, yanımıza gelip, benim hastaneye uğradığımı anlatmasını önlemeliydim, hızla ona doğru yürüdüm, annem ile babamın şaşkınlıkla baktığını farkındaydım, tabiî yengeme yardım etmek istiyordum, yanına gelir gelmez bütün ağırlığıyla kendini koluma bıraktı, şaşırdım kaldım, ben yanına gelene kadar nasıl olmuştu da bu kadar yolu tek başına düşmeden yürümüştü.

Evet, artık hür bir adam o, diye konuştu Tirza, dudaklarında acı bir gülümseme, anlamamış gibi sordum, kim, o, işte şu adamcık, dedi, sesinde alaycı bir ton, başıyla da işaret etti, ne biliyordu yengem onun üzerine, bana göre yengem bütün erkeklere karşı nefret duyan, yaşamını kendi eliyle berbat etmiş bir kadındı, tabiî beni en çok merak ettiren, kafamı yoran bir şey vardı, Aryeh üzerine ne biliyordu, benim bilmediğim, yoksa o gerçekten adam değil de, adamcık mıydı, kim bilir Joséphine hastanede, ışığı söndürmediği, ağrılarından uyuyamadığı o gecelerde neler anlatmıştı Tirza'ya?

Çok ağırdı, az kalsın yıkılacaktım, vücudum hafif öne eğik yanında yürüdüm, başım yere bakıyordu, düşündüm, nasıl olmuştu da Joséphine'i küçültmüş olan hastalık Tirza'yı böyle büyütmüş ve ağırlaştırmıştı, neredeyse benden iriydi, sözünü geçirmesini de çok iyi biliyordu, ürkütücüydü, cenaze törenine gelmiş olanlar bizim ağır ağır yaklaşmamızı dikkatle izliyordu, bir an için düşündüm, acaba böyle davranışı bilinçli miydi, herkesin içinde beni zor duruma düşürmek mi istiyordu, eze eze, lanet okudum ona ve gizlerime, beni böyle gülünç durumlara düşürdükleri için, herkes benimle alay edebilirdi, bütün bunlar, gizlenecek şeylerim olduğu için başıma gelecekti.

Mezarın kıyısında durduk ve o anda tören başladı, sanki başlamak için yengem ile beni bekliyorlardı, Tirza, annem ile benim aramda duruyordu, hiçbir şey umurunda değilmiş gibi, suratında donuk bir gülümseme, kolumda ağırlığı, şöyle bir gerindim, rahatlamaya çalıştım, gözlerimin önünde ağır ağır mezarın çukuruna indi küçük ölü, görünümü on iki yaşında bir kız, bir yaş bile fazla değil, çocuk parkındaki kaydıraktan kayan, şen şakrak gülen on iki yaşındaki kız, gülme duymadım, ağlamalar, gittikçe artan hıçkırıklar ve Aryeh'in sesini, karısının arkasından okuduğu ölü duasını, hatasız, akıcı ve doğru bir vurgulamayla, sanki ömrü boyunca bu duayı okuyup durmuştu.

Büyülenmiş gibi ona baktım, o anki kadar beni böylesine şaşırtmamıştı, tepesindeki siyah kippa aklaşmaya başlayan saçlarını yine karartıyor, heyecanı yüzünü gençleştiriyordu, acaba benim duamı da okur muydu, bunu ümit ettim, karar vermeliydik, ondan başkası okumayacaktı, fakat o kadar büyük bir rica değildi bu, acelesi yoktu.

Duayı bitirdi, yüzü kıpkırmızı olmuştu, mezara toprak atılmaya başladığında omuzlarının titrediğini sezdim, biri yanına sokuldu ve kolunu omzuna attı, onun da ak saçlarını küçücük kara bir kippa örtüyordu, o an korkuyla ürperdim, bu adam Yafa'daki yaşlı dostuydu, yargıç, açık mezar çukurunun kıyısındaki duruşunda bir canlılık ve kendine güven vardı, iki kişilik büyük yatağında olmayan. Aryeh ona sıkı sıkıya sarıldı, aynı anda onun bembeyaz ve yumuşak vücudu gözümün önüne geldi, içimdeki utanç duygusu kabardı, yanımda bir hareket oldu, fısıltı kulağıma geldi, başımı çevirdim, babamın aile yuvasını terk etmekte olduğunu sezdim, annemin fısıltılı karşı çıkmasına karşın, o iki adama doğru yürüdü, onlar da yanlarına gelen bu üçüncü adama duygu dolu bir şekilde sarıldılar ve öyle durdular bir süre, üçlü, bir araya gelmiş, birbirlerine sarılmış, ağlayan üçlü. Beni en çok şaşırtan babamın da ağlamasıydı, o kadına bu kadar yakın olduğunu bilmiyordum, arkamda duran annem de şaşırmıştı, Tirza'ya nasıl öfkeli öfkeli bir şeyler fısıldadığını, yengemin de, bu kadarcık zevki olsun, karışma, dediğini duydum.

Gerçekten de babam ağlamanın tadına varıyormuş gibiydi, sanırım küçük kardeşimin ardından böyle ağlamamıştı, pek tanımadığı, yabancısı olduğu o kadının ölümüne şimdi ağladığı kadar, bir koluyla Aryeh'i, öteki koluyla da Şaul'u sarmış aralarında duruyordu, dul kalmış adam oymuş gibi, mezarın kıyısında üç adam, yaşları geçmiş, güzelliklerini yitirmiş, mutluluklarını da, yalnızca gözyaşlarıyla mutlu olan, baktım ona, babama, yatmış olduğum bu iki adamın onu küçük bir kız gibi kolları arasına almasına, birkaç gün önce beni de aldıkları gibi. Aryeh'in o andaki görünüşü karşısındakine güçlü biri olduğu kanısını veriyordu, bir an için arkamda duran annemi düşündüm, o da benim gibi üç erkeğe bakıyordu, nasıl olmuştu da, yıllar önce birlikte tanımış olduğu o iki adamdan niçin gizem dolu, karanlık görünümlüsüne âşık olmamıştı, güçlüydü, kendine güvendiği de belliydi, evet kendine güveniyordu, karşısındakinese pek güven vermiyordu. Burada, karısının mezarının başında bile kaypak, güven uyandırmayan bir adam izlenimini veriyordu, hele olağan görünümlü, tüm hataları ve zayıf yanlarıyla orada duran o iki adamın eşliğinde. Babam, zayıf, ufak tefek ve kafası yarı kel, Şaul, şişman, hafif öne doğru eğik, yanlarında dimdik ve tığ gibi, hataları gizli, saklı, bu nedenle de çok tehlikeli.

Arkamda annem ile Tirza Yengemin alaylı alaylı bir şeyler fısıldadığını duydum, kulak kabarttım, üç silahşorlar, diyorlardı, biri ötekinden dengesiz, annem güldü, Tirza karşı çıktı, fakat şişman oldukça normal görünümlü, dedi, annem hemen aşağılar gibi sözü kesti, normal de ne demekmiş, burnundan soluyordu, duydum ki, yaşı küçük kızlara çok meraklıymış, titrediğimi hissettim, elimde değildi, hızla arkama döndüm, niçin herkese çamur atıyorsun, adam ne de olsa bir yargıç, o anda Şaul'u temize çıkarmak benim için çok önemliydi, kendime birdenbire çok yakın hissettim onu, annem öfkeyle sordu, senin ne ilgin var o adamla? Ve devam etti, vızıldayan bir arı gibi, yargıcı kim yargılayacak, elimde olsa o anda itiverirdim onu açık mezara, yatsaydı orada Josephine'le kol kola, anlatsaydı hikâyelerini kurtlara, tıslar gibi konuştum, sanki bir başkasının sesiyle, suç sende dedim, her şey senin yüzünden oldu, fısıldar gibi sordu, ne oldu, konuştum, tapınak senin yüzünden tahrip oldu, görmüştüm öfke kusan o ağzından alevlerin çıktığını, sapsarı ve pırıl pırıl taze mezarlar arasından hızla geçtiğini, ardında yanan, kara bir kuyruk bırakarak, tepedeki tapınağa ulaştığını, alevler orada bir sürü parçalara ayrılacak, tapınağı her yanından saracak, onu önce altın rengine büründürecek, en sonunda da kapkara edecekti. Başımı kaldırıp gökyüzüne baktım, az sonra bir el uzanacak ve büyük rahibin yukarılara, çok yukarılara fırlattığı tapınağın anahtarını tutacaktı, bakışlarımı uzun süre gökyüzünde gezdirdim, az sonra yine çevreme bakındığımda onun güçlü yüzünü göremedim, aniden bir sürü insanın ortasında kalıvermişti, babam kendini bu kalabalığın arasından zorla kurtardı ve yerine döndü, erkekler arasındaki o kardeşliğin gururu ile karısının her günkü öfkesine olan utancı arasında gidip geldiği suratından okunuyordu. Aryeh'in başındaki küçük siyah takkesini çevresini sarmış insanlardan zor seçiyordum, güçlü, öylesine sevdiğim, şu anda hüzünlü yüzünü ise hiç göremiyordum, saklıyordu kendini benden, korktum onu bir daha hiç göremeyeceğim diye, sanki oraya onu gömeceklerdi, karısını değil, hüzün duydum, acıydı, son bir hüzündü bu, duygularımdan kurtulamadım, güçlüydü, engel olamadım onlara, yavaş yavaş otomobillerine giden ziyaretçilerin akışına bıraktım kendimi, annem ile babamın arasında çıkışa doğru ilerledim, bana karşı birleşmişlerdi, birbirini çekemeyen, fakat polisten korktuklarında bir araya gelen iki haydut örneği. Yanlarından geçtiğimiz sıra sıra taze mezarlara gözüm ilişti, anımsadım küçük kardeşim Avşalom'u, ufacık bir çocuğa niçin bu kadar uzun bir isim vermişlerdi, babam nasıl kenetlenmişti ona, "Oğlum Abşalom! Oğlum, oğlum Abşalom! Keşke senin yerine ben ölseydim!"[3] Arada sırada o ağıtı dinlerdim, adını duyardım, korkardım da, bebek bir gün aniden topraktan çıkacak, onun yerine babam toprağa girecek diye, ağzından düşürmediği o ağıtla beni sanki reddederdi, ben de ondan hıncımı almak için gözümün önüne getirmeye çalışırdım, girdiği

3 II. Samuel Kitabı, bab 18, ayet 33.

küçük mezar ona dar gelirdi, kıvrılır, bükülür, bütün adaleleri ağrırdı.

Otomobile bindik, arka koltuğa Tirza Yenge'yle sıkıştık ve canımız sıkkın pencereden dışarısını seyrettik. Size yük olacağım için üzgünüm, diye konuştu annem ile babama bakarak, fakat bir, en fazla iki ay sonra buraya yine gelmeniz gerekecek, onlar da ayıp olmasın diye karşı çıktılar, yengem sözlerini kesti, ikiyüzlülüğü bırakın efendiler, Joséphine'deki hastalığın aynısı bende de var, bendeki gelişmesinin bambaşka olması için hiçbir neden yok, o anda kendimi daha fazla tutamadım, sordum, neden ölmüştü, ne anlatmıştı sana, ölmeden önce, Tirza acı acı gülümsedi, sen çok film görmüşe benziyorsun tatlım, doğru ölüm hiç konuşmaz, sessizdir, o da hiçbir şey söylemedi. Nasıl, diye yine sordum, saatlerce konuşmadı mı, kaç saat, Tirza omuzlarını umursamaz gibi silkti, bilmiyorum, ben öğleden sonra tedaviden dönmüştüm, o uyuyordu, akşama kadar da uyudu. Aryeh saat beşte geldiğinde de uyumaktaydı. Sonra ailesiyle birlikte geleceğini söyledi ve yine gitti. Geç vakit geldiklerinde ise artık nefes almıyordu.

Öğleden sonra hiç konuşmadı, öyle mi, diye sordum, Tirza öfkelendi, söyledim ya, hep uyudu, uykusunun arasında bir şeyler mırıldanmış olabilir, ben dikkat etmedim, hem ne oluyor sana bugün canım, söyle, neyin var? Yanıt vermedim, otomobilin penceresinden dışarılara baktım, yanımızdan geçen çirkin evlere, düşündüm, ne kadar ürkütücüydü, ne kadar inanılmazdı, onunla ölümünden önce konuşmuş, onu yaşarken görmüş olan en son insan bendim. Anımsamaya çalıştım söylediklerini kelimesi kelimesine, üniversiteye giderken otobüsten inmemin, dekanla randevuma gitmememin bir nedeni olmalıydı, fakat neler anlatmıştı bana, anımsadığım tek şey, benim doğduğum gün kusmuş olduğuydu, çabaladım, kafa yordum, başka neler söylemişti, düşündükçe daha çok unutuyordum, başıma ağrılar girdi, kış güneşi gözlerimi kamaştırdı, bir an için hiçbir şey göremedim, sanki bir düşteydim, babamın sesini duydum, soruyordu, Yoni'yle konuştun mu? Yanıt verdim, hayır, dedim, dün eve döndüğümde o uyuyordu, sabah çıktığındaysa ben uyuyordum, Tirza yüksek sesle güldü, evlilik yaşamına dayanmak için güzel bir yöntem, benim aklıma niçin gelmemişti böyle bir şey, sordum korku içinde, niçin soruyorsun, baba? Benimle neyi konuşacaktı ki? Sustu, o anda korkularım arttı, dünkü gibi, yine düşündüm, benden ayrılmaya karar verdiğini mi anlatmıştı onlara, artık bir arada yaşamayacaktık, o anda kusacağım sandım, kendimi zor tuttum, düşündüm, Joséphine benim doğum günümde kusmuştu, ben de onun gömüldüğü günde kusacaktım, o anda otomobil durdu, babam, geldik dedi, hiç konuşmadan indim, otomobil yine hareket etti, kustum sokağın ortasına, az önce otomobillerinin durmuş olduğu yere.

Doğru banyoya gittim ve duşun altına girdim, sıcak su kesilene kadar da yıkandım, saçlarımı sabunladım, aşağı taraflarımı da, elimden geldiğince, başkalarının da yaptığı gibi, hiç de değişik ve üzerinde durulacak bir şeye benzemiyordu, yakından bakıldığında, daha önce hiç fark etmemiştim, tırnaklarımı kestim, ayağımın da, duşun altına gireli beri sakinleşmeye çabalıyordum, her şey yolundaydı, Tanrı'ya şükür kimse bana bir şey kanıtlayamazdı, tırnaklarımı kesmeye devam ettim, düşündüm, yıkandın, tertemizsin, Yoni bir şeylerden şüphelenmiş bile olsa, inkâr edebilirdim, onun da hep inkâr ettiği gibi, kişi yaşamında ancak inanmak istediği şeye kolayca inanır, kimi şeyse unutuverir, Joséphine'in son sözlerini unuttuğum gibi, o anda Yoni'yle bir anlaşma yaptım, diyecektim ki ona, Aryeh'in komşusundan bir çocuğun olduğu için seni bağışlıyorum, sen de beni bağışlayacaksın yaptığım her şey için, bir an ümit ettim, çocuğun babası inşallah oydu, yoksa onu bağışlayacak hiçbir şey olmazdı elimde, sözleşmemizin de anlamı kalmazdı, konunun üzerine gitmemeye karar verdim her şeyi akışına bırakacak, aramızdaki gelişmeleri bekleyecektim, olup bitenlerden tek kelime bile söz etmeyecektim. Dar ve çok kısa bir etek giydim, üzerine de çizgili bir kazak, saçlarımı taradım, aynada suratıma baktım, burnumun şişliği geçmiş gibiydi, mezarlıkta annem bile fark etmemişti, içimde bir duygu bana, artık her şey yolunda diyordu, sorunlarla baş edeceksin, ancak o gün pek göremediğim, benden gizlenen o yüzün özlemini çektiğimi de hissettim, gözlerinin, çenesinin, dudaklarının değişik anlatımlarından da uzak kalmıştım o gün, yine de memnun olmalıydım, çünkü sigarasını uzun ağızlıkla içen kadın bugün gelebilirdi, eğer çaba göstermezsem, kendimi hep anımsatmazsam, o kadın geldiğinde çok şeye uzak kalırdım, karısının ölümünden daha otuz gün geçmeden beni unuturdu bile.

Geçtim aynanın karşısına, çocuk bakıcısı olarak çalışıp da hanımı evde yokken onun rujunu kullanan hizmetçi kız gibi içimi gizli bir sevinç kapladı, başka şeyler de sürdüm yüzüme, gözlerimi daha güzel ortaya çıkarması için *eyeliner*, yüzümü esmerleştirmesi, hafif kırışıkları örtmesi için *make-up*, kirpiklerimi uzun gösteren, daha da siyahlaştıran rimel, elmacık kemiklerimi gösteren pudra ve dudaklarımı parlatan kırmızı ruj. Sevinçle makyaj yaptım, ne de olsa yıllardır böylesine süslenmemiştim, yeterince güzel ve çekici bulmuştum kendimi, makyaja gerek yok demiştim, en güzel benmişim gibi, güldüm, şimdi süslendiğime, yüzüme boyalar, pudralar sürdüğüme, sokaktan eve gelir gelmez aynanın karşısına geçmiştim, bir yere gitmeyecektim, yaptığım hiç de olağan değildi. Düşündüm, güzelliğimi evin badanası solmuş duvarları arasında mı geçirecektim, hayır, buradan çıkmalı, bir yerlere gitmeliydim, belki Yoni'nin bürosuna, öğrenmeliydim, dün annem ile babama neler anlatmış olduğunu, sonra birden durdum, vazgeçtim, eğer şu sıralar benden şüpheleniyorsa, bürosunda suratımı makyajlı gördüğünde şüphesi daha da artacaktır, en iyisi üniversiteye gitmekti, sekreter kızı şaşırtmalı, dekana yaltaklanmalıydım, fakat bir saniye sonra tüm bunlar da saçma geldi bana, yazık olurdu bütün bu güzelliği yapmacık bir gülüşle bozmak, gittim yatağa uzandım, bir süre düşündüm, ne yapmalıydım, değişik bir şey, fakat ne, aklıma bir türlü gelmiyordu ve sonunda uyuya kaldım, yatak için bu kadar süslenmem aptalca olmuştu, eski Mısır'da öldükten sonra süsleyip mezara yatırdıkları kraliçe gibi yatıyordum.

Uyandım, bir oda kapısının vurulmasıyla, yataktan fırladım, hızla atan yüreğim tüm vücudumu titretiyordu, korku içindeydim, beni terk mi etmişti. Çocukken de böyle yataktan fırladığımı anımsıyorum, babam kapıyı arkasından çarpıp evden çıktığında, her defasında yüreğim hızla çarpmış, korkularım doruk noktasına ulaşmıştı, onun bir daha geri dönmeyeceğini sanmıştım, babamı son kez görme şansını kaçırmıştım, ona, gitme, burada kal, diyemeyecektim, hızla odadan çıktım, üzerimde dar kısa etek, yüzüm makyajlı. Her tarafta Yoni'nin izleri vardı, tıraş losyonunun kokusu, iskemlenin üzerine atmış olduğu pardösü, yerdeki çanta, o ise ortada yoktu, lanet okudum kendime, gitmesine izin vermiştim, ne yapmalıydım dönene kadar, tabiî eve dönerse, hızla banyoya geçtim, tıraş takımı ve diş fırçası orada mı diye baktım, almamıştı, oradaydılar, biraz rahatladım, tabiî beni şaşırtmak istiyorsa yoldan yeni bir tıraş takımı ile diş fırçası da satın alabilirdi.

Evin içinde gezindim, baktım, Yoni'den başka bir şey daha eksik mi diye, mutfağa girer girmez çöp kovasının eksikliğini fark ettim, çılgın gibi sordum kendi kendime, Yoni ve çöp kovası yoktu, ne demek oluyordu bu? Sabah boşaltmak istemiştim onu, fakat sonra unutmuştum. Birdenbire kapıda belirdiler, Yoni ve çöp kovası, o bana baktı, bakışlarında şaşkınlık okunuyordu, sordu, neredeydin? Yanıtladım, yatakta, uyumuşum, inanmamış gibi yine sordu, böyle makyajlı mı uyudun? Düşündüm, şimdi gerçeği söylesem bana inanmayacak. Hemen küçük bir yalan bulmalıydım, anlatacağım şey gerçekten daha inandırıcı olmalıydı, fakat bulamadım, arkamı döndüm ve aynaya yürüdüm, baktım ve görünüşümle irkildim, rimel akmış, gözümün çevresinde kocaman kara halkalar oluşmuştu, dudaklarımdaki rujun da yarısı silinmişti, kalanı da parıldıyordu, öyle bir görünümüm vardı ki, bilmeyen müthiş bir sikişmeden geliyorum sanırdı, üzülmüş gibi bir şeyler mırıldandım, gezmeye gitmek için makyaj yapmıştım, fakat sonra uyuya kalmışım, yine sordu, inanmamış gibi, nereye gezmeye gidecektin?

Başladım muslukta yüzümü yıkamaya, bana olan güvensizliğini sıcak suyla yok etmeye çabaladım, az önce öyle güzel olan bir şey nasıl olurdu da birdenbire böyle çirkinleşebilirdi, ben onun için yapmıştım makyajımı, geldiğinde beni güzel görmesi için, güzelleşmiş bir yüzle onu ve getireceği haberi beklemek istemiştim, fakat bu sözlerim de pek inanılacak şeyler değildi. Elime bir parça pamuk alıp ıslattım ve yüzümde çirkin görünen neresi varsa oraya iyice sürdüm, kıpkırmızı oldu yanaklarım, gözkapaklarım, aynada yüzümün yavaş yavaş ihtiyarlamasını izledim, pamuk parçası az önce beni örten tüm renkleri yok etti, siyah ve kahverengi, kırmızı ve açık mavi. Yoni hiç sesini çıkarmadan yanımda durmuş parmağının ucuyla küçük burnunu kaşıyordu, yaptığımın bitmesini beklediği belliydi, bense işimi bitirmekten korkuyordum, temiz bir pamuk parçası daha aldım ve temizlemeye devam ettim, yüzümde renk kalmamıştı, solgunlaşmıştı, yavan bir görünüşüm vardı şimdi, Yoni daha fazla dayanamadı, uzatma lütfen daha fazla dedi, yeter, musluğu kapattım, şimdi ne yapacağız diye sordum, aynanın karşısında dikilmekten, makyaj yapmak, makyajı yine temizlemekten başka bir şey daha olmalıydı yapacak, konuştu, balayına çıkacağız, dedi, biliyorsun balayı yolculuğumuzu henüz yapmadık.

Gerçekten de, evlendikten sonra balayına çıkmamıştık, fakat bu beni pek rahatsız etmemişti, hatta memnun olmuştum, düğünümün gerçek düğün olmadığı duygularımı güçlendirmişti, daha doğrusu benim düğünüm değildi, kanıtı da balayına çıkmamamız olmuştu, onu bundan sonra yapacağım gerçek düğünüme saklamıştım ve sordum, dikkatle, vereceği yanıttan ciddi olup olmadığını anlayacaktım, belki de teklifiyle beni bir tuzağa düşürmek istiyordu, konuştu, İstanbul'a, dedi, yarın sabah uçuyoruz, her şeyi organize ettim, annen ile baban da parasal destek verdiler, senin bütün yapacağın iş şimdi bavulları hazırlamak. Karşımda durmuş, tüm ödevlerini doğru yapmış ve övgü bekleyen sınıf birincisi öğrenci gibi konuşuyordu, övdüm onu gerçekten, çok sevinmiştim, annemin benden gizlediği şeyin bu olmasına, başka kötü şeyler de söyleyebilirdi, rahatladığımı bütün vücudumda hissettim, sokulup öptüm onu ve bunu nasıl anımsadın, dedim, o anda babamı sevdim, hatta annemi de, bana bir aile projesi gibi geldi şu gecikmiş balayı yolculuğu, düğünden beş yıl sonra, az kalsın teklif edecektim, onlar da birlikte gelsin, bize orada dikkat etsinler, diyecektim, çünkü İstanbul'da onunla yalnız olmaktan korkuyordum.

Kenti gözümün önüne getirdim, koskocaman, renkgârenk , gürültülü bir pazar yeri, kolayca içine girilen, fakat içinden zor çıkılan, mutlaka orada da acınacak, balaylarını geçirmeye gelmiş, dönüş yolunu bulamayan bir sürü başka çifte de rastlanırdı, aç ve yorgun, şarkın bütün leziz yemekleri karşılarında, fakat ceplerinde tek kuruş kalmamış, günlerdir, haftalardır bu kocaman, sonsuz labirentin ortasında, kimse dillerini anlamıyor, kimi doğuyu, kimi batıyı gösteriyor, bir başkası kuzeye, bir dördüncüsüyse güneye diyor, her şey birbirine benziyor, yol işaretleri yok, dükkânları da birbirinden ayırt etmek olanaksız, gökyüzü hep aynı, her yanda cami minareleri ve heyecan dolu, aşk dolu buraya gelmiş çiftler, başlarını birbirlerinin omuzlarına yaslamış ağlayan, biri ötekinden nefret eden, birbirlerini karşılıklı suçlayan. Kadın düşünüyor, yetenekli adamın biri olsaydı beni bu labirentten çoktan kurtarırdı, adam da düşünüyor, yolu biliyor, fakat bile bile söylemiyor, beni denemek istiyor, ona kanıtlamamı istiyor, elimden bir şey geldiğini ve gelmiş oldukları ülke gittikçe uzaklaşıyor, birden Yoni'ye baktım, irkilmiş gibiydi, konuştu, istersen başka bir yere gidelim.

Fakat o anda düşündüm, nereye gidersin git, her yer aynı, kimi şeylere katlanamayan evde kalır daha iyi. Haydi, balayını evde geçirelim, diye konuştum, sesimde biraz işve, tüm hafta boyunca evden dışarı çıkmayız, ilk yıllarda yaptığımız gibi, odalarda gezeniriz, hep birlikte oluruz, gülümsedi, düş kırıklığına uğramış gibi ve sordu, niçin, sorun nedir, yanıtladım, hüzünlü bir ses tonuyla, korkuyorum, İstanbul'un çarşılarında, pazarlarında kaybolacağız diye, sarıldı bana, özürlü bir çocuğa sarılır gibi, sanırım korkularım onun duygularını kamçılamıştı, konuştu, dert edinme kendine, dedi, birkaç aydır bu kent üzerine ne bulursam okuyorum, sonra arka cebinden çıkardığı bir turist rehberini havada şöyle bir salladı. Fakat ben de öyle kolay kolay ısrarımdan vazgeçmedim, nereden biliyorsun o kitapta yazanların doğru olduğunu? Belki hepsi yanıltmadır? Hiç tanıdın mı, bu turist rehberine güvenip oraya giden, sonra da sağ salim geri dönen birini? Yoni ise elindeki kitabı bana doğru sallamaya devam etti, sinek kovalıyormuş gibi, şaka yaptığımdan emindi, konuştu, insanlar bir yerlere gidiyor ve sağ salim geri geliyor, dedi.

Tavan arasına çıktı, düğünümüzde hediye getirmiş oldukları bavulu aşağı attı, ayağımın üzerine düştü, acıdı, fakat sesimi çıkarmadım, o anda oyunbozan olmak istemiyordum, bavula uzandım, tozunu aldım, elbise dolabına gidip, bir şeyler aramaya başladım, sordum, İstanbul'da hava soğuk mu, sıcak mı, yanıtladı, burası gibi, belki birkaç derece daha soğuk, çekmecede ten renginde seksi bir gecelik buldum, satın alalı yıllar oluyordu, birkaç da şeffaf külot, çoktan unutmuştum onları, hepsini büyük bavula tıkıştırdım, belki Bizans geceleri şehveti artıracak, yıllar boyu başaramadığımız büyülere izin verecekti, birkaç da kazak alıp attım bavula, unuttuğum başka hazineler de çıktı ortaya, uygun durumlarda kullanmak için saklamıştım sanki onları dolabıma, siyah iç çamaşırları, file külotlu çoraplar, incecik ve şeffaf dizde biten çoraplar, siyah ipekten, cesur sutyenler, hepsi attım bavula, sanki oraya, İstanbul'a, lüks bir orospu gibi çalışmaya gidiyordum, güldüm Yoni'yi görünce, dolaptan aldığı flanel gömleklerini katlamaya uğraşıyordu, askerliğinden kalmıştı bu renkli, kareli gömlekler, düşündüm, ona tam bir sürpriz yapacaktım giysilerimle otelde, nasıl da sevindirecektim onu, o sevinince ben de sevinecektim, bana hiçbir şeyi anımsatmayan yerlerde, hiç tanımadığım ve beni hiç tanımayan insanlar arasında, sevgili Yonim de unutacaktı belki, benden ayrılacağına beni balayına davet etmiş olduğunu. Niçin mutlu olmayacaktık?

Bir an için birbirimize baktık, sanki bir film çevriliyordu, göreni kıskandıracak bir film, balayına hazırlanan iki genç insanı çekiyorlardı, Aryeh'in yanında onun görünümü oldukça gençti, başında tek bir ak saç teli yoktu, istediğimiz gibi bir yaşam sürdürebilir, birbirimizle kaynaşabilirdik, başkaları gibi bir çocuğumuz olurdu, belki bir ikincisi de, ikimiz de kariyer sahibi olur, çift kazanırdık, sorunları olan birçok insan gibi onların altından kalkardık, elde edemediklerimize de üzülmezdik, en önemlisi karşılıklı güven, eşten gelecek destek değil miydi, onu incitmemek ve güven duyguları içinde yaşamak.

Mutluluk dolu bavulun içine attım kendimi, iç çamaşırlarımın arasına uzanıp, gerindim, kollarımı iki yana açtım, az önce uykudan uyanmış biri gibi, konuştum, gel, dedim, seni istiyorum, onu gerçekten istemiyordum, fakat yine de yalan değildi söylediğim, çünkü onu istemeyi istiyordum, düşündüm, bunu ona inandırırsam kendimi de inandırmış olacaktım, fark ettim, ne demek istediğimi anlamadığını, bavulun içinden kollarımı ona doğru uzattım, eğildi üzerime, şaşırmıştı, konuştu, yemek yesek iyi olur, dedi, açlıktan öleceğim. Aşağıdan karnı şişmandı, sallanıyordu da, boş olmasına karşın, iğrendim ondan bir an için, fakat yine de devam etmeye karar verdim, elime çoraplardan birini alıp yüzümde gezdirdim yoksa külot muydu, farkında değildim, baştan çıkarıcı mırıldandım, yemek kaçmıyor, fakat ben, güldü, sanki espri yapıyormuşum gibi, onu tehdit ettiğimin farkında değildi, konuştu, bakkal az sonra kapatacak, evde ekmek bile yok, hemen koşup yiyecek bir şeyler alayım, sen bavulun içinde bekle beni.

Ben karşı çıkmaya kalkışmadan o evden çoktan gitmişti, hemen bavuldan çıktım, ayağa kalktım, niçin bavulun içinde bekleyecektim onu, ne sanıyordu kendini, ben şişme bebek miydim, sadece bavuldan çıkmakla kalmadım, giysilerimi de tek tek yine dolaba yerleştirmeye başladım, az önceki gibi keyifle, hepsi de değerli şeylerdi, pahalı kumaştan, işleme, fakat birden çok gereksiz olmuşlardı, aynı anda onu arkamda hissettim, sessizce duruyordu, elleri boş, sordum, ne oldu, dükkân kapatmış mı, konuştu, hayır, gitmedim oraya, dedi, seni kırdığımı fark ettim ve geri döndüm, sesi güçsüz, çok cansız çıkıyordu, sevincin tek belirtisi kalmamıştı. Anımsamaya çabaladım, tanışmamızdan önce de böyle miydi, yoksa benimle tanıştıktan sonra mı böyle olmuştu, fakat bunu bilmem mümkün değildi, nasıl da bilecektim, ilk buluşmamızdan önce onu tanımıyordum ki, Yoni'yle ilk karşılaştığımda ince ve hüzünlü sesi dikkatimi çekmişti, o günlerde, annesinin ölümüne çok üzüldüğü için böyle konuşuyor olmalı diye aklımdan geçirmiştim, o günlerde hüzünlüydü, şimdiyse kendini acındırmak isteyen biri gibi konuşuyordu, kendini acındırmak istemekse hüzünlü görünmek istemekten çok daha berbat bir şeydi, düşündüm, ne yapacaktık şimdi, her şeyi yine bavula mı doldurmalıydık, bizde mi içine girseydik? Hep içinde kalsaydık, hiç dışarı çıkmasaydık.

Yavaş ve sakin bir ses tonuyla konuşmaya çaba gösterdim, önemli değil, dedim, haklısın önce bir şeyler yiyelim, kızmadığıma şaşırmış gibiydi, yine dışarı çıktı, fakat az sonra geri geldi ve öncekinden daha da cansız bir sesle, şu anda kapattılar dükkânı dedi, dizime yatırıp, dövmek geldi içimden, poposuna vura vura, fakat sakin olmaya, sesimi yükseltmemeye karar verdim, konuştum, hiç önemli değil, buzlukta biraz ekmeğimiz var, güzel, dedi, şakşuka yapayım, ben başladım giysileri yine bavula doldurmaya, sonra fermuarını çekip kapattım.

Yemek masasında her türlü soruları sordum, niçin İstanbul'a, nereden gelmişti aklına, ne zamandan beri bu sürprizi planlıyordu ve daha bir sürü soru, her şey onu kişisel ilgilendiriyormuş gibi sorup duran meraklı bir kadın gazeteci örneği, Yoni her soruma yanıt verdi, ağzı dolu ve iyi niyetli, tüm ayrıntılarıyla, ben de onu yüreklendirdim, kendimeyse, sen hayatını yaşıyorsun dedim, durumun daha berbat olabilirdi, yine de batağa batıyorum gibi bir duygu vardı içimde, Yoni devam etti anlatmaya, bir süre İstanbul ile Prag arasında gidip gelmişti duyguları, fakat İstanbul'a gitmeye karar verdiği anda da bunun en doğru karar olduğunu hissetmişti, başlangıçta gözdesinin Prag olmasına karşın, çarşıların, pazar yerlerinin benim hoşuma gideceğini düşünmüştü, deri giysileri sevdiğimi de biliyordu, konuşması devam ettikçe yavaş yavaş sinirlenmeye başladığımı hissettim, ben Prag'a gitmeyi yeğlerdim, niçin bana soran olmamıştı? Kocalarının sürprizlere, hediyelere boğduğu kadınları hep kıskanıp durmuştum, şimdiyse kendi başıma gelmişti, ne kadar otoriter ve saygısızca bir davranıştı bu, bana kalsaydı tarihî Prag'ı ziyaret ederdim, hem de şimdi değil, başka bir tarihte, şu sıralar başsağlığı ziyaretleri yapmam gerekiyordu, midemin bulandığını fark ettim, masadan kalıp tuvalete koştum, küçük aynanın karşısına geçip, soğuk suyla yüzümü yıkadım, insanoğlu yaşamında kaç kez yeni bir başlangıç yapabilirdi, kaç kez yeniden deneyebilirdi?

Masaya döndüm, ıslak yüzümü görünce şaşırdı, ağladım sanmıştı, sordu, seni yaralayan bir şey mi söyledim? Çok özür dilerim, benim küçük su farem, senin iyiliğin için elimden gelen her şeyi yapıyorum, fakat çoğu kez de yanlış yapıyorum, konuşmak, ona söylemek istedim, elinden gelen her şeyi yapma öyleyse, düşün daha iyi, demek, ancak ben de biliyordum, bunun gerçek olmadığını. Bir şey yapmadan önce daha fazla düşünse ne olurdu, bunun faydası olur muydu, sanmıyorum, onun eksikliği az düşünmesi değil, daha başka olamamasıydı, belki bu da yeterli olmazdı, çünkü öncelikle değişmesi gereken bendim, fakat nasıl başaracaktım bunu? Belki bunu İstanbul'da başarırdım, bambaşka bir insan olurdum, o da değişirdi, tüm yaşamımız değişir, başka olurdu, birdenbire bu yolculuğu bir görevmiş gibi canlandırdım gözümün önünde, eğlence değil, bir ceza yolculuğu olacaktı, bizi kaynaştıracak ve birleştirecekti, o anda orduya yazıldığım günü anımsadım, korku ve gurur duyguları içinde sırtım dik, göğsüm kabarık sert adımlarla, sol, sağ, sol, sağ, hemen masayı topladım. Dikkatle bana baktı, bütün hareketlerimi izledi, sonra da, duşun altına giriyorum, diye konuştu, sesinde bir neşe vardı, belirli bir anlam da, sanki benim için duş alacakmış gibiydi, istersen benim yanımda oturursun, eskiden olduğu gibi, anımsadım, geçmişte, umutlar beslediğimiz o yıllarda, Yoni duş alırken klozetin kapağında oturduğumu, onunla konuşurduk, havadan sudan, önemsiz konulardan söz ederdik, neredeydi, ne olmuştu, nasıldı gibisinden konuşur, aşkımızın günlerini geçirirdik, düşündüm, öldüğünde o anlarımızı anımsayacak, onların hasretini çekecektim, onun değil, çabaladım, sesini anımsamak istedim, o duş alırken suyun şıkırtısının içinden sesi nasıl duyulurdu, cansız, keyifsiz mi, düşündüm, hayır, o günlerde güzel, canlı bir sesi vardı, ümit doluydu sesi, ne kadar sürmüştü o günler?

Banyo güzel kokuyordu, düşündüm ve gülümsedim, son haftalarda duş alan erkekleri seyretmekle çok zaman geçirmiştim, istesem erkeklere duş alırlarken eşlik etme görevini üstlenebilirdim, duşun perdesini araladı ve bana gülümsedi, kıvırcık saçları ıslandı, uzadılar, düzleştiler, konuştu, sanırım telefon çalıyor, dedi, gidip açsana, boş ver, dedim, bırak çalsın, fakat o, belki babamdır, bize iyi tatiller demek istiyor olabilir, çıktım banyodan, yürüdüm kuru ve soğuk odada, telefon çalmaya devam ediyordu, açmaya hiç niyetim yoktu, yine de elimi uzattım ve açtım, hattın öteki ucunda o kısık, sigara dumanı dolu, sevilen, nefret edilen, yanan, baştan çıkaran sesi duydum, Ya'arah, dedi. Bir an konuşmadım, bilinçli, adımı bir kez daha söylemesini istedim, anımsamış olmasına da şaşırmadım değil, gurur da duydum, Ya'arah, konuştum, evet Aryeh, dedim, nefesini hissettim, evde olacağını ummuştum, diye konuştu, o anda kanımın akışını durduğunu fark ettim, sevinç ve hüzünden, sordum, yalnız mısın, telefonda başka sesler de duymama karşın, yalnız sayılırım, sordum, ne zaman dönüyorlar, yakında, dedi, akşama, bir an sustu, ikimiz de konuşmadık, sonra sordu, bu gece bana gelir misin? Ağır ağır konuştum, kelimeler ağzımın içini acıtıyordu, gelmemi gerçekten istiyor musun? Evet, dedi, durdum, sonra, peki, gelmeye çalışacağım, dedim ve telefonu kapattım.

Telefonun yanında durdum, tüm vücudum titriyordu, düşündüm, nasıl oluyordu da hüzünlü gününde beni arıyor, tam balayına çıkacağım anda her şeyi berbat edebiliyordu, saygısızlık değil miydi bu davranışı, fakat sanırım bunu yapmakla suç işlemiş sayılmazdı, o yalnızca beni istiyordu, ben de bunu beklemiyor muydum, ilk andan, onu ilk kez annemlerin kapısında gördüğüm günden bu yana, bir şeyi daha anımsadım, annemim söylediklerini, yoksa yengem mi söylemişti, göreceksin, demişti, bir hafta geçmeyecek bir yenisini koluna takacak, düşündüm, şimdi o kadın ben oluyordum, belki rastlantıydı, belki de başka biri koluna girmek istememişti, bu gece ona gidersem Yoni'ye ve balayı yolculuğumuza ne olurdu, gitmezsem bana ne olurdu?

Sinirlerim gergin ve kafam karmakarışık banyoya döndüm, bıraktım kendimi klozet kapağının üzerine, sakladım sıcak buharların içine, düşümde onun sesini dinledim, uzaklardan bir yerden, derin bir kuyunun içinden gelen sesini, kim diye soruyordu, yanıtladım, ah, önemli değil, dedim, o anda bir şey uyduracak güçte hissetmiyordum kendimi, düşünmeye devam ettim, kıyamet günü mü geliyordu, dehşet dolu, yargılanacaktım, sorgulanacak ve boyunduruk altına alınacaktım. Bir şey mi oldu, diye sordu, sesi neşeli ve berrak çıkmıştı, hemen konuştum, yok dedim, bir şey olmadı ve bu lanet olası durumu düşündüm, nasıl bir yaşamdı benim ki, iki armağan koyuyordu önüme, fakat benim birini ötekinin uğruna elimin tersiyle itmem gerekiyordu.

Peki, ya ben ikisini de istiyorsam, hem bu hüzünlü anında yanında olmak, hem de İstanbul'a gitmek istiyorsam, ne olacaktı, mutlaka ikisinden birini seçmek zorunda mıydım, bu zor duruma böylesine çabuk düşeceğim hiç aklıma gelmemişti, hazırlıksız yakalanmıştım, ne yapacağımı, neye karar vereceğimi bilemiyordum. Sanırım bu durumda karar verememek bile karar vermek demekti, beni istediği anda ona gitmezsem treni kaçıran ben olurdum, hem de ömür boyu, kalın, fakat yumuşak sesini bir daha hiç duymazdım, Ya'arah, demişti az önce, Ya'arah gel bu gece bana.

Geçmişin tüm günlerini anımsadım, o ilk gördüğüm andan bu yana, sokaklarda ve dükkânlarda onu nasıl aradığımı, onu nasıl istediğimi ve onun beni istemesini nasıl arzuladığımı, şimdi ise beklediğim o an gelmişti, niçin ve nasıl, bu artık önemli değildi, önemli olan tek şey, onun şimdi beni istediğiydi, Yoni, havlu, diye seslendi, dışarı çıktım, elbise dolabının önünde durdum, fakat ne aradığımı bilmiyordum, bütün çekmecelerini karıştırdım, ne istemiş olduğu aklıma gelir diye ümit ettim, çekmeceleri yukarıdan aşağı, aşağıdan yukarı altüst ettim, karmakarışık yaptım, sanki giysilere artık veda ediyordum, aynı anda anımsadım, bu dolabı nasıl birlikte monte ettiğimizi, onun için dümdüz durmuyordu, biraz çarpıktı, Yoni arada sırada, tekrar söküp, yeni baştan birleştirmemiz gerek diyordu, ben de her defasında, seni üzen başka şey yok galiba, yanıtını veriyordum şaka yollu, Yoni de bunun üzerine, seni de tekrar parçalara ayırmalı ve yeniden birleştirmeli, yanıtını verirdi, ne de olsa sen de biraz çarpıksın, o anda arkamdan bana sokuldu, çıplak ve de ıslak, öfkeli konuştu, ne oluyor sana, nerede kaldı havlum, mırıldandım, affedersin, dedim, havluların durduğu çekmeceyi aradım, fakat bulamadım, beni kenara itti, sertçe, işte dedi, burada, gözünün önünde, neyin var senin, çekti aldı bir banyo havlusunu, fakat niçin almış olduğunu o da unutmuştu galiba, olduğu yerde duruyordu, çıplak, havlu elinde, sular damlıyordu.

Bakışlarımı vücudunda gezdirdim aşağıdan yukarı, çekmeceleri inceler gibi, onu dolaba benzettim, vücudunun her parçasına başka bir şey yerleştirmiştim, en aşağıdan başladım, tabanı düz ayaklarından, şaşılacak incelikteki ayak bileklerine çıktım, kırılacak kadar ince olduklarını yeni fark ettim, üzüldüm, sonra bembeyaz bacakları yükseldi, yukarı çıktıkça kalınlaştılar, tüyleri siyah, dizler kaba ve kırmızımsı, baldırlar yumuşak, ortalarında kara tüyler, yumurtaların derisi kırışık, erkeklik organı hafif yana sarkmış, pembemsi, popo geniş, sonra kalçalar, yüksek, sarkık karın küçük, tüysüz göğüs, hafif düşük omuzlar, adaleli pazılar, dirsekten aşağısı beyaz vücuda yapışmış gibi duran, başarılı yapılmış protezleri andıran kollar, bu kollar, günün birinde çocuğumuz olursa acaba nasıl tutar, diye sık sık düşünmüşümdür.

Boynuna geldiğimde kurulanmaya başladı, yavaş yavaş, sanki bana çıplaklığına veda etmem için olanak tanıyordu, belki onu yine görecektim, fakat çıplaklığını görmeyecektim, uzandı dolaptan beyaz bir külot ile beyaz bir fanila aldı, giydi onları ve yatağa girdi, ben kalakaldım geride bıraktığı ıslaklığın ortasında, ne söyleyeceğimi bilemiyordum, her şey bir an içinde parçalanıp yıkılmıştı, onları nasıl yine bir araya getirecektim?

Baş ucu masasının çekmecesinden çalar saati çıkardı ve konuştu, bavulu hazırla, yarın sabah saat yedide havaalanında olmamız gerek, yürüdüm, dolaba gittim ve elime ne geçerse, ne olduğuna bakmadan aldım ve bavula tıkıştırdım, makyaj takımlarını da, kremlerimi de, yatakta duran kitabı, ayakkabılarımı, sandaletlerimi de bavula attım, o güldü, yazdan önce döneriz, diye konuştu, çizmelerini alsan daha iyi olur, çizmeleri de tıkıştırdım giysilerimin arasına, sandaletlerimi çıkarmadan ve telefonun çaldığını duydum, düşündüm, belki Aryeh'ti, çağırdığına pişman olmuştu, bir an bunu ümit bile ettim, şimdi pişmanlık duygusu içindeyse daha iyi olurdu, kimi şeyleri şimdi düzeltmek kolaylaşırdı, fakat o değildi, annemdi telefon eden, bağıra bağıra konuştu, söyle bakalım, nasıl buldun sana hazırladığımız sürprizi? Konuştum, çok teşekkür ederim, anne, fakat benim size hazırlayacağım sürprizin yanında bu hiçbir şey değil, annem güldü, sonra da bana güvenmiyormuş gibi sordu, ne demek istiyorsun? Hiçbir şey, dedim, günün birinde size borcumu ödeyebilirim inşallah, annem sözümü kesti, bırak böyle şeyleri, dedi, biraz yardım edebildiysek sevinç duyarız, baban da sana iyi tatiller diliyor, ikimizden de öpücükler. Ayaklarımın ucuna basa basa yatak odasına döndüm, onun bu arada uyumuş olacağını ümit ederek, fakat uyanıktı, yan yatmış, baş ucu lambasının güçsüz ışığında turist rehberini okuyordu, nemli kıvırcık saçları parıl parıldı, bana baktı gözlerinde bal, seni az önce üzdüğüm için affedersin, dedi, budalacaydı davranışım, boş ver Yoni, diye konuştum ve yatağa girip, arkamı döndüm. Ellerini hissettim sırtımda, duruyorlardı ne yapacağını bilemiyor gibi, okşayayım mı yoksa masaj mı yapayım, diye sordu, sinirlendim, ne de olsa sırt benimdi, onun değil, niçin dokunuyordu bana, küçük bir çocuk gibi konuştum, sırtım bana ait, dedim, arkadan bana sokuldu, vücudu vücuduma dokundu, sordu, ne dedin, diye sordu, yanıtladım, yorgunum küçük kunduzum, konuştu, uyu öyleyse, küçük su farem, yarın nehrin öteki kıyısına yelken açıyorsun.

Bendim onu bu saçma benzetmelere alıştıran, nehir kıyısındaki çayırlarda yaşayan o hayvancık adlarına, ordudan getirmiştim onları, orada kız arkadaşlarla aramızda böyle konuşurduk, Yoni'yi de çabucak alıştırmıştım tanışmamızın ardından, ne olacak, dedim, kunduzum korkuyorum, yavaşça konuştu, korkma küçük su farem, dedi, yarından sonra her şey değişecek, parmakları sırtımda gezindi, aşağılara indi, vücudumu kapladılar, fakat bu aramızdaki çocukça konuşmalara hiç de uymuyordu, tıpkı bir pornografik filmde Pinokyo'nun sesini kullanmaları gibi, Yoni durmadı, parmaklar gezinmeye devam etti, bir elini memelerime getirdi, diğeri bacak aramdaydı, denedi, ondan hiç de alışmadığım, ona hiç uymayan bir saldırganlıkla parmaklarını içeri sokmaya uğraştı, herhalde az önceki davetimin henüz geçerli olduğunu sanıyordu, hayır, o artık geçerli değildi. Az kalsın onu itecektim, fakat son anda vazgeçtim, dedim ki kendi kendime, boş ver, yaparsa yapsın, ne de olsa bu akşam son kez, döndüm ona doğru, açtım bacaklarımı, izin verdim girmesine, kaygandı dokunuşu, lastik gibiydi, her defasında prezervatif kullanıyor sanmıştım, ellerimi geçirdim poposuna, çektim kendime, sessizce mırıldandım, dua ya da tehdit gibi, bu kez son, bu son kez, o sordu, hoşuna gidiyor mu, bir daha ister misin? Yanıt vermedim ona, bir kez daha sordu, sikişmemizin ortasında sanki bağırıyormuş gibiydi, küçük su farem, konuşsana, benimse gözlerimden yaşlar akıyordu, bağırdım, evet, evet ve tırnaklarımı poposuna geçirdim, aynı anda geldi, bitti, bir çakalın uluması gibi uzun bir inlemeyle başı göğsüme düştü, minnettar sarıldı bana.

Kıvırcık saçlarını okşadım ve uyumasını bekledim, her zaman böyle olurdu, hemen uykuya dalardı, fakat bu kez konuşkandı, fısıldadı, seni böyle yakınımda hissedince o kadar mutlu oluyorum ki, konuştum, ben de, dedim, başka ne diyebilirdim o anda, usul usul konuşmaya devam etti, heyecanımdan uyuyamayacağım bu gece, bana kalırsa yarından sonra gerçek düğünümüzü yaşayacağız, bir şeyler söylemem gerekiyordu, bence de öyle, bir an için sustu, sonra sordu, evlendikten sonraki yıllarda bir başkasıyla beraber oldun mu ya da benzeri bir ilişkiye girdin mi? Bir anda içimde dalgalar oluştu, yükseldi, beni altına aldı, işte bu senin şansın diye düşündüm, anlat ona her şeyi, anlat ve yaşama yeniden başla, onu niçin uzun süredir bazı şeylerden esirgiyorsun, onu ve kendini, hayır, yapamayacaktım, gücüm yoktu, fısıldar gibi konuştum, hayır dedim, bunu niçin soruyorsun, yanıtladı, duygularım bana, bazı şeyleri kendine sakladığını söylüyor da, saçlarımı okşadı, önemli değil Ya'arah, seni malım gibi görmüyorum, bilmek istedim, hepsi o kadar, konuştum, bilmek isteyecek hiçbir şey yok, haydi, uyuyalım artık, küçük kunduzum, sırtını döndü, ışığı söndürdü ve iyi geceler, benim küçük su farem, dedi.

Biliyordum, bu sesi bu kelimeleri söylerken bir daha duymayacağımı, yattım karanlıkta, hiç hareket etmeden, nefes bile almadan, sakinleşmeye uğraştım, kendi kendimi inandırmaya çalıştım, daha geç değil, bu sıcak yatakta kalabilirsin, ertesi sabah havaalanına gidebilirsin ve günün birinde koyun suratlı bir çocuk da doğurabilirsin, çabaladım bu düşündüklerimi kanıtlayacak ya da tam karşıtı olan yanıtlar bulmaya, kazanç ve zarar neydi, bilançosu var mıydı, düşündükçe, gözümün önüne listeler getirdikçe uykum daha çok kaçtı, kafam neredeyse çatlayacaktı. Sonunda karar verdim, eğer uykuya dalarsam, bu kalmamın göstergesiydi, fakat uyuyamazsam, gitmem gerekecekti. Çabaladım güzel şeyler düşünmeye, uykuya dalmaya, fakat ruhum karmakarışıktı, sanki bir yaban atı çifteler atıyordu çevresine, karnıma ağrılar girdi, arttı, yaban atları arttı, sürü oldular, her saniyede bir at dünyaya geliyordu, karanlığın atları, ölüler dünyasının, kanın ve sislerin atları nemli çimenlerde otluyordu. Daha fazla yatamazdım burada, sessizce kalktım, banyoya geçtim, soğuk suyla çabucak yıkandım, yatak odasına geri döndüm, ona baktım, nefes alışları sakin ve düzenliydi, uyuduğuna emin oldum, bir an için hiç kımıldamadan durdum, acı ve korku dolu seyrettim onu, hasta bir çocuğa bakar gibi, elime bavulu alıp, oturma odasına geçtim, karanlıkta bavuldan rasgele çıkardığım giysileri üzerime geçirdim, sonra kapının yanında durdum, bir parça kâğıt ile kurşunkalem buldum ve "seninle balayına gidebilmeyi çok isterdim", sözlerini karaladım.

IX

Dışarıda gece yatakta gözümün önüne getirdiğimden, hissettiğimden çok daha başkaydı, daha az karanlık, daha az acımsı, kışın kapıda olduğu artık seziliyordu, düşündüm, ilkyaz beni kim bilir nerede bulacaktı, yaz da, lanet okuduğum o kaldırımlarda bavulu arkamdan çektim, içi ağzına kadar sutyenler, külotlu çoraplar ve külotlar doluydu. Birkaç taksi yanımda durdu, fakat ben yürümekte ısrarlıydım, bu soğukta ter içinde, hiç kimseyle konuşmak istemiyordum, ağır ağır yürüyecek, yenginin o güzel duygularını içime sindirecektim, dükkânların önünden geçerken, trafik ışıklarında, sokak tabelalarının karşısında, hepsine teker teker selam verecektim, fakat huzursuzdum da, bakışlarım sürekli çevremde, acaba peşimden gelen var mıydı, sanki kulağıma onun sesi geliyordu, fısıldadığını duyar gibi oluyordum, benim küçük su sıçanım, gel bana geri, gel. Niçin böyle alçak sesle konuşuyordu, onu duymamı istiyorsa niçin haykırmıyordu, bir fısıldama, gittikçe kaybolan kelimeler, durmam gerekti, eğildim, yerin altından bir yerlerden geliyor gibiydi, duymaya çabaladım, yıkıntı altında kalmış insanların toprak üstünden duyulan sesleri gibiydi, gittikçe zayıflaşan, sonunda onlara ulaşıldığında hiç duyulmayan, öldükleri için.

Dar kaldırıma oturdum, hüzün dolu ve düşündüm, henüz geç

değil, geri dönebilirdim, mutlaka daha uyanmamıştır, çok hızlı yürüyüp eve gider, çabucak soyunur ve yatağa uzanabilirdim, sanki hiç yataktan çıkmamış gibi, Aryeh beni çağırmış olduğunu, sanırım çoktan unutmuştur, etrafıma bakındım, bir işaret aradım, tapınağın tahribatına dek bir yıl boyunca, kış ve yaz, gece ve gündüz yerinden hiç kıpırdamadan Kudüs'ün üzerinde duran, hep ışıl ışıl parıldayan kılıç şeklindeki o yıldızı aradı gözlerim gökyüzünde, sonra yine ayağa kalktım ve kararlı adımlarla yoluma devam ettim, bu fırsatı kaçıramazdım, az sonra kapısının önünde duruyordum, nefes nefese çevremdeki sesleri dinledim.

Karşı daireden bebeğin ağlamaları duyuluyordu, bakıcılık yapmak için annesine teklifte bulunmuş olduğumu anımsadım bir an, Even ailesinin oturduğu dairedeyse ses seda yoktu, çekine çekine kapıya vurdum, sanki okşuyordum, tanıyordum bu kapıyı, belki de Aryeh'nin yüzünden daha yakındı bana o, birden açıldı, karşımda duruyordu yüzü, karanlık ve ciddi, içeri girdim, kapıyı arkamdan hemen kapattı, elimden tuttu yatak odasına götürdü, oda bana değişmiş gibi geldi, yatakları birleştirmişti, yatak çarşafları ve yorganlar renkliydi, çiçekliydi, baş uçlarındaki büyük yastıklar yumuşaktı, tahtadan küçük komodinlerin üzerine yuvarlak gece lambaları konmuştu, birinin yanında sigara izmariti dolu küllükle içki bardağı gözüme ilişti, öteki komodinin üzeri boştu, bavulumdaki kremleri yerleştireyim diye bekliyor gibiydi. Bunu nasıl başardı, diye bir an düşündüm, daha dün akşam bu odada hastane havası vardı, şimdiyse tertemiz, pırıl pırıl ve renkler içinde, ancak İstanbul'daki otel odam böyle güzel olabilirdi, fakat aynı anda içim öfkeyle doldu, kızdım ona, karısının izlerini ne çabuk da yok edivermişti, düşündüm, onunla otuz yıla yakın birlikte yaşamış olan karısının anılarını bir günde böylesine silip atabiliyorsa, ben, diyelim ki bir yıl beraber olduk, kim bilir ne kadar çabuk yaşamından yitip gidecektim.

Nasıl becerdin bütün bunları, diye sordum, sanki özür dilermiş gibi konuştu, pek derli toplu olmadı, fakat eski durumuna getirdim odayı, hepsi o kadar, çevreme bakındım, biraz ürkek, bana kalsa eski durumu daha güzeldi, o eşyalar hoşuma gitmişti, bavulu yere bıraktım ve üzerine oturdum, havaalanında uçak beklermiş gibi, dudaklarında alaycı bir gülümseme önce bavuluma baktı, sonra da bana, sordu, benim için sürprizlerle mi dolu, birden utandım o koskoca bavulu beraberimde getirdiğime, o bir geceliğine çağırmıştı, bense bavul dolusu giysiyle gelmiştim, Mary Poppins gibi.

Göster bakayım, diye konuştu, beni oturduğum yerden kaldırdı, bavulu açıp, içindekilere baktı, tek tek eline aldı giysilerimi, iç çamaşırlarımı, dikkatle inceledi, hepsi de siyahtı, fena sayılmaz dedi ve gülmeye başladı, çok utandım, yatağın kenarına oturdum, başımı dizlerimin arasına koydum, neredeyse ağlayacaktım, birden öksürmeye başlamasını çok arzuladım, belki o zaman gülmesi kesilirdi, geldi yanıma oturdu, bir kolunu omzuma koydu ve, sana hakaret etmek istemedim ki, diye konuştu, gülmem de sana değil, bavulla gelmene sevindim, sana söz veriyorum, getirdiğin tüm giysileri kullanmadan bu evden dışarı çıkmana izin yok, sonra eliyle başımı tuttu ve kaldırdı, yüzüme baktı, beni güldürmene de seviniyorum dedi, ne de olsa hüzünlü insanları teselli etmek sevaba girmek demektir.

Fakat sen hiç de hüzünlü biri insan izlenimini uyandırmıyorsun, dedim, birden öfkelenmiş gibi sesini yükseltti, nefret ederim, bir başkasından nasıl duygular beslemem gerektiği üzerine emir almaktan, dedi, istediğim zaman istediğim şekilde hüzünlenirim ben, işte bu nedenle on dört yaşımda evi terk etmiştim, o yaştan sonra da hiç kimse bana söz geçirmeye kalkışmadı, anladın mı? Kimse söyleyemez ne zaman neşeli olacağımı, ne zaman da hüzünlü, şimdi seviniyorum iç çamaşırlarını gördüğüm için, onun daha uzun süre acı çekmediğine de seviniyorum, nefes almadan ağzından çıkmıştı bu sözler, devam etti, beni üzen, şimdi yaptığına ödemen gereken o yüksek bedel, eskiden derlerdi ki, aşk bedavadır, hayatımda duyduğum en budalaca söz. Bedava aşkmış? Aşktan daha pahalı bir şey yoktur insanoğlunun yaşamında.

İnandırıcı, fakat önüne geldiği yerde sık sık tekrarlamaktan bana biraz aşınmış izlenimini veren konuşmasını bitirdi, ayağa kalktı, mezarlıktaki törende giymiş olduğu pantolonu ayağından çıkardı, külotuyla yatağa uzandı, yanını boş bıraktı ve suratında rahatsız edici, o alaylı gülümsemesi, konuştu, düş kırıklığına uğramış gibisin Ya'arah, dedi, sen sikişmeye geldin, fakat onun yerine ben sana konferans veriyorum, bir an için sustum, yatağa uzandım, şöyle bir gerindim ve niçin düş kırıklığına uğrayacakmışım, dedim, anlattıklarını hep ilgiyle dinliyorum. Gerçekten de benimle konuşması, benden söz etmesi bana her zaman sıcaklık vermişti, sakinleştirmişti. Hep böyle düşünmüştüm, karşısındakine mesafe koyan suskunluğu değildi beni çeken, biliyordum ve bunu bildiğim için de kazançlı bendim, yengi benimdi, ağzından çıkan o güçlü, meydan okuyucu sözleriydi beni çeken, o sözlerdeki her kelimeydi, onları söylerken ağzını açışı, dilinin hareketiydi, dudaklarının birbirine dokunuşu, aralarındaki sigarayı tutuşuydu, eline aldı ve bana uzattı, dikkat et, diye mırıldandı, normal bir sigara değil, içine biraz teselli karıştırdım.

Esrar bana tesir etmez, dedim, ne de olsa geçmişte birkaç kez denemiş ve her defasında da düş kırıklığına uğramıştım, etkisini hissetmemiştim, fakat bu kez başkaydı, sigaraya kattığı başka bir şey miydi, yoksa ben mi bir başkaydım, çünkü o anda güçlendiğimi fark ettim, sınırsız bir güç tüm vücudumu sardı, güneş yanığı tenini yukarıdan aşağı yalayabilirdim, ona sokuldum ve başladım yalamaya, duygularım uyandı, sanki inanılmaz bir arkeolojik buluntu elime geçmişti, kırılmış, sağa sola saçılmış tüm parçalarını bir araya getirmiştim, şimdi de tükürüğümle onları birbirlerine yapıştırıyordum, az sonra bilecektim ortaya neyin çıkacağını, gözlerimi hemen açmamalıydım, sonra, işim bittikten sonra.

Yatıyordu, hiç hareketsiz, taş heykel örneği, birkaç kez sessizce güldü, gülmesi beni rahatsız etmedi, hatta sevindim güldüğüne, daha doğrusu gülecek bir şey olduğuna, sonra yavaşça, çok yavaş birbirine yapıştırdım uzun, dar bacaklarını, birleştirdim onları, baldırları arasına da o güzel, dimdik önümde duran organını sıkıştırdım, sonra yukarılara çıktım, ağzımda tükürüğüm kalmamıştı, son mu verecektim yapıştırmaya, hayır, çaba gösterdim, başladığım işi bitirmeliydim, onu başsız ve omuzsuz bırakamazdım, devam ettim ve bitirdim. Ortaya çıkan eserimi gururla seyrettim, ne güzel olmuştu, yepyeni bir insan duruyordu karşımda, tüm parçaları şimdi doğru yerlerine konmuştu ve düşündüm, acaba Tanrı da Adem'i yarattıktan sonra aynı duyguları mı yaşamıştı, heyecanlandım, ne de olsa Tanrı ile benim aramdaki çaba ortaktı, vücudum ateş gibi yanıyordu, aşağılarda bir yerde yangın vardı, tuttum elini ve dokun, dedim, bak yanıyor, sobanın sıcaklığını hisset, elini uzattı, bana dokundu ve üzerimdeki giysileri tek tek çıkarmaya başladı, mırıldandı, kaygılı, ateşin düşmesi gerek, dedi, bu çok tehlikeli, bardağındaki buzu aldı, yaladı ve yavaş yavaş içeri itti, sonsuz duygularla titredim, buz parçasının içimde nasıl erdiği hissettim, bir an için düşündüm, işte seni böyle erittim, sevgili, en sonunda sen de eridin.

Yataktan çıktı, bavulumu karıştırdı, kısa bir jüpon buldu, ağ gibi örülmüş, yanıma geldi, küçük bir çocuğa giydirir gibi giydirdi, çırılçıplak vücuduma, yukarı çekti göğüslerime doğru, bavuldan siyah ipek bir külotlu çorap da aldı, yukarı kaldırdığı saçlarımı o çorapla bağladı, eğilip, enseme öpücükler kondurdu, aşağılara indi, dudaklarını memelerime dokundurdu, incecik ağ gerildi, parçalanacak gibiydi, bir yandan da sanki usul usul gülüyormuş gibi sesler geliyordu kulağıma, tilki tıslamalarıydı, yoksa ben mi öyle sanıyordum, acaba gülen ben miydim, kutsal tapınağın yıkıntıları arasında dolaşan tilkiler gülüşüyordu.

İnce ağ vücuduma tel örgü ağırlığında gerilmişti, yatak sağa sola hareket ediyordu, dalgalarda sallanan kayık örneği, nasıl da güçlü sallanıyordum, tutukluları bir yerden başka bir yere götürmekte olan kayığın içinde ben de vardım, ne tuhaftı, ucu bucağı görünmeyen denizin ortasında tutukluydum, özgürlüklerin en büyüğünde. Fakat beni hapishaneye değil, İstanbul'a götürüyorlardı, padişahın sarayına satacaklardı, oradan hiç çıkamayacak, hep sarayın dört duvarı arasında kalacaktım, padişah da ömür boyu benimle ne isterse yapacaktı. Sonra onu gördüm, yatağın kenarına oturmuş, bir sigara yakmıştı, uzakta, benden çok uzaklardaydı, boğuk bir sesle sordu, biraz daha teselli ister misin? Evet, dedim, yumuşak bakışlarla beni süzdü, sormak ile yanıtlamak arası konuştu, sen üzgünsün, dedi, ses tonu kupkuruydu, anlamsızdı, sanki, bana para bozar mısın, diye soruyordu, sokuldum ona, başımı dizine bıraktım ve ben de hüzünlüyüm, diye mırıldandım.

Niçin, diye sormadı, sadece sigarayı uzattı, çok teselli doldurdum diye konuştu, eliyle saçlarımı okşadı, sanıyorum bu yatak daha fazla hüzünlere katlanamaz, sonra birden ayağa kalktı, irkildim, sordum, nereye gidiyorsun, fısıldadı, çiş yapmaya, o anda fark ettim, ikimiz de fısıldayarak konuşuyorduk, sanki birisini uyandırmamaya dikkat ediyorduk, sordum, niçin fısıldıyoruz, yanıtladı, fısıldadığımızı hiç sanmıyorum, sen az önce birkaç kez haykırdın, sanırım komşu yataktan düşmüştür, utanarak sordum, kötü bir şey mi yaptım? Yanıtını duymadım, çiş edişini duydum, tekdüze bir ses, sonra odaya döndü, meraklanma, diye konuştu, üzüntümden saçlarımı yolup, haykırdığımı sanmıştır.

Yine yanıma uzandı, aniden bana sarıldı, hızla çekip üzerine oturttu, hareketleri kabacaydı, iki eliyle kavradı, yukarı aşağı hareket ettirdi vücudumu, sanki içi kumaş dolu bir oyuncak bebektim, yukardan aşağıya, aşağıdan yukarıya, düz çarpık, attı tuttu, hızlı yavaş, acı duyuyordum, sanki kızlığım bozuluyordu, o ilk günü bir kez daha yaşıyordum, boş bira kutuları ve kömür parçaları arasında, ona köle gibi teslim olmayı seviyordum, baskı altına girmeyi, hiçbir şeye karar veremeyecek duruma getirilmeği seviyordum, popom sağa sola, yukarı aşağı gidip geliyordu elimde olmadan, haykır şimdi, diye sesini yükseltti, haykır tatlım, duysun herkes senin ne kadar hüzünlü olduğunu ve ben haykırdım, o emrettiği için, bu isteğimin dışındaydı, bir inançtı, ne söylerse söylesin o anda yapabilirdim, bana, tatlım demesinden de rahatsız olmadım, hüzün haykırışlarım, ona boyun eğmem tatlılık fışkırıyordu, dalga dalga akıyordu, baldan bir yatağa atmışlardı beni sanki, içime giren hareketleri gittikçe yumuşadı, kıvrıldı, uyuması için bacaklar arasında yatırılan bebek örneği gözlerim kapandı, her erkeğin yanında uyuyabilen kadınları düşündüm, erkek ona, seni ömrüm boyunca seveceğim, demese bile rahatça uyuyan o kadınları, içimi sıkıcı bir duygu kapladı, bir şey bulmuştum o gece, unutmamak için hemen bir kenara yazmalıydım, fakat gözlerim kapandı, onları açacak gücüm yoktu, uyuya kaldım, tekrar uyandığımda ise ne yazmam gerektiğini unutmuştum.

Büyük odada yalnız başıma yatıyordum, dehşetle irkildim, saate göz attım, saat dokuzdu, uçağımız şu anda havalanıyordu, mutlu çifti İstanbul'a götürecek uçak, başıma ağrı saplandı, düşündüm, ne yaptın sen, ne yaptın, ne yaptın, hemen telefonu aldım, evi aradım, sadece onun sesini duymak istiyordum, sesinden durumu bilmeliydim, fakat kimse açmadı telefonu, sanırım balayı seyahatine tek başına çıkmıştı, birden gülmeye başladım, balayımızı kendi kafamıza göre kutluyorduk, ayrı ayrı yerlerde, istediğimiz gibi, fakat aynı anda fark ettim, bunda gülecek ne vardı, şaka değildi, gerçeğin ta kendisiydi, fakat artık değiştirebileceğim bir şey yoktu, uçağa da telefon edip, gel buraya, diyemezdim, gel, çıkar beni yataktan, bir şey yapamazdım, hiçbir şey. Ayağa kalktım, üzerimdeki jüponun ağları parçalanmıştı, vücudum ellerinin bıraktığı izlerle doluydu, tüm adalelerim de saatlerce jimnastik yapmış gibi ağrıyordu, sallana sallana banyoya gittim ve sıcak suyla güzel bir duş aldım, sonunda nefesim tıkanır gibi oldu, suyu kapattım, duştan çıktım, tüm vücuduma krem sürdüm, ten rengi geceliğimi üzerime geçirdim, bitkindim yorgunluktan. Panjurlar kapalıydı, açmağa cesaret edemedim, eve bir yabancıyı saklamış olduğunu kimse görmemeliydi, o anda salondan boğuk sesler duyuldu, arada bir onun kalın sesini de duyar gibi oldum, bir kadın da konuşuyordu. Kapıya gittim, daha iyi duymak istiyordum, aralayıp dinlemeliydim, fakat kapı kilitlenmişti.

Sırtımı kapıya dayadım, öfkemden ve utancımdan kuduracak gibiydim, kim oluyordu o, ne sanıyordu kendini? Padişah mı? Beni sanki malıymışım gibi yatak odasına nasıl kilitlerdi, kim bilir öteki odalarda ne oluyordu, belki de her odaya bir başka genç kadın saklamıştı, yeni başladığı dulluk dönemini hepsiyle tek tek kutluyordu, başsağlığına gelmiş ziyaretçileri salona toplamış onlarla gözyaşı döküyor, evin diğer odalarında ise kıyamet kopuyordu! Benim gibi uysal birini de yatak odasına kilitliyordu, buradan çıkabilmem kelimenin tam anlamıyla onun acıma duygularına bağlıydı, beni burada unutursa, aç ve susuz saatlerce, beni yine anımsayana dek, kimse duymasın, ölünün anısı ve yatağının kutsallığı bozulmasın diye sesimi bile çıkarmadan burada bekleyecektim.

Her şeyden ümidi kesmiş banyoya yürüdüm, musluktan su içtim, sakinleşmek için yüzümü iyice yıkadım, sonra yine yatağa girdim ve her şeyi bambaşka gözlerle görmeye çabaladım, başka ne yapabilirdi, içerden kilitleyip, anahtarı bana bırakamazdı ya, çıkmadan önce niçin uyandırmamıştı, sanırım uykumu bozmak istememişti, kapıyı açık bırakmak da tehlikeliydi, annesi ya da kardeşi dolaba palto asmak, yatağa şöyle bir uzanıp dinlenmek için odaya girebilir ve beni yakalayabilirlerdi, şimdi o mutlaka tehlikenin azalmasını bekliyordu, bir fırsatını bulduğunda hemen yiyecek ve içecek bir şeyler getirecekti, benim de bir zamanlar Tirza Yenge'nin odasına, kocası ile yeni eşinin yemek masasından kalanları gizlice götürdüğüm gibi. Dışarıda neler olup bittiğini bilmek istiyordum, salondan gelen gürültüler birden arttı. Kapılar açılıp kapandı, sanırım şu sıra benim yanıma gelmeyecekti, ümitlenmenin yeri değildi, o anda birden adımlar duydum, yaklaştılar, kapının tokmağı hareket etti, aşağı yukarı birkaç kez, içeri girmek isteyen sonunda daha fazla denemekten vazgeçti, ben korkumdan ve utancımdan kıpkırmızı olmuştum, Tanrı'ya şükür, kapı kilitliydi, evdeki öteki tuvalet herhalde boş değildi, onun için her kimse, buradakine girmek istemiş olacaktı, keşke bende de bir anahtar olsaydı, o zaman dışarı çıkar, diğerlerinin yanında dururdum, başsağlığına gelmiş ziyaretçilerden biriymişim gibi, ne de olsa karısıyla en son konuşan bendim, hiç kimse bunu bilmese de bu böyleydi, belki olmaması gerekirdi, fakat olmuştu. Onlara yiyecek bir şeyler hazırlayabilirdim, tepsilerle getirir önlerine bırakırdım, ya da en azından kahve pişirebilirdim, en önce de kendime, ah, şu andâ bir fincan kahve için neler vermezdim, bu odadan kaçacak bir delik bulmalıydım, hapishaneden kaçmak isteyen bir tutuklu gibi hissediyordum kendimi, birinci kattaydık, pencereden dışarı tırmanıp, davetli misafir gibi yine kapıdan içeri girebilirdim, panjurları açtım, pencerenin önünde parmaklık vardı, sık dizilmiş demir çubuklar, aralarından dışarısını seyrettim ve kendi kendime, suç sende tatlım, dedim, şimdi İstanbul Hilton'un kahvaltı salonunda masaya oturmuş, ötelerde Boğaziçi'ni, köprüyü, Asya ile Avrupa'yı seyredeceğine demir parmaklığın arkasında durmuş bahçeye bakıyorsun, karnın açlıktan zil çalıyor.

O anda aklıma geldi, dün gece bana, tatlım dediği, niçin söylemişti, hem o kim oluyordu, iğrenç buldum o sözü, beni ne sanıyordu ki, düşünmeye devam ettim, o önemli değil, senin kendisine ne verdiğini görüyor, seni kendini sattığın gibi alıyor, yaptığının cezasını çekecek olan sensin, çünkü yaptıklarının tümüne karar veren de sensin, çok ucuza sattın kendini, hatta bedavaya, o kadar ki, o seni satın almaya razı, sen ise para vermeye hazırsın, sonra telefona uzandım, Yoni'yi yine aradım, belki gitmemiştir, evdedir, fakat telefon açılmadı, yine de bensiz tatile gitmiş olabileceğine inanamıyordum, sevgili Yoni, hüzünlü, acınacak Yoni, Yoni, benim yetim çocuğum, alın yazılarımızı bölüşüyoruz, o annesini yitirmişti, ben erkek kardeşimi, Aryeh de karısını, biz gerçekten acınacak büyük bir aileydik.

Düşündüm, bu ailede en çok acınacak acaba hangimizdik, önce Yoni'yi aklımdan geçirdim, balayı yolculuğuna tek başına gitmek zorunda kalmıştı, bu dul adam karısının mezar toprağı daha kurumadan çılgınca bir aşk hayatı yaşarken, evli barklı adamcağız balayı günlerini zavallı bir sokak köpeği gibi tek başına geçiriyordu, fakat yalnız giden, yalnız geri dönmezdi, bu nedenle yıllar sonra yapmak istemiş olduğumuz balayı yolculuğu, Yoni'nin İstanbul'da tanışacağı bir başkasıyla yapacağı öne alınmış bir balayı da olabilirdi, hatta bence bu kaçınılmazdı, aşk hayatının gizli yasaları bunu gerektiriyordu ve bu yasalara göre en sonunda acınacak tek kişi ben olacaktım, ne de olsa, hakkından bir dilim bile fazla ekmek isteyen sonunda aç kalırdı.

Ürperdim, şöyle bir etrafıma bakındım, bu yasaların tutuklusuydum , babamın laboratuvarındaki fareler gibi buraya hapistim, düşündüm, o yasalardan nasıl kaçabilir, alın yazımdan paçamı nasıl kurtarabilirdim, alın yazısı çocukların oynadığı, birbirlerine attığı toptu, topun çarptığı oyun dışı kalıyordu, saatime bir göz attım, acaba Yoni şimdi benden ne kadar uzaktaydı, fakat saatim hâlâ dokuzu gösteriyordu, bu olağan değildi, zaman yavaş da geçse, geçiyordu, bu benim şu andaki tesellimdi, az sonra farkına vardım ki, saatim durmuştu, dün geceki sarsıntılara mutlaka dayanamamış, bozulmuştu. Kendimi o anda daha da yalnız hissettim, saatin kaç olduğundan bile haberim yoktu, kahvaltıyı mı yoksa öğle yemeğini mi düşleseydim, içerdekilerin çekip gideceği andan da ne kadar uzaktayım bilmiyordum, tek bildiğim başsağlığı ziyareti yapanların genelde öğle saatlerinde evlerine döndükleri ve matemli insanın saat ikiyle dört arasında ziyaretçi kabul etmediğiydi, fakat matemli ailesi, diğerleri çekip gittikten sonra otele döneceğine öğle dinlenmesini belki burada yapacaktı, artık yalnız kalmış, saçlarını açık maviye boyamış kaynanaya biraz acımak, iyi davranmak gerekiyordu. Düşündüm, merak da ettim, acaba berbere mi gidiyordu yoksa saçlarını kendi mi yapıyordu, o incecik parmaklı elleriyle, aynı anda Joséphine'in cılız vücudu gözümün önüne geldi, mezara ne kadar kolay indirdikleri de, düşündüm acaba çocukluğunda nasıldı, şimdi annesi salonda oturmuş ziyaretçilere kızının çocukluğunu anlatıyordu, nasıl da yetenekliydi, terbiyeliydi, çok güzel piyano çalıyor, Baudelaire'in şiirlerini ezberliyor, Molière okuyordu, onun ağzından çıkan her şey ne güzel, ne tatlı dinleniyordu, gerçekten de bir çiçek gibi ölmüştü o, kuruyup solan, yaprakları tek tek dökülen bir çiçek, sonunda çöp tenekesine atılan.

Solmuş çiçekler beni hep depresyona sokmuştur, vazodan aşağı sarkan kurumuş çiçekler, sudan yükselen o iğrenç, tiksindirici kokular kişiye önemsenmezliği anımsatır, bu nedenle bomboş bir vazonun görünümü solmuş çiçekli vazodan çok daha çekicidir. Yoni bana her çiçek getirdiğinde, yazık olacak güzelliklerine demiştim, en geç bir hafta sonra ölüp gidecekler, ben onlara kıyıp da çöpe atana kadar bir hafta daha geçecek, nereden geldiğini hemen anlayamadığım o iğrenç koku evin içine yayılacak, ben vazodan geldiğini kavrayana kadar da, acaba bir yeri temizlemeyi mi unuttum diye düşünecektim, solmuş çiçekleri en sonunda atmaya karar verdiğimde, çöpe götürürken yaprakları ve tozları yere dökülecekti, kısacası çiçekler ev yaşamımı çok etkileyecekti, sonunda evde çiçek bulundurmamaya karar vermiştim.

İçerde olup bitenleri izlemeliydim, karar verdim, konuşulanları dinleyecektim, en iyisi böyle oyalanmaktı, kim bilir neler konuşuyorlardı, Joséphine üzerine anlattıkları pek ilgilendirmiyordu, ben şimdi ne de olsa damadın yanındaydım, gelinin değil, bunu niçin inkar edecektim, ölüm döşeğinde yatarken ona hayranlık duymuştum, öldükten sonra ise benim için artık normal bir kadındı, yaşamış ve ölmüştü, pencereleri demir parmaklıklı şu yatak odasını bırakmıştı geride, bana kalırsa ölümü yaşamından daha etkileyici olmuştu, duygusal yücelik göstermiş, bunun en son şansı olduğunu kavramış ve kullanmıştı, onu kullanmakta da haklıydı, bilmek istemiyordum kimi şeyleri, kraldan çok kralcı olmayı da.

Köşede duran iskemleyi aldım, kapının arkasına iyice dayadım ve oturdum. Önce karmakarışık konuşmalar duydum, ne söyledikleri doğru dürüst anlaşılmıyordu, iyice kulak kesildim, daha dikkatle dinledim, daha iyi duymaya başladım, odaya yeni bir misafir girmiş olacaktı, bir kadın, hepsi yüksek sesle onu selamladı, kadın sanki bağırır gibi konuşuyordu, genç birine benzemiyordu, sevindim, söyledikleri çok rahat anlaşılıyordu, anlatıyordu ötekilere, veterinerden geliyorum, hiç sorma ne oldu. Fakat dinleyenlerden biri sordu, acaba köpeği mi hastalanmıştı, kadın konuşmasına devam etti, hiç sorma, veterinere gittim, köpeğim erkek, ameliyat ettirmek, yani kısırlaştırmak istiyordum, onunla uğraşmam gittikçe güçleşiyor, kolay hayvan değil, benim de artık gücüm kalmadı, bütün tanışlarım, ameliyat ettir, rahatla, diyordu, kime anlatsam, senin için en iyisi bunu yaptırman, diye öğüt veriyordu, her neyse sonunda kalktık veterinere gittik, yatırdı hayvancağızı ameliyat masasına, narkozu da verdi, demez mi adam birden, siz kör müsünüz ne, bu köpek erkek değil ki, dişi, ben o anda şoke oldum, sanki kocama böyle demiş gibi, dilim tutuldu, hayvancağızı aldığımızdan bu yana hep erkek sanmıştık, peki, ne yapacağız şimdi, diye sordum, yine de ameliyat edeceğiz, dedi adam, hatta dişi köpeği kısırlaştırmak sizin açınızdan çok daha iyi, çiftleşme zamanı geldiğinde bir sürü yavru doğurmaz, siz de rahat edersiniz, öyleyse, dedim, iş başına, yapın ameliyatınızı, geçtim yan tarafa, bekleme odasına, adam az sonra telaşla içeri girmez mi, elinde köpeğin rahmi, hamileymiş, daha fındık iriliğinde dört bebeği gösterdi, haykırdım, koyun onları tekrar yerine, diye bağırdım, katil adam, o ise bana, sizinle köpeğinizi kısırlaştırmak için anlaşmıştık, şimdi benden başka bir şey isteyemezsiniz, hiç aklına gelmemişti ameliyattan önce köpeği muayene etmek, şimdi hayvanın içinden çıkardıkları oradaki çöpte, köpeğin rahmi ve dört yavrucuğu, köpek birkaç gün sonra tekrar kendine gelir, dedi, hayvanın hiçbir şeyden haberi olmayacak, fakat ben nasıl sakinleşeceğim?

Kadının bir an için hıçkırdığını duydum, doğruyu söylemek gerekirse üzüntümden ben de neredeyse kapıyı tırmalayacaktım, salondakilerin kadını yatıştırmaya çabaladığını duyar gibi oldum, şu anda en acınacak oydu, Joséphine'i filan düşünen yoktu, Aryeh'nin sesi de kulağıma geldi, unutmaya çalış diyordu, olan oldu, şimdi çocuk dünyaya getiremeyecek köpeğine dişi değil de erkek gözüyle bak, olayı o kadar trajikleştirme.

Köpeği ameliyat olmuş kadının sesi duyuldu yine, ne güzel, artık böyle düşünmeliymişim, sen de mi kendini hep böyle teselli edersin? Aryeh'in yanıtını duymadım, fakat bir başka kadın konuştu, genç sesli, soruyordu, kahve ister misin, Tami, o anda paniğe kapılmış gibi yerimden fırladım, kim olabilirdi misafirlere kahve ikram eden bu kadın, uzun sigara ağızlıklı yeğeni mi yoksa yaşamındaki bir sürü kadın dostundan biri miydi?

Kahve fincanlarını karıştıran kaşıkların sesi kulağıma geldi, Tami de bu arada sakinleşmiş olacaktı, bir süre hiç sesini duymadım, başkalarının da, sonra yine ilk konuşan o oldu, düşünebiliyor musunuz, günün birinde doktorunuz diyor ki, kocanız gerçekte bir kadın. Birden gözlerim karardı, bütün oda etrafımda döndü, ayağa kalkıp yatağa doğru sendeledim, ayağım bavula takıldı, yere kapaklanmamak için bavula tutundum, sanki Yoni'ye dokunurmuş gibi, bir an için özgür yaşamımın o yıllarını anımsadım, istediğim yere istediğim zaman gidebiliyordum, yere çöktüm, bavulu karıştırdım, eşyalarımı okşar gibi elime aldım, evimin kokularını içime çektim, sanki onlar özgürlüğün kokularıydı, baştan çıkarıcı iç çamaşırlarım arasında sert bir şey elime geldi, bana dekanın özel kitaplığından çıkarıp ödünç verdiği o mükemmel kitap, tapınağın tahribatının öyküsü, yanıma aldığımın farkında bile değildim.

Sarıldım kitaba, sayfalarında gezindim, eski dostlarımı yine buldum, mutlu oldum, sanki yabancısı olduğu bir evde aniden çok iyi tanıdığı tabloyla karşılaşmış biri gibi, kocasını aldatmış kadının, başpapaz olan oğlunun elinden kupayı alıp içmesini gördüm, karşısında durmuş bağırıp çağıran, hıçkıra hıçkıra ağlayan kocasını da, suçsuz olmadığına değil, suçlu olduğuna inandığı için, başkalarını da gördüm, papaz olan babası gözlerinin önünde vahşice öldürülen kızı da, suçlusu oydu, dehşetle haykırınca onu da öldürdüler, kanını babasının kanıyla karıştırdılar, böylece tüm aileyi yok ettiler, gözümün önünde, Marta'ya, Bitus'un kızına da rastladım, Sion'un öteki kızlarına da, hepsi sokakların çöpünde ümitsizce yiyecek bir şeyler arıyordu, sütunlara sarıldılar, ölüp yerlere düştüler, aralarında emekleyen bebekler de gördüm, annesini tanıyan kucağına tırmandı, memesine yapışıp sütünü emdi, sonra öldüler, bir an için komşu kadını ve çocuğunu gözümün önüne getirdim, ölmüş, kapının önünde yatışını, soluk koyun yüzlü oğlunun üzerinde emeklediğini gördüm, tepelerinde Kudüs'e yükselen Peygamber İrmiya'nın gölgesini, kesilmiş vücut parçalarına ağlayışını ve karalar içinde bir kadınla karşılaşmasını, kadının haykırarak teselli aramasını da gördüm, peygamber bağırdı, beni kim teselli edecek, diye, biz de o gecede bağırmıştık, sessizce, teselli, teselli, o benim kulağıma, ben de onun.

En çok da marangozun çırakla evlenmiş olan karısına rastladığıma sevindim, okudum bu öyküyü, birkaç kez, arka arkaya, satır aralarını tek tek inceledim, kocası onlara yemek ve içki taşırken, gözyaşları kadehe damlarken, acaba neler geçirmişti kafasından, kelimeler aradım cümlelerde. Kitabın sayfalarını iyice açtım, göğsüme dayadım, sarıldım ona, yorganı üzerimize çektim ve uyumaya çalıştım, yeter ki zaman geçsindi, bir an için uykuya dalmış olmalıydım, aniden kilidin içinde dönen anahtarın gıcırtısıyla gözlerimi açtım, yatağın içinde doğruldum, uyuya kalmış olduğumu sansın istemiyordum, içeri girdi ve hemen yanıma gelip durdu, parmağını dudaklarına koydu, sesimi çıkarmamamı istiyordu, gözlerinde vahşi bir bakış yatağın kenarına ilişti.

Şöyle bir bakındım, acaba bana yiyecek bir şeyler getirmiş mi diye, hayır, elleri boştu, soğuktu, memelerime dokundu, yüzünün hatları gerildi, yüzü deforme oldu, gittikçe yaklaştı, yaklaştı, o kadar yakınımdaydı ki yüzü, hiçbir şey seçemiyordum, gözlerini bile göremiyordum, geceliğimin düğmelerini koparır gibi açtı, ellerini kabaca vücudumda gezdirdi, elimi alıp, siyah matem külotunun üzerine koydu ve fısıldadı, onu ne kadar arzuladığını biliyorum, tatlım, ben de fısıldadım, çok arzuluyorum, konuştu, göster bana, ne kadar arzuladığını, düşündüm, ne demek istiyordu, pek anlamadım, arzumu nasıl gösterebilirdim, onu memnun etmek de istiyordum, elimi koymuş olduğu yerde hareket ettirdim, aşağı yukarı, ileri geri, fakat o birden ayağa fırladı, memnun etmedin beni, diye konuştu. Ne yapmalıydım, diye sordum, ağlamak üzereydim, yanıt verdi, isteyen ben değilim, sen ne istiyorsun, uslu bir öğrenci gibi, seni, diye mırıldandım, konuştu, öyle ise düşün kendini bana nasıl beğendireceğine, sana bu gece bir olanak daha tanıyacağım, kapıya doğru yürüdü, peşinden koştum, çıplak, beni burada bırakamazsın, diye mırıldandım, odadan çıkmak istiyorum, hayır dedi, ailem daha burada, salonda oturuyorlar. Hiç olmazsa bana yiyecek bir şeyler getir, diye rica ettim, önce bana ispatla dedi, beni ne kadar çok arzuladığını, içimde birden öfke yükseldi, yere diz çöktüm, saldırdım ona aç bir vahşi hayvan örneği, ısıran, tırmalayan, eline ne geçerse parçalayıp midesine indiren, ne yaptığımı bilmiyordum, onu da görmüyordum, neredeydik, sadece çılgınlar gibi saldırıyordum, yere devirdim, konuştum, haydi, gel, dedim, daha fazla bekleyemeyeceğim, fakat o hafifçe doğruldu, pantolonunu çekiştirdi ve üzerime eğilip, tilki gibi gülerek, hiç de fena olmuyor, seni biraz aç bırakmak, aç kaldın mı savaşıyorsun, kendimi yere bıraktım, yüzükoyun döndüm, suratını görmek istemiyordum, güldü, bu gece alacaksın onu, tatlım, şurada, yerde alacaksın onu, beğendim, beni istediğine gerçekten inandırdın.

Odadan çıktığını ve kapıyı ardından yine kilitlediğini duydum, yerden kalkacak gücüm yoktu, tüm vücudum ona olan açlıkla sızlıyordu, sanırım az önce kendi kendime de inanmayı başarmıştım, şimdi o burada yokken, yanımda olduğundan daha çok kendime güveniyordum, hissettim bunu, ondan korktuğumu da fark ettim, o tuhaf oyunlarından, niçin istiyordu onları, gereksinimi mi vardı, yoksa benim karşıma köle gibi bağlanılmaması gereken erkeklerden biri mi çıkmıştı, böyle adamların yatak odasına kilitlenmek tehlikeliydi, dikkatli olmalıydı, hem ben tanıyor muydum onu, yine de tüm bu düşüncelere ve kafamdaki sorulara karşın biliyordum ki, cebimde bir anahtar olsaydı bile o geceyi geçirmeden çıkıp gitmeyecektim bu evden.

Ayağa kalktım ve yavaş yavaş yatağa doğru yürüdüm, onunla geçireceğim gecenin beklentisi kafamda, tahrik olmuş, heyecan dolu, yatağa bıraktım kendimi, biraz sonra kapı açıldı ve o parmaklarının ucuna basa basa, usulca içeri girdi, dikkatle yürüdü, elindeki yuvarlak tepsiyi garson gibi taşıyordu. Tepsisinde büyük fincan kahve, bir bardak portakal suyu, iki sandviç, bir tabak salata, bir kase meyve getirmişti, şaşırdım kaldım, nasıl becermişti bütün bunları iki dakika içinde hazırlamayı, belki de beni şaşırtmak için daha önce hazırlayıp tepsiye yerleştirmişti, neydi amacı bu gibi oyunlarla, sonunda beni teşekkür etmek zorunda bırakıyordu. Tepsiyi yatağın üzerine koydu ve *Room Service*, dedi, yüzünün ifadesi bir an için tamamen değişivermişti, karşımda sakin, rahat ve sevimli bir amca duruyordu.

Hemen kahve fincanına uzandım, yemeklere de saldırdım, bir tabloyu andıran tepsinin görünümüyle mutluluk duygularım kabardı, salata tabağından bir parça havuç aldı, ağzına attı ve yavaş yavaş çiğnedi, sordum, artık yalnız mıyız, hayır, henüz değil, kaynana yan odada uyuyor, diye mırıldandı. Saat kaç, dedim, üç, yanıtını verdi, Yom Kipur gününü anımsadım birden, saat üçte açlığım dayanılmaz olurdu, fakat o anı atlattım mı da, sanırdım ki ömrümün sonuna dek oruç tutabilirim, baktım ona, bir fincan kahve daha istedim, odadan çıktı ve hemen geri geldi, elinde kırmızı bir termos, tepsiye koydu, ilk haftalarda Joséphine'e evden kahve götürürdüm, dedi, bu termosla, sonraları nedense ondan iğrenmeğe başlamıştı. Termosa baktım, düşündüm, söylediklerine ne gerek vardı, zevksizlik örneğiydi, termosun özgeçmişinden bana neydi, sustu, hüzünlü düşüncelere dalmış gibiydi, az sonra yine konuşan o oldu, o günlerde, her şey yine düzelecek inancındaydım, dedi, sordum, ağzımda lokmalar, niçin? Uzun zaman bir şey bulamamışlardı, yanıtını verdi, sanıyorduk ki ağrıları ruhsal, saçlarım ağrıyor, diyordu, düşünebiliyor musun böyle bir şeyi, sen hiç saçları ağrıtan bir hastalık duydun mu?

Hiç duymadım, diye konuştum ve karısının anısına bir dakika yemek molası vermeliyim, dedim kendi kendime, o güldü, acı acı, çok güzel sarışındı saçları, yaşı ilerlemesine rağmen saçları güzel ve sağlıklı kalmıştı, tek teli bile beyazlaşmamıştı, onu tanıyan herkes saçlarını boyatıyor sanırdı, genç görünümlü saçları ağrıyordu, dayanılmaz bir ağrı, diyordu, hele tararken hüngür hüngür ağlıyordu, gözünün önüne getirebiliyor musun, ben hep ruhsal bir rahatsızlık sanıyordum, aşk geçirir, diyordum kendi kendime, fakat aşkın iyileştiremeyeceği ağrılar da varmış, anlamak zor. Son yıllarda ona yeterince sevgi vermiyorum sanıyordu, düşlüyordum, ona olan aşkımı tüm yüceliğiyle gösterirsem her şey yine düzelecekti, hayır yanılmıştım, aşkın hiçbir değeri yoktu, bir tek aspirinin yararı aşkımdan daha fazlaydı.

Sustu, gücenmiş bir insan gibi oturuyordu yatağın kenarında, kurbanı Tanrı tarafından kabul görmediği için öfkelenen Kabil'i anımsadım, ona benzettim, ikimizde susuyorduk, dalgın bakışlarımızı termostan kaçıramıyorduk, sanki termos karısının başıydı, sonunda yine konuşan o oldu, fısıldayarak, ancak şimdi anlıyorum, başındaki ağrılar saçların vedasıydı, onlar hepimizden önce biliyorlardı görevlerinin sona erdiğini, artık o güzel yüzü süsleyemeyeceklerini. Elimi saçlarıma götürdüm, ürpererek, böyle korkutucu şeyler bulaşıcıydı, iç geçirdi ve ciddi ciddi suratıma baktı, az önce anlatmış olduklarının ahlakî bir yanı varmış gibi, bunun ne olduğunu da yoksa ben mi bulacaktım, ona baktım, gülümseyerek ve sıkılgan, sordum, tatlı filan var mı? Canımın tatlı istediği yoktu, fakat konuyu değiştirmeliydim, konuştu, evet dedi, hastanedeki dolabını boşalttık, aklıma bile gelmezdi, kilolarla çikolata biriktirmiş hastanede. Ayağa kalktı ve yavaş yavaş odadan çıktı, bu kez kapıyı kilitlemedi, az sonra bir kutu içi likörlü çikolatayla döndü ve içersini biraz toplamam gerekiyor, diye konuştu, yeni misafirler gelecek.

Sana yardım edebilir miyim, diye sordum, hayır, dedi, kendim yaparsam daha iyi olur, fakat ben ısrar ettim, salonda senin yanında oturursam ne olur, senin ve karının tanıdıklarından biriymişim gibi, başsağlığına gelenler tanıdıklarınıza niçin karışsın, fakat o istemedi, hayır, beni onlarla yalnız bırak, diye konuştu, sanırım bu gün annen ile baban ziyarete gelecekler. Birden paniğe kapıldım, az kalsın yataktan yere yuvarlanıyordum, niçin aklıma gelmemişti, annem böyle bir şeyi hiç kaçırır mıydı, sabahın köründe gelmemiş olması bile şaşırtıcıydı, belki de ilgisinin ne kadar büyük olduğunu belli etmek istememişti, bir de beni bu evde yakalarsa, salonda diğer ziyaretçilerle birlikte oturduğumu görürse, tanrım, şu anda paniğe kapılmam çok olağandı, hemen tepsiyi yere koydum ve yorganın altına girdim, uyu, dedi, uyu biraz daha, seni belki vahşi bir gece bekliyor.

Belki de ne demek, diye karşı çıktım, istiyordum. Garanti değil mi, dedim. Güldü ve bu gecenin nasıl olacağı sana bağlı, diye mırıldandı, onun böyle hava atması, üstünlük taslaması sinir bozucuydu, sesimi yükselttim, çek git, dedim, kendi kendini sik, sen bana iyilik mi yapıyorum sanıyorsun? Birden döndü, yanıma gelip, yorganı öfkeyle kenara itti ve düşünmediğin şeyleri sakın suratıma söylemeye kalkışma, diye yılan gibi tısladı, duyuyor musun beni, biliyorum çekip gitmemi istemiyorsun, kendi kendimi sikmemi de, öyle değil mi, peki o zaman niçin ağzından böyle şeyler çıkıyor, söylediklerini burnundan fitil fitil getirmemi istemiyorsan kapat çeneni, davranışı şaşırtıcı ve ürperticiydi, yorganı iyice üzerime çekmeye çalıştım, homurdanır gibi konuştum, neyin var, niçin aniden böyle duyarlısın, yorganı bıraktı ve nefret ederim, dedi, böyle saçma sapan konuşmalardan.

Senin hiç saçma sapan konuştuğun olmadı mı, diye sordum, karşı çıktı, dikkat et, dedi, saçma konuştuğumu fark edersen, hemen suratıma vur, sustu, bakışlarında düş kırıklığı sezdim, buzdolabından aldığı et parçasından memnun olmayan kasabın düş kırıklığını, yorganı çektim başıma ve dışarı çıkmayacağını, yanımda kalıp beni biraz teselli edeceğini umdum, fakat onun odayı terk ettiğini, arkasından da kapıyı hemen kilitlediğini duydum, o anda ondan korktum, sert ve beklenmeyen hareketlerinden, kaba davranışlarından, insan gururuyla oynayışından, tümü de göz korkutucuydu, birden tuhaf duygulara kapıldım, acaba başıma bir şey gelmeden bu odadan çıkabilecek miydim, belki de tüm ömrümü burada geçirmek zorunda kalacaktım.

Sinirlerim öylesine gergindi ki, gözüme uyku filan girmedi, yatağın içinde hiç kıpırdamadan yattım, gözüm yanımda duran çikolata kutusuna ilişti, düşündüm, Joséphine de mutlaka saatlerce uykusuz kalmış, çikolata kutularını seyretmişti, kulak kabarttım, dışardan sesler gelip gelmediğine dikkat ettim, karar verdim, annemle babamın geldiğini duyar duymaz bağırmaya başlayacaktım, onlar beni buradan kurtarırlardı, fakat gelen giden yoktu, ses duyulmuyordu, kulağıma sadece mutfaktan tabak-çatal sesleri geldi, yıkamadan önce musluğun içine yerleştiriyor olmalıydı, sıcak suyu açtı, yüksek sesle öksürdü, yaşlı insan öksürmesi. Telefona uzandım, yine Yoni'yi aradım, duvarları sarı badanalı küçük evimizin odalarında gezinen telefon çalmasını dinledim, salondan mutfağa, yatak odasına, bu saatte odalar mutlaka loştu, dışarıdaki ağaçlar akşam güneşinin eve girmesine engel oluyordu, vefalı kaloriferler de mutlaka yavaş yavaş çalışmağa başlamıştır, içleri sıcak doluyordur, kim bilir belki sokak kapısının yanındaki küçük masanın üzerinde de bir mektup beni bekliyordur, yaşamımda almış olduğum mektupların en hüzünlüsü, eve gitmeye gerçekten lüzum yoktu, ne yapacaktım o mektubu, ne yapmalıydım, yaşamımın ne anlamı vardı, onu ne yapacaktım, başıma bir şey gelmeden içine düştüğüm durumlardan kendimi kurtarabilecek miydim, şansım neydi, düşündüm, tıpkı bir hastalık gibiydi, iyileşmek için bir ilaç alırsınız, fakat o ilacın yan etkilerinden kurtulamazsınız, başka sorunlar çıkar.

Aspirin alırsınız, başınızın ağrısı geçsin diye, gerçekten de ağrınız kalmaz, fakat bu kez mide sancılarınız başlayabilir, ülser çıkabilir, mideniz yanar, buna karşı ilaç alırsınız, bulantılar başlayabilir, bulantıya karşı aldığınız ilaç da baş ağrısı yapabilir ve en son hastalık vücudunuza yaklaşır, kapıyı açık bulur, uzaklarda, İstanbul'daki altın kapı gibi, hastalık çeşitli sonları bir araya getirdi mi sonunuz gelmiş sayılır. Yoni'yle yaşamın canını sıkıyor demek, öyle ise kalk Aryeh'ye git, Aryeh gerçekten can sıkıcı değil, fakat o da yanında nefes almana izin vermiyor, o zaman bir başkasını aramalısın, can sıkıcı olmayan ve sana nefes aldıran birini, diyelim ki böyle birini gerçekten buldun, fakat bakarsın onun da erkekleri ya da küçük kızları yeğlediği ortaya çıkar, sonra kabul etmek zorunda kalırsın, bu, içine düştüğün durumdan seni kurtaracak tek seçenektir.

Kafamı yordum, başkaları, daha doğrusu insanların büyük bir bölümü doğanın kurallarına nasıl karşı koyabiliyordu, uzandığım yerden odanın tavanına baktım, nasıl başarıyorlardı bir arada yaşamaya devam etmeyi, çocuk yapmayı, bütün bunları kafamdan geçirirken birdenbire bir ağlama sesi duydum, karşıdaki dairede oturan kadının bebeği öğle uykusundan uyanmış olacaktı, aynı anda bir düşünce beynime saplandı, Yoni belki de İstanbul'a filan gitmemişti, çok yakınımdaydı, duvarın öteki yanında, koyun suratlı bebek ve annesiyle, ikimiz de balayımızı hemen hemen aynı yerde geçiriyorduk, duvarlar saydam olsaydı birbirimizi görürdük, her birimiz ikinci yaşamında, hatta biri ötekine dostça el sallar, en iyi dileklerde bulunurdu, fakat bu mümkün değildi, yazık, bana kalsa birçok yaşamı birbirine paralel yaşardım, tabiî biri ötekini rahatsız etmeden, ötekine zarar vermeden, tüm sorunlarımızın tek çözümü buydu, baş ağrısına karşı alacağın ilaç mide sancısı yapmaz, mide sancısına karşı alacağın ilaç da mide yanması yapmazdı, bu yeni mesajın verdiği duygular ruhumu ısıttı, benim için sevindirici bir çözümdü, hemen kafa yormaya başladım, bunu nasıl geliştirebilir, çevreme yayabilirdim, tabiî ilk önce buradan dışarı çıkmalıydım, ölümümden sonra yeni yeni yaşamlara girerek değil de, şimdi, aynı yaşam içinde başarmalıydım, buluşumla öylesine mutlu oldum ki, hemen uykuya daldım.

Ağlama sesiyle uyandım, hıçkıra hıçkıra ağlıyordu birisi, kulaklarımı dolduruyordu hıçkırıklar, düşündüm, yine şu sinir bozucu yandaki çocuk, fakat hayır, ağlama sesi çok yakınımdan geliyordu, etrafıma bakındım, Aryeh'i aradım, fakat o odada yoktu, peki nereden geliyordu hıçkırıklar, birden fark ettim, ağlayan bendim, yüzüm yaşlarla ıslanmıştı, ağzım açıktı, salyam akıyordu, burnumdan da sümük, ağlamaktan, tüm vücudumla ağlıyordum. Oda karanlıktı, panjurların arasından ışık sızmıyordu içeri, sadece kapının altından soluk bir çizgi sezdim. Sokak kapısının çalındığını duydum, akşamın bu saatinde kim gelebilirdi, birisi saate bakmağı unutmuş, diye düşündüm, sonra insan sesleri duyuldu, neşeli, birbirlerini yine gördüklerine sevinen insanlar yüksek sesle bir şeyler söylüyordu, içimden nefret duygularının yükseldiğini hissettim, hepsinden nefret ediyordum, salonda şimdi oturanlardan, neşeliydiler, kimi kavgaları, kırgınlıkları ve sorunları olsa da tüm yaşamlarını köreltmiyorlardı, senin tüm sorununsa, dedim kendi kendime, bir duvar onları ayırmasına karşın aşk hayatın ile günlük hayatını birbirinden ayıramaman. Önemli değil, diye düşünüyorsun, fakat aşk hayatı insanın bir parçası, en önemlisi değil, yaşam elbisesinde küçük bir cep, şimdi dışarıda salonda oturanların hepsi bunu biliyor. Bildikleri için de oturmuşlar, kahvelerini yudumlayıp, pastalarını afiyetle yiyorlar, sen ise burada karanlıkta tek başına kalmışsın, hapishanede hücreye atılmış tutuklu örneği odaya kapatılmışsın, tımarhanedeki bir hasta gibisin, izole edilmişsin, seni tek bir insan kurtarabilir, fakat o da hasta sayılır, senin ona zararın filan olmaz, ancak dikkat et tatlım, öyle pek güvenme, sakın onun sana zararı olmasın.

Bu dostça konuşmaların arasından birden babamın sesi yükseldi, inanamadım, az sonra da misafirlerden bir başkasının, yine bizim Korman ve düşleri, dediğini duydum ve emin oldum, adamın sesinde dostluk vardı, alaylı konuşmamıştı, annem de söylese böyle söylerdi, fakat o neredeydi, sesi hiç duyulmuyordu, iyice kulak kabarttım, ayağa kalkıp, kapının arkasındaki iskemleye oturdum, babamı dinlemeye devam ettim, rahatlatıcı, genç ve berrak sesini, susuzluktan dudakları kurumuş birisi gibi içtim, evet, sesi berraktı, yıllar boyu doğru bir kelime aramış, şimdi ise bulmuştum, berrak. Bir dere gibi akıyordu sesi, üzerinde tahtadan oyuncak gemicikler yüzen dere, bir oyun deresi, var mıydı böyle bir şey? Yıllar boyu kendi kendimle mücadele etmiştim, güvenebilir miyim bu sese diye düşünmüştüm, nasıl oluyordu da, yaşlı görünen birinin sesi böyle genç çıkıyordu, neye güvenmeliydi, görünüşe mi yoksa sese mi, hasta olan biri sağlıklı, hüzünlü biri neşeli ya da nefret dolu biri cana yakın izlenimi veriyorsa, ne yapmalı, neye karar vermeliydi, yıllar boyu bunu düşünüp durmuştum, genç ve neşeli sesli, hüzünlü bu yaşlı adam neşeli miydi yoksa hüzünlü mü, yaşlı mıydı yoksa genç mi, ona acımalı mıydım yoksa onu kıskanmalı mıydım, fakat şimdi, bu odanın karanlığında ona çok sevgi duyduğumu fark ettim, isterdim ki hemen gelsin, yatağa yanıma otursun, eskiden hasta olduğum günlerde yaptığı gibi, bana bir öykü anlatsın ya da okusun, bildiğim öyküler de olabilirdi, çoğunu ezberlemiş olduğum öykülerden biri de, örneğin ustasının karısına göz koymuş olan adamın öyküsünü anlatsaydı, marangoz çırağının:

Günün birinde efendisi çırağına borç aradığından söz etmişti. Çırak da efendisine, gönder karını bana, vereyim parayı ona, demişti. Marangoz karısını göndermişti ona, kadın üç gün kalmıştı çırağın yanında. Bunun üzerine ustası çırağa gitmişti. Demişti ki: Sana gönderdiğim karım nerede? Burada, yanıtını vermişti çırak, ben onu hemen eve yollamıştım, fakat duydum ki, delikanlılar yolda ona biraz fazla sokulmuşlar. Bunun üzerine marangoz sormuştu: Ne yapayım şimdi? Çırağın yanıtı şöyle olmuştu: Beni dinlersen, evden at o kadını. Marangoz konuşmuştu: Fakat evlilik sözleşmesine göre ona para vermem gerekir. Çırak bir çıkar yol göstermişti: Ben sana borç para veririm, demiş ve evlilik sözleşmesinin öngördüğü parayı vermişti. Marangoz da karısını daha o gün evden atmıştı. Bunun üzerine çırak ile kadın hemen evlenmişlerdi. Borç aldığı parayı gününde geri veremeyen marangoza çırak, gel evime, borcun bitene kadar benim emrinde çalış. Çırak ile karısı akşamları zengin donattıkları masada yiyip içerken marangoz da yanlarında bekliyor, kadehleri boşaldıkça dolduruyordu. Gözlerinden akan yaşlar kadehlerine damlıyordu. Karar o anda imzalanmıştı.

Babamın sesinden başka yüksek bir kadın sesi de duyuluyordu, o sabah da duymuş olduğumu anımsadım, köpeğin, daha doğrusu dişi köpeğin sahibesi kadının sesiydi bu, ailenin yakın dostu olacaktı ki, bugün ikinci kez başsağlığı ziyaretine gelmişti, belki de, köpeği şu sıralar iyileşme dönemindeyken evde canı sıkılıyordu, bir an için sesini daha yükselttiğini duydum, ah, İstanbul mu, ne harika! Düşündüm, acaba ameliyat olmuş köpeğinin üzüntüsü geçsin diye onunla İstanbul'a mı gitmek istiyordu yoksa, bu arada yine babamın genç sesi duyuldu, çok iyi terbiye edilmiş kızının şu sıralar eşiyle birlikte İstanbul'da olduğunu anlatıyordu, utancımdan başımı kapıya vurmak istedim, fakat gürültü yapmaktan korktum, sadece dua ettim, inşallah babam, beş yıl sonra balayına çıkıyorlar, demezdi ve Aryeh de salonda değildi, konuşulanları dinlemiyordu, umarım mutfaktaydı, bir şeyler hazırlıyordu, fakat aynı anda konuştuğunu duydum, İstanbul'dan söz ediyordu, yüksek sesle. Bütün dünyayı gezip gördüm diyordu, fakat hep geri döneceğim tek kent var dünyada, o da İstanbul. Babam, Prag da, dedi, fakat Aryeh, ah, Prag çok derli toplu bir kent, diye konuştu, bu kadar düzen bir an gelir can sıkıcı olur, İstanbul ise yanlışlarla dolu, karşıtlıklarla, bu kent aynı anda çekici ve itici, sıcak ve acımasız, bilmiyorum iki genç insanın balayı için bu kent uygun mu, güldü, fakat yaşamının belirli yıllarını geride bırakmış ve ne aradığını bilen birisi için en uygun kent.

Ben de aynı şeyleri düşündüm, benim için Aryeh de böyle bir

insandı, bir sürü yanlışı olan biriydi, karşıtlıkları da vardı çok, o benim İstanbulumdu, Yoni ise Pragım, böyle düşünürsem ben yine de İstanbul'a gitmiş sayılırdım, sevindim, şimdi onun evinde olmam ruhumu yıpratmıyordu, o kadar korkutmuyordu da, ne de olsa babamın yakın dostuydu, bana zarar vereceğini sanmıyordum, fakat sonra dedim ki kendi kendime, bu oyunda annen ile babanın hiçbir rolü olmasın, onları her yere beraberinde götüremezsin ki, beni askerde ilk ziyaret ettikleri günü anımsadım, yazın o kavurucu sıcağında, kışlanın kapısında görmüştüm onları, ellerinde sepetler, sepetlerde yiyecek dolu tencereler, gözüme bambaşka görünmüşlerdi o gün, kavgacıydılar, gözümde yitik. Nasıl da sevinmiştim bir gün önce, yarın gelecekler diye, öteki kızlarla kışla kapısında oturmuş beklemiştim, hepimizin üzerinde yepyeni üniformalar vardı, sonra uzaktan görünmüşlerdi, onlar beni henüz görmemişti, yürüyorlardı, sanki el yordamıyla hareket eden görme özürlüler gibi, yüzleri solgun, karaya vurmuş, çırpınan balıklar gibi ürkmüş, ilk düşüncem o anda ortadan kaybolmak, gözlerine görünmemekti. Onların yükü benim için dayanılmazdı, sepetlerinin, tencerelerdeki zehirlerin de, sonra kendi kendimle alay eder gibi düşünmüştüm, sanmıştın ki, onlar seni bunaltıcı bu yerden kurtaracaktı, hemen geri geri yürümüş, bakışlarım hipnotize olmuş gibi annem ile babamın üzerinde, korku içinde, sırtımı dönersem beni hemen tanırlar diye, yaklaşmışlardı, ben geri adım atmıştım, bakışlarını üzerimde hissetmiştim, başlamışlardı el sallamaya, ben de el sallamıştım, yavaş yavaş, yenilmiştim, cansız kollarının arasında bulmuştum kendimi. Elimizde tencereler uzak, kuytu bir köşeye gidip, yere oturmuştuk, annem taze çimenlere hemen bir örtü yaymış, üzerine plastik tabaklar ve plastik bardaklar koymuş, peçeteler getirmeyi unuttuğuna çok üzülmüştü, hemen babama sormuştu, Şlomo, niçin anımsatmadın bana, demişti, o da, anımsatmıştım diye konuşmuştu, seninle bütün listeyi baştan sona kontrol etmiştik ya, ceplerini karıştırmış ve buruşmuş bir kâğıt parçasını göstermişti, annemse ısrarından vazgeçmemişti, fakat evden çıkarken anımsatmamıştın bana peçeteleri ve yeni bir kavga başlamıştı.

Babam öfkelenmiş, doğru dürüst bir şey yaptığın yok senin diye sesini yükseltmişti, annem de bağırmaya başlamıştı, on beş gündür bu ziyaretin hazırlıklarını yaptığını, hiçbir şey eksik olmasın diye büyük çaba gösterdiğini söylemişti, babama da listeyi kontrol etmesini söylemişti, ben elindeki kâğıt parçasını çekip almış ve hüzün dolu okumuştum, çok geç kalmış bir aşk mektubunu okur gibi, yüreğim artık kırılmıştı, neler yoktu ki kâğıtta, avokadolu sandviçler, kremalı çilekler, portakal suyu, tuzlu bisküviler, çikolatalar, yumurtalı salata, ton balıklı salata, peynirli pasta, kâğıt peçeteler, plastik tabak ve bardaklar, plastik çatal-bıçak, listeyi yukarıdan aşağı, aşağıdan yukarı okumuştum, annem ile babamın kavgası devam etmiş, kışladaki kızlar kollarında erkek arkadaşları yanımızdan geçip gitmişti, düşünmüştüm, benim de bir erkek arkadaşım olsaydı şimdi her şey bambaşka olurdu, o anda karar vermiştim, beni ömür boyu seveceğine söz verecek ilk erkekle hemen evlenecektim, yeter ki beni saran bu kelepçelerden kurtarayım kendimi, o anda susmuş olduklarını ve yüzüme baktıklarını fark etmemiştim, sonra annem sormuştu, niçin ağlıyorsun, konuşmuştum, getirdiğiniz bütün yemekler soğuk, sıcak bir şey de yemek isterdim. Hiç düşünmeden konuşmuştum, yanımızda oturan ailenin tenceresinden güzel yemek kokuları geliyordu burnuma, annem kızar gibi, ne yaparsam yapayım, kimseye beğendiremiyorum demişti, kimse memnun olmuyor, ziyaretlerinin bir an önce bitmesini iple çekmiştim, bir şeyi hasretle bekliyorsun demiştim kendi kendime, sonra görüyorsun neler oluyor, ilerde, gerçek yaşamda sana yardım edebilecekler mi sanıyorsun, fakat az sonra kışlanın kapısında onlara veda ederken yine üzülmüştüm, şimdi gidiyorlar, evde kim bilir neler olup bitecek.

Yine babamın sesini duydum, kulağımı kapıya dayadım, her şeyi duymak istiyordum, konuştu, sanırım Tami'yle konuşuyordu, fakat sanki karşısında ben vardım, bana söylüyordu, o evde olduğumu biliyor ve sorularıma yanıt veriyormuş gibiydi, haberim var, sen beni zavallı adamın biri mi sanıyorsun, yaşamımı boşa yaşadığıma mı inanıyorsun, şunu bilmeni isterim, ben kendimi mutlu bir insan sayıyorum. Evet, evet, diye devam etti, sanırım karşısındaki Tami ona pek inanmamış gibi bakmıştı, ben yaşadıklarıyla mutlu olmuş biriyim dedi babam, bunu duyar duymaz, kulağıma gelmiş bu iyi habere sevindim, fakat sonra birden öfkem tepeme çıktı, kaynadım, aldatılmıştım, sanki tüm ömrümü boşuna harcamıştım, kendini böylesine değiştirebilen, olduğundan değişik görünebilen birine hep acıdığım için, o ise hiç de acınacak biri değilmiş, sadece numara yapıp durmuş, belki de olduğundan başka davranmamıştı, bense tüm saflığımla onu doğru dürüst tanıyamamıştım, sonra birden Tami'nin yumuşak sesi duyuldu, sanki düşünce özürlüsü birisiyle konuşuyordu, evet, Korman, biliyoruz, senin nasıl da mutlu olduğunu hepimiz biliyoruz, ne zaman mutluluğu düşünsem hep sen gelirsin gözümün önüne.

Biliyordum, Tami'nin onunla arada sırada şaka yollu konuştuğunu, acaba bu akşam alay mı ediyordu yoksa sadece söylediklerini saçma ve komik mi buluyordu? Salonda herkes susmuştu, bir an için hiç kimse konuşmadı, sonra aniden biri yüksek sesle güldü, Aryeh İstanbul'dan söz ediyordu, bir mezarlıktan, Tami sordu, mezarlığın yanında bir kahve mi? Aryeh, evet, dedi, Haliç'in sırtlarında, hep orada buluşurlarmış, İstanbul'un en güzel köşelerinden birinde. Ben bu öyküyü anımsıyorum diye babam söze karıştı keyifli, Fransız yazar ile Türk kadın, evli bir kadın, sonra orada yakalanmışlar, adamı Fransa'ya geri yollamışlar, kadını da ölüme mahkûm etmişler, Tami biraz korkak sordu, nasıl öldürmüşler kadını? Babam hemen yanıtladı, taşlamışlar, eskiden bizde de yaptıkları gibi, Tami bağırdı, Tanrı korusun, inanılmaz, Aryeh konuştu, o kahvenin duvarlarında resimleri asılı, çok güzel bir kadınmış.

Babamın sesi duyuldu, ben de Yoni'ye söylemiştim, mutlaka oraya gitmelisiniz, demiştim, İstanbul'un en güzel köşesidir, sonra Aryeh sordu, Yoni kim, kapının tokmağını iyice kavradım, sıktım, baba, baba, tek bir oğlu olan adamın öyküsünü biliyorsun, öyle değil mi, onun düğününü yapmıştı, tek oğlu çardağın altında ölmüştü, biliyor musun o babanın duygularını? Tanrı'da da aynı duygular uyanmıştı tapınağın tahribatının ardından. Sana anlatacağım tek öykü bu değil, başkaları da var. O anda salona başkaları da girdi, sanırım Joséphine'in yakınları ve akrabalarıydı, birden Fransızca konuşmaya başladılar, kapının yanından ayrıldım ve karanlık yatağıma girdim, yorganı çektim, mırıldandım kendi kendime hep aynı şeyleri, baba, gitme ne olur, kal benim yanımda, dikkat et bana, fakat az sonra herkese veda edişini duydum, Tami yüksek sesle peşinden seslendi, Raşel'e benden çok geçmiş olsun de, tuhafıma gitti, daha dün sapasağlamdı, bir öküz gibi, bugün neyi vardı, birden kendimi tek başıma hissettim, yuvada henüz tanımadığı yeni bakıcıyla yalnız bırakılmış küçük bir çocuğa benzettim, düşündüm, niçin kaçınmıştı bu zorunlu başsağlığı ziyaretinden, gerçekten hasta mıydı yoksa başka bir nedeni mi vardı, çok önemli bir nedeni, benim tanıdığım annem bu gibi ziyaretleri kaçırmazdı.

Kararımı verdim, ona hemen telefon edecektim, telefonu açar açmaz da kapatacaktım, sadece sesini duymak istiyordum, hasta mıydı değil miydi, sesi nasıl çıkıyordu, ahizeyi elime aldım, şaşırdım, telefonda kimi sesler vardı, sıcak, yumuşak, dalgaların sesiyle dolu yaşlı bir midye kabuğundan geliyordu sanki. Telefonun ahizesini iyice kulağıma yaklaştırdım, yapıştırır gibi dayadım, bir konuşmaya tanıklık ediyordum, yumuşak sesli bir kadın konuşuyordu, kulak kabarttım, büyüleyici, derinlerden gelen kalınca bir ses, istek dolu, şarkılar söyleyen, söylediklerinin tek kelimesini bile anlamıyordum, anlamak için de çaba göstermedim, dinlemek yetiyordu bana, zevk veriyordu o kadının sesi, sanki müzik dinliyordum, sonra onun da sesini duydum telefonda, sıcak ve yumuşak, tatlı, evet, onun sesiydi, anlamaya çalıştım söylediklerini, hızlı bir Fransızca konuşmasına rağmen, hiç olmazsa bildiğim kelimeler geçiyor mu diye dikkat ettim, örneğin je t'aime, voulez-vous coucher avec moi,[4] anlayamıyordum, çabuk çabuk konuşuyorlardı, kelimeler hep birbirlerine benziyordu sanki. Öfkeyle dinledim ve lisede Fransızca yerine Arapça öğrenmeye karar verdiğim için de kendi kendime küfür ettim, ne düşünmüştüm o zaman, birden telefondakiler aralarında küçük bir tartışmaya başladılar, önemli değildi, sonunda yine barışılacak bir tartışmaydı. Kadın boğulur gibi konuşuyor, hızlı hızlı nefes alıyor, telaşı varmış gibiydi, kelimeler dudaklarının arasından fışkırıyordu, o ise ağır ağır, rahat konuşuyor, kadını sakinleştirmeye çalıyordu, kim bilir ne sözü vermişti ki, kadın sonunda gerçekten sakinleşti, burnunu çekip bebeğine sarılan şımarık bir kız çocuğu örneği, baş döndüren bir tavşancık sesiyle, alors,[5] dedi, mon amour,[6] demedi, sadece alors. O da alors, diye konuştu, az kalsın, ben de, alors, diyecektim, konuşmalarına benim de katkım olurdu, kadın en son ola-

4 Seni seviyorum, benimle yatar mısın? (ç.n.)
5 Öyleyse. (ç.n.)
6 Aşkım. (ç.n.)

rak da, je t'embrasse,[7] dedi, sanırım öpücüklerle ilgili sözlerdi bunlar, telefonu kapattı, ben elimde ahize bir an öyle kalakaldım, kadının aceleciliğine şaşırdım, her şeyi çabuk yapan bir kadına benziyordu, sanırım ona da biraz sürpriz olmuştu, hemen kapatmadı, derin derin nefes alışını duydum, telefon hattı bizi birbirimize bağlıyordu, sanki aramızda bir görüşme olmuştu, sonunda ikimiz de şaşırmıştık, herkes kendine göre, bir an için alın yazılarımızın aynı olduğunu düşündüm, o kadın ikimizin de yaşamından birdenbire kaybolmuştu, konuşurken hızlı hızlı nefes alışı hâlâ kulaklarımdaydı, çekici ve de çocuksu, sonra onun iç çektiğini duydum, öksürdüğünü de, birdenbire müthiş bir korkuya kapıldım, belki de beni fark ettiği için telefonu kapatmıyordu, bakalım ne tepki göstereceğim diye bekliyor muydu, kim bilir kafasından şu anda neler geçiyordu, telefonu kapatmayı düşündüm, fakat onu düş kırıklığına uğratacaktım, bekledim, bir süre daha öksürdü, sonra telefon kapandı, ahizeyi elimden bıraktım.

Yorganı başıma çektim ve hiç kıpırdamadan yattım, nefes bile almadım, o anda içeri girip ne yaptığıma bakarsa dikkatli olmalıydım, uyuyor gibi yapmak en iyisiydi, hemen odaya girerse mutlaka bir şeylerden şüphelenmişti, bakmaya geliyordu, tabiî vicdanı da rahat değildi, eğer az sonra gelirse, şüphesi orta karardı, vicdanı da pek rahatsız değildi, ya hiç gelmezse, bence bu, benim onun umurunda olmadığımın en açık belirtisiydi, düşündüm, ben telefonu niçin açmıştım, anımsayamadım, düşünmeye devam ettim, onu ve uzun ağızlıklı kadını, dükkânda gördüğüm ilk günden bu yana değişen bir şey olmamıştı, evet, hiçbir şey değişmemişti, ben budala gibi onun bana gerçekten gereksinimi olduğuna hâlâ inanıyordum, fakat ben muavinden, daha doğrusu yedek sevgiliden

7 Öpüyorum. (ç.n.)

başka bir şey değildim, kız kardeşinin yedek öğretmenliği gibi, hep ikinci sınıf.

Acımadım, tam tersine rahatladım, bundan sonra aşkının ateşini ben korumayacaktım, ben hiçbir şeyi korumayacaktım, çünkü ellerim bomboştu, geceleri en büyük hünerlerimi de göstermeyecektim artık, onu düş kırıklığına uğratmamak için amuda kalkıp da sikişmeyecektim ya da bir başka türlü, onun bana sahip olmak istemesi beni hem sevindirmiş, hem de korkutmuştu, bu korku sevinçten daha güçlüydü, sanki beni boğacaktı, elime bir torba altın tutuşturmuşlar, bunu koruyacaksın demişlerdi, fakat çevremi bir sürü haydut sarmıştı, ne yapacağımı bilmiyordum, nasıl koruyacaktım altınları, ancak bildiğim bir şey vardı, o da, eğer bunu başarırsam, altınların benim olacağıydı, fakat bu öylesine içinden çıkılmaz bir görevdi ki, daha başta üstlenmekten vazgeçmeye karar vermiştim, torbayı olduğu yerde bırakıp kaçmalıydım, kaçarken de bir veya iki altını cebime atmalıydım, şimdi burada yaptığım da bundan başka bir şey değildi, cebime küçük bir para atacaktım, anımsamak için ilerde, nerede bilmiyorum, herhangi bir yerde, tabiî benim için geri dönebileceğim böyle bir yer varsa.

Yine korku sardı içimi, evi düşündüm, yarı karanlık odalarını, belki onlar da Türkiye'ye gitmişti, bir yerlerde dolanıp duruyorlardı, Fırat ve Dicle nehirleri üzerinden ta Babil'e kadar ineceklerdi, içlerinde bütün eski eşyalar, düğünümüze gelmiş çatal-kaşık takımları, beyaz çöp kutusu, sonra Babil'in kralları onları çalacak, büyük ziyafetlerinde kullanacaktı, her şey bizim gözümün önünde olup bitecekti, tıpkı en yüce papazı kızının gözü önünde öldürdükleri gibi, biliyordum, biz ayrı ayrı yönlerde ondan ayrılmıştık, evim artık alışılmış yerinde değildi, yine telefon etmek istedim, fakat numarayı unutmuştum, lanet olsun, aklıma gelmiyordu, sanki hiç bilmemiştim telefon numaramı, o anda içeri girdi ve beni elimde telefon ahizesi otururken yakaladı, onun az önceki aşk konuşmalarını dinlemişim de henüz kapatmamışım gibi.

Birdenbire, hiç sormaya gerek görmeden tavandaki ışığı yaktı, gözlerimi kırpıştırdım budala bir köstebek örneği, kapat lütfen dedim, görmesinler burada birinin olduğunu, kıkır kıkır güldü, ben odadayım ya, hiç kimse benim karanlıkta burada oturacağımı düşünmez, matemli de olsam, bakışları telefona takıldı, sordu çok nazik bir ses tonuyla, konuşurken seni rahatsız mı ettim yoksa? Yanıtladım, hayır, dedim, konuşma daha başlamamıştı, sordu, ertelenmesi mümkün bir şey mi acaba? Konuştum, evet, evet, uzandı, ahizeyi aldı, hükmetmek isteyen biri gibi ve telefonun üzerine bıraktı, sonra yanıma uzandı, iyice gerindi, hiç benim olmayacak, o kaygan, yanık tenli vücudunu gerdi, yaşlılığın çekiciliği, olgunluğun ıtırı doluydu, kendimi ne kadar yorarsam yorayım kavrayamayacağım bir şey vardı onda, duygu ve baskı, kabalık ve duyarlılık, içine kapanıklılık ve ruhun derinlikleri, çok mükemmel bir karışımdı tüm bunlar, fakat aynı zamanda yürek yakıcıydı da, sanki bir aşçının bir defalık gerçekleştirebildiği, tekrarlanamayacak bir karışımdı, çünkü yok olmuştu o aşçı, tarifi de yoktu, başını çevirip bana baktı, gözlerinde cana yakın bir hüzün vardı, İstanbul, demek?

Omuzlarımı silktim, biraz şaşkın, biraz da gururlu, sanki az önce yüreklilik madalyası verilmişti bana, onu hak ettiğime de çok emindim, fakat bu madalyanın ne değeri vardı benim için, bilemiyordum, utanmıyor da değildim, çünkü o artık biliyordu, burada yanında yatabilmek için neleri feda ettiğimi, acaba şu anda kafasından ne geçiyordu, benimle alay mı ediyordu, yoksa bana acıyor muydu, konuştu, çok büyük bir kent İstanbul, çok mükemmel bir kent, insanın tüm duygularını karmakarışık ediyor, içini çekti ve bir sigara yaktı, son aylarda çok anımsadım İstanbul'u, ne de olsa

Joséphine'nin hastalığı orada kendini belli etmişti, yıllarca hep düşlemiştik İstanbul'a gitmeyi, bir türlü gerçekleşmemişti bu düşümüz, sonunda başarmıştık, fakat tatilimiz ortasında hastalanmıştı, tepeden inme olmuştu her şey, derhal Fransa'ya geri dönmüştük, uzun zaman kendini suçlu hissedip durmuştu, tatilimizi zehir etti diye.

Çok kızmış mıydın ona, diye sordum, kızmış olduğumu söylemem zor, diye konuştu, fakat günlerce surat asmış olduğumu da anımsıyorum, kendime sorup durmuştum, niçin bir hafta daha beklememişti hastalığı, karımsa, iyileşir iyileşmez derhal İstanbul'a uçacağız, diye beni teselli etmişti, hastalığının sonuna doğru ise, ben öldükten sonra İstanbul'a gidersin, demeye başlamıştı, bir an için sustu, hemen ona sarıldım ve haydi uçalım İstanbul'a, dedim, al beni, götür oraya, teselli edelim birbirimizi, güldü, belki, olabilir, diye mırıldandı, biliyordum, onunla beraber oldum mu hiçbir şeyden korkmayacaktım, sokaklardan, pazarlardan, çünkü ben dünyadan çok ondan korkuyordum, sokuldum, vücuduna yapıştım, o da bana sarıldı, düşünceleri başka yerde, o anda benim yanımda değildi, hissediyordum bunu, yorgunum, diye konuştu, bir sürü insan geldi gitti. Kal öyle ise yanımda, dedim, çıkma odadan, yanıtladı, misafirleri yalnız bırakamam ki, saatine baktı, dokuz olmuş, sanırım dükkânı kapatmanın zamanı geldi, gözlerinin de kapandığını sezdim, dudakları hafifçe aralandı, bir eli karnımın üzerinde duruyordu, tam da çocukların yetiştiği yerde.

Elini tuttum ve annemin gebeliğini düşündüm, ne kadar da uzun gelmişti o yaşımda bana, sonsuzdu, hiç bitmeyecek sanmıştım, gerçekten de bebeğin yaşamından üç kat fazla sürmüştü, sert karnını hep seyretmiştim, kendimi içinde görmüştüm, şaşırtıcı olmuştu, kafamı karıştırmıştı bunu düşünmek bile, yakında ben doğacaktım, çok güzel bir saatte gelecektim dünyaya, yaşamım sona erecekti, birinci yaşamım tabiî ve bir yenisi başlayacaktı, başının etini yer gibi anneme hiç durmadan, doğacak çocuk kız olursa onun da adını Ya'arah koyacaksınız, derdim. Evde hep bir çocuk olmalıydı, yenisi gelemezdi, sadece eskisi ile yenisi değiş tokuş edilirdi, krallarda olduğu gibi, yeni bir kral tahta çıktığında, şimdi iki kralımız oldu denmezdi ki, yenisi hep gidenin yerine gelirdi, fakat erkek kardeşim doğunca ben yaşamaya devam ettiğime çok şaşırmıştım, hem ona yeni bir ad verilmişti, bir de başka yatak, o ben değildi, çünkü o bir erkekti, annemin de karnı yavaş yavaş geri çekildi, yeni doğan gittikçe şişmanladı, anlamaya başladım, bu dünyada ikimize de yer vardı, ancak bir zaman sonra bunun böyle olmadığını fark ettim. Biliyordum, eğer annem ile babam ikimiz arasında bir seçim yapmak zorunda kalsaydı, onu yeğlerlerdi, şaşırmazdım, hak verirdim onlara, onları kurtaracak olan ben değildim, yeni doğan erkek bebekti, o yeni umuttu, yeni aralanmış bir kapıydı, daha açılacaktı, o küçük, yuvarlak, güzel kokan omuzcuklarına tüm umutlar yüklenecekti.

Eli karnımda hiç hareketsiz duruyordu, güzel ve kara, eğer içimde bir bebek taşısaydım, bak, derdim, dinle, nasıl da hareket ediyor, hisset onu, sonra sıkıca tutardım elini, şimdi ne yapsaydım, ne söyleseydim, yanımda uyuya kalmıştı, sanki yıllardır karısıydım, sevgilisiyle yaptığı ateşli telefon konuşmasından sonra dizinde sakinleşmeye çalıştığı karısıydım ben, düşündüm, bu sahnede çok az rol vardı, olanak da. Aylar öncesine dek burada Joséphine yatmıştı, bugün ise ben yatıyordum, yarın bir tavşancık, dün benim yanımda yatan Yoni'ydi, bugün ise Aryeh, yarın da bir başkası, bu kadar çabanın sonunda elde edilense hep aynı şeydi, tüm hüzünleri bastıran bir şaşkınlık doldurdu içimi, beni bekleyen değişimleri acıyla karşılayan umursamaz bir şaşkınlık, değişimler olacaktı, hissediyordum onları karnımda, tekmeler atan çocuk örneği ve sonunda her şey yine eskisine dönecek, ben yine ben olacaktım.

X

Kapıda bir tıklatma duydum, çok sessiz, sanki içimden geliyordu bu tıklatma, usul bir ses, fısıldar gibi, Ya'arah, dedi, az kalsın yanıtlayacaktım, diyecektim ki, buradayım, sonra ses bir kez daha duyuldu, Ari, yine çok usul, birden ayağa fırladı, sanki odada yangın çıkmıştı, konuşmadı, suratıma bile bakmadı, dışarı çıkarken odanın ışığını söndürdü, kapıyı usulca kapattı, bana hiç dikkat etmemişti, yaşamımda o andaki kadar yok sayıldığımı anımsamıyorum. Ona kızgın değildim, davranışlarını açıklayacak özel nedenler vardı, hatta ben ona teşekkür etmeliydim, davranışlarını doğal görmeliydim, ben de suçsuz sayılmazdım, saatlerdir buraya tıkılmış, hiç karşı çıkmadan, ağzımı bile açmadan oturuyordum, duvarları aşıp kulağıma gelenlerle tatmin oluyordum, beni tanıyan, bana yakın olan hiç kimse bilmiyordu nerede olduğumu, bilen tek insan da beni burada saklıyordu, düşünce özürlü ya da keçileri kaçırmış bir kadını saklar gibi saklıyordu.

Düşündüm, alors, kim ona, Ari, diyordu, saçlarının ondülesi mavi olan kaynanası mı yoksa karısının kız kardeşi mi, tabiî az önce telefonda tartıştığı sevgilisi de olabilirdi, uğrayıp teselli etmek istiyordu belki, gece burada da kalabilirdi, yatıya, peki o zaman ne anlatacaktı ona, yatak odasının dolu olduğunu mu söyleyecekti, belki de bu akşam ben senin değilim diyecekti, tabiî yatak odası dolu olduğu için planlarını mutlaka değiştirmesi gerekmezdi, ne de olsa evde başka odalar da vardı, herkes gittikten sonra duvarın öteki tarafında yatabilirdi öteki sevgilisiyle, ben burada kilitli odada beklerken, belki sonra onu da odasına kilitler, buraya benim yatağıma girerdi, ikimiz arasında istediği gibi gidip gelirdi, ne de olsa anahtarlar ondaydı, birden varlığımdan şüphe ettim, ben varlığı olmayan bir kadındım şu anda, içinde bulunduğu durumu ne doğru dürüst kavrıyordu, ne de değiştirebiliyordu, korkuları yersiz miydi, ya da tek bir erkeğe bağlı umutları gerçeksiz miydi, bilemiyordu, en küçük belirtilere iki elle sarılıyordu, o adamın gerçek ruhu neydi, düşündüm, eğer ona bağımlı olursan, her şeyi yitirmiş sayılırsın, bir gün seni çok istiyor, ertesi gün sen onu rahatsız ediyorsun, dikkat et, kontrolü kaçırdın mı yaşamına bir daha geri dönemezsin.

Çabaladım, eski yaşamımı anımsamak istedim, Yoni'yi düşündüm, başkalarını da, acaba onlar ayaklarıma bağlanmış taşlar mıydı, kaçmayayım diye sallanıyordu onlar, taşlardan birini gözümün önüne getirdim, Yoni'ye benzettim, tıpkı oydu, Yoni'nin bir heykeliydi bu taş, ağır ve katı, üzerine Yoni'nin kareli gömleğini geçirdim, gönderdim onu yaşayan bir insanmış gibi İstanbul'un çarşılarına, unuttum onun bir heykelden başka bir şey olmadığını, tek başına, benden ayrı orada neler yaptığına baktım, sokaklarında dolaştığını gördüm, otel odasındaki yatağında yatmasını, kalkık küçük burnunu, buruşuk yumurtalarını, kim bilir neler düşünüyordu tek başına, mezarlığın tepesindeki kahvede, niçin yaşıyordu, yaşamından ne bekliyordu, insanlar bekliyordu yaşamdan, benim için gittikçe büyüyen bir sırdı bu. Örneğin annem felaketlere açtı, onu yaşamda tutan felaketlerdi, kime ne olmuştu, nasıl bir felaket gelmişti başına, benim de çılgın düşüncelerim vardı, en başta da Aryeh'i elde etme düşüncesi, ruhunda sevgi uyandırma hırsı, fakat daha önce, onu tanımadığım günlerde beni yaşatan ne olmuştu, onlar bomboş ve sıkıcı günler değil miydi, bomboş, tek kelime bile yazılmamış sayfalar örneği, hepsi birbirine benziyordu, şimdi yaşadığım günlerden çok daha korkutucu günlerim olmuştu, acaba istiyor muydum onu gerçekten, belki de onu elde etmekten çok, ondan kurtulmaya çalışıyordum, hatta onunla birlikte kendimden de, başkalarından da kurtulabilirdim, kimlerden, hangi isimlerden, bilmiyorum, çoğul düşündüm birden, bu saçma düşüncelerimde tek başıma kalmak istememiştim, sayıları sürekli artan birçok insanın temsilcisi gibi davranıyordum, öyle bir temsilci ki, bilgiler elde etmek için şüphelinin koynuna giriyor, hayatını tehlikeye atıyordu, belki de o bilgiler ne olduğunu bilmediğim bir şeye ışık tutacaktı, o şey yaşamın gizemi olabilirdi, niçin olmasındı.

Yaşamın gizemi ondaydı ve ben bu gizemi onun ruhundan çıkarmak zorundaydım, bana verilen görev buydu, tüm bunları Yoni'ye açıklayacaktım, kalkık küçük burnu ve buruşuk yumurtalarıyla dönüp geri geldiğinde, tuhaf, o iki şey Yoni'yle her yere gidiyordu, evet, geri gelsin de açıklayayım ona nedenlerimi diye düşündüm, o zaman beni affedecekti, beni geri almak zorunda da, gözümün önüne birdenbire geçmiş geldi, sanki şimdiki şeyleri, benzerlerini daha önce de yaşamıştım, bir sırrın perde arkasına bakmak istemenin dayanılmazlığını, o anda bekçiyi düşündüm, evimizin arkasındaki barakada köpeğiyle yaşayan adamı anımsadım birden. O yıllarda bilemiyordum bu adamın neyin bekçiliğini yaptığını, fakat bunu mutlaka bilmek istiyordum, içim rahat değildi, evlerin çevresinde dolaştığını, kimi şeylere göz kulak olduğunu ya da bekçilerden beklenen görevleri yaptığını hiç görmüyordum, çoğu zamanını barakasının önünde geçiriyordu, arada sırada köpeğine yedirmek için avuç dolusu çiğ eti öteki elinde tuttuğu keskin bir bıçakla kestiğini de görüyordum. Bıçağı daha önce bileyliyordu, baraka kapısının yanında duran odun kütüğünün üzerine yerleştirdiği taşa bir ayağıyla destek veriyor, bıçağı hızlı hareketlerle bileyliyordu, sonra kocaman bir et parçasını alıyor ve kalın bacağından parçalar kesermiş gibi dilimlere ayırıyordu, köpek çevresinde çılgınca atlayıp sıçrıyor, danslar yapıyor ve efendisinin attığı et parçalarını havada kapıyordu, bir tanesi bile yere düşmüyordu, adam suratında sadist bir ifadeyle köpeğini besliyordu, hayvancağız daha yediği bitmeden bir başka et parçasını havada gördü mü, ağzındaki yarım parçayı bırakıp, yeni atılana saldırıyordu, ne yapacağını bilmez bir durumdaydı, şaşkındı. Ben de barakanın az ötesinde durur, onları seyrederdim, bir defasında kendimi tutamayıp, sordum, et parçalarını niçin daha yavaş atmıyorsunuz, adam rahatsız olmuş gibi suratıma baktı ve kabaca, bu benim köpeğim, diye konuştu, beni inceler gibi gözlerini dikkatle üzerimde gezdirdi, parçaları daha yavaş attı. Yüzü gençti, fakat ağır ağır ve ıslık çalar gibi nefes alıyordu, kısa gömleği ile aşınmış pantolonunun arasındaki geniş et parçası, köpeğine atmak için eline aldığı et parçasını ne kadar da andırıyordu, pespembeydi, sanki içinde ikinci bir yürek varmış gibi de atıp duruyordu.

Bu adam baraka da barınan tek bekçi değildi, mahalleli barakaya "bekçiler barakası" derdi, ötekiler daha çok yaşlı ve sağlıksızdı, geceleri mahallenin sokaklarında dolaşırlardı, ancak bu adam kafamda sorular oluşturan tek bekçiydi, sorular, isteseydim kafamın içinde yanıtsız da kalabilirdi, fakat ilk andan itibaren beni rahat bırakmamışlardı, hele, bu adam neyin bekçiliğini yapıyor, sorusu. Ne zaman oraya gitsem, adamı taşın yanına çökmüş, bıçak bilerken görüyordum, pantolonu sarkmış, poposu neredeyse dışarıda, yuvarlak suratında terbiyesiz bakan mavi gözler, tıraşsız, sakalı uzamış, kirpi gibi kıllar yanaklarında ve çenesinde, bir süre sonra her sabah okula giderken oradan geçip, şöyle bir bakmaya kendimi alıştırmıştım, öğlen eve dönerken de, kimi akşamları da oralarda gezinirdim, mahallede bir tur atardım, caddenin bittiği, portakal bahçelerinin başladığı yerdeki barakaya sokulurdum, el fenerinin ışığında bıçağını bilediğini görürdüm, her defasında tatlı bir korkuyla ürperirdim, sanırdım ki, birden bıçağı boğazıma dayayacaktı, fakat o tüm dikkatini işine verirdi. Zamanla başka şeyler de düşünmeye başladım, burada mutlaka bir şey gizliyordu, ne, bilmiyordum, ancak her şeyden çok daha önemli bir şey olmalıydı, eğer günün birinde ne gizlediğini keşfedersem, bunun hepimizin kurtuluşu olacağını seziyordum, benim, annemin ve babamın, hatta çok daha fazla insanın da, bunları kafamdan geçiriyor, her gün onu yakınında dolanıp duruyordum, zamanla köpek beni tanımağa başlamıştı, havlamayı bırakmıştı, fakat adam hiç konuşmuyor, suskun suskun bakıyordu, bazen de alaycı mavi bakışıyla beni süzüyordu.

Bir defasında barakanın önünden geçerken adamın orada olmadığını fark ettim, kapı ardına kadar açıktı, kendimi tutamadım, içeri girdim, bomboştu baraka, çok şaşırdım, bir sandalye bile yoktu, dolap da, orta yerde şarap kırmızısı bir su yatağı duruyordu, ayağım takıldı, balık gibi hareket etti, sağa sola gitti geldi, arkamı döndüm, dışarı çıkmak için, adamın karşımda dikildiğini gördüm, derin derin nefes alıyordu, ağzı içki kokuyordu, sordu, kimi arıyorsun burada, hemen dikkatimi çekti, şivesi farklıydı, yanıtladım, sizi, dedim, sordu, niçin, ne istiyorsun benden, dedim ki, sizin burada neyin bekçiliğini yaptığınızı bilmek istiyorum, gülümsedi, yüzü daha da yuvarlaklaştı, hiçbir şeyin, dedi, ben burada oturuyorum. Fakat sizin oturduğunuz yer bir bekçi barakası, diye ısrarla devam ettim, konuştu, ne var bunda, dedi, burada kimlerin oturmuş olduğu veya oturduğu beni hiç ilgilendirmiyor, bir adam köpek kulübesinde oturursa, o adam köpek midir? Ya da ağılda oturdu diyelim, o zaman keçi mi olmuş oluyor? Yine sordum, niçin eşyanız yok, yanıtladı, olanlar bana yetiyor, her şeyi yatakta yapıyorum, sırıttı sararmış dişleriyle. Peki ne yapıyorsunuz dedim, yaşamı kullanıyorum, yanıtını verdi, ne demek istemişti, acaba yanlış bir şey mi söylemişti, ne de olsa İbranice anadili değildi, belki de bilinçli olarak böyle konuşmuştu, bana bir şey söylemek istiyordu, sonra elindeki bıçağı pantolonuna sildiğini fark ettim, kasığının yanına, kumaşın yırtığından pembe bir leke seçtim, farkındaydım orada bir şey sakladığının, iğrenç bir şeydi, gözlerimi ayıramadım, baktıkça da daha çok iğrendim, o anda göz ucumla zayıfça birisinin içeri girmiş olduğunu sezdim, babam bağırdı, Ya'arah, hemen eve gel, dedi, yanıma sokuldu, beni itekledi, birlikte eve doğru yürüdük. İçeri girdiğimizde suratının öfkeden kıpkırmızı olduğunu fark ettim, evin odaları sinek ilacı kokuyordu, annem yine hamamböceklerine karşı ilaç sıkmış olacaktı, babam kükrer gibi, seni bir daha bekçinin oralarda yakalarsam diye bağırdı, odana kilitler, sokağa çıkmanı da yasaklarım, ağzımı açtım, fakat o adam bekçi değil ki, dedim, barakada oturuyor diye adama bekçi diyemezsin ki, tıpkı ağılda oturan birine keçi diyemeyeceğin gibi, babam bu kez anneme dönüp bağırdı, duyuyor musun, tıpkı Tirza gibi konuşuyor, annem elinde tuttuğu spreyi duvara sıktı ve hiç sesini çıkarmadı, kokudan evde nefes almak gittikçe güçleşiyordu, babamın öfkesi devam ediyordu, eğer bizi öldürmek istiyorsan bunu hemen yap, böyle yavaş yavaş ve eziyet çektire çektire değil, bu sözleri kime söylemişti, bana mı yoksa anneme mi, dışarı çıktım ve kendimi odama kilitledim, oyuncak kuzuma sarıldım ve düşündüm, peki ama, o adam bekçi değilse, niçin beni sürekli gözlüyordu?

Birkaç gün sonra barakadan çekip gitmişti, babam birilerine şikâyet ettiği için, o gidince sanki beni koruyan kalmamıştı, geceler boyu korkumdan gözüne pek uyku girmemişti, şimdi onu yine anımsadığımda Aryeh'i de düşündüm, eğer az sonra gelip yanıma uzanırsa, ona bekçiden söz edecektim. Bana kalırsa, kişinin en iyi anlaştığı birisine, saçma sapan da olsa, başına gelmiş her şeyi anlatması aşkın kökeniydi, benim dudaklarımın arasından çıkıp dolaylı yoldan onun kulaklarından içeri girmekle öykü bir anlam kazanacaktı, öyküm bu gece Aryeh'e anlatmak içindi, o yıllarda başımdan geçmiş olmasının tek nedeni, sadece o öykü mü, olmuş ve olacak her şey, Aryeh'e anlatmazsam anlamsızdı, o dinlemek istemese bile ben anlatmalıydım.

Dışarıdan yine sesler duydum, misafirler vedalaşıyor gibiydi, birbirlerine iyi geceler diliyorlardı değişik lisanlarda, az sonra evin kapısı kapandı, hatta kilitlendi, ben yatağın içine oturdum, bekledim, odaya gelip beni özgürlüğüme kavuşturmasını, fakat onun acelesi yok gibiydi, sesini duyuyordum, sanki kendi kendiyle konuşuyordu, tartışıyordu, fakat az sonra anladım ki, telefonda birisiyle konuşmaktaydı, telefonu yanıma çektim, ancak açmaya çekindim, başımı ona dayadım, yastığa dayar gibi, belki böylece bir şeyler duyabilirdim, o anda sesini öfkeyle yükselttiğini ve ahizeyi çarpar gibi telefona bıraktığını duydum, yüksek sesle küfür etti, mutfaktan tabak sesleri geldi, aradan az zaman geçti, saatim hâlâ dokuzu göstermekteydi, birden kapı açıldı, ışık yandı ve yaşam doldu odaya.

Ona gülümsemeye çalıştım, gülerken dudaklarımı çarpıttım, gece eve geç gelen kocasını karşılayan kadın gibi, konuştu, merhaba dedi, belliydi, düşüncelerinde henüz az önceki telefon konuşmasındaydı, bana belli etmemeye çaba gösteriyordu, ancak ağzından çıkmış olan o küfrün etkisi gözlerinden okunuyordu, bana baktı, keyifsizliğini tüm ağırlığıyla üzerimde hissettim, sanki olup bitenlerin suçlusu bendim, küfür etmesinin de, o anda ne yapacağımı bilemedim, öfkesini nasıl frenleyebilirdim. Sakin olmaya çaba gösterdim, fakat kulaklarımda korkunun ıslığını duydum, tıpkı gittikçe yaklaşan buharlı bir lokomotifin ıslığı gibi, siz otomobilinizle orta yerde raylarda kalmışsınızdır, lokomotif gittikçe yaklaşmaktadır ve felaket kaçınılmazdır.

Gel, biraz dışarı çık, diye konuştu, yürüdüm, eşiği geçtim, dikkatle, sanki tehlikeli bir sınırdı ve duvara tutuna tutuna ilerledim, sağa bakındım, sola da, odaların birinde unutulmuş bir misafir olabilirdi, salona girince kendimi kanepeye attım, üzerimdeki ince gecelikle üşüyordum, sormadı, söyledi, senin karnın aç dedi, evet diye mırıldandım, sanki teşekkür edermiş gibi, mutfağa geçti, buzdolabından bir şeyler çıkardı, ocağa ısıtmaya koydu ve seslendi, beni de mutfağa çağırdı. Gittim, usluca yuvarlak masaya oturdum, büyük tabakta hindi şnitzel, patates ve karışık salata vardı, annem de okuldan eve geldiğimde çoğu kez bu yemeği önüme koyardı, elimden geldiğince terbiyeli biri gibi yemeye çalıştım, çiğnerken ses çıkarmamaya dikkat ettim, telefon konuşmasından sonra bu evde istenmeyen biri olduğumun farkına varmıştım, hareketleriyle bunu belli ediyordu ve istenmeyen biri nefesini bile usul usul alıp vermek zorundadır, çünkü onun varoluşu artık geçerli değildir.

Salondaki boş tabakları mutfağa taşıdı, küllükleri boşalttı, sanki çok gürültü çıkarmaya bilinçli olarak özen gösteriyordu, düşündüm, komik, ben ne yaptım ki ona, insanın yaptığı ile karşısındakinin ona davranışı arasında belirli bir benzerlik vardır, fakat bu evde bambaşka, alışılmamış yasalar geçerliydi, benimle ilgisi olmayan nedenlerle ben bu evde ya isteniyordum ya da istenmiyordum, soluk, hiç ışığı olmayan, parıltısı, yaşamı güneşe bağlı olan mehtaptan farksızdım. Kim bilir, belki de sevgililer arasındaki bir kavgaya borçluydum bu eve çağrılmış olmamı, düşündüm, araları düzeldikten sonra yine uzaklaşmam gerekecekti, tabiî tersi de olabilirdi, onun yasalarını anlamak zordu, belki de hepsi kuruntularımdan başka bir şey değildi, birden gözlerimden yaşların önümdeki tabağa damladığını hissettim, önümde durdu, başımı kaldırdım, şaşkın bana baktığını gördüm, ne oldu, diye sordu, konuştum, yok bir şey, dedim ve hıçkıra hıçkıra ağlamaya başladım, sen beni evinde istemiyorsun, konuştu, niçin böyle söylüyorsun, sızlandım, hissediyorum istemediğini, dedim, bir an geliyor, senin burada olduğunu unutuyorum, sonra birden anımsayınca da seviniyorum. Son sözleri sanki elinde olmadan çıkmıştı dudaklarının arasından, vücudundaki son damlayı sıkmıştı, fakat o anda daha fazlasını bekleyemezdim, sezdim bunu, yine de rahatlamış gibiydim, ona inanıyordum, sonra konuşmasına devam etti, ben seni burada zorla tutmuyorum, çok iyi biliyorsun, sen istediğin zaman çıkıp gidebilirsin, düşündüm, çok güzel, fakat nereye, İstanbul'u senin yüzünden kaçırmıştım, birden ondan nefret ettim, nazik sözlerle bana özgürlüğümü yine verdiği için, ne yapabilirdim yeniden kazandığım özgürlüğümle?

İki teneke kutu bira getirdi, iki de büyük bardak, birayı bardaklara boşalttı ve yanıma oturdu, galiba keyfi yavaş yavaş yine yerine geliyordu, hareketlerini izledim, yumuşacık ve kaygandı, sanki vücudunun eklem yerlerine zeytinyağı sürülmüştü, kendime gelmek istedim, güçlenmeliydim, vazgeçmezdim, sanırım hedefe varmak üzereydim, hedefte beni nelerin beklediğini pek kavramasam da, biradan iyi bir yudum aldım, kendime gelir gibi oldum, düşündüm bavulumu ve içindeki tahrik edici çamaşırlarımı, gecelerin uzunluğunu, yaşamın kısalığını da düşündüm, geçirdiğim her gece sanki yaşamın yarısına eşitti ve en az onun kadar da değerliydi. Elimi eline koydum, sordum, iyi misin, soruma şaşırmış gibi bana baktı, oldukça iyiyim, diye mırıldandı, durakladı, tabiî bu durumda ne kadar iyi olunursa, ben de o kadar iyiyim, söze karıştım, tabiî, dedim, sordum, kimler geldi ziyaretine, duvarlardan duyduklarıma bakılırsa karnavaldan farkı yoktu evin, gülümsedi, evet, birbirlerini uzun zamandır görmemiş insanlar böyle ziyaretlerde karşılaşınca seviniyor, sen de bilirsin ya, sonra elime baktım, onun eli üzerinde ne kadar da beyaz görünüyordu, hatta parıldıyordu.

Bak, dedim ona, ellerimize baktı ve Joséphine'in de teni beyazdı, dedi, aramızda gece ile gündüz gibi fark vardı, sonra ayağa kalktı, çekmecelerde bir şey aradı, üzerine lastikler geçirilmiş eski bir ayakkabı kutusunu eline aldı, açtı, içini karıştırdı, şaşırmış gibi güldü, elinde tuttuğu bir fotoğrafı bana doğru uzattı, sanki az önceki sözlerini kanıtlamak istermiş gibi, fotoğrafta birbirine sarılmış, sarmaşıklar örneği, karıkocayı gördüm, daha doğrusu gövde oydu, karısıydı sarmaşık gibi ona sarılmış olan, ikisi de çıplaktı, biri ötekinin çıplaklığını kapatıyordu, iki vücut arasındaki fark gerçekten akla karayı andırıyordu, satranç tahtasının kareleri gözümün önüne geldi o anda, çıplaklıkları ile gurur duyuyormuş gibi kameraya gülümsüyorlardı, genç ve güzel, birinin göğsü ötekinin memelerini örtmüştü, cinsel organları iç içe geçmişti.

O kadar hayran olmuştum ki, bıraksa saatlerce o fotoğrafı seyrederdim, öylesine çok malzeme veriyordu ki bana, yeterinden fazla, kucak kucak, onun çıplak vücudu, gençliği, karısının vücudu, aşkı. Hangisini önce incelesem bilemiyordum, onun başını çepeçevre saran kara saçları, içten gelen o gülüşü, bembeyaz dişleri, gözlerindeki candan gülüş, hangisiyle önce ilgilenseydim. Gençti, benim bugün olduğumdan daha geçti fotoğrafta, güzeldi, fakat bugünkü kadar çekici değildi, neşeli gülüşüyle biraz saf görünüyor diye düşündüm, eğer ona o yaşında rastlamış olsaydım mutlaka âşık olmazdım, fakat karısının çok cana yakın bir görünüşü vardı, bu beni biraz şaşırttı, dalgalı sarışın saçları ve bakışlarındaki ışıltılarla, küçük ve düz burnu, çiçekler açan dudakları ve de çıplaklığıyla, ne yazıktı bu güzelliğin ömrünün kısa sürmüş olması.

Arkamda durmuştu, onun bakışlarının da elimdeki fotoğrafta olduğunu hissediyordum, sordum, yavaş bir sesle, gerçekten bu kadar güzel miydi ve yanıtının, hayır olacağını ümit ettim, deseydi ki, hayır fotoğrafta öyle görünüyor, bu kadının güzelliği beni bunaltıyordu, konuştu, fotoğraftakinden de güzeldi, dedi, mükemmeldi, sonra uzandı, fotoğrafı elimden çekmek istedi, fakat ben bırakmadım, o yine çekti, az kalsın yırtılıyordu, çabucak konuştum, izin ver, dedim, biraz daha bakayım, o iki insanın bacaklarına baktım, birbirlerine karışmıştı, güçlü ve yine de yumuşak, nasıl aldatabildin bu insanı, diye konuştum, böyle mükemmel birini, son kelimeler ağzımdan daha çıkmamıştı ki, hata yaptığımı kavradım.

Hızla çekti aldı fotoğrafı elimden ve ayakkabı kutusuna attı, kapağını kapatıp, lastikleri üzerine geçirdi, çabuk, kaba hareketlerle, sonra önümdeki tabak ile bira bardağını da aldı, biramı daha bitirememiştim, kalın sesle konuştu, ben onu aldatmadım dedi, ben onu hiçbir zaman aldatmadım, anlıyor musun, ürktüm, fakat dilimi tutamadım, konuştum, bana oyun oynayamazsın dedim, ne de olsa benimle de aldattın karını, unuttun mu yoksa? Birden yüzü kızardı, kıpkırmızı oldu, elindeki bira bardağını bana doğru sallayarak bağırdı, ne saçma şeyler söylüyorsun dedi, senin neden haber var ki, ben onu hiçbir zaman aldatmadım, ben ona son dakikasına dek sadık kaldım, o biliyordu bunu! Böyle şeyleri söylemeye ne hakkın var, nasıl oluyordu da beni suçluyorsun, hem sen kim oluyorsun da benden şüpheleniyorsun? Ve elindeki bardağı fırlattığı gibi musluğun yanındaki mermere attı, bardak yüzlerce küçücük parçaya ayrıldı, koskocaman bardak ne de kolay parçalanmıştı.

Şaşkınlıkla ellerine baktığını fark ettim, sağa sola hareket ettirdi onları, bir kitabın sayfalarını çevirirmiş gibi, ürkek onu seyrediyordum, yanında değildim, mutfak kapısına doğru uzaklaşmıştım, sonra koşarak yatak odasına gittim, kapıyı ardımdan kapattım, korkudan titriyordum, ümitsizliğe de kapılmıştım, düş kırıklığına da, yerde duran bavulumu karıştırdım, hiçbir şey bulamadım, ne aradığımı bilmiyordum da, gerilim içindeydim, giyecek bir şey, fakat ne, hemen üzerime geçirip, kendimi sokağa atabileceğim, yoktu, bavul iç çamaşırı doluydu, onlarla da dışarı çıkılmazdı, gözlerim karardı, içimden kendime lanet okudum, buraya gelirken ne düşünmüştün, günler boyunca hiç yataktan çıkmayacağını mı, fakat o anda anımsadım, dün buraya gelirken üzerinde bir şey vardı, inanılmazdı, daha dün gelmiştim onun evine, sanki aradan bir ay geçmişti, evet, ne giymiştim ona gelirken, ayağımda sadece külotlu çorap ile çizmeler yoktu ya, yatağı aradım, yorganı kaldırdım, eğilip yatağın altına baktım, acaba nerede soyunmuştum, anımsamaya çabaladım. Sen aradığını önce kafanın içinde aramalısın derdi annem hep, fakat kafam şu anda felce uğramış gibiydi, tıpkı ellerim gibi, korkudan felçti tüm vücudum, aynı anda o odaya hızla girecek ve beni öldürecekti, çabucak düşündüm, filmlerde ne yapardı kadınlar böyle sahnelerde, anımsadım, görmüştüm bir kez, kadın oda kapısının ardına iskemleler, masalar yığmıştı, odadaki iskemleyi çektim, kapıya dayadım ve o anda giysilerime bastığımı fark ettim, hemen giyindim, bavulu kapatıp, hızla salonu geçtim, mutfağa bakmadan kendimi evden dışarı attım.

Dışarıda gece ılıktı, sanki ilk yaz gelmişti, evde kapalı olduğum bir gün içinde iklimler mi değişmişti, üzerimdeki kalın giysinin içinde terlediğimi hissettim, halsizdim, yalnız bırakılmıştım, adımlarımı yavaşlattım, çok yavaşladım, neredeyse duracaktım, çevreme şöyle bir göz attım, peşimden gelen var mı diye, yoktu, acele etmem gereksizdi, bu kentte hiç bekleyenim yoktu, elimdeki bavulu kaldırıma bıraktım, üzerine oturdum, müthiş ve beklenmeyen olayların yaşandığı bu yeni gece dünyasında yalnız başına kalmış bir turisttim ben. Duygularım bir batağın içine çekildiğimi söylüyordu, mırıldanır gibi, dikkat et kendine, diyordu, düşme bu batağa, dön evine, al yaşamını yeniden eline, bardak kırıldı, ne olmuş, elinle tutacağın başka şeyler de var, dön evine, yarın sabah gidersin yine üniversitene, oturursun kütüphaneye, bırak o adamı sensiz üşütsün kafayı.

Kendimi kitaplar dolu bir odada gördüm birden, rahat rahat nefes alıyordum, çiçekten çiçeğe uçan bir kelebek gibi kitaplar arasında dolaşıp duruyordum, parmaklarımla bir ona bir ötekine dokunuyordum, sonra aniden başım döndü, yere yuvarlanacağım sandım, dekanın özel kitaplığından bana ödünç vermiş olduğu kitap aklıma geldi, "Tapınağın Tahribi Üzerine Öyküler", hemen bavulumu açtım ve deliler gibi içinde kitabı aradım, yoktu, bulamıyordum, aceleyle bavula koymamıştım, yatağın içinde bırakmış olacaktım, cephede geri bırakılmış yaralı bir asker gibi, kim bilir onu hangi alın yazısı bekliyordu, öfkesinin ikinci kurbanı o mu olacaktı, bira bardağını mermere fırlatıp yüzlerce parçaya dağıttığı gibi kitabı da yırtıp sayısız parçaya mı ayıracaktı, kitabın içindeki sonsuz ıstırap çekmiş tüm kahramanlar, örneğin yüksek rahip ve kızı, Sion'un bütün kızları, karısı elinden alınmış marangoz, hepsi bir tahribatı daha yaşayacaktı, biliyordum, ben hepsini onun elinden kurtarmak zorundaydım, bu boş yere söylenmiş bir şey değildi, karar verdim, eve gidecek ve tek kelime konuşmadan yatak odasındaki kitabı alacaktım, onun suratına bile bakmayacaktım, fakat az sonra evinin merdivenlerinde durduğumda gözlerimin, onu bir kez daha görmenin hasretiyle acıdığını sezdim ve az sonra kapıyı açtığında da ona olan tüm aşkımla vücudumun ağrıdığını hissettim, aşk ve acıma, hüzün ve hasret doluydum, fakat konuşmadım, dosdoğru yatak odasına yürüdüm, yorganı kaldırıp, altında durmakta olan kitabı aldım, sarıldım, tuttum kucağımda, bir bebek gibi.

Peşimden yürüdü, ağır ağır, yüzünden öfke akıyordu, oda kapısında durdu. Tekrar dışarı çıkmak için yanından geçerken birden kolunu uzattı, yavaş yavaş kaldırdı, beyaz sargılı eli yüzüme yaklaştı, dokundu, okşadı ve beni yatağa doğru çekti, mırıldandım, seviyorum seni, biliyorum, yaptığım doğru değil, fakat seviyorum seni, çok yavaş hareketlerle, okşar gibi üzerimdekileri çıkarmaya başladı, konuştu, biliyorum, her şey yoluna girecek, dedi, nedense, çoğu kez yaptığı gibi, niçin, diye sormadı, konuştum, seni üzmek istemiyordum, sözümü kesti, biliyorum, her şey düzelecek, dedi, sarıldı, her yanımı kendine çekti, dışımı ve içimi, sıcak ve dolu dolu, o anda hissettim mutluluğu, anladım ne olduğunu, sanki bir daha hiç göremeyeceğimi sandığım birisiyle yeniden karşılaşmıştım, o insanı çoktan öldü sanmıştım, şimdi ise geçmiş düzeltilmişti, tamir edilmişti, ölümcül bir hastalık atlatılmıştı, hasta iyileşmişti, boşanmış anne baba yeniden bir araya gelmişti, böylesine bir mutluluk doldurdu içimi, olanaksız olan başarılmıştı, biliyordum, şu anda yaşadığım gerçekdışıydı, kendimi korumam mümkün değildi, neredeydim, dünya batıyor, ben mutluyum, diye mırıldandım kendi kendime, dünya batıyor, ben mutluyum sonra sözler ağzımda değişti, mırıldandım, ben ölüyorum, dünya mutlu, ben ölüyorum, dünya mutlu, fakat birinin ötekinden ne farkı vardı, hiç, ben de değiştim ellerinin arasında, düşündüm, ne büyük bir mutluluk, yoksa yaşamaya devam edecektim hiçbir şeyi hissetmeden, yaşamadan, işte burada benim gerçek balayım, birkaç saat için de olsa, bundan başka balayı olmayacak, değerdi kimi şeyleri göze almaya, birden şehvet dolu bir inleme duydum, hıçkırdı, ağlar gibi sesler çıkardı, daha çok sarıldım ona, mırıldandım, ağlama, ben seni seviyorum, dedim, küçük bir çocuk gibi sızlandı, ben onu hiç aldatmadım, onu hiç aldatmadım, o biliyordu bunu, söylemişti bana ölmeden önce, ona olan bağlılığımı bildiğini söylemişti, hiçbir zaman şüphe etmemişti benden, sözünü kestim, evet, biliyorum, dedim ve vücudunun birden soğuduğunu hissettim, çekildiğini, küçüldüğünü, omuzlarının, kalçalarının, dizlerinin, tıpkı fırından sıcak sıcak çıkan, fakat daha masaya bırakır bırakmaz da içi soğuyup, çöken kabarık pasta örneği, öte yana döndü ve sızlanması horlamaya dönüştü, tüm gün o geceyi beklemiş olan bense yanında yatakaldım, düş kırıklığına uğramış, yüksek sesle horlamalarını saydım, sırtını okşadım ve bunun kısa bir kestirme olacağını umdum, az sonra yine uyanacak, beni sabaha dek sevecekti, ne de olsa ben yorgun filan değildim, bütün günü uyuyarak geçirmiş sayılırdım, ancak az sonra anladım, uyanmaya hiç niyeti yoktu, çıktım yataktan, salona geçtim. Sokak kapısının yanında pahalı bavulum duruyordu, geceliğimi çıkardım, üzerime giyip, gittim mutfağa oturdum, içi fotoğraf dolu, lastiklerle iyice kapatılmış o ayakkabı kartonu masada durmaktaydı, uzandım, kendime çektim ve lastiklerini çıkarıp, kapağını açtım, can sıkıntısıyla, biraz ilgisiz fotoğrafları karıştırdım, fakat az sonra umursamazlığım meraka dönüşüverdi, o gece arzuladığım tüm duygular birdenbire bu eski karton kutudan çıkıyor, üzerime geliyordu, o kadar çoktu ki, dayanılmazdı.

Kendimi o anda bekçinin köpeğine benzettim, istemediğinden çok et parçası önüne atılan köpeğe, daha birini yemeden öteki parça geliyordu, düşler karabasana dönüşüyordu, elimdeki fotoğraflardan çıkan insanlar, uzuvları, çıplak ya da yarı çıplak çekici vücutları üzerime peş peşe yığılıyordu, kumaşlar, giysiler, onların yanında benim bavulumdaki giysi parçaları, ülkeye gelmiş öncülere giydirilen iş giysilerini anımsatıyordu. Ne kadar da çok gözler vardı, değişik renklerde ve şekillerde, yeşil ve mavi ve kara, yuvarlak ve uzun, bir sürü de meme ve meme uçları, kıçlar ve kıllar, insan eti satan ağzına kadar dolu bir kasap dükkânı, bu dükkânın içinde olmamak üzücüydü, benim fotoğrafımı hiç çekmemişti, hiç fotoğrafı çekilmeyen tek insan bendim bu dünyada, sanırım buna kimse gerek görmemişti. Fotoğrafların içinde tanıdık bir yüz aradım, fakat tüm yüzler bana yabancıydı, hepsi çok uzaklarda bir yerdeydi, bambaşka ülkelerden, başka devirlerden geliyordu onlar, sonra yine o fotoğrafı tuttum elimde, onu ve karısını gösteren, sanırım kutudaki en masum fotoğraf buydu, aralarında başka fotoğrafları da vardı, hemen hemen aynı yıllarda çekilmişe benziyordu, belki de aynı günün fotoğrafları, birinde karısı onun dizinde oturuyordu, ikisi de çırılçıplaktı, onun kara elleri karısının bembeyaz memelerini örtüyordu, bir başka fotoğrafta bacaklarını iyice açmış oturuyordu, tüyler arasından kırmızımsı tomurcuk belli oluyordu, yüzü heyecanla ışıldıyordu, başka fotoğraflar da buldum kutuda, birlikte çekilmiş, Paris'in değişik kafelerinde, kim bilir belki de tanışmalarının ilk yıllarındandı bu fotoğraflar, sonra dikkatimi çekti hepsi de belirli bir kronolojik sırayla konmuştu kutuya, karıştırmamaya dikkat ettim, masanın üzerine dizdim, içlerinde bulanık çocuk fotoğrafları da gördüm, başları kara başörtülü yaşlı kadınlar ile erkeklerin arasında bir deri bir kemik zavallı çocuklar, sonraki fotoğraflarda daha fazla ışık vardı, giysiler de renklenmişti, gülümseyen suratlar ve fotoğraflardan birine sanki saldırdım, parmaklarımın arasında sıkı sıkıya tuttum, genç iki adam görünüyordu bu fotoğrafta, birbirlerine sarılmışlardı, çok emindim, onlar Aryeh ile babamdı, evet, işte bu fotoğraftı babamın evde deliler gibi aradığı, düş kırıklığı ve öfkesinden çekmeceyi ayağına düşürmüştü.

Aryeh'i hemen tanıdım, uzun boylu ve esmer, yüzünde geniş bir gülümseme, hoşuma gitmeyen ve bembeyaz dişler, kendine çok fazla güvenen, burnu Kafdağı'nda bir tip, kendini beğenmişliğiyle karşısındaki çileden çıkaran biri, yanında genç bir adam, ufak tefek, açık tenli, solgun, ruh suratlı biri, sıkılgan, daha doğrusu ıstırap çekermiş gibi kameraya bakan bir genç, bu adam tabiî babamdı, yaşamın eşiğinde duruyordu, yüzünde çekingen bir gülümseme, hatta biraz kötümser, yanındaki arkadaşından çok daha değişik bir gülümseme, ancak onun yüzünden ümit okunuyordu, mutluluğa ümit, mutluluğa hazır olma, uzun uzun baktım fotoğraftaki babama, baktıkça da ondan ayrılmak istemedim, sordum kendi kendime, o yıllarda yaşasaydım, annemin yerinde olsaydım, neyi yeğlerdim, kendine güvenenin gülümsemesini mi yoksa çekingenin gülümsemesini mi, ne kadar da zordu kendine bir eş seçmek, gülümseme seçmek bile kolay değildi, ne de olsa yaşamda kimi zaman kendine güven gerekliydi, kimi zaman ise çekingen davranış hiç de yanlış sayılmazdı, tabiî yaşam boyunca insan karşısındakinin yeknesak gülümsemesiyle de yaşayamazdı.

Bu fotoğrafa veda etmek çok zoruma gitti, ayrılamazdım ondan, çabucak bavuluma attım ve diğerlerini elime aldım, incelemeye devam ettim, Joséphine'in yavaş yavaş ortadan kaybolmaya başladığını sezdim, arada sırada görünüyordu, artık çıplak değildi, giysili, yengemi andıran giysilere bürünmüştü, çıplaklar diğer fotoğraflardaydı, olağandı her yanı görünen daha genç kadınların zamanla onu kenara itmiş olması, yüzündeki ifade, bakışlarındaki ışık değişmişti, sönmeye başlamıştı, o an çok iyi belli oluyordu, nefret dolu yeni kadınlara baktım, tabiî onlar da bu arada yaşlanmıştır, belki sağlıklarını da yitirmişlerdir, kimileri toprağın altına bile girmiş olabilir.

İçlerinden biri Çingene'yi andırıyordu, esmer ve gizem doluydu, göğüslerini kara bir kumaş parçasıyla örtmüştü, başka bir kumaş parçasını da kalçalarına sarmıştı, az sonra düşeceklermiş gibiydi, gerçekten de bir fotoğraf sonra ikisi de yerdeydi, kadın çırılçıplaktı, omuzlarından kara bukleler aşağılara dökülüyordu, yere uzanmıştı, kırmızı bir halıya, o da üzerine eğilmişti, arkadan görünüyordu, fakat mutlaka oydu, bir fotoğraf daha, şimdi kadın üzerine çıkmıştı, o kadına girmişti, görüyordum, yüzünden de iyice belli oluyordu, gergindi hatları, sonra bir fotoğraf daha, aynı gün çekilmişti, yataktaydılar, kim çekmişti bu fotoğrafı, yatağın kenarında eski güzelliğini yitirmiş olan Joséphine durmaktaydı, üzerinde eteklikten başka bir şey yoktu, çingeneyi andıran kadın elini ona doğru uzatmış, baldırlarının arasına dokunuyordu, Joséphine'in yüzü belli değildi, kadının dokunması hoşuna mı gidiyordu yoksa isteksizce mi orada duruyordu, anlaşılmıyordu. Bir fotoğraf sonra başka bir kadınla beraberdi, ince uzun, zayıf, kısa saçlı ve minnacık memeli, fotoğraflar yenilendikçe o yaşlanıyordu, saçlarının siyahlığı aklanıyor, gergin teni kırışıyor, dişlerinin beyazlığı sararıyor, gözlerinin bakışı kısılıyor, daralıyor, gülüşü, hele o sağlıklı gülüşü uzaklaşıyor, ortadan siliniyordu.

Bütün fotoğraflar masanın üzerine yayılmış duruyordu, bakışlarımı gezdirdim, hızla, peş peşe baktım, kısa metrajlı bir seks filmi seyreder gibi, iki, en fazla üç dakikalık bir filmdi bu, Aryeh Even denen birinin aşk hayatını anlatıyordu, dolu dolu bir yaşamdı mutlaka, başka yan uğraşılarına nasıl zaman bulmuştu, gücü kalmış mıydı, fakat şu sıralar gücü yerindeydi, ben buna tanıktım, masadaki fotoğraf dizisinin en son halkası bendim, benden başkalarının ayağını kaydırmak istiyordum. Onun başını döndürmek, kendini beğendirmek zordu, anlamıştım bunu, hırsını, ateşinin çoğunu da mutlaka geçmişte bırakmıştı, sikişirken her şeyi denemişti, intihar dışında, belki bunu bile, kim bilir, gerçeği düşünmek gerekirse benim şu anda açlığımı unutmam ve buradan çekip gitmem en doğru yol olacaktı, çünkü beni o doyuramayacaktı, açla tok aynı masaya oturamazdı, birdenbire iğrendim önümde duran bütün fotoğraflardan, dayanılacak gibi değildi, çabuk çabuk topladım, düzenli sıralamaya dikkat ettim, yenisinden eskisine doğru, en alta yaşlı Aryeh'i koydum, en üste de gencini, tam kutuya yerleştirirken bir fotoğraf daha dikkatimi çekti, az önce görmemiş olacaktım, güzel ve genç bir kadın, nedense giyimli, önünde boş bir tabak, elinde çatal ve bıçak, saçlarını örmüş, atkuyruğu yapmıştı, parmağında yüzük, önünde duran tabağa bakıyordu, ince, narin yüzünde mutluluk.

Fotoğraftaki o yüzü inceledim, heyecanla, tanıdığım, defalarca görmüş olduğum bir fotoğraftı, fakat şu andaki kadar ilgimi çekmemişti genç ve güzel annemin ciddi bakışları, sanki o anda çok önemli bir şey geçiyordu kafasından, önemli ve heyecanlı, fakat alın yazısı düşündüklerine bağlı değildi, belki de düşünceleri önündeki boş tabakla ilgiliydi, bu fotoğrafı da hemen bavuluma attım, bir yaprak gibi siyah iç çamaşırlarımın üzerine düştü, albümümde olmasına karşın bu fotoğrafı da alıp götürmeliydim, çünkü annemin en çok hoşuma giden fotoğrafıydı, burada kalmamalıydı, bu çirkin, iğrendirici karton kutuda ötekilerin arasında,

Aryeh'in orospularıyla bir arada bırakamazdım, ne işi vardı burada, niçin onların arasındaydı, evet, bunu çok merak ettim, nasıl öğrenseydim, geçmişin üzerini kapatmışlardı, koskocaman bir örtüyle kapalıydı üzeri geçmiş yılların, belki annemin haberi bile yoktu fotoğrafının bu kutuda durduğundan?

Kızımı düşündüm, günün birinde doğuracağım kızımı düşündüm, benim hakkımda neler bilecekti acaba, belki o da bu kutuyu karıştıracak, fotoğraflarımı arayacaktı, o adam sonsuza dek bizim çevremizde dolaşıp duracaktı, çekici ve de lanetli, bir mıknatıs gibi kadın kalplerini kendine çekmeye devam edecekti, karar verdim, bu kutunun içine bir kâğıt bırakacaktım, kızıma, yazmalıydım ona bir şeyler, fakat yapamadım, dikkatle lastikleri kutuya geçirdim ve ışığı söndürüp, salona geçtim. Karanlık evde yürüdüm, odadan odaya gittim, kimi dolapları ve çekmeceleri açıp kapattım, beni ne banka hesapları, ne Fransızca yazılmış bir sürü evrak, ne de başsağlığı telgrafları ilgilendiriyordu, tümü de benim için önemsiz şeylerdi, hele kutuda gördüklerimden sonra, bavulumun üzerine oturdum, nedense bana evdeki tüm koltuklardan daha rahat geliyordu, düşündüm, şimdi çekip gitmeliydim, en uygun andı ona sırtımı dönmek için, bu adam hiç sana göre değil, çok çürük biri, nasıl bir çöp kutusunda yaşamak sana yaraşmıyorsa, onun koynuna girmen de öğütlenemez, kalktım, yatak odasına yürüdüm, geniş yatağa baktım, içinde değildi, yatak boştu, fotoğrafta annemin önünde duran tabak gibi.

Olamazdı, ben mi yanlış görüyordum, mümkündü, yatakta olmalıydı, karanlık ve teni aynı renkteydi, yaklaştım, elimi yatağın üzerinde gezdirdim, yorgana, çarşafa okşar gibi dokundum, hayır, yatağın içinde insan vücudu yoktu, buhar olup uçmuş muydu acaba, vücudu böylece öteki dünyayı mı boylamıştı, belki de kurumuştu, sönmüştü balon gibi, ne bırakmıştı ardından, çocuklar değil, bir karton dolusu fotoğraf ve fotoğraflardaki kadınlar, henüz yaşamda olanlar toprak atılmamış mezarında dinî şarkılar söyleyecekti, rahatlamıştım bunları düşünürken, hatta umut dolmuştu içime, ondan kurtulmanın en iyi yolu buydu, hiç sorun filan çıkmadan, acı çekmeden, bugüne dek elimden geleni yapmıştım, daha fazlası benim için mümkün olmamıştı, o anda içerden bir ses duydum, öksürmüştü ve gerçekten üzüldüm, musluk açıldı, su sesi, yine kapandı, geceyarısı elini yıkamaya önem veriyordu, fakat ne anlamı vardı bunun, ruhu kirli olduktan sonra, sallana sallana geri geldi ve kendini yatağa attı, çakmağının alevinde bir an için yüzünü seçtim, sigara yaktı ve mırıldandı, sen daha burada mısın, alay ve şaşkınlıkla karışık, belki o da içinden geçirmişti buhar olup uçmamı, yok olmamı, olay çıkarmadan yaşamından kaybolmamı ümit etmişti, vedasız ve suçlamasız, ikimiz de aynı anda düş kırıklığına uğramıştık. Bir an için ortak duyguları beslemiştik, belki de bizi birleştirmişti, ötekinin yaşamından çekip gitmediğini görmenin verdiği düş kırıklığı?

Gitmemi istiyor musun, diye sordum, derin bir nefes aldı, içini çekti, niçin benim ne isteyip istemediğimle uğraşıyorsun, yorma kafanı, ne istiyorsan onu yap, karşı çıktım, fakat, diye konuştum, ben burada yalnız değilim, biz iki kişiyiz, sözümü kesti, öğrenmemiş gibisin, bilmiyor musun, iki kişi demek, iki yalnız insan demektir, bak sana bir sır vereyim, üç kişi de, üç yalnız insandır, bu böyle devam eder gider, suratındaki memnuniyeti karanlıkta bile fark ediyordum, düşündüm, daha doğrusu düşünmeye çalıştım, söyledikleri akıllıca mıydı yoksa budalaca mı, sıradışı mı yoksa ucuz muydu, hiçbirine karar veremedim, karşılığım yılan tıslaması gibi oldu, özellikle üç kişi konusunda çok bilgili sayılırsın, hemen sesini yükseltti, azarlar gibi konuştu, sen ne demek istiyorsun? Pek önemli bir şey düşünmedim, diye kekeler gibi konuştum, o ise kıs kıs güldü, sağı solu karıştırdın galiba, anlıyorum ne demek istediğini, sesimi çıkarmadım, sustum ve ağzından çıkacak öfkeli sözleri bekledim, bu kez haklı da olabilirdi, fakat bağırıp çağıracağına, gülmeye devam etti, ne söyleyeceğime, ne düşüneceğime karar veremedim, galiba o da bunu istiyordu, devam etti, umarım çok hoşuna gitmiştir.

Sanırım senden daha az, diye konuştum, güldü, evet, benim çok hoşuma gitti, niçin yalan söyleyeyim, yaşamın tüm güzelliklerini geride bıraktığım bu zamanda yalana hiç gerek yok, kırılır gibi oldum, bana hiç şans tanımıyorsun, diye mırıldandım. Öyle kişisel düşünme, dedi, ben geçmişimden söz ediyorum, eğlence ve zevk dolu o büyük sepetten, maceralar ve armağanlar doluydu, hepsini açtım, kullandım, sepet artık boş sayılır, seninki henüz dopdolu Ya'arah, sıkılma, dert edinme kendine bazı şeyleri. Ben bomboş bir sepetle dünyaya geldim, diye mırıldandım, bunun yaşla hiç ilgisi yok, benim maceralar ve armağanlar dolu bir sepetim olduğunu hiç anımsamıyorum.

Kişi böyle şeyleri her zaman fark etmeyebilir, sadece geçmişe bakarsa, hele yaşamının çoğunu da geride bırakmışsa, yaşamından bazı fotoğrafların aydınlandığını, berraklaştığını sezer, sonra kendisini de aydınlatmak için olacak yatağın yanındaki küçük gece lambasını yaktı, esmer çıplak vücudunun hareketlerini hayranlıkla seyrettim, düşüncelerim ise onun fotoğraflardaki vücudundaydı, yuvarlak parmak izleri dolu, bir leopar örneği lekeli, hareketleri kıvrak, tepeden tırnağa yıllar boyu koynuna girmiş tüm kadınların parmak ve dudak izleriyle dolu, her şeye karşın aşınmamış bir görünümü vardı, leoparlar da hep canlı görünürdü, kıvrandı, gerindi keyifle, sigarasından derin bir nefes çekti, sonra bana uzattı, konuştu, evet, yaptığım her şey çok hoşuma gitmişti, dedi, fakat hiçbir zaman bağımlı olmadım, son sözleri sert çıkmıştı, acaba ilk ihtar mıydı, kavradım, söyledikleri üzerine düşünmenin, onunla herhangi bir tartışmaya girmenin hiç anlamı yoktu, sordum, başka şeylere nasıl zaman ayırdın, merak ediyorum, güldü, unutuyorsun kaç yaşında olduğumu, dedi, her şeyi yaşım kadar yıla yaydım. Fakat vücut hep aynı vücuttu, diye konuştum, bir ikincisi yok ve baştan aşağı lekelerle dolu, gözlerini kıstı, dikkatle esmer vücudunu inceledi, kollarını kaldırdı, sağa sola çevirdi, sonra rahatlamış gibi iç geçirdi, söylediğime inanmış ve korkmuştu, senin ağzından çıkanlar kıskançlık dolu, sevgili kızım benim, dedi, geleceğinin önü henüz açık, yaşam seni bekliyor Ya'arah, niçin böyle acele ediyorsun, bir şeyi açıyorsun, düş kırıklığına uğrayınca da hemen kapatıyorsun, ağzından ilk kez kendisiyle değil de benimle ilgili bir şey çıkmıştı, benzeri sözleri daha önce hiç söylememişti, şaşırtıcı şeylerdi bunlar, beni ilgilendiren şeylere niçin karışıyordu, biraz öfkeli sordum, ne demek istiyorsun, yanıtı, bilmiyorum, oldu, belirli tek bir şey değil, genel konuştum, Parisli bir kadın gibi kendini yaşamın kucağına atacağına, saklanıyorsun, mağarandan arada sırada dışarı çıkıyorsun, az sonra yine oraya dönüyorsun. Tabiî bu senin en güzel hakkın, her insan hangi yolda yürüyeceğine kendi karar vermek zorunda, fakat sen seçtiğin yoldan memnun değilsin, düş kırıklığına uğradığın belli, yaptıkların sana yetmiyor, mağarada da kapalı kalmak istemiyorsun, dışarı çıkmak, daha çok şeyler yapmayı arzuluyorsun, ancak bunun için kimi tehlikeleri de göze almak zorundasın, sen yürekli değilsin.

Ben kendimi tehlikeye atmasaydım şimdi burada olmazdım, diye konuştum, kendimi korumak istedim, fakat o söylediklerimi pek önemsemezmiş gibi konuştu, sen hep ayrıntılardan söz ediyordun, önemli olan ayrıntılar değildir, yaşamının bir veya iki gecesini nerede geçirdiğin tamamen önemsizdir, tüm yaşamını nasıl organize ettiğin, senin mi ona yoksa onun mu sana hükmettiği önemlidir, sustum, o anda kaybeden bendim, fakat onun da belirttiği hükmeden ve kazanan kadın olmayı nasıl da isterdim, hiçbir erkeğe bağlanmayan, küçük hesaplarla uğraşmayan, yaptıklarının cezasını ödemeyen, kendi bildiği yolda yürüyen bir kadın, güçlü bir geleceğim olmalıydı, düşündüm, sürekli el üstünde tutmakla beni zayıflatan Yoni'siz olacaktı gelecek, Aryeh'siz de, küçük bir çatı katında, şu andaki dairemiz gerçekten karanlık bir mağaraydı, çıkmalıydım oradan, başka bir yere gitmeliydim, her şeyi yukarıdan görmeliydim, tüm resme bakmalıydım, beni çoğu kez şaşırtan o küçük ayrıntılara değil ve istediğimle de yatağa girecektim, beni ömrü boyunca seveceğini söyleyenle değil, arada sırada Aryeh'le de ve vücudum, ne olduğunu, benim için anlamını henüz anlayamadığım o vücudum kendine özgü bir yaşam sürdürecekti, vahşi ve gizem dolu bir yaşam, o benim atım olacaktı, ben üzerine binecek ve hiçbir şeyden korkmayacaktım.

Düşlediğim bu tablo karşısında bir an için şaşkınlıkla sersemlemiştim, nasıl da berrak ve renkli duruyordu, fakat bu bir an içindi, hemen değişiverdi, derinlere kaydı, hep olduğu gibi, ne zaman böyle mükemmel ve kusursuz bir tabloyu canlandırsam, kâğıda geçirmeğe niyetlendiğim anda her şey birden kaybolurdu, ortaya acınacak, belli belirsiz birkaç çizgi çıkardı, tek nedeni de düşün gizemi ile gerçek arasındaki çelişkiydi. Kendimi gözümün önüne getirdim, soğuk çatı katında yapayalnız, masamın üzerinde bir telefon, hiç çalmayan, sadece annem telefon ettiğinde açtığım, arada sırada Yoni'nin yeni eşiyle yaptığı ziyaretler, getirdikleri, ısıtmadan yediğim yemekler, boş tabağa damlayan göz yaşlarım. İçim acılarla doldu, yüreğim sıkıştı, ona müthiş öfke duydum, o kim oluyordu da yaşamımı değiştirmek istiyordu, sonra konuştum yavaş bir sesle, sen yıllar boyu evliydin, dedim, sen de bir yere kapalıydın, bana baktı, yaşam boyu iyilik yapmak isteyen biri gibi konuştu, ağır ağır, sen beni anlamadın, dedi, söylediklerimin evlilikle ne ilgisi var, önemli olan senin kendini nasıl gördüğündür, evlilik ikinci planda kalmalıdır, tek başına yaşayan bir insan içine kapanabilir, evliyse tüm yaşama açıktır, önemli olan senin yaşamdan ne beklediğin, yaşamını sürdürürken nelere ağırlık verdiğindir, ömrün boyunca, öğretmeninden korkan, kimi derslerden kaçan, her zaman okula gelmeyen, suratında hep masum maskesiyle dolaşan, eve şikâyet gelmesinden çekinen bir öğrenci olarak mı kalmak istiyorsun yoksa yaşamına iyi ya da kötü zamanda, ne olursa olsun, her an hükmeden biri mi olmak istiyorsun? Bana öyle geliyor ki sen sürekli, düşündeki kıvrık bir çizgiyi düzleştirmeye uğraşıyorsun, görgü kuralları çerçevesinde ve pek fazla riske girmeden, belki ufak tefek tamirat yaparak istediğine ulaşabilirsin, ancak tüm yaşamı bu gibi temeller üzerine oturtursan çok yazık olur. İnan bana, diye devam etti, önemli olan ben değilim, seni kandırmaya çalışmıyorum, okuldaki bir dersten kaçmanı da istemiyorum, sen her ne kadar, sen sadece kendini düşünüyorsun, desen de, şu andaki tek düşüncem sensin, çünkü sana acıyorum.

Omuzlarım çökük yanında oturuyordum, sırtıma ağrılar saplanmıştı, soğuk bir el vücuduma dokundu, sertçe okşadı, yerimden kıpırdayacak halim yoktu, biliyordum, o haklıydı, ne yapabilirdim şu anda, büyük bir karmaşanın ortasındaydım, toparlamaya nereden başlasaydım, buna ömrüm yeter miydi acaba yoksa hiç başlamasam daha iyi mi olurdu, nefret ettim ondan, beni ilgilendiren şeylere karıştığı için, sanki tuvalete oturmuş burnumu karıştırırken bana sormadan fotoğrafımı çekmişti, şimdi de gelmiş o fotoğrafımı gösteriyor, işte bak, sen busun diyordu, söyle bana, böyle biri sevilir mi? Kim oluyordu o, nasıl böyle şeyleri söylemek cesaretini kendinde buluyordu, ne elde etmek istiyordu, konuştu, biliyor musun, dedi, bugün baban, İstanbul'a balayına gittiğini anlatırken, düşündüm kendi kendime, tut bu adamı elinden, götür yatak odasına, canım da istemedi değil, sonra aç kapıyı ve de ki, bak Şlomo, kızın burada, sonra yine birlikte salona dön ve hiçbir şey olmamış gibi sohbetine devam et, karşımda oturan babana baktım da, o adam her şeyi sesini çıkarmadan yutardı, buna çok eminim, inanabilirsin bana, yuttuğu ilk kurbağa olmazdı bu onun, göreceksin yaşamında insanoğlu neleri yutmasını beceriyor.

Fakat o zaman oturup tüm dostlarına anlatamazdı, diye konuştum, dünyanın en mutlu insanı benim diye, Aryeh elini şöyle bir salladı, babamı aşağılarmış gibi, saçma, dedi, bu odada senin ölünü bile görmüş olsaydı, yine havasını atardı dostlarına, anlıyor musun beni? O çok mutlu, çünkü çok mutlu olma kararını almış, yaşamın ona torpil geçmediğini benden iyi biliyorsun. Onun bu mutluluğunun seninle hiçbir ilgisi yok, iyi bir evlilik yapmış olman ve balayını İstanbul'da geçirmenle de ilgisi yok, onun mutluluğunda senin rolün sıfır, bu nedenle babanı mutlu kılmak için ondan kimi şeyleri saklaman da gereksiz, aynı nedenler annen için de geçerli, en çok da kocan için. Tüm gerçek, insanoğlunun oldukça kolay yuttuğu kurbağada gizli, bırak istediği kadar yutsun, söze karıştım, yanlış anlama, diye konuştum, onların mutluluğundan kendimi sorumlu bulduğum gibi mutluluklarının sonuçlarından da ben sorumlu olacağım diye çok korkuyorum, Aryeh hemen konuştu, evet, bu çok bilinen bir ikilem, dedi, fakat önemsiz, çünkü seni olduğun gibi kabul etmeyen biri zamanla yaşamından nasıl olsa kaybolup gidecektir, sürekli rol yapması imkânsız.

Fakat ben nasıl bir insanım bilmiyorum, diye konuştum, sabah kalktığımda çok yürekliyim, akşam olduğunda ise korkağın tekiyim, sabahları tüm dünyayı altüst edebilirim, akşamlarıysa beni koruyacak bir erkeğe ihtiyacım var, konuştu, o zaman kendine öyle bir erkek bul ki, akşamları seni korumaya, sabahlarıysa başıboş bırakmaya hazır olsun, şunu unutma ki, artık her şey mümkün, dünya senin sandığından çok daha açık, tüm dünya kocaman bir kapı, inan bana, sinirlenir gibi oldum, tıpkı evi tamire gelmiş biri gibi konuşuyordu, kendinden emin ve itiraz kabul etmeyen bir uzmandı sanki, kaldırın bu duvarı, çekin banyoyu şu tarafa, Aryeh'in ondan farkı yoktu, sanki taş duvarları sağa sola çekiyordu, karşısındaysa çok karmaşık, zor ve elle tutulamayan bir madde vardı, insan ruhu. Nasıl konuşabilirdi böyle, yoksa ben miydim ne yapacağını bilmeyen şaşkın, gerçekten bir taş duvar gibi mi yaşamalıydım, yaşamımı sürekli değişen durumlara mı uydurmalıydım ve bu arada beni kimsenin rahatsız etmesine de izin vermemeliydim, anımsadım, benimle bir defasında okulda nasıl alay ettikleri geldi aklıma, üçüncü ya da dördüncü sınıftaydık, öğretmenimiz sormuştu, insanın iç uzuvları neler, demişti, ben parmak kaldırıp, ruh, demiştim.

Gece lambasının güçsüz ışığında onun geniş, gözleri yarı kapalı, dudakları teselliyi şehvetle emen yüzünü seyrettim, her şey benim için hem inanılmaz, hem de dayanılmazdı, acıyı içtim, içtim büyük bir bardaktan, artık biliyordum, onu kendini yaşamımın bir parçası olarak kabul etmiyordu, sanıyordu ki o bir iç mimardı, gelmişti sahibi olmadığı, içinde oturmak da istemediği bir evin tamiratını yapmağa, tabiî uzak İstanbul'da dolaşan Yoni de artık kendini benim yaşamımın bir parçası olarak görmüyordu, yaşamımda hiç kimsenin yeri yoktu, kimse hak iddia etmiyordu, elimde olsa ben de uzaklaşırdım ondan, sevinirdim de bunu yaparken, fakat başaramazdım böyle bir şeyi, nereye giderdim, bu yaşam benimdi, başka hiç kimsenin değildi, Aryeh onu açmaya uğraştıkça, yaşamımın ne kadar kapalı olduğunu daha iyi hissediyordum, yitirdiğim kimi şeylere acıyordum, nefesim daralıyordu, Aryeh'in sesini duydum, uyumalıyız Ya'arah, dedi, neredeyse sabah olacak, gerçekten panjur aralarından donuk vişneçürüğü bir ışık süzülüyordu odaya, buz gibi ve kibirli, uzandım yanına, omzumu koltuk altına dayadım, süründüm güneş yanığı karışık terine, birden sarıverdi beni kollarıyla yumuşak, şaşırttı, tatlıydı vücudu kış sabahında sıcak irmik lapası gibi.

Önümüz yaz, diye konuştum, evet, dedi, nefret ederim yazdan, dedim, evet, ben de, dedi o, ben kıştan da nefret ederim, dedim, o iç geçirdi, evet, diye konuştu, panjur aralarından giren ışık yavaş yavaş aydınlandı, düşündüm, ömrümüz boyunca bu yatakta kalmalıydık, panjurları kapalı bu odada, dışarıda iklimler değişecek, biz zavallı mülteciler gibi burada kapalı kalacaktık, uyumaya çalıştım, fakat başaramadım, yanımda nefes alıp vermesi sinirime dokunuyordu, uyumadığı halde horluyordu, öfkeliydim ona, çünkü o da benim gibi yazdan nefret ediyordu, kıştan da, alın yazımız bizi ortak bir yerde birleştirmişti ve bu bana sıkıntı veriyordu, sanki etrafımızı çöllerin kum fırtınası, sağanak yağmurlar çevirmişti, bizi onlardan sadece demir parmaklıklar ayırıyordu.

Yattığı yerde şöyle bir doğrulduğunu ve üzerimden küçük masaya uzandığını fark ettim, telefona doğru, uyur gibi yaptım ve sevgilisiyle yapacağı telefon görüşmesine gizlice tanık olacağımı umdum, fakat o küçük masanın üzerinde duran kutuya uzandı, içi kiraz likörlü çikolatalardan bir tane aldı, selofan kâğıdını yırttığını duydum, ardından da sinirimi bozan ağız şapırdatmasını, ne komik bir gürültüydü, az önce manevî papazım rolüne bürünüyor, şimdiyse karısının ölümünden önce yemeyip bıraktığı çikolataları afiyetle, şapır şupur emiyordu, o anda ona gerçekten acıdım, uykusu kaçtığı için, hüznü çok büyük olmalıydı, insan kimi zaman gece gündüzden daha çok şey görürdü, o anda, elimde kırık bira bardağı, ıstırap içiyorum sandım, aynı anda kırılan bir şeyin sesini duydum, ince ve keskin bir kırılmaydı, ardından da onun yataktan fırlayıp, lanetler okuyarak banyoya koştuğunu gördüm, musluğu açtığını ve tükürdüğünü duydum, hemen ben de yatak çıktım, peşinden koştum, lavabonun içindeki kahverengi tükürüğünde sinirli sinirli bir şey arıyordu, lanet okudu ve arka arkaya birkaç kez daha tükürdü, salak herifler, kirazların çekirdeğini çıkaramayacak kadar tembeller, görürler günleri, ben başlarına dert açayım da görsünler bakalım, sonra tükürüğünde sararmış, nikotin lekeli bir diş parçası buldu, eline aldı ve aynanın karşısında ağzını sonuna kadar açtı, banyoya vuran sabahın ilk ışıklarında kara, kalın dudakların arasından görünen kırık kesicidişin oluşturduğu çarpıklık hüzün vericiydi, çünkü gençlik fotoğraflarındaki kendine çok güvenen gülüşün tam tersiydi.

Yüzünü yıkadı, ağzını çalkaladı, sağı solu, yerleri de su içinde bıraktı, lanet okuyup, küfür etmeyi de unutmadı, karamsı dilini, birdenbire ağzının içinde ortaya çıkmış olan o boşluğun üzerinde gezdirdi, sanki dişinin geri bıraktığı deliği saklamak istiyordu, bunu yaparken bir yandan küfürler ettiği, lanetler okuduğu için de ağzından çıkanlar kulağa komik geliyordu, sütdişlerini düşürmüş yedi yaşındaki bir çocuğun konuşmasını andırıyordu, tazminat isteyeceğini söyledi, birilerini tehdit eder gibiydi, göreceksin diye tısladı, saat sekiz olsun hemen avukatıma telefon edeceğim, inan bana ben bunun altında kalmam, dedi, hiç şüphe etmiyordum, sonra koşar adım yatak odasına gitti, eline çikolata kutusunu aldı, ışığı yaktı, kutunun üzerinde yazanları daha iyi okuyabilmek için olacak, mutlaka çikolataların içindeki kirazların çekirdekli olup olmadığını acaba kapağa yazmışlar mı diye bakacaktı. Ben yatağa uzandım, bir şeyler okudu, sonra iğrenir gibi elindeki kutuyu fırlatıp attı, içindeki çikolatalar yere ve yatağa düştü, bir tanesi yuvarlandı ve sanki gizlenecek bir yer ararmış gibi geldi koltukaltıma girdi, elimin içine aldım onu, yeni doğmuş bir kedi yavrusu gibi, ısıttım, yumuşadı, erimeğe başladı, kâğıdını açıp karnımın üzerine yerleştirdim, parmaklarımla sürdüm derime, tıpkı bir dilim ekmeğe çikolatalı puding sürermiş gibi, rahatladığımı hissettim, onun öfkesini kendime dert edinemezdim şu anda, olup bitenden yoksa ben mi sorumluydum, ne de olsa kiraz likörlü çikolataları buraya benim için getirmişti, düşündüm, her şey ne kadar da çabuk bozulabiliyordu, çikolatayı ağzına atacağına benimle vahşiler gibi sevişseydi, dişi kırılmazdı, o anda annemi anımsadım, ümitsizliğe kapıldığı günlerde sık sık şikâyet ederdi, yaptığım hiçbir şey doğru değil, derdi, yaptığımı kimseye beğendiremiyorum, onu anımsadım ve öfkelendim, fakat dilimi tuttum ve çikolatayı karnıma sürmeye devam ettim, kiraz çekirdeği elime geldi, karın deliğime soktum, usul bir sesle konuştum, bak, dedim, ne kadar tatlı göbeğim, küfürlerine ve lanetlere ara verdi, karısına çikolata kutusunu getirmiş olan "salaklar"a beddua etmekteydi, Joséphine'in dişlerini mi kırmak istemişlerdi, sustu. Fakat az sonra yine devam etti, ziyarete gelecek herkese tek tek soracağım, sorumlusunu bulana kadar, inanabilirsin bana, öfkeyle atıp tutarken elini de kullanıyordu, yakaladım, yapış yapış karnıma koydum, önce çekmek istedi, fakat merakı da uyanmıştı, ağzını yaklaştırdı, kokladı, sonra kalın dilini çıkardı ve yalamaya başladı, ben de bu arada kutudan birkaç çikolata daha aldım, yavaş yavaş baldırlarıma sürdüm.

Bu oyuna hemen katıldı, beni şaşırttı, beni sevinçle doldurdu, karısını yitirmesine karşın, bir de dişini, her türlü oyuna, maceraya hazırdı, gerindim, kıvrandım, kendimi onun hareketlerine uydurmaya çalıştım, yine de gerçek ile benim düşlediklerim arasında bir uyuşmazlık vardı, her şeye karşın kendimi herhangi bir nedenle karnı yalanan bir insan gibi görüyordum, çılgın, erotik bir macera yaşayan bir kadın gibi değil, bilemedim, bunun suçlusu kimdi, o mu yoksa ben mi?

O devam etti, yaladı, yaladı, benim gibi kimi şeylere pek kafa yormuyordu o anda, hiç durmuyordu, kendini beni yalamaya vermişti, gıdıklandığımı hissettim, kıkırdadım, hemen konuştu, hoşuna gidiyor, öyle değil mi, dedi, istiyorsun tüm vücudunu yalamamı, tıpkı bir kedi gibi yalanmayı arzuluyorsun, yavaş yavaş hoşuma gitmemeye başlasa da, sesimi çıkarmadım, o devam etti konuşmaya, deli oluyorsun bir kedi gibi sikilmeye, mırıldandım, az sonra dört ayağımın üzerinde duruyordum, o benim içimdeydi, bir an düşündüm, bana ıstırap mı veriyordu yoksa zevk mi? Saçlarımda hissettim elini, çekiyordu onları, sanki tüm gücüyle, başımı sağa sola salladım, onun şehveti bana da bulaşmıştı, son anda da olsa, haykırmasıyla irkildim, sarsıldım, ağzından çıkanlar sanki az önceki küfürlerin devamıydı, geri çekildi, içimden çıktı, bitkin, damlayan ıslak bir çoraba benzettim onu, anımsadım o anda annemin çamaşır kazanına doldurduğu ıslak çorapları, benim görevimdi onları bahçeye götürmek, tepelerin karşısında çakılı iki direk arasına bağlanmış ipe kurumaları için asmak, her defasında korkardım bu ipten, onu elektrik kablosu sanırdım, ıslak çorapları asarken öldürücü elektrik akımına tutulacaktım, bana birileri mükemmel bir tuzak hazırlamıştı, şimdi de gizlice pencereden son bir kez bakıyorlardı, asmaya başlamadan önce düşünürdüm, öleceksin ya da yaşayacaksın, diye mırıldanır ve çorapları peş peşe asmaya başlardım, bir yandan da karşıdaki tepeleri seyrederdim, öyle büyük ve yüce dağları andırmazlardı, fakat beni düşlere daldıran tepelerdi, hele sabahları, arkalarından güneş yükselirken ve akşamları menekşe rengi bir gökyüzünün içinde kaybolurlarken ne de güzeldiler, onlarla aramda portakal bahçeleri, patates tarlaları, kimi zaman da çilek tarlaları vardı, birden Aryeh yattığı yerden fırladı ve kükredi, nerede o, sordum, ne nerede, konuştu hızla, diş, dişimin parçası nerede, nereye koydum onu, doktora göstermeliyim, hemen odanın ışığını yaktık ve çılgınlar gibi aramaya başladık, minderleri kaldırıp attık, yorganı çevirdik, çarşafı da kaldırdık, yatağı altüst ettik, banyoya gidip musluğun içine bakmak için yataktan çıktığım anda o haykırır gibi bağırdı, kımıldama yerinden, bir tavşana sokulan leoparın yavaş ve dikkatli adımlarıyla yanıma geldi, elini arkama doğru uzattı, aralığına parmaklarını dokundurdu ve yitirmiş olduğu diş parçasını çıkardı. Tıpkı torbasında kupayı ele geçirdikleri Benyamin gibi karşısında duruyordum, suçlu filan değildim, fakat yine de mutlaka suçlanıyordum, ne söylesem affedilmezdim, parmağıyla beni gösteriyordu, ona arkamı döndüm, banyoya geçtim ve duşun altına girdim, üzerimdeki çikolataları yıkadım, sıcak suyun altında kendime olan öfkem birden tepeme çıktı, niçin çoğu kez oyun bozanlık yapan bendim, o tam hızını almışken ben soğuk kalmıştım, o anda vücudumu baştan aşağı yalayışı geldi gözümün önüne, hemen heyecanlandım, tepeden tırnağa alev alevdim, o anı gözümün önüne getirmek beni, yatakta o anı yaşamaktan daha çok heyecanlandırmıştı, belki de bu gibi şeyleri gözünün önüne getirmek ya da tekrar anımsamak, gerçekte yaşamaktan daha da coşkulu bir duyguydu, gözümün önüne getirdiklerimle haz duydum, ta ki sıcak su kesilene dek, duşun altından çıktım, onun havlusuyla kurulandım ve yatak odasına döndüm, uyuyordu, çok derin, ağzı hafif aralık, dili dişlerinde, açık avcunda kırık diş parçası.

İçimi ani bir sevinç kapladı, yalnız büyük bir düş kırıklığının ardından gelen sevinçlerden biriydi bu, üzerinde çok fazla düşünmedim, titreyen parmaklarla, çok değerli, benzeri olmayan ve de olmayacak o parçacığı aldım ve tuvalete attım, sifonu çektim, suda duruşunu bir an için gördüm, sonra kayboldu gitti, o kırık dişini bir daha göremeyecekti, bu aramızdaki kirli ve gizli bir kader birliğiydi.

XI

Ne zaman fark etmiştim her şeyi yitirmiş olduğumu? Yağmurdan ısladığımı fark ettiğim anda, başımın üzerinde bir dam yoktu, anladım, burası bana göre değildi, benim yerim neresiydi, hiçbir yer. Oradan kaçmak istedim, bir şelaleye dönüşmüş olan yataktan çıkmak istedim, örtülerden de kurtulmak, batağa saplanıyorlardı, fakat elimi oynatamıyordum, bacaklarımı da, boynumu da çeviremiyordum, kemik dolu bir torba gibi duruyordum olduğum yerde, yağmur üzerime yağıyordu, etrafımda sesler duydum, insanlar soruyordu bana, bu yıl yağmurlar erken mi yoksa geç mi başladı? Ve bir anne oğluna, git bak, karatavuklar gelmiş mi diyor, tarlalarda baklalar mavi mavi açmış mı, bahçelerde adasoğanları, oğlu gidiyor, birkaç yıl sonra geri geliyor ve anne, sanırım yağmurlar geç yağdı bu kez, diyordu, çünkü tarlalar maviydi deniz suyu gibi, annesi de, sevindim geri gelmeyi düşündüğüne diyordu, ben bu arada yeni bir aile kurdum, oğlu ağlamaya başlıyor, al beni yeni ailenin içine, kadın ise, hayır diyordu, senin gözlerin kahverengi, bizim gözlerimiz mavi, oğlu ağlamaya devam ediyor, gözlerimi çıkarıp atacağım, yerlerine mavi bakla taneleri koyacağım, ben haykırmaya çalışıyorum, Udi, o güzel kahverengi gözlerini çıkarıp atma, ben seviyorum onları, fakat ağzımı açamıyorum, ben senin gerçek annenim, Udi, anımsamıyor musun beni, terasta uzanmış yatardım, saatlerce hiç kıpırdamadan, o seyrederdi beni okuldan arkadaşım Orit'in erkek kardeşi Udi Şeynfeld'in parlak gözleriyle, fakat o karşı çıkıyor, hayır, sen benim annem değilsin, sadece her geçen an ona daha çok benziyorsun, sonra karşımda Masal Şeynfeld'i görüyorum, onun ve Orit'in annesini, evlerinin terasında yavaş yavaş bu dünyaya veda eden kadını.

Adı hep tuhafıma gitmişti, iki farklı lehçe birleşmişti adında, hatta o kadar emindim ki, bu ilginç birleşme onun kaderini belirlemişti, eğer başka bir adamla evlenmiş olsaydı, şimdi herkesin gözü önünde, burada terasta, artık yatağı sayılan o şezlonga uzanmış, ölüm yolculuğuna çıkmazdı genç yaşında. Uzaktan baktığımızda sanki oraya dinlenmek için yatmış sanırdık, fakat yaklaştıkça görürdük, ben ve Orit Şeynfeld, üzerindeki beyaz çarşafın hareketsizliğinden durumunun ne denli ciddi olduğunu. O çarşafın altında hiçbir şey kıpırdamazdı, kahverengisi yavaş yavaş açık griye dönüşen Yemenli yüzünde bile hareket göremezdik, sadece çökmüş ağzının derinliklerinden duyulan hırıltı, o vücutta az da olsa bir yaşamın varolduğunun belirtisiydi. Genç sırtlarımızda ağır okul çantaları, içlerinde yürüdükçe sağa sola savrulan bir sürü kalem, onun yanından geçer, sineklikli kapıyı açar, eve girer ve dosdoğru mutfağa giderdik.

Orit taze ekmek severdi, her sabah altı yaşındaki Udi'yi bakkala yollar, ekmek aldırırdı, küçük çocuk geceleri de terasta yatan annesinin yanından koşarak geçer, sokağa çıkardı, annesinin yürüdüğünü hiç görmemişti, çünkü kadının hastalığı onun doğumundan hemen sonra başlamıştı, bakkaldan eve dönerken de koşardı, mutfağa girerdi, kız kardeşi Orit gelen ekmeği keser, kendine ve erkek kardeşine, eğer o gece orada uyumuşsam, bana da kahvaltı hazırlardı, Orit'in bacağında büyük bir yara izi vardı, yürürken hafifçe topallardı, nedenini bilmiyordum, hiç söylememişlerdi. Öğle yemeğinde de tereyağlı, reçelli ekmek yerdik çok kez, sonra da küçük Udi'yle oynardık, Gideon Şeynfeld, babası işten geldiğinde çoğu kez yanımıza otururdu, kanepede arkasına yaslandığında kısa şortundan ince, uzun taşakları ortaya çıkardı, Orit'le ben gülmekten kendimizi alamazdık.

Tam bir hafta devam eden matem süresince her gün oradaydım, Orit ile Udi'nin yanındaydım, çok güzel genç Masal Şeynfeld'in fotoğraflarına baktım, başsağlığına gelmiş misafirlerin arasında dolaşan, onlara meyve suları ve gazozlar sunan Gideon'u seyrettim, bacakları arasından sarkan taşaklarını gözümün önüne getirdim, karısının onları, okşamak için değil, tartmak için eline alışını gözümde canlandırdım. O kadın bu adamla niçin evlenmişti? Yüzüne buruk bir görünüm veren incecik dudakları vardı, saçları da seyrek ve tel teldi, son yıllarda kaderi ona kötü bir oyun oynamıştı, düşündüm, biraz daha büyüyeyim, şöyle on beş ya da on altı yaşıma geleyim, bana âşık olur, o zaman da ben onun evine taşınır, onun yatak odasında uyurum, Orit'in değil, sonra yıllar geçer, hareketlerim yavaşlar, taşaklarını artık elime alamam, o zaman beni de terasa yatırırlardı, daha yirmi yaşıma basmadan. Fakat sonra olaylar hiç de düşündüğüm gibi gelişmemişti, yedi gün süren matemin ardından Orit Şeynfeld'le olan arkadaşlığımız sona ermişti, nedense bütün ev, yataksız teras benim için artık ilginç değildi, Orit'ten de canım sıkılmaya başlamıştı, her sabah kahvaltıda taze ekmek, öğle yemeklerinde de, bu kadar çok ekmeği bir insan daha ne kadar yiyebilirdi, arkadaşlığımız böyle sona erdiği için ilerdeki yıllarda üzülmüşümdür, okulda da Udi'yle oynamağa son vermiştim, ders aralarında bazen yanıma sokulur, kedi gibi sürünür, gel bize oynayalım, derdi, sen annem olursun, Orit de babam, kimi şeyler uydururdum, işim var, derdim, kısa kumral saçlı başını bile okşamazdım, hastalık bulaşacakmış gibi, ilerdeki yıllarda sokakta karşıma ne zaman topallayan genç bir kadın çıksa, başımı utançla eğmiş ya da çevirmişimdir, Orit'in ameliyat olduğunu, artık topallamadığını duyduğum zaman da bu alışkanlığımdan kurtulamamıştım.

Hasta annesinin hastanede olduğu haftalarda hastalık bana da bulaşabilir diye korkmamıştım, korkum, Masal Şeynfeld öldükten sonra başlamıştı, hasta ölmüştü, fakat hastalık ölmemişti diye düşünmüştüm, şimdi kendine başka bir vücut arayacaktı, o vücut felç olacaktı, acaba yıllar sonra mı bulmuştu beni, kollarımı ve ayaklarımı hareket ettiremiyordum, Orit Şeynfeld ve ailesini yıllar boyu düşünmemiştim, fakat şimdi burada, ölü çıkmış bu evde hapis, anımsamıştım onları, anımsadığım için de felç olmuştum, ağlamaya başladım, beni işiten yoktu, Udi ile Orit'e karşı pişmanlık duydum, en iyi arkadaşlarım olmuştu onlar, yıllar boyu hep düşünüp durmuştum, bir gün gelecek cezanı çekeceksin, demiştim kendi kendime, gelmişti o gün şimdi, bir daha yürüyemeyecektim. Beni sedyeyle annemlere götüreceklerdi, konuşamadığım için de ne istediğimi dudaklarımdan ve gözlerimden anlayacaklardı, fakat mümkün müydü bu, konuşabildiğim sürece beni anlamamışlardı, felç indiğinde nasıl anlayacaklardı, ben susacaktım, onlar da yatağımın kenarına oturup bana öyküler okuyacaklardı kitaplardan. Tanıdığım bir sesi duyacaktım, annemin sakin sesinin ardında müthiş bir azarlama vardı. Bugün senin ve tüm oğullarının yaşamını, kızlarının, karılarının, tüm karılarının yaşamını kurtarmış olan uşaklarını utandırdın, çünkü sen senden nefret edenleri seviyorsun, nefret ediyorsun seni sevenlerden. Anlaşılan, komutanlar ve askerler seni bugün hiç ilgilendirmiyor. Sadece Abşalom yaşasaydı ve hepimiz ölmüş olsaydık bu senin çok hoşuna giderdi. Haydi, kendine gel ve dışarı çık, uşaklarınla konuş, dostça. Yemin ediyorum, Tanrı şahidimdir, eğer dışarı çıkmazsan, bu gece seninle kalacak erkek bulamayacaksın. Bu, gençliğinden bugüne başından geçmiş tüm kötülüklerin en kötüsü olacaktır. Biliyordum, bu azar banaydı, beni sevmiş olan Orit ile Udi'den nasıl da nefret etmiştim, bana ve vücuduma tapan Yoni'den de, fakat o anda kral dışarı çıktı ve kapının yanına oturdu, barış parçalanmış tüm ülkenin üzerine aktı, Aryeh'nin sesini duydum, kısık ve heyecanlı, diyordu ki, sen benim radyomdun, sonra bir başkasına da, bu kadın savaşta benim radyomdu, diyordu, ben yaralanınca on gün boyunca baş ucumda oturdu, bana Kutsal Kitap'ı okudu, o hastanede başka kitap yoktu.

Sonra da annem konuştu, onun ağzından tek kelime çıkmıyordu dedi, ilk günlerde bilmiyordum, beni duyup duymadığını, doktor diyordu ki, tampon bezini her yarım saatte bir değiştirin ve sakın yanından ayrılmayın. Peki, beni duyup duymadığını nasıl anlayacaktım? Sonra konuşurken bir, iki kelimeyi atlamaya başladım, suratını buruşturdu, Aryeh güldü, dinin ateşini Suriye ateşiyle değiş tokuş etmiştim, ertesi günse neredeyse ölmüş, hastanede yatıyor buldum kendimi, dinliyordum, Tora'dan[8] peş peşe okunan bölümleri, kurtulamayacak mıyım ondan diye düşünüyordum.

Günün birinde bir bölümün sonunda birkaç kelimeyi bilerek okumadım diye annem anlattı, onları o söyledi, ağzından çıkan ilk kelimeler olmuştu, sesini ilk kez duymuştum, aradan birkaç yıl geçti, günün birinde onu üniversitede yine gördüm, pek emin değildim, yanına sokuldum ve Terra Santa, dedim, sanki parolayı söylemiştim, tanıdı beni yine. Aradan geçen birkaç yılda ikimiz de biraz değişmiştik, savaş günlerinde hastaneye geldiğinde neredeyse bir çocuktu, ben de on altı yaşıma yeni girmiştim, okul arkadaş-

8 Tevrat'ın Hz. Musa'ya vahyedildiğine inanılan ilk beş kitabından oluşan birinci bölümü.

larımdan bir çoğu cepheden geri dönmemişti, her şey bir hafta sonra bittiğinde, demişlerdi ki bize, haydi gidin, başlayın yepyeni bir yaşama, yüksek öğrenim yapın, aile kurun, çocuklar yetiştirin, mümkün mü bunların tümünü gerçekleştirmek, hayır, çünkü yaşam artık hüzün doluydu, boğucuydu, nefes almak çok güçtü, o andan sonra bir geçmişimiz vardı ve bu geçmiş çok ağır bir yüktü, insanı içine çekiyordu.

Kendimi biraz olsun iyi hissetmeye başlayınca dedi annem, Emek'ten kaçtım, ziyaretim çok kısa ve korkunç olmuştu, ben orasını kötü bir süreçte tanımıştım, gelir gelmez yaralanmıştım, iki ay sonra da yine Kudüs'teydim, yarı gazi, çoğu kez düşünüp durmuştum, savaş gerçek değil, sen onu düşlerinde yaşadın.

Doğruldum, yatağın içine oturdum ve gözlerimi ovalayıp düşündüm, az önce kafandan geçen şeyler de gerçekdışıydı, sen onları sadece düşünde yaşadın, sesler duydum, çok belirli konuşmalar ve yakından, duvarları ve kapıları geçiyordu, salondan doğru geliyordu sesler, anlamıyordum neler konuşulduğunu, sesler karışıyordu birbirine, annemin sesini duydum aniden, diyordu ki, gerçekten çok güzel, burada balkonda oturmak, o da, evet, Joséphine de hastaneye gitmeden önce burada çok dinlenirdi, sonra başka bir kadın konuştu, ne güzel bir gün bugün, ilkyazın ilk sıcak günü, o anda kavradım, sesler balkondan geliyordu, yatak odası ile salon arasındaki balkondan, varlığından daha önce haberim olmamıştı. Kapalı panjurların arasından balkonda oturduklarını seçtim, bambudan bir masanın çevresine kurulmuşlar çene çalıyorlardı, sanırım içerdeki Fransız gürültüsünden kaçıp, buraya sığınmaya karar vermişlerdi, balkonda kurdukları küçük yerli halk kolonisinde birbirlerine geçmişte ne büyük kahramanlıklar yapmış olduklarını anlatıyorlardı.

Sanki bir tiyatroda oturmuş sahnedeki oyunu seyrediyordum,

küçük bir farkla, tek kişilik bir oyun değildi, tek seyircili bir oyundu, sahnede üç sanatçı vardı. Düşündüm, bu oyun benim şerefime mi sahneleniyordu, balkonda oturmalarının da nedeni ben miydim, daha iyi görebilmem ve duyabilmem için, yoksa benim burada gizlendiğimden haberleri filân yok muydu, bir türlü karar veremedim, söyledikleri de benim için pek önemli şeyler değildi, yeniliklerden çok sesleri ilgimi çekiyordu. Az önce misafirlerin duvarlar arkasındaki konuşmalarını anlayabilmek için dikkat kesilmek, kendimi sıkıntıya sokmak hiç gerekmiyordu, balkonda konuşulanları yatağa uzanmış rahatça izleyebiliyordum, tıpkı bir otelde kat garsonunun yatağıma kahvaltı getirmesi gibi, şaşılacak bir düştü, ilk başta duyduklarım olağan şeylerdi, fakat sonra kulağıma gelenler yaşamımdaki kimi bilinmeyenleri ortaya çıkarmıştı, onları duymak istemiyordum ve duyamıyordum da, çünkü elim ayağım tutulmuştu, hatta gözlerim de, Tirza sordu, Şlomo nerede, annem yanıtladı, o dün buradaydı, öyle değil mi, Ari? Annem onun kısa adını kullanmıştı.

Şlomo'yla neler geçmişti aranızda o yıllarda, diye Tirza ısrarla sordu, üniversitede onu tekrar gördüğünde, Aryeh söze karıştı, Terra Santa'da duruyorduk, ördüğü saçlarını atkuyruğu toplamış güzel bir kız yanımıza yaklaşmış ve bana bir şeyler söylemişti, hemen anımsamıştım onu, sesinden tanımıştım, Emek'teki sesti bu, Şlomo o genç kıza hemen âşık olmuştu, bakışlarından seziliyordu, Tirza çirkin bir kahkaha attı, alay dolu, anneme dedi ki, anımsıyor musun Elik'in cenaze törenini, tüm köylüler mezarlığa gitmişti, cenazeden sonra evlerine döndüklerinde de, adamın biri karısını bir başkasıyla yatakta yakalamıştı. Kadın o andan sonra herkesin gözünde orospu olmuştu ve bir hafta sonra denizde intihar etmişti, annemin sesi duyuldu, evet, çok mükemmel bir kadındı o, sanırım kocasını aldattığı için kızmamışlardı ona, ne de olsa adam eşeğin tekiydi, hayır, Elik'in toprağa verildiği ve herkesin hüzünlü olduğu günde fırsattan yararlanıp, başka bir adamla yattığı için köylünün gözünden düşmüştü, kadın da çok gururlu olduğundan bu aşağılamaya dayanamamış, yaşama veda etmişti.

Yorganı başıma çektim, kulaklarımı tıkadım, sızlamaya başlamışlardı, o anda kendimi, ne olursa olsun karısını yitirmemek için gerçeği öğrenmek istemeyen bir erkeğe benzettim, balkonda konuşulanları da daha fazla duymak istemiyordum, ilerdeki yıllarda neler olmuştu beni ilgilendirmiyordu, çünkü annemi yitirmek istemiyordum, onu sevdiğimi kavramıştım, anımsadım çocukluğumda uyumadan önce bana Kutsal Kitap'tan bölümler okuduğunu, babamın, hiç olmazsa zor kelimelerin ne demek olduğunu açıkla kıza, dediğini de, bir şey anlamıyor ki, annem de, hepsini anlamasına gerek yok derdi, ben sadece dinlerdim, yorganın altına girmiş, annemin anlamlı ve yumuşak sesiyle okuduklarını, hüzünlü bölümlerde birlikte gözyaşı dökerdik. Önce annem başlardı ağlamaya, ben de hıçkırıklarını duyar duymaz hemen eşlik ederdim, onu teselliye çabalardım, niçin hüzünlendiğini her zaman pek anlamasam da, inanırdım ona, bir nedeni olmalı diye düşünürdüm, en çok da Davud ile Abşalom'un hikâyesine üzülürdük, ona üzülmemek elde değildi, en iyisi okumaya hiç başlamamaktı, bir defa başladı mı gözyaşları garantiydi, yenen aynı zamanda yenilendi de.

Davud'un ağıtını her okuyuşumuzda hıçkırırdık, sonraki yıllarda annem ikinci doğumunu yaptığında kardeşime mutlaka Abşalom adını verecekler, diye düşünmüştüm, babam karşıydı bu ada, çok iyi anımsıyorum, sünnetten önce tüm hafta kavgasını yapmışlardı, bir hafta sonra sünnetçi çocuğa hangi adın verileceğini bilmek istediğinde, annem, sorar gibi, Avşalom demişti, sanki adamdan izin beklemişti, sonra da kardeşimin o kısa yaşamında bu uzun adı bir kez olsun kullanamamıştık, ta ki babam mezarının başında o acı dolu ağıtı okurken söyleyene dek, o günden sonra da bir kez olsun Tevrat'ı eline aldığını görmemiştim. Kimi akşamlar, hele hasta olduğum zaman, bana o kitaptan biraz okumasını rica etmiştim, fakat babam her defasında kabaca reddetmiş, seni beni radyo filan mı sanıyorsun, demişti, yıllar geçtikçe her ikisinin de davranışları değişmişti, annemin, babamla sık sık ettiği münakaşalardan ve sigaradan sesi de kısılmıştı, fakat şu anda, dışarıda balkonda konuşurken, çocukluğumdan kulağımda kalmış olan o yumuşak ve berrak sesini duyuyordum, diyordu ki, inanılmaz, fakat pek düşünmeden yapmış olduğu, o anda önemsiz gibi gelen bir şey insanoğluna yaşamı boyunca eşlik edebiliyor. On altı yaşımdayken Aryeh'e baş ucunda okumuş olduğum hikâye bana yaşamım boyunca eşlik etmiştir, fakat çocuklarım olunca ikiye bölündü, Ya'arah'a karşı savaştım, Avşalom'da kaybettim, Tirza araya girdi, sordu, ne demek, Ya'arah'ya karşı savaştım, dedi, o savaştı sana karşı, annem konuştu, önemli olan savaşa kimin başladığı değil, önemli olan savaşa başlamak ya da başlamamak, Davud da başlamamıştı savaşa, fakat engel de olmamıştı, isteseydi özverili davranır ve Abşalom'a krallığı savaşsız verirdi, o yapmadı bunu. İşte böyle, diye konuştu, ofladı, çocuğuna karşı savaştın mı yenen sen olamazsın, kazansan bile kaybetmiş sayılırsın.

Onu şaşkınlık içinde dinliyordum, nelerden söz ettiğini pek anlamıyordum, bir ölünün arkasından yazılanları andırıyordu, bu kişi kimdi, ben mi, o mu yoksa ikimiz miydik, bir başka şaşkınlığım da, balkonda sohbet edenlerin sesindeki yumuşaklıktı, birbirlerine çok yakın üç dost gibi konuşuyorlardı, hele önceki günü gözümün önüne getirince, mezar başında o iki kadının ağzından çıkan, Aryeh'le ilgili çamur atıcı sözleri düşününce şaşkınlığım daha da arttı, ne olmuştu, nasıl mümkündü bu, anlayamıyordum, hele annemin ondan nefret dolu, iğrenir gibi söz ettiğini anımsadıkça, düşündüm nedenini, fakat bu bilmece çözülür gibi değildi, içine girdikçe daha çok sarpa saran bir şeydi, tamam, çözdüm, dediğinizde karşınızdaki alaylı alaylı gülebilirdi. Yine de birbirleriyle dostane sohbet etmeleri, açık yürekli konuşmaları hoşuma gitti, annemin babamla böyle konuştuğunu hiç anımsamadım, hep dikkat edermiş gibi konuşurdu, ilerde günün birinde onun aleyhine kullanabileceği herhangi bir bilgi ya da ipucu vermek istemezdi sanki, aralarında hep o lanet olası rekabeti yaşayıp durmuşlardı, birden yine Tirza'nın sesi duyuldu, demek ki o yıllarda Şlomo ile Aryeh senden yakınlık bekleyen, birbirine rakip iki arkadaştı, öyle mi? Annem içini çekti ve hayır, diye konuştu, pek öyle sayılmazdı, buna kısa sürede çözüm bulunmuştu, Aryeh de, aradan o kadar zaman geçti ki dedi, aramızda gerçekten nasıl bir bağ vardı, şimdi anımsamak zor.

Ah, ne güzel yaşlanmak, diye annem konuştu, gülüyordu, bugün ıstırap çekene diyeceksin ki, yorma kafanı, şimdi kızdığına otuz yıl sonra gülüp geçeceksin, insanoğlu kendine sorun ettiği her şeye otuz yıllık bir mesafeyle bakmasını öğrenmeli, o zaman bazı şeylerin değerini daha iyi kavrar, annemin son kelimeleri sanki bağırır gibi söylediği dikkatimi çekti, birden düşündüm, burada olup bitenler, konuşulanlar acaba önceden planlanmış mıydı, belki de benim orada olduğumdan haberi vardı ve rol yapıyordu, fakat amacı ne olabilirdi, buna yanıt veremedim, geçmişteki kimi şeyleri bana açıklamak mı istiyordu ya da gizli bir mesaj mı yolluyordu, bilemiyordum, yatağın içinde oturdum, arkama yastıkları yerleştirdim, düşündüm, felç belki de birkaç yıl daha beklerdi, oturduğum yerden, yatak-tiyatrodan bu çok modern oyunu seyretmeye başladım, sanatçıları panjurun aralıklarından gören izleyiciler sahnede ne oynandığını anlamaya çalışırken, kafalarına göre detayları da konuya eklemek zorundaydı. Annemin üzerindeki kahverengi giysiyi hemen tanıdım, ona çok yakışıyordu, aralıklardan görünen profili de çok güzeldi, Tirza Yenge ise iskemlesinde külçe gibi oturuyordu, bitkin bir görünüşü vardı, o kedilerin kralı oysa, bir an için çok uysal görünüyor, fakat hemen ardından terbiye edilmesi mümkün olmayan bir yabankedisini andırıyordu, panjurların arasından bile hissediyordum dayanılmaz o çekiciliğini, sırtını dayamış olduğu iskemle arkalığı kalkmış uzun bir erkeklik organını andırıyordu.

Aralarında böyle heyecansız ve kırgınlık yaratmadan konuşmaları hoşuma gitti, o anda kendimi, anne ve babası yeniden barışmış kız çocuğuna benzettim, huzur içinde uykuya dalacak ve ertesi sabah uyandığında kahvaltı masasında onları mutlu görecekti, gerçekten gözlerim kapandı, az sonra da derin bir uykuya daldım, elimde olmadan, halbuki benim için dışarıda oynanan oyunu mutlaka izlemek istiyordum, fakat aniden uyumuştum, niçin, tekrar uyandığımda çok öfkeliydim, oyunun sonunu kaçırmıştım, bazı şeyleri hiç bilmeyecektim, çünkü soracağım hiç kimse yoktu, benden başka izleyici de olmamıştı tiyatroda, balkon bomboştu, güneş de çekip gitmişti, kararsızlığa düştüm, gördüğüm ve işittiğim şeyleri gerçekten yaşamış mıydım, sadece sırtımı yaslamış olduğum yastıklar kanıtlıyordu bir şeyi seyretmek amacıyla yatağın içinde oturduğumu, uyuya kalmış olmam affedilir gibi değildi, tam tüm gerçek ortaya çıkacağı, gözlerimi açacağı anda gözlerimin kapanmış olması.

Yatağın yanında, küçük komodinin üzerinde yuvarlak bir tepsi gördüm, tepside bir termos, kırmızı, bir bardak da portakal suyu ve taze sandviç ekmeği, kahve içmek istedim, fakat fincan yoktu, getirmeyi unutmuştu, nedense hep bir eksikle karşılaşıyordum, termostan içmeye karar verdim, kapağın yuvarlağında bir parfümün ya da rujun soğuk tadını dudaklarımda hissettim, aynı anda Joséphine'i anımsadım, ömrünün son sabahında dudaklarına kıpkırmızı ruj sürdüğü gözümün önüne geldi, çarpılmış yüzünde parıl parıl parlayan dudaklar, sanki bir başkasınındı onlar, o yüzün alın yazısından kurtulmak istiyorlardı, belki de son anda başarmışlardı, bu eve atmışlardı kendilerini, bu küçük termosun kapağına, incecik iki dudak, şehvet yoksunu, menekşeler gibi nazik dudaklar, şimdi kahve denizinde yüzen, çorbaya atılmış hamur parçaları örneği, eğer kahveyi içmek için termosu şimdi ağzıma dayasaydım, o dudaklar dudaklarımla buluşacaktı, ağzıma girecek ve bir daha da vücudumu terk etmeyecekti.

Ürpererek baktım elimdeki termosa, içinden kaynar dumanlar çıkıyor, yükseliyor, yüzümü yakıyordu, yataktan fırladım, koştum banyoya, kahveyi boşalttım lavaboya ve dikkat ettim, içinden bir şey çıkacak mı diye, kahverengi kahve kokularla lavabonun beyazını kapladı, susamış küçük deliğe aktı, kayboldu gitti. Termosu çevirdim, neredeyse gözüme dayadım, parıldayan içini dikkatle araştırdım, fakat hiçbir şey göremedim, suyla doldurdum, sonra yine boşalttım lavaboya, termosta kalmış son kahve damlaları da bulanık aktı gitti, geçtim içeri ve attım kendimi yatağa, düş kırıklığına uğramıştım, portakal suyunu içtim, arzulamış olduğum kahveyse şimdi çok uzaklardaydı, uyuya kalmasaydım az kalsın öğreneceğim gerçek gibi.

Bana gençlik yıllarını sonuna kadar anlatacaklardı, geçmişlerini, bir an terbiye edilmiş bir ev kedisini andıran, öteki an ise korkunç bir vahşi hayvana benzeyen, beni artık değiştir diye haykıran o geçmişlerini, ben mi yapacaktım bunu, kendi güncel yaşamı sorunlar dolu ben, nasıl düzeltecektim, onların geçmişi berbat olduğu için benim bugün sorunlarım vardı, eğer birisi olup bitenleri düzeltebilirse bana yardım edebilir, beni de kurtarabilirdi. Balkondan kulağıma gelmiş olan o dostça konuşmalar, isteselerdi çok şeyin nasıl da güzel olabileceğini kanıtlamıştı, ne de olsa evimizde hiç böyle konuşulmazdı, şimdi ise panjur aralıklarından içeri, yatağıma kadar sızan sözcükler nasıl da birbirine uyuyordu, ayetler örneği.

Fakat kişi tanımadığı geçmişini nasıl tamir edecekti, hele gelecekte neler olacağını göremeyen ve bunu da bir türlü kavrayamayan insan geçmişiyle ne yapsındı, onu da bilmediği sürece, bir işe yaramazdı ki böyle bir geçmiş, elime aldım tarağımı, geçtim aynanın karşısına, sanki çıkar yolu aynada bulacakmışım gibi, bu eve geleli beri, iki gündür ilk kez tanıyordum saçlarımı, sonra itinayla ördüm onları, uzun ve kalın bir kuyruk yaptım, tıpkı annemin aniden karar verip kestiği ve sonra da gazete kâğıdına sarıp, pazardan aldığı birkaç parça kuru sardalye balığı örneği, yıllar boyu elbise dolabının çekmecesinde sakladığı örgülü saçları gibi.

O gece, gölgelerin duvarlarda dans ettiği, mumların pencerelerde oynaştığı, annem ile babamın hastaneden yalnız döndüğü o gece annemin uzun saç örgüsünü son kez gördüğümü anımsıyorum, erkek kardeşim o akşam ölmüştü, ertesi sabah kalktığımda annem kesmişti saçını, saçları örgüsüzdü, sanki kelleşmişti, erkek gibi olmuştu, çirkinleşmişti, sormuştum ona, çekingen, ne yaptın, anne, demiştim, kararımı verdim, diye konuşmuştu, bundan sonra güzelliği kendime yaklaştırmayacağım, sormaya devam etmiştim, nerede saç örgün, o da, çöpe attım, yanıtını vermişti, birkaç ay sonra elbise dolabının çekmecesinde başka bir şey ararken rastlantı sonucu bulduğumda, sarılmış olduğu gazete kâğıdının arasından elime kaymıştı, dümdüz ve parlak, şimdi aynada gördüğüm saç örgüsü de, o kadar kalın ve uzun olmasa da, onu andırıyordu, o yıllarda annemin saç örgüsünü kurdeleler ve lastiklerle başıma tutturmaya uğramıştım, fakat o hep bildiğini okumuş, omuzlarımdan aşağı kaymıştı, şimdiki saç örgümse sapasağlam yerinde duruyordu, elimde olmadan dik yürüdüğümü fark ettim, ona olan aşkımı taşıyordum başımda, sanki annemin aşkını, gözümün önüne getirdim o genç kadını üniversitenin dar koridorlarında, gördüğüm fotoğraf siyah-beyazdı, soluk yüzü ve siyah saç örgüsünü, karşılaştığı o genç iki adamı, biri siyah, öteki beyaz, ağzından çıkan kelimeler, birbirlerini yıllarca sonra anımsamaları, hastanedeki günlerini ve gençliklerini yok etmiş olan o savaşı.

Çocuk yaşta askere çağrılmasının öyküsünü birkaç kez dinlemiştim, hastaneden ve orada rastlamış olduğu ağır yaralı o delikanlıdan da söz etmişti, isim vermeden, on gün boyunca baş ucunda oturduğunu anlatmıştı, peki ama, eğer o delikanlı Aryeh ise ve savaşta ağır yaralanmışsa, niçin yara izleri yoktu vücudunda, ömrü boyunca öpülmüş olduğu yerlerde iz kalmamasını anlıyordum da, ağır yaralı bir vücutta tek iz görünmemesini kafam almıyordu, yoksa kısırlığı mıydı sözünü ettiği ağır yaralanma. Korku dolu ve acıyarak gözümün önüne getirdim iriyarı o güzel vücudunu, spermasız ve ömrü boyunca hüzün dolu, birden kutsal bir korku kapladı içimi, kendimi bir peygambere benzettim, bir görev verilmişti bana, evet, vücudunun boşluğunu dolduracak olan bendim, öylesine sevdiğim esmer ve parlak teninden geçecek, boşlukta kaybolacaktım, tıpkı binlerce yıllık bir mağaraya girip, ölene dek bir daha güneş yüzü görmemek gibi.

Bavulumu karıştırdım, annemin fotoğrafını aradım, buldum ve elime aldım, sonra aynanın yanına gittim, fotoğraf elimde ikimizi karşılaştırdım, örgülü saçlarımızla ve ciddi bakışlarımızla birbirimize çok benziyorduk, fotoğraftaki anneme, niçin yaptın bunu, diye sordum, niçin evlenmedin onunla, seviyordun onu, öyle değil mi, onu sevmiş olabileceğini o anda, aynadaki saçı örgülü kadını gördüğümde düşündüm, yıllar boyu babamı değil de, bir başka erkeği sevmiş olduğu için ona kin filan besleyemezdim, hatta aşk nedir bilmeyen birini seveceğine, aşktan anlayan bir başkasını umutsuzca sevmesini doğru bile buldum ve düşündüm, boş yere, bir başkasına karşılıksız âşık olmuş insan nasıl sürdürürdü ümitsiz yaşamını, annem benim durumumda olmamıştı, onun peşinden koşmamış, şansını zorlamamıştı, hayır, o hiçbir şey yapmadan günlerini, yıllarını geçirmişti, umuda bile kapılamadan yaşamıştı, nasıl, yaşamındaki o dayanılmaz boşluğu hissettim, yıllar sonra bile olsa, bir an gelirdi ki, her umudun boşuna olduğunu kavrardı kişi, bir son umut bile kalmadığını, kendimi gözümün önüne getirdim, o anı ben de yaşayacaktım, gittikçe yaklaştığını seziyordum, artık diyemeyecektim, günün birinde benim de karşıma seveceğim bir adam çıkacak, ruhum, yaşamım aşkla dolacak, işte o an gelip geçtikten sonra da yaşamımda her şey silikleşecek ve rengini yitirecek, tadını da, çıplaklığından utanacak, o zaman ağlayacak ve diyecektim ki, durumum daha da berbatlaşırsa ne yaparım, o günden sonra yaşamaya son vermek en doğrusu olacaktır.

Başımdaki saç örgünün ağırlığı beni annemin duygularına yaklaştırdı, yatağın kenarına oturdum ve onu yavaş yavaş okşadım, tıpkı bir kediyi okşar gibi, birden oda kapısının açıldığını fark ettim, eşikte durduğunu, aşkın ışığına bürünmüş, elinde kocaman mavi bir kahve fincanı tutuyordu, üzerindeki gömlekle aynı renkte, kısa kollu gömleğinin düğmelerini iliklememişti, güneş yanığı, bazı kılları aklaşmış geniş göğsü bütün gücüyle dışarı fırlayacak gibiydi, onu ilk kez gördüğüm günü anımsadım o anda, yazın son günleriydi, şimdi ise yaz yeniden başlıyordu. Gülümsedi, ağzını açmadan, kırık dişini saklıyordu, yanıma geldi, elindeki kahve fincanını uzattı, unutmuştum, dedi ve küçük masaya, boş termosun yanına bıraktı, sonra fincana kahve koymak istedi, termosun bomboş olduğunu fark edince, güldü, hepsini içmişsin dedi, niçin gülmüştü, çok komik bir şey mi yapmıştım, evet diye konuştum, fakat pişman oldum, hayır, dedim, kahve istiyorum, suratıma baktı, ne yaptın saçlarına, diye mırıldandı, bakışlarında hoşnutsuzluğunu sezdim, saklanacak hiçbir şeyim kalmamıştı, altına gizlendiğim saçlardan perdem örgüydü, yüzüm tüm kırışıkları ve çilleri ile tabak gibi ortaya çıkmıştı, suratı çarpıldı, elini uzattığı gibi örgümden yakaladı, lastiği çekip attı, bu arada saçlarımdan bazı teller de koptu, şöyle bir karıştırdı, örgüyü açtı, bütün anılarımı bir anda yıktı, her şey bir saniye içinde olup bitmişti, bana ise saatlerce sürmüş gibi gelmişti, ürperticiydi, mitolojideki bir şeytanı kovma seremonisi gibi, bütün vücudumun titremeye başladığını fark ettim, sonra titreyenin o olduğunu gördüm, fakat ben de titriyordum, hangimizdi, işin içinden çıkamadım, yatağın karşısındaki iskemleye oturdu ve haykırdı, git buradan, senin kışkırtmaların yetti, artık burama geldi, nefesimin daraldığını hissettim, kımıldayamadım, sanki bütün vücuduma inme inmişti, Masal Şeynfeld'i anımsadım o anda, ayağa kalktı, yatağın yanında duran bavuluma bir tekme attı, bavul bana doğru geldi, haykırmaya devam etti, yeter, bu kez gerçekten çok ileri gittin.

Zorla yerimden doğruldum, üzerime bir şeyler giydim, sağda solda duran eşyalarımı toparladım, yataktaki kitabı da unutmadım, elime geçenleri bavulun içine attım, kapağını kapattım yavaş yavaş, hareketlerimi hızlandırmak istedim, başaramadım, elimde değildi, sanki yerçekimine karşı mücadele veriyordum, az sonra kapıya doğru yürüdüm, çıkmadan durdum, o yatağa oturmuş, başını elleri arasında almıştı, konuştu, bu kez yumuşak bir sesle, niçin kışkırtıyorsun beni, ne elde etmek niyetin, ağzımı açtım, yavaşça, hiçbir şey, dedim, bilmiyorum, anlamıyorum da, o konuştu, saçlarını örmen de ne oluyor, dedi, nefret ediyorum ben örgülü saçlardan, niçin, diye sordum, ısırmayı denemiş olan yılandan nefret ettiğim gibi, dedi, anlamıyorum, diye konuştum, niçin, bana yukarıdan aşağı şöyle bir baktı, o anda onu küçük bir çocuğa benzettim, ne demek istediğimi gerçek anlamıyor musun, diye konuştu. Yanıtladım, yemin ederim, elimi Kutsal Kitap'a basarım ki, anlamıyorum, ağzını açtı, ağır ağır konuştu, annen hep böyle dolaşırdı, Emekli prenses, ördüğü o güzel saçları ve gururuyla bizim duygularımızı karmakarışık ederdi.

Son kelimeleri beni çok şaşırttı, konuştum, fakat o seni çok sevmişti, dedim, gülümsedi acı acı, beni mi sevmişti, diye mırıldandı, o hiçbir zaman kendinden başkasını sevmemiştir, ben onun için bir nostaljiydim, savaşa olan anısıydım, anısına ortaktım, benimle doğru dürüst ilişki kurmayı hiçbir zaman düşünmemişti annen. Ben esmer tenliydim, yoksul mahallenin bir çocuğuydum, geçmişi pek güzel olmayan, geleceği de bilinmeyen bir erkektim, baban gibi değildim, onun annesi babası Almanya'dan gelmişti, her ikisi de doktordu, güzel terbiye almıştı, bana ne demişti biliyor musun annen? Anlatmaya devam etti, sanki her şey daha dün olmuş gibi, beni sevdiği söylemişti, fakat çocuklarım doğsun da istiyorum, demişti, çocuk istemişti annen, bu onun için çok önemliydi, savaşta yaralanmıştım, başıma geleni benden daha iyi biliyordu, ne de olsa ben ağır yaralı yatarken baş ucumda tek oturan o olmuştu, doktorlar da ona her şeyi anlatmışlardı, sağ olsunlar.

Anlıyor musun, bana ne söylemek istediğini, diye devam etti, ben onun kafasına koymuş olduğu, o örgünün altındaki geleceğe uymuyordum, sağlıklı bir erkekle evlenmek istiyordu annen, doğru dürüst bir yaşam sürmekti niyeti, çocukları da olmalıydı, senin anlayacağın güzel bir aile kurmalıydı, ben demiştim ki ona, yalvarırım sana Raşel, dönme aşka arkanı, ömrün boyunca ödersin bu kararının bedelini, fakat her şeyi herkesten daha iyi bilen oydu, bana haber bile vermeden en iyi arkadaşımla evlendi, bunun üzerine ben de yüksek öğrenimimi yarıda bıraktım ve ülkeyi terk ettim, geride bir lanet bırakarak, hiç çocukları olmasındı.

Arada sırada ne yaptıklarının, nasıl olduklarının haberini alıyordum, babanın hastalandığını duymuştum, öğrenimini yarıda bıraktığını da, ne yalan söyleyeyim, annen bunu hak etti, diye düşünmedim değil o günlerde, oh olsundu, sanmıştı ki, her şey istediğim gibi olacak, yaşam küçük cebimde. İsrail'den gelen bütün dostlarıma soruyordum, çocukları olup olmadığını, hayır, dediklerinde de, lanetimin etkisini gösterdiğine seviniyordum, fakat senin doğduğun gün annen beni yenmişti, isteği yerine gelmişti, babanın sesini telefonda duydum, onu görevlendirmişti Paris'e telefon etmesi ve bana senin doğumunu haber vermesi için, saf baban benim de onlar gibi sevineceğini sanmaktaydı.

Sen aynı gün Joséphine'i tanımıştın, öyle değil mi, diye konuştum, bana baktı, evet, doğru, dedi, sen nereden biliyorsun bunu? Fakat yanıtımı beklemeden devam etti. Joséphine beni ne olursa olsun istiyordu, bu onun gücüydü, hiçbir karşılık beklemeden sevebilirdi, çok şeyden vazgeçebilirdi de, yeter ki benimle beraber yaşasındı, karnındaki çocuğunu bile benim için aldırdı, anlıyor musun şimdi beni? İşte son dakikasına kadar yanı başında kalmamın nedeni de bu. Biliyor musun annenin beni tekrar elde etmeyi denediğini? Evet, denedi, ne de olsa baban ona bir kız çocuğu vermişti, artık ona pek gereksinimi yoktu, bensiz olamayacağını da yeniden fark etmişti, gerçek aşkı bendim, sen çocuk arabasında uyuyordun bana gelip, birlikte yaşamamızı teklif ettiğinde, seni sanki ortak çocuğumuz gibi birlikte büyütmemizi istiyordu, fakat ben bir zamanlar beni kapı önüne koymasını unutamamış, onu affetmemiştim.

Ve Avşalom öldüğünde, Tanrı'nın annemi yaptıkları için cezalandırmış olduğunu düşünmüştüm, bunu o da biliyordu, sonraki yıllarda suratımı bile görmekten kaçınmıştı, biliyorum, bütün bunları anlatmamam gerekirdi, fakat seni az önce karşımda saçları örülü görünce, elimde değildi, dayanamadım.

Çok şaşırmıştım, anlattığı öykü, kafamdakinden çok daha başkaydı, anlattığı kimi şeyleri de pek iyi kavrayamamıştım, ses tonundaki sertlik affetmediğinin, unutmadığının ve acımadığının belirtisiydi, olup bitenler onun anlattığı gibi olamazdı, bir yerde yanlışlık var, dedim kendi kendime, Joséphine bile biraz başka anlatmıştı, örneğin, doğduğumda sevindiğini söylemişti, evet, bu şu anda çok önemliydi, doğumum onun için mutlu yoksa mutsuz bir gün mü olmuştu, doğumuma üzülmüş olmasını kabul edemezdim.

Aryeh karşımda yatağa uzanmış elinde sigara yatıyordu, gözlerini kapatmıştı, yüzü gergindi, o anda karşımda annem canlandı, tüm nefreti bakışlarındaydı, birbirlerine yakın olmaları gereken, fakat kaderlerini kabul etmeyen iki insanın yaşamı nefret dolu ve karşılıklı suçlamalarla geçer, ıstırap dolu yaşamlarında suç, aşka sırtını çevirdiği için annemde, annemi sadece kendisiyle mutlu olacağına inandırdığı için babamda, benim yüzümden annem aşkından olduğu ve ben ona hiçbir şey veremediğim için de bende, anneme onun kapısını çaldığında geri dönmeye yanaşmadığı için Aryeh'te, Aryeh'e aşktan ümit kesilmeyeceğini kanıtladığı için Joséphine'de, suçlular gittikçe artmıştı, çoğaldılar, tüm dünyayı sarmaladılar, aralarından kurtulup kaçamazdım, buna inanmak bile saçmaydı.

Yatağa sokuldum ve yanına uzandım, yüzünü görmek istemiyordum, birdenbire ondan iğrenmiştim, yıllar boyu beklemiş olduğum gerçekler dilim dilim değil, olduğu gibi tüm ağırlığıyla ve zehir dolu üzerime gelmişti, dayanılmazdı, yataktan çıktı ve, affedersin dedi, davranışım doğru değildi, fakat sen beni zorladın, kendimi tutamadımsa nedeni sensin, sanırım beraberliğimiz mümkün değil, aramızdaki bağ çok elektrik yüklü, akşama, herkes gittikten sonra seni evine bırakacağım.

Yavaş yavaş soyundu, banyoya geçti, az sonra duşun sesini duydum ve annemin uyumadan önce bana okuduğu hikâyedeki kardan adamı anımsadım, çocukların çok sevdiği bu kardan adam bir gün üzerine çamur bulaştırmıştı, çocuklar da onu suyla temizlemek isterken eriyivermiş, yok olmuştu. Bu hikâyede ne demek istendiğini pek anlamadığım için anneme her defasında, niçin suyla yıkıyorlar, diye kızarak sorardım, annem de, üstü başı çamur içinde kaldığı için, diye açıklardı, bunun üzerine ben daha da öfkelenir, çocukların yaptığını bir türlü kabullenemezdim ve onu yok edeceklerini bilmiyorlar mıydı, diye bağırırdım. Bana göre, yok olacağına üzeri çamurlu kalması daha iyiydi, annemse, çocuklar kardan adamları temiz olsun istemişti, diye beni sakinleştirmek isterdi. Ben bir türlü kabul edemezdim, öfkem geçmezdi, onlar mümkün olmayan bir şeyi yapmıştı, mümkün olmayanı yapan da her şeyini yitirirdi.

Komodine baktım, içinde o tehlikeli çikolataların durduğu kutuyu gördüm ve annemi düşündüm, yaşamı bir an için apaçık olmuştu, fakat sonra kapanmıştı, gözlerimin önüne getirdim, kapanmakta olan kapıya nasıl saldırıp, yalvardığını, açın, diye haykırdığını, fakat iş işten geçmişti, insan yaşamında bir hata yaptı mı peşinden ötekiler de gelir, sonunda o hatalarla dolu bir yaşam yaşamıştır. Annem Aryeh'ten vazgeçmişti, beni ve Avşalom'u dünyaya getirmek için, fakat kardeşimin ölümünden sonra da bizden nefret etmişti, bana karşı da öfke doluydu, yaşamımı doğru dürüst rayına oturtamadığım için, ilk günkü kararı o olmuş olsaydı, ben dünyaya gelmezdim, ne güzel olurdu, kapalı bir kutu kalırdım, yıllar sonra annem kararının yanlış olduğunu anlamıştı, ben geceleri bağırarak onu uyandırdığımda ya da üzdüğümde, mutlaka hep o hatasını anımsamıştı, belki okula gittiğim yıllarda ev ödevimi yapmadığımda, ona karşı küstahlaştığımda, belki Joséphine'in hastalanmasının nedenlerinden biri de oydu, kocasının ona gösterdiği yakınlık yetersiz kalmıştı, Joséphine aşk istemişti, o aşk bulanıktı, güneş yüzü görmeyen, üzerinde rüzgâr bile esmeyen bir göl örneği. O ne vermişti karısına, bana ne vermişti, ne verecekti, eski öfkelerin kırgınlıklarını, yengінin kokuşmuş duygusunu, ne farkı vardır güçsüzü yenmenin yenilgiden? Benim burada artık işim kalmadı, diye bir an düşündüm, gece çıkıp gideceğim bu evden, bavulum beni nereye götürürse oraya gidecek adımlarım, götürsün beni görme özürlüsünü yönlendiren köpek örneği, gözlerim açıldıkça daha az görüyordum.

Duşun altında şarkı söylediğini duydum, melodisi duygulu, kıyılarında oturduğumuz, yemekler yediğimiz, ağladığımız, Sion'u andığımız Babil nehirlerini anlatıyordu, sesi melankolik çıkıyordu, genç ve özgür de, düşündüm, annemin gözlerini bile oysam, onun için Aryeh genç kalmıştı, o ise yaşlanmıştı, Aryeh'i her gördüğünde geçmişini yeniden anımsıyordu, bunun için düşü hiç ölmeyecekti, gün geçtikçe de anlaşılmaz olacaktı, sesini duydum, beni çağırıyordu, Ya'arah, diye sesleniyordu, daha gitmemiş olduğumdan emindi, yanıtımı beklemeden, bana bir havlu getir dedi, dolabı açtım, rafların birinde çok dikkatli katlanmış havlular duruyordu, en üstekini aldım, siyah olanını, elim bir alttakine değdi, yere düştü, katlayıp tekrar rafa koymak istedim, başaramadım, onu da aldım, banyoya gittim, yüzüme baktı, alay eder gibi gülümsedi, ikinci havlu kimin için, diye sordu? Burada bir erkek daha mı var yoksa, ona da mı havlu getirdin? Sanırım bana Yafa'da geçirdiğimiz günü anımsatmak istiyordu, evet, yanıtını verdim ve Yoni'yi düşündüm, sevgili Yoni küçük duşun altında durmuş hâlâ beni beklemekteydi, soğuktan titriyordu, onu terk etmeye karar verdiğimde havalar soğuktu, orada duruyor ve bekliyordu, gelip onu kurulamamı.

İkinci havluyu üzerime sardım, giyimli olmama karşın, yatak odasına geçtim, hızla arkamdan geldi, çırılçıplak elbise dolabının önünde durdu, dikkat ettim, vücudunun bir köşesinde gözümden kaçmış bir yara izi görebilir miyim diye, hayır, yoktu, sordum birden, onunla yatağa girdin mi? Yanıt vermedi, fakat sorumu anlamıştı, vücudunun hafifçe sallandığını fark ettim, güçlü bir rüzgâr çarpmış gibi, ağır ağır bana doğru döndü ve kelimelerin üzerine basa basa konuştu, geçmişle niçin böylesine ilgileniyorsun, Ya'arah, niçin sormuyorsun, örneğin, seninle yatağa girip girmeyeceğimi, yaklaştı, yanıma sokuldu, yoksa bana yaklaşan kabarmış olan uzvu muydu, konuşmaya devam etti, kimi şeylerden ve onların doğruluğundan sürekli şüphe edemezsin, geçmişle uğraşan, yaşamını savsaklar, otuz yıl önce annenle yatıp yatmadığımı mı yoksa şimdi seninle yatıp yatmayacağımı mı mutlaka bilmek istiyorsun, söyle hangisini? Gülümsemeye çalıştım, kafam karışmıştı, sordum, ne duymak istiyorsun, dedim, gerçeği, diye karşılık verdi, konuştum, onunla yatıp yatmadığını bilmek istiyorum, arkasını döndü, dolaba doğru yürüdü ve giyinmeye başladı, çok yavaş hareket ediyordu, sesimi biraz yükselterek devam ettim, sen benden gerçeği söylememi istemiştin, dedim, durdu, sonra bana bakarak konuştu, evet, dedi, fakat gerçeğin bir bedeli vardır, unuttun mu?

Giyindikçe onu daha çok arzuluyordum, yanıyordum, sanki saatlerce yakıcı güneşin altında kalmıştım, vücudumun derisi ateş gibiydi, nasıl da yanılmıştım, kavradım o anda, onun yaşamı artık kurtarılamazdı, ben de şu sıralar kendiminkini berbat etmek üzereydim, mırıldandım, gel, dedim, gel, seni arzuluyorum, başını çevirip bana baktı, biraz üst perdeden, tepeden tırnağa süzdü, fakat şu anda ben seni istemiyorum, diye konuştu, yapamam, bak, bana doğru yürüdü, eliyle bacak aralarını işaret etti, her şey ölü şu anda, sana göre bir şey yok, baktım, gerçekten çok sakindi, ölü bir maddenin boşluğu duruyordu karşımda.

Ne kadar da çabuk ölüyor bazı şeyler, diye konuştum, kırılmıştım, evet, dedi, öyle oluyor, birden tepem attı, suratına karşı bağırdım, daha bir dakika önce deliler gibi istiyordun, şimdi ise kılın kıpırdamıyor, söylemiş olduklarım seni rahatsız etti, hepsi o kadar, yanıtına dayanamıyorsan niçin soruyorsun? O da öfkelendi, ben mi dayanamıyor muşum? Dayanamayan sensin, kabul de edemiyorsun, bugün seni görünce kalkmadığı için, öyle değil mi? Sesimi daha da yükselttim, sen yalancının birisin, annem akıllıymış, seninle evlenmemekle, yüksek sesle güldü, karşısındakini iter gibi, elimi boğazıma götürdüm, bağırmaktan acımaya başlamıştı, başımı çevirdim, yaklaşan akşamın portakal rengi ışığına baktım, panjur aralarından giriyor, odanın loşluğunu biraz olsun aydınlatıyordu, düşündüm, birkaç saat daha, sonra her şey geçmişte kalacaktı, artık burada olmayacaktım, nereye gidecektim, evim neresiydi, bilmiyordum, bildiğim tek şeyin, evimin burası olmayacağıydı, burada her şey hastaydı, hasta, sonra duyduklarıma inanamadım, düşüncelerim aynı anda suratıma çarpıldı. Burada her şey senin yüzünden hasta, diye bağırdı, sen bütün çevrene hastalık saçıyorsun, senin yanında Joséphine sağlıklıydı, beni böyle davranışlara zorluyorsun sen, nefret ediyorum bu yaptıklarımdan, daha uzun süre dayanmaya da hiç niyetim yok, o anda çok üzüldüm, evde bizden başka birinin olmadığına, örneğin annem ya da babam burada olsaydı, aramızı yapardı, durumu belki düzeltebilirdi. Hayır, diye düşündüm, onlar da bir şey yapamazdı, kimin haklı olduğu belliydi, bu odada ikimize birden yer yoktu, çekip gitmeliydim, daha başka başsağlığı ziyaretçileri de gelmeden, yoksa oda hapsim geceyarısına dek sürebilirdi, fakat gitmeden önce de ona borçlu kalamazdım, haykırdım suratına, seni gidi yalancı, yalancı herif, karşımdakinin gülerek konuştuğunu fark ettim, anlamıyorum, ne işin var daha burada, madem ki ben çok berbat adamın biriyim, artık bana gereksinmen yok, öyle değil mi, yine bağırdım, tabiî gerekli değilsin sen bana, keşke sana rastlamamış olsaydım, konuştu, öyleyse benimle birlikte olmaya son ver, sen bu evde gerekli değilsin.

Öyleyse niçin telefon ettin, diye bağırdım, niçin istedin buraya gelmemi, sen benim tüm yaşamımı berbat ettin o telefonunla, konuştu, telefon eden ben miydim? Sen telefon ettin buraya ve sordun, gelebilir misin, diye, ben mi seni arayıp, buraya çağırdım, öyle mi, hem de karımın gömüldüğü gün? Dayanamadım, üzerine atıldım, öfkeden çıldıracak gibiydim, ne yaptığımı bilmiyordum, ellerimle ağzına saldırdım, o yalan dolu kelimeleri söylemiş olan dudaklarını koparmalıydım, çekip atmalıydım yüzünden, fakat beni kavradığı gibi yatağa fırlattı, kollarımdan tuttu, kalkmama izin vermedi, bir yandan da dayanılmaz o sözleri tekrarladı, demek telefon eden bendim, öyle mi? Ben ömrümde sana telefon etmedim, senin telefon numaranı bile bilmiyorum, bir kez olsun ben seni telefonla aramadım ve o anda kapının zili çalındı, Joséphine Even'in yedi günlük mateminin üçüncü gününün ikinci yarısı başladı.

XII

Eğer bana biri sormuş olsaydı, dövüşmek mi yoksa sevişmek mi daha kolaydır, diye, mutlaka, ikincisi olurdu yanıtım, fakat yatağında yatmış, hırs dolu solurken, içimden yükselen nefretin sevişmeyi nasıl bastırdığını fark ettim. Tüm gücümü nefreti yüceltmek için topladım, hızla üzerime çektim yorganı, öfke dolu çekiştirdim yastıkları parçalayacak gibi, sanki yastıklar onun dudaklarıydı, az önceki sözlerin çıktığı, yorganın aralığından odaya baktım, gözlerimi iyice kısarak, iğrendim gördüklerimle, eşyalardan, odanın köşelerinden, bembeyaz duvarlardan bile, duvardaki kapkara vinç fotoğrafından, kapısı açık kalmış dolaptan, hiç kıpırdamayan, iki gündür tüm iğrençliği yutmuş olan panjurlardan da iğrendim, onun ağzından çıkmış tüm sözleri duymuş, dudakları patlatırcasına, kanlar damlatan o çılgın, yaygın gülümsemesini görmüşlerdi, o iki günü yaşamış her şey, insan ya da eşya, artık sonsuza dek kirlenmişti. Hareket etmek istedim, kıpırdandım. Gidecek hiçbir yerin yok, diye düşünmek, burada kalmak zorundasın demek değildir, bir yanlış yapmış olman da onu ömür boyu yapacaksın demek değildir, ancak bunun farkına varmak beni öylesine korkuttu ki, kılımı bile kıpırdatamadım, şimdi emin olduğum bir şey vardı benim, ben Ya'arah Korman'ın, şu tarihte, şurada doğmuş, göz rengi şu ve boyu şu kadar, tabiî kimlikle ilgili başka ayrıntılar da, hiçbiri ömür boyu değiştirilemeyecek şeylerdi, onlarla hep birlikte yaşamak zorundaydım, şimdiyse yepyeni bir şey olmuştu, bir sürü gerçeğin içine girmek istiyordu, tümünün de sıkışıp yeni gelene yer açması, onunla dostluk kurması gerekiyordu, bu yeni gerçek, benim şu yılda, şu ayda ve şu günde yanlış bir şey yapmış olmamdı, hem de yaşamımı değiştiren büyük bir yanlış yapmıştım, tüm geçmiş bulanmış, yitmişti, içinde yaşadığım anlar karabasandı, gelecekse beni bekleyen vahşi bir yaratıktı, artık onunla birlikte yaşamasını öğrenmek zorundaydım, tıpkı bir sakatlıkla yaşamasını öğrenmek gibi, ancak bu sakatlık olağan bir sakatlık değildi, kendi kendimi yaralamamıştım, bacağına kurşun sıkan, sakat bacağı ve kafasından geçenlerle ömrünü sürmek zorunda olan biri gibi, ben öyle biriydim ki, olağan bir şey yapmamıştım, ben otomobile binmiş ve kendimi ezmiştim, ben hem otomobil sürücüsüydüm, hem de ezilen, hem suçluydum, hem de suçlayan ve Yoni'yi anımsadım, onu artık ömür boyu yitirmiştim, benden uzaklaşmış aşkını da düşündüm, şimdi çıplak bir masa duruyordu orta yerde, örtüsü çekilmişti, eskiliği ve lekeleriyle acınacak görünümde bir masa çıkmıştı ortaya.

Yoni'nin yüzü karşımdaydı, yumuşaklık gitmiş, yerine sertlik gelmişti, o anda fark ettim ve de güzel buldum, sertlik ona daha da iyi yakışıyordu, sanki içinde bir yerlerde gizlenmiş ve ortaya çıkmak için uygun bir ortam aramıştı, yumuşak sesi de değişmiş, emredici olmuştu, konuşması nazikti, fakat istek de doluydu, içimde bir şey kırıldı, dedi, daha önceki yaşamımıza geri dönmemiz mümkün değil artık, İstanbul'a balayı gezisine gitmemekle diye devam etti, evliliğine son verdin, birden sözü değiştirdi, biliyor muydun, Türklerin bir zamanlar bütün dünyaya hükmettiğini? Konuştum, istersen bir kez daha deneyelim, başaramazsak ayrılırız dedim, o günlerden günümüze kalanlar Türklerin gururları diye konuştu, pek fazla şey de kalmadı onlara, ben ise yalvarır gibi, Yoni, lütfen, dedim, her şeyi düzelteceğim, o devam etti, şimdi bir İstanbulları kaldı, orası da yaşaması zor bir yer, dedi, konuşmamız son buldu, küf tutmuş gururumu toparladım, giysilerimi ve kitaplarımı da, o da eşyalarını topluyordu, çünkü ikimiz de bu evde kalmayacaktık, her şey kartonlara kondu, üzerlerindeki etiketlerde adlarımız yazıyordu, kapıdan çıkarken elini uzattı, görüşme yapmış iki işadamının ayrılırken el sıkışması gibi elimi sıktı, sıkıca ve ciddi, gözlerinde mutluluğun ışıltıları seziliyordu, onlar kışkırtıcı ya da saldırgan değildi, mutluluğu alçakgönüllüydü ve ölçülü bir insanın bakışları vardı gözlerinde, beklediğinden de çabuk kavuşmuştu özgürlüğüne, kayboluverdi, silindi gözümden.

Birlikte olduğumuz yıllardan geriye hiçbir şey kalmayacaktı, aramızda gidip gelecek bir çocuğumuz bile, kavgasını yapacağımız mal varlığımız da olmayacaktı, elimiz boş yolumuza gidecektik, geldiğimiz gibi, belki günün birinde sokakta karşılaşırdık, rastlantı sonucu, oturur küçük bir kafeye eski günlerden söz ederdik, anlatırdı belki bana o balayı öncesinin sabahını, zar zor, heyecan içinde uykusundan uyandığını, bavulunu kapatmadan önce bir şey unutup unutmadığına bakındığını anlatırdı, son anda kimi önemli şeyleri unutabilirdi insan, yatağın boş olduğunu sonra fark ettiğini, banyonun, mutfağın da, yine de bavulunu alıp, yolculuğa çıkmıştı, işte böyleydi Yoni, değiştirmezdi planlarını, hele son anda hiç, tekrar yatağa girip, ağlamamıştı, sonra uçakta ya da otelde ağlamıştı, o benim gibi değildi, ben ağlarken hareket etmezdim, hem ağlayan, hem de hareket eden kendini kurtarır, rahatlardı sonunda, hiç kıpırdaman ağlayansa kaybederdi, artık geçmişten pek korkmuyordum, gelecekti bana korku veren, çünkü o kaçınılmazdı, ona dayanamayacağımı biliyordum, önlemeliydim, üzerime gelmekte olan o kocaman kayayı durdurmanın bir yolunu bulmalıydım. Fakat önce ayağa kalkmalıydım, gidip tuvalete oturmak bile şu anda yatakta yatmaktan daha iyiydi, en iyisi de pencereden dışarı bakmaktı, kalktım, zor da olsa pencereye doğru yürüdüm, açmasını da başardım, odaya hava girdi, ilkyazın kokusunu içime çektim, ciğerlerime doldurdum, bahçelerde portakalgiller çiçek açıyordu, kokuları dayanılmazdı, bana mahallemizi çevreleyen büyük portakal bahçelerini anımsatıyordu, oralarda uyanmıştı aşkın ilk duyguları, kafam düşüncelerle doluvermişti o yıllarda, aşkı düşünmek aşkı yaşamaktan daha iyiydi, portakalların altında geziniyor, kafamdaki düşüncelerle mutlu oluyordum, kimi zaman yakındaki tepeye çıkıyor ve aşağılara bakıyordum, tüm dünya benim için koskocaman, sonsuza uzanan bir portakal bahçesiydi, günün birinde seveceğim erkeği buraya getireceğimi ve eşi benzeri olmayan bu güzellikleri ona göstereceğimi düşlerdim, yaşamda hiç sorulmamış ve de hiç sorulmayacak soruların yanıtı buradaydı.

Şimdi Yoni'yi mi oraya götürseydim, düşündüm, onu havaalanından alıp, hemen o tepeye gidecektim, İstanbul'un camilerinden Şaron'un portakal bahçelerine, orada, küçük tepede, kalbinde bana yine bir yer açmasını başarırdım, yürüdüm, bavulumun yanına gittim, açtım ve karıştırdım, baktım her şeyi yanıma almış mıydım, sağıma soluma şöyle bir göz gezdirdim ve kafamda kaçma planları yaptım, zor olmayacağa benziyordu, bu kez odanın kapısını kilitlemeyi unutmuştu, acelesinden olabilirdi, tabiî belki de bilinçli yapmıştı, şimdi odadan çıkmalı, ayak parmaklarımın ucuna basa basa koridoru geçmeli, salondakilere görünmeden kapıya gitmeliydim, yoksa misafir tuvaletinden geliyormuş gibi salona şöyle bir girip, elini sıksaydım ve ardından da veda mı etseydim, fakat koskoca bavulumu ne yapacaktım, hayır, bir bavul yüzünden burada kalamazdım. Kararımı değiştirdim, balkonun panjurlarını yukarı çektim, kilidin üzerinde duran anahtarla da balkon kapısını açtım, ayağımla ite ite bavulu balkona çıkardım, panjurlarını aceleyle tekrar indirdim ve daha fazla düşünmeden koridora çıktım.

Salondan sesler geliyordu, karmakarışık konuşuyorlardı, fakat sessiz, rahatsız edici değildi sohbetleri, sonra bir an sustular, bir şarkıya başladılar, dinî bir şarkıya, usul usul, kimseyi rahatsız etmemek istermiş gibi, dikkatli adımlarla koridorda ilerledim, tuvaletin kapısını açıp, içeri girdim ve kendimi bıraktım, kapağın üzerine. Fırtınalı bir denizin ortasında bir ada gibi geldi bana bu daracık yer, şöyle bir bakındım, buraya hiç kadın eli değmediği hemen belli oluyordu, ev sahibi bey nelerle uğraşıyordu da buraya bir tuvalet kâğıdı bile koymak aklına gelmiyordu, tuvaletin içinden yükselen kokular da kentteki umumî tuvaletleri anımsatıyordu. Dışarıdan ayak sesleri duydum, yaklaştılar, hemen ayağımı uzattım, kapıya dayamak istedim, üzerinde anahtar yoktu, biri açmak isterse engel olmalıydım, fakat bacağım uzun olmasına karşın yetişmedi, bu arada da sesler uzaklaştı, ben yine de denedim ayağımla kapıya ulaşmayı, düşündüm de, tuvalette oturan biri tam işinin ortasındayken içeri girmek isteyen olursa ne yapardı, bence yapabileceği iki şey vardı, birincisi oturduğu yerden, külotu aşağıda fırlayacak ve kapıyı tutmaya çalışacaktı, ikincisi ise hiç kıpırdaman oturmaya ve işini görmeye devam edecek, içeri girene de sürpriz yapacaktı, şaşırdım, ev sahipleri misafirlerini niçin böyle bir zor durumda bırakıyordu, hele Joséphine'e şaşırdım, onun gibi duygusal birinden misafirlerinin rahatını düşünmesini beklerdim, kafamdan geçirdim, acaba bunu yapamadığı için mi hastalığa tutulmuştu, eriye eriye ölmüştü.

O anda bavulum ve içinde duran kitap aklıma geldi, önünden

geçen insanların insafına kalmış balkonda durmaktaydı, hemen suya bastım ve tuvaleti terk ettim, suratıma çok üzgün bir başsağlığı ziyaretçisinin maskesini geçirip, çıkışa doğru yürüdüm, salon kapısında bir an için durdum, oturdukları yerde sallana sallana dua eden bir grup erkeğin ortasında onu gördüm, aynı anda mutfaktan birisi koridora çıktı, bana işaret etti, duaları az sonra bitecek dedi usul sesle, burada bekleyebilirsin, mutfağı gösterdi, içeri girdim, yuvarlak masanın çevresinde birkaç kadın oturmuş sohbet etmekteydi, en son boş iskemleye iliştim. Bir şey içmek ister misin diye sordu kadın, çok sevindim, kahve dedim, hemen büyük bir fincan koydu önüme, ne kadar da kolay olmuştu kapalı kaldığım odanın dışında kahve içebilmek, gülümseyerek şekerle sütü de önüme doğru itti, konuştu, ben Ayala, Aryeh'in kardeşi.

Anneniz ile babanız galiba hayvanları[9] çok seviyordu dedim, söylediğime de pişman oldum, inşallah bunu hakaret saymamıştı, çok şükür gülümsedi, evet, doğru bu, diye konuştu, annem ile babama hep derdim ki, hayvan adı verdiniz çocuklarınıza, fakat ne yazık ki, bir sokak kedisinin yavrularıyla ilgilendiği kadar bile onlarla ilgilenmiyorsunuz. Hafifçe gülümsedim, sordu, pasta ister misiniz? Yanıtımı beklemeden de süslü bir tabağın içine koyduğu taptaze, fırından az önce çıktığı belli olan, kokusu üstünde bir parça peynir pastasını uzattı, akıcı bir Fransızca'yla ölünün annesine de teklif etti bir parça pasta, dar mutfakta sağa sola gidiyordu, hareketleri edalı ve kıvraktı. Kısa boylu sayılırdı, şişmanca da, iri ve yumuşak memeleri dar kazağının altında toplaşmışlardı, yüzünün esmer teninde mavi gözleri ışıldıyordu. Hiç de erkek kardeşine benzemiyordu, olsa olsa dolgun dudakları, fakat onunkiler grimsiydi, kız kardeşinin dudaklarıysa kırmızı, gülümserken de ışılda-

9 İbranice'de Aryeh aslan, Ayala geyik anlamındadır. (ç.n.)

yan gözlerinden dudaklarına kırışıklar iniyor, yanaklarında şirin gamzeler oluşuyordu. Çok mükemmel bir insandı, burada oturmuş sakin sakin kahvemi yudumluyor, onu seyrediyordum, hayret içinde, şaşkın, hoşuma gidiyordu burada olmak, nasıl da neşeli ve rahat oradakilerle ilgileniyordu, nereden çıkmıştı bu mükemmel kadın birdenbire, varlığından niçin daha önce haberim olmamıştı, düşündüm, olsaydım ne değişirdi, davranışlarım değişir miydi, dünya görüşüm de farklı mı olurdu, sanmıyorum.

Olan bitene kendimi öyle vermiştim ki, sesini duyunca şöyle bir irkildim, benimle konuşuyordu, Korman'ın kızı sen misin, diye sordu, bakışlarımı dudaklarından çekemediğim için konuşmadım, benden yanıt alamamasını, evet, diye kabul etmiş olacaktı ki, devam etti, annene bu kadar çok benzemen ilginç, inanılmaz, gözümün önüne getiriyorum da onun gençliğini, bana anneni anımsatıyorsun, bir saç örgün eksik, ağzımı buruşturarak gülümsedim ve evet, dedim, fakat çevremdeki tüm insanlar arasında bir tek anneme benzemem kıskanılacak bir şey mi, bilmiyorum, bir an için sustum, sonra kendimi tutamadım, devam ettim, daha çok sana benzemek isterdim, dedim.

Acır gibi baktı bana, her şey insanın kendine bağlı diye konuştu, her şey sana bağlı, ben de birçok değişimden geçtikten sonra bugün gördüğün insan oldum, düşündüm, bugün biri daha gelip de, her şey senin elinde, derse, haykırırdım, fakat o kadın söyleyebilirdi, onun söyleyeceği her şeyi kabul etmeye hazırdım, öylesine yumuşak konuşuyordu ki, karşısındakiyle ilgileniyordu, az kalsın soruyordum, siz kaç gündür neredeydiniz diye, beni duvarın öteki yanındaki hapishanemde niçin ziyaret etmemişti, birden mutfak gölgelendi, içerisi erkeklerle dolmuştu. Fransız kayınbiraderini gördüm, bana şöyle bir bakan Şaul'u da, sanırım burada olmam pek hoşuna gitmemişti, onu ele veririm diye korkuyor muydu acaba, hemen mutfaktan çıktı, diğerlerini tanımıyordum, en son da Aryeh girdi içeri, kız kardeşinin dikkatle yüzüne baktığını gördüm, konuştu, Ari, Korman'ın kızı da burada dedi, başını bana doğru çevirip şöyle bir baktı, kızacağını bekliyordum, ne de olsa belirli bir sınırı aşmıştım burada mutfakta oturmakla, fakat o gülümseyerek, hatta biraz da alay edermiş gibi konuştu, ah, öyle mi, demek Korman'ın kızı da burada, dedi, bilinçli bir abartmayla devam etti, ne de güzel bir sürpriz, ben hep severim sürprizleri, kız kardeşi yanına sokuldu ve ona sarıldı, o anda gördüm, biraz da olsa benziyorlardı birbirlerine, Ayala sanki Aryeh'in açık rengiydi, kız kardeşinin yanında esmerliği açılıyormuş gibiydi, umursamazca, oldukça rahat konuştu, sen İstanbul'a gitmedin mi? İstanbul'da olduğunu duymuştum da, yüzümün kızardığını hissettim, konuştum, yeni döndük, dedim, konuşurken "biz" demeye özellikle dikkat etmiştim, bir çiftin yarısıymışım gibi.

Nasıl geçti, diye sordu, düş kırıklığına uğradım, yanıtını verdim, bambaşka beklentilerle gitmiştim İstanbul'a, sözümü kesti, insan beklentilerinde aşırı olmamalı dedi, Ayala da konuştu, çok doğru, düşündeki görüntü bir bütündür, yaşamda gördüğünse tam değildir, parçalardan oluşur, konuştum, o zaman çoğu şeyin insanın düşünde kalması daha iyi dedim, en doğrusu, yaşamda her şeyi incelememek, gördüğün her insanla tanışlık kurmamak. Fakat böyle yapan da hiç büyümez, hiçbir zaman olgunlaşmaz diye karşı çıktı, ruhunun gözleriyle gördüğün ile vücudunun gözleriyle gördüğün arasındaki fark olgunlaşmadır.

İnsanın büyümesi gerekli mi, dedim ve fark ettim, Ayala dikkatle bize bakıyordu, burnunun kanatları da, bir şey sezmiş bir hayvan örneği titriyordu, evet, diye o konuştu, yaşam bunu gerektirdiği için Korman'ın kızı, büyümekten, olgunlaşmaktan kaçınan yaşamdan vazgeçmiş demektir, kız kardeşi alkışladı ve güldü, nedenini bilmiyorum, fakat kendimi birden tiyatroda sandım, aynı anda Şaul yine mutfağa geldi, hafif eğilmişti yürürken, sanki eliyle bir şey çekiyordu, dehşetle elindekinin bavulum olduğunu fark ettim, yüksek sesle konuştu, bakın dedi, ne buldum balkonda, Aryeh'e dönerek, içi dolu bir bavulu nasıl koyarsın balkona, diye sordu, Aryeh bavula şöyle bir göz attı ve o bana ait değil, dedi, nereden bileyim balkonumda ne işinin olduğunu, Şaul şöyle bir irkildi, herkes şüpheyle birer adım geriye çekildi, biri de beni geri itti, hepsi büyük bir şüpheyle bavula bakmaya başladı, içinde bir bomba varmış gibi, her an patlayabilirdi. Polisi çağırsak iyi olur, dedi, yaşlı anneye de Fransızca ne olduğunu kısaca açıkladılar, kadın kısa bir çığlık attı, elleriyle yüzünü kapattı, mutfakta herkes durmuş, bakışlarını hiç konuşmadan bavula dikmişti, tıpkı üç gün önce Joséphine'in taze mezarının çevresinde durduğumuz gibi, o anda bayılacağımı sandım, durumdan nasıl sıyrılıp kurtulacağımı bilemiyordum, karşımda duran Aryeh'in dudaklarında alaycı bir ifade bana baktığını sezdim, sanki, bana bir sürpriz yaptın, demek istiyordu, aynı anda Ayala'nın da bakışlarını fark ettim, pırıl pırıl gözlerini bende gezdirdi, sonra erkek kardeşine baktı ve telefona gitmek için mutfaktan çıkmaya hazırlanan Şaul'un yanına sokup, eliyle koluna dokundu, rol yaparmış gibi, heyecanlı bir sesle, ah, dedi, unutmuştum, bu bavul benim, sonra orta yerde durmakta olan bavulu aldı ve bir kenara koydu, Aryeh söze karıştı, nedenini bilmiyorum, fakat bana her şey sanki tiyatrodaymışım gibi geliyor, diye mırıldandı, sonra gülümsedi ve el çırptı, biraz kibar, biraz üst perdeden, misafirler salona geçti, mutfakta o, ben, kız kardeşi ve kaynanası kaldık, saçları mavi boyalı bu koket yaşlının şıklığı yürek parçalayıcıydı, belki böyle düşünmem doğru olmaz, fakat görünümü ona yakışmıyor da değildi.

O anda yine üzüldüm, Fransızca bilmediğime, ona bazı şeyleri sormayı çok isterdim, örneğin, yaşamının sonuna gelmiş olduğuna seviniyor muydu, ne de olsa daha genç yaşlarda ölümcül bir hastalığa yakalanmamıştı, yaşamın tam ortasında böylesine bir darbe yemek, yıllar boyu ölümü beklemek dayanılmazdı, o bütün bunları yaşamamıştı kızı gibi, benim de bir süredir kafamdan çıkmayan, rahatsız eden bir gelecek düşüncesi vardı, gelecek benim için ağzı açık bir sürü canavardı, beni bekliyorlardı, biri ötekinden berbat yaratıklardı, ben de birinden inip ötekine binmek, önceden belirledikleri yollarda onları sürmek, keyifli ve yaşam dolu olmak, iğrensem de, tüylü, kıllı boyunlarına sarılmak zorundaydım.

Gözlerimi kapattım, yüzüm kıpkırmızıydı utancımdan, koluma soğuk bir elin değdiğini hissettim, konuştu, Korman'ın kızı, dedi, git evine ve bir daha da gelme buraya, anlıyor musun beni, o seni çağırsa bile geriye gelmeyeceksin, gözlerimi açtım ve hüzünlü konuştum, o beni çağırmayacaktır, dedim, eğilip bavulumu aldım ve kapıya doğru yürüdüm, kız kardeşi önden yürüdü, dışarı çıkmadan önce ona dönüp, Ayala, dedim, yaşamdan iğreniyorum, fısıldayarak konuştu, bunu söylememelisin, böyle konuşan yaşamdan nefret de eder, sonra sarıldı bana, bir anne gibi, benim çocuklarım var, fakat çocuklarımın annesi yok, dedi, şaşırdım, ne de olsa her tuttuğunu koparan mutlu bir anne izlenimi vermişti bana, ne demek istiyordu, sözlerinin arkasında ne yatıyordu, anlayamadım, fakat o anda kapı aralığında bana bir açıklama yapacağa da hiç benzemiyordu, dimdik ve edalı olduğu yerde hızla döndü, içeri girdi, kapı kapandı.

Günün en korkulu saatleriydi, güneş batmıştı, fakat hava henüz kararmamıştı, bu akşam öncesi ışığı ender ve değerli bir şeydi, nedense ben günün bu saatlerinden hep korkardım, sokaklarda gezinmek istemezdim. Çocukluğumda akşama doğru sokağa çıktığımızda hep annemin elini sıkı sıkıya tutardım, korkardım, inanamazdım sağ salim eve varacağımıza, gelsek de önce şöyle bir bakınırdım, girdiğimiz yer gerçekten evimiz miydi yoksa evimize çok benzeyen bir yere gelmiş, kapana mı girmiştik. Odama girince de çevreme şöyle bir bakınırdım, hatta eğilir yatağın altına bir göz atardım, kapağını açar dolabın içini de görmek isterdim, annem kimi zaman beni sakinleştirmek isterdi, o zaman ondan da şüphelendirdim, belki o da kurnazca hazırlanmış kapanın bir parçasıydı, anneme çok benzetilmiş bambaşka bir kadındı, şimdi elimde bavul merdiven boşluğunun dışarı açılan pencerelerinden akşama bakıyordum, loşluğa, düşündüm, tüm yaşamım birilerinin kurnaz kapanıydı, ben o kapanın içindeydim ve kurtulmak için uğraşıp duruyordum, hissediyordum, boynum sıkışmıştı, demirden eller beni sıkıyor, boğmak istiyordu, nefes alamıyordum, dışarı çıktım, kaldırımın kenarına oturdum.

Karşı binaların pencerelerinde sarımtırak ışıklar yanmıştı, mutlu insanların oturduğu evleri andırıyordu, benim evim ise üç gündür karanlıklar içindeydi, nasıl dönerdim artık oraya, nasıl içeri girip, ışıkları açardım, Yoni'nin kederi koskocaman bir ceset gibi yere, fayanslara uzanmış yatarken, yükselen kokular çoktan dışarılara taşmıştı, rahatsız olan komşular aralarında konuşuyor, dairenin kapısını kırıp kırmamayı tartışıyorlardı, bense hemen onlara engel olacak, yerde yatan ceset Yoni değil, sadece onun kederi diyecektim, onu bana bıraktı, kendisi bir daha gelmeyecek bu eve.

Çevremde sesler artmıştı, akşam olmak üzereydi, bir yerlerde suların aktığını duydum, şelaleler gibi, neler vermezdim şu anda bir şelalenin kıyısında oturabilmek için, sokakta oynayan çocuklar evlere çağrıldı, tavalarda omletler çevrildi, banyo küvetlerine su dolduruldu ve bir anda bir çığlıkla ürperdim, tam yanı başımda, az ötemde, sanki birisi bana bağırıyordu, defol git buradan, dayanamıyorum artık, ayağa kalktım, kapıya doğru yürüdüm, dairesinin kapısı açılmadı, karşı kapı aralandı, sanki büyük bir paket, kolları ve bacakları olan bir paket dışarı itildi, genç kadındı, bitkin ve başı önünde birkaç adım attı, zor nefes alıyordu, kendini basamaklara bıraktı, yere çöktü. Yanına sokuldum, elimi omzuna koydum, başını şöyle bir kaldırdı, beni tanıdı, sordum, ne oldu, yapamayacağım, diye mırıldandı, artık dayanamıyorum, çökmüş olduğu yerden ayağa fırladı, bağırmaya başladı, çocuğum içerde, çocuğumu da elimden alacak, hızla kapıya koştu ve yumruklamaya başladı, sesini daha yükseltti, artık haykırıyordu, ver Nuri'yi bana, Nuri'yi istiyorum, fakat kapı aralanmadı bile, tir titriyordu, ağlamaya başladı, hıçkırıklara boğuldu, yüzü çarpıldı.

Sarıldım ona ve usulca konuştum, üzme kendini, ben çocuğunu alacağım dedim, bunu niçin söylediğimi bilmiyordum, fakat ağzımdan o kelimeler çıkar çıkmaz gerçekleşmesi gerektiğini de sezdim, genç kadın teşekkür edermiş gibi yüzüme baktı ve gözlerinden yaşlar akarak, ben çocuğumu istiyorum, onsuz yaşayamam, o da bensiz yaşayamaz, konuştum, anlat bana dedim, ne oldu, sana yardım edeceğim, ağlamayı bıraktı, bugün çocuğumu ortopedi doktoruna götürmüştüm, diye anlattı, eve geldiğimizde kocamı çılgına dönmüş buldum, deliler gibiydi, doktorla aramda bir şeyler olduğunu sanıyor, ona âşık olduğuma, onu aldattığıma çok emin, çocuğun bacaklarıyla sorunu filan yokmuş, bu benim uydurmammış, ben çocuğu bahane edip, sevgilimle buluşmaya gidiyormuşum, çocuğun gözleri önünde de doktorla sikişiyormuşum. Düşünsene, çocuk daha altı aylık, kocam ona konuşmayı öğretmek için uğraşıyor, öğrenince babasına olup biteni anlatsın, güya beni ele versin diye. O anda evin pencerelerinden biri açıldı, adamın haykırması duyuldu, al paçavralarını, lanet olası orospu karı, evin önündeki küçük bahçeye bir tomar giysi uçtu, bluzlar, sutyenler ve küçük külotlar çiçek açmış portakal ağaçlarının dallarına takıldı, sordum, âşık mısın gerçekten o ortopedi doktoruna ve bekledim, evet, demesini, fakat genç kadın, niçin âşık olacakmışım, diye konuştu, ne işim var benim o adamla?

Ben inandım ona, fakat kocasını anlayamadım, o niçin inanmıyordu kadına, anlattı, çok yıllar önce başka bir adam nedeniyle onu terk etmişti, o günden sonra da sık sık inanılmaz kıskançlık krizleri geçiriyordu, hatta kimi zaman çocuğun ondan olmadığını söylüyordu, genç kadın birden sancılanmış gibi kıvrandı, yalvarır gibi yüzüme baktı, ellerini uzattı, bak, dedi, çocuğum yanımda olmadı mı bomboş ellerim, getir onu bana. Fakat sen daha birkaç gün önce söylemiştin, diye konuştum, çocuk babasına çok benziyor, demiştin, evet dedi, o yine de, onunla yatağa girdiğimde başka bir adamı aklımdan geçirdiğimi iddia edip duruyor, onunla yatsam bile başkasını düşlediğim için çocuk öteki adamdan, diyor, nasıl kanıtlayayım ona, başkasını düşünmediğimi, kadın yine hıçkırmaya başladı, aynı anda evin içinden de çocuğun ağlaması duyuldu, bir yankı gibi, konuştum, hiç merak etme sen, çıkaracağım onu evden, dedim, sonra hep birlikte bana gideriz, evim şu sıralar boş, her şey sakinleşene kadar da birkaç gün bende kalabilirsiniz, bunları söyledim, fakat çocuğu nasıl evden çıkaracaktım, bilmiyordum, kadına döndüm, önce sen bir sakinleş, saklan şurada bir yere, sen çekip gittin sansın, ben bir deneyeyim, bakalım ne olacak?

Gözden kayboldu, bakındım, göremedim, o kadar iyi saklanmıştı, sanki binadan çıkıp gitmişti, kapıya doğru yürüdüm ve zile bastım, birinin geldiğini, delikten baktığını sezdim, tekrar bastım zile, kapıyı araladı, açmadı, sordu, ne istediğimi. Çok içten bir gülümsemeyle konuştum, beni tanıyan herkes içten güldüğümü söyler, karşıdaki daireden geliyorum, dedim, biliyorsunuz bizim evde matem var şu günlerde, dualar ediliyor, adam kapıyı açtı, evet, kâğıdı gördüm, dedi, ufak tefek biriydi, bana yabancı gelmeyen suratı gergindi, bir eliyle karşı kapıya yapıştırılmış kâğıdı gösteriyordu, başımı çevirip baktım, evet, kapıda bir kâğıt vardı, biraz şaşırdım, iki gece önce geldiğimde oraya henüz yapıştırılmamıştı.

Akşam duası için onuncu erkek eksik, diye devam ettim, çok ciddi konuşuyordum, matem tutan aile eğer mümkünse duaya katılmanızı rica ediyor, adam içeri doğru işaret etti, odalardan ses gelmiyordu, konuştu, bebek az önce uyudu da, hızla sözünü keser gibi, ben birkaç dakika yanında kalabilirim, dedim, önemli değil, siz gelene kadar beklerim, yüzüme baktı biraz ümitsizce, fakat kippam nerede, bilmiyorum, diye konuştu, az kalsın, belki dışarıda ağaçlardan birinin dalında asılıdır, diyecektim, fakat gülümsedim, bunu dert edinmeyin dedim, size verirler bir kippa, yeteri kadar var, iç geçirdi, neyse, gideyim bakalım, diye mırıldandı ve dışarı çıktı, ben hemen eve girdim, Even ailesinin kapısı açıldı, kapandı, hızla çocuğun odasına gittim, kucağıma aldım ve dışarı fırladım, kapıyı açık bıraktım, bahçeye koştum, annesi saklandığı yerden çıktı, çocuğu kucağımdan aldı, birlikte sokağa koştuk, ben elimde bavulum, o çocuğu, ana caddeye çıktık.

Kafelerden birine girdik, içerisi doluydu, burası bana o anda saklanacak en uygun yer geldi, hemen eve gitmeyi istemiyordu canım, çekiniyordum genç kadın ve çocuğunu eve götürmekten, bakarsın birkaç gün değil, çok daha uzun kalırlardı, hiç gitmek istemezlerse ne yapardım, masalardan birine iliştik, nefes nefeseydik, çevremizde oturanlar keyifli, neşeli ve de dertsizdi, belli oluyordu suratlarından, sadece benim ve onun yaşamı mutsuzdu, çünkü parçalanmıştı, birkaç gün önceyse bende dertsiz bir insan izlenimi bırakmıştı, sanki o mahallenin kraliçesiydi, havalıydı, bir elinde anahtar, öteki elinde çocuk.

Bebeğini sarılı olduğu örtüden çıkardı, yüzüne iyice baktım, bu kez karşımda sanki bambaşka bir çocuk vardı, gözlerinin rengi daha açıktı, mavimsiydi, sarışındı da, Yoni gibi kumral değildi, evet, hiç de andırmıyordu Yoni'yi, babasına da benzemiyordu, bir an için bana kapıyı açan adamın dertlerini anlar gibi oldum, kime inanmalıydı, insan bir defa şüphelendi mi bundan kurtulması hiç de kolay olmazdı, ben bile şu anda kadından şüphe etmiyor değildim. Evet, bebeklerin çok çabuk değiştiği bilinir, fakat birkaç gün içinde böylesine değişmesi de mümkün olamaz, kim bilir bu kadın belki de bebek ticareti yapıyor, bana az önce yalan söyledi, beni hapse atacaklar onunla ortak bebek ticareti yapmaktan, onunla ilk tanıştığımda gördüğüm bebeğe kim bilir ne oldu, koyun yüzlü o tatlı çocuğu ne yaptı, Yoni'nin anısına ona benzeyen bir çocuğa sahip olabilseydim öylesine sevinirdim ki.

Bilemezsin şimdi sana ne kadar teşekkür borçlu olduğumu, diye konuştu, biraz buruk gülümsedim, o anda ne yanıt vereceğimi bilemedim, genç bir garson kız masamıza geldi, mini etek giymişti, bacakları uzundu, biraz hüzünlü düşündüm, ben hiçbir zaman gençliğimi yaşamamıştım, genç olduğumu hiç anımsamıyorum, hep benden daha gençlerle karşılaşmıştım ve durum gittikçe kötüleşiyordu, sanki dünyada benden genç olanların sayısı sürekli artıyordu, benden yaşlı olanlar da azalıyordu, hele kafede oturanlar arasında bu çok belirliydi, kendimi iyi hissetmedim, limonlu bir çay ısmarladım, genç kadın da aynı şeyi istedi, sinirlenmedim değil, kendine özgü bir iradesi yoktu, bana şu anda evsiz ve kocasız bir ortamda gücünü yitirmiş kadın izlenimini veriyordu, hele yatağının dışına çıkmış olan bebeğin görünümü daha da zavallıydı, tıpkı çerçevelerinden çıkar çıkmaz canlılıklarını yitiren fotoğraflar gibi, benim de durumum gittikçe onlara benziyordu, elimdeki o zavallı bavulum da sanki eskimişti, bir an önce eve gitmeliydim, yine yaşamımın çerçevesine girmeliydim.

Küçük çocuk ağlamaya başladı, onu güldürmeye uğraştım, elini elime aldım, konuştum, annemin küçük kardeşime anlattığı, tabiî onun anlamadığı, fakat hemen sustuğu hikâyeyi genç kadının ağlayan çocuğuna da anlatmaya başladım, hepsini anımsamıyordum, ancak bölük pörçük de olsa bir şeyler söyledim, küçük Avşalom ile adı Aryeh, yani aslan olan kocaman kara kedisini anlattım, herkes sorardı Avşalom'a kedisinin adı niçin aslan diye, bu tıpkı bir yılana fare veya bir köpeğe tilki demeye benzerdi, ancak Avşalom kedisine niçin aslan adını vermiş olduğunu hiç kimseye söylemezdi. Fakat o bilirdi ki, aslan tüm kedilerin kralıydı, bu nedenle de aslan adı ona yakışıyordu, ötekilere bunu anlatırsa çok güleceklerini de biliyordu. Kanıtla, diye bağıracaklardı, onun kedilerin kralı olduğunu, bu kanıtlanamazdı, sadece hissedilebilirdi. O aslanın kendi kedisi değil, kendisinin aslanın çocuğu olduğunu hissederdi, Avşalom bir kedinin çocuğu olduğu için sevinirdi.

Küçük çocuk bana gülümsedi, sevindiği belliydi, inanılmazdı, fakat bu hikâye her defasında başarılı olurdu, bacaklarıyla tepinir gibi yaptı, dikkatimi çekti, bacaklarından biri sanki ötekinden kısaydı, genç kadına sordum, rahatsızlığı bacağından değil miydi, konuştu, evet, onun için ortopedi doktoruna gidip geliyorum ya. Ne diyor doktor, diye sordum, iyileşecek diyor, yanıtını verdi, fakat ben ona inanmakta zorlandım, böyle bir şey nasıl iyileşirdi, konuştum, sanırım bu doktor pek doğruyu söylemiyor, dedim, karşı çıktı, tıpkı kocam gibi konuşuyorsun, diye sesini yükseltti, kocasını düşündüm, kendimi bir an iyi hissetmedim, kısa boylu adamı gözümün önüne getirdim, o oturmuş dualar ederken oğlu kaçırılmıştı.

Ne yapmayı düşünüyorsun, diye sordum, benim için üzülme, dedi, biraz kendime geleyim, sonra yine eve dönerim, biliyorum o da sakinleşecek ve yeni bir çatışmaya kadar barış içinde yaşayacağız, genç kadının sözleriyle derin bir nefes aldım, yapabileceğin bir şey yok mu, yaşamını değiştirmen mümkün değil mi? Konuştu, hayır, dedi, onu terk etmemeliydim, her şeyi berbat eden ben oldum. Ya da ondan ayrıldıktan sonra bir daha geri dönmeyecektin, diye konuştum, niçin yaptın bunu? Yanıtladı, bilmiyorum dedi, daha doğrusu şimdi anımsamıyorum, yüzünü çocuğunun omzuna gömdü, tıpkı annemin bir zamanlar yüzünü Avşalom'un omzuna gömdüğü gibi, kafenin penceresinden dışarı baktım, küçücük bir omzun o kadının günahlarını ve yanlışlarını geçersiz kılabileceği düşüncesi bile benim için iğrenç, hatta katı yürekliydi.

O anda dışarıda kaldırımda kocasının yusyuvarlak bir böcek gibi sağa sola gidip geldiğini fark ettim, onu ilk gördüğüm andan itibaren birisine benzetip durmuştum, şimdi biliyordum, evet, o benim, yaşlılığında yeniden âşık olan ufak tefek dayım Aleks'i andırıyordu, kadınla kocası az sonra yine birbirlerine kavuşacaklardı, bu buluşma kaçınılmazdı, benim yanlarında olmaya hiç de niyetim yoktu, dedim ki, geliyor, baktım, kippa hâlâ başındaydı, neler olup bittiğini kavrayana kadar sanırım bir süre oradakilerle birlikte dua etmişti, sonra bir oyun oynandığını anlayıp, sokağa fırlamıştı, başındaki kippa küçük bir güneş gibi parıldıyordu, genç kadın çocuğuna sıkıca sarıldı, gözlerinden gurur okunuyordu, adamın onu aramaya çıkması hoşuna gitmiş gibiydi, beni ise arayan soran yoktu, ayağa kalktım ve yan kapıdan dışarı çıktım, aynı anda kocası öteki kapıdan kafeye girdi, umut içinde ve öfkeli çevresine bakındı, tepesindeki kippa ışıl ışıl.

Caddede hızla yürüdüm, uzaklaştım, evimizin olduğu sokağa saptım, korkuyordum tanıdık birilerini göreceğim, bana bilinen soruları soracaklar diye, hep nefret etmiş olduğum bu sokak bir başka göründü gözüme, uzamış gibiydi, karanlıktı, sağındaki solundaki sokaklar hareket ediyordu, sallanıyorlardı, kendi kendimi teselli etmek istermiş gibi mırıldanıyordum, bu son, bu sokağa bir daha girmeyeceğim, suratını görmeyeceğim içinde paralı insanların yaşadığı şu evleri, bu kaldırımlarda yürümeme de artık hiçbir neden kalmayacak, çünkü onlar beni ne ona götürecek, ne de ondan geri getirecek.

Tüm mahalle gözümde birdenbire çok önemsizleşti, düzenli ve bakımlı bahçeleri, caddeye bakan yüksek pencerelerinden odalarının göründüğü o gösterişli zengin evleriyle düşmanlaştı, bu pencerelerden birinin karşısında durdum, açıktı, içeri baktım, kitaplarla dolu bir kütüphane görünüyordu, sararmış kitap sayfalarının kokusu, yılların tozu dışarı taşıyordu, kitaplar bu mevsimde portakalgillerle birlikte çiçek mi açıyordu yoksa, onların çiçekleri görünmüyordu, bana yabancı olmayan bu kokuyu içime çektim, dekanın bana ödünç vermiş olduğu kitap da böyle kokuyordu, bu ev dekanın evi olmalıydı, o burada yaşıyordu, odaları kitap dolu evin içinde dekan kitaptan kitaba geziniyordu, birden büyük bir istek duydum, büyük pencereden içeri girmek, raflardan kitapları indirmek, masanın üzerine deste deste yığmak ve yorgun, hasta başımı onlara dayamak istedim, fakat aynı anda odanın ışığı söndü, sanki oyun sona ermiş, perde kapanmıştı, izleyiciler ayağa kalkıp, eve gitmek zorundaydı, yavaş yavaş yoluma devam ettim, bir an için yaşadığım o gizeme sıkı sıkıya sarıldım, eskiden yaptığım gibi, mahallemize hafta bir sinema gelirdi, gösterilen filmleri gözümün önüne getirmeye çalıştım, düşündüm, düşündükçe de sinemadan sonra eve dönerken nasıl başımın hafifçe döndüğünü, yoldaki taşlara tekmeler attığımı anımsadım, ayaklarım acımazdı, filmin verdiği tatlı duygular her şeyin üzerindeydi, bir kralın arkasından sürüdüğü uzun etek gibi bana eşlik ederdi, yolumu yumuşak renklerle süslerdi, gördüğüm her film geleceğe bir açılmaydı benim için, yapacağım tek şey doğrusunu seçmek, büyük kapısından içeri girmekti, yıllar sonra bugün ise o da kapanmıştı, sadece tek bir aralık kalmıştı, artık ışık bile sızmıyordu, gittikçe gücünü yitiren bir koku geliyordu, eğer acele etmezsem o aralık da kapanıverecekti, yürüdüğüm bu sokak gibi, pencereler gibi, şu çok iyi tanıdığım yamaç gibi, bir anda her şey değişmiş, bana yabancılaşmıştı, sanki uzun yıllar sonra yurtdışından gelmiştim, gözlerim çevreyi bambaşka görüyordu, çok daha küçük, daha kirli ve evimize doğru uzanan yolu sendeler gibi indim, heyecandan bacaklarım tir tir titriyordu, ya evdeyse ne yapardım, evde yoksa ne yapardım?

Kapı kilitliydi, açtım, bir adım attım, her yer karanlıktı, bir an düşündüm, elektrik düğmesi neredeydi, hemen anımsayamadım, karanlıkta kalakaldım, evin içinden bir ses duyar mıyım diye kulak kabarttım, yanlışlıkla sarıya boyamış olduğumuz duvarlardan boğuk bir hüzün akıyordu, görme özürlü gibi elimi duvarda gezdirdim, parmaklarımla dokundum kimi küçük kabartılara eski yazılar örneği, okuyabilirdim duvarların gördüğü her şeyi, o sabah olup bitenleri öğrenebilirdim, Yoni'nin neler yaptığını, bana seslenip seslenmediğini, beni önce mutfakta mı yoksa banyoda mı aradığını, bırakmış olduğum kâğıdı okurken hangi fayansın üzerinde durduğunu ve okuduktan sonra ne yapmış olduğunu. Elim sonunda elektrik düğmesini buldu, bastım ve beyaz kâğıdın önümde durduğunu gördüm, uzanıp, aldım, okudum, seninle balayına gitmeği çok isterdim, yazıyordu kâğıtta, hafifçe ürperdim, benim ona yazmış olduklarım şimdi onun bana bırakmış olduğu haberdi, boş yere oraya bırakmamıştı, eline alıp gitmemiş ya da çöpe atmamıştı, hayır okuduktan sonra aynı yere bırakmış, o kâğıda yeni bir görev vermişti, hırsla buruşturdum o kötü sözleri, bana iki kat öfkeyle geri gelmişti, yürüdüm, yatak odasına geçtim, kederinin tanıklarını bulmaya çalıştım, hüznünün belirtilerini, acınacak durumunun izlerini.

Yorganlarımız üst üste duruyordu yatakta, sanki cansız vücutlarımız altındaymış gibi, emin olmak için yorganın birini kaldırıp altına baktım, hayır, biz yatmıyorduk yatakta cansız, çarşaflara vücut kokusu sinmişti, elbise dolabının açık olduğunu gördüm, çekmecelerden biri de boştu, hep omzunda taşıdığı çanta da yoktu, hiç şüphesiz İstanbul'a balayına bensiz gitmişti, belki duygularım biraz komikti, fakat burada kalıp, benim yüzümden hüzün duymaması ağrıma gitti, nasıl bensiz çıkardı yolculuğa, genç kadının kocası gibi beni aramamıştı bile, beni bulmak için hiç uğraşmamıştı, istese arar ve bulurdu, ne de olsa yürüyerek on beş dakika ötedeydim. Mutfakta, yolculuğa çıkmadan önce kahvesini içmiş olduğu fincanı gördüm, boştu, ondan sonra buraya geleceklere bir yudum kahve bırakmamıştı, buzdolabı bomboştu, bir dilim ekmek bile yoktu, bu evde ne hüzün, ne de duygu vardı, terk edilmiş bir evdi, burada yaşam sona ermişti ve bir daha da canlanmayacaktı.

Sanki her şey geçiciydi, eşyalarımı yeniden dolaba yerleştirmek bile istemiyordu canım, bavulu yatağın üzerine tersyüz ettim, her şeyi Yoni'nin tarafına yaydım, iç çamaşırlarımın üzerine kalın yorganı çektim, yatağa oturmaya bile korkuyordum, sanki bunu biri yasaklamıştı, çünkü ev artık benim değildi, başkasınındı, ben buraya şöyle bir uğramış, geçmiş yaşamıma bir bakayım istemiştim, içinde biraz dolaşayım diye düşünmüştüm, fakat az sonra nezaket filan kalmayacaktı, kapı dışarı edilecektim. İçimde öyle bir duygu vardı ki, burada ne yaparsam yapayım, önce hep izin almak zorundaydım, fakat kimden almalıydım bu izni, tuvalete gitmek için izin, telefon etmek için de, sarı duvarlara mı yaranmalıydım, telefonun yanına gittim, ahizeyi elime aldım, fakat numarayı unutmuştum, telefon rehberini açtım, sayfalarını çevirdim, alfabeyi unutmadığımı fark ettim, şaşırdım, fakat bir an için harflerin sırasını anımsayamadım, nasıldı, "r" mi önce geliyordu, yoksa "s" mi, dekanın adı Ross'tu, buldum, numarasını çevirdim, hemen sesini duydum, İngiliz aksanıyla konuşuyordu, biraz sert, fakat yine de insancıl, rahatsız ettiğim için özür diledim, randevuma gelemediğim için de, annem öldü, dedim birden ve hıçkırmaya başladım, bu yaptığıma kendim de şaşmadım değil, sonra gömü töreni hazırlıklarıyla uğraştığımı da anlattım, bana hemen başsağlığı diledi, fakat bu saçmalıktan kurtulmalıydım, derhal başka bir şey uydurmalıydım, konuştum, gerçek annem değildi, diye konuştum, üvey annemdi, daha doğrusu babamın karısıydı. Bir an için sustu, sonra beni anladığını belirtti, fakat yine de kesin konuştu, sizi baskı altına sokmak istemiyoruz, dedi, şu anda içinde bulunduğunuz ailevi durumu tabiî göz önüne alacağız, dedi, ancak önerinizi en kısa zamanda teslim etmeniz gerekli, yoksa görevi bir başkasına vermek zorunda kalacağız, hemen konuştum, sizinle bir an önce buluşmalıyım dedim, hayır, hayır diye karşı çıktı, o kadar da ivedi değil, bu yaslı günlerinizde doğru olmaz, fakat ben ısrar ettim, çok yaslı değilim, ne de olsa yarım annemdi, yasıma ara verebilirim, dedim, bana ertesi sabah saat dokuz buçuğa randevu verdi, yarın ne yapacağımı şimdi biliyordum, programımı yapabilirdim, Aryeh'i düşündüm.

Kafamda yeni yeni düşünceler oluşuyordu, usulca ve dikkatle sokuldum onlara, sanki bir otomobil kazasının olduğu yere yavaşça yaklaşıyormuşum gibi, sinirlerim gerili yanmış aracın kapısını açarken, ayaklarımın dibine kömürleşmiş bir ceset düşeceğinden çok korkuyordum, ruhum hüzün dolu, fakat nefret etmeden anımsadım onu, tıpkı çok hasta birini anımsar gibi, mırıldandım kendi kendime, o artık yok, yok, yok artık o, evin odalarında dolaşıp durdum ve mırıldanmaya devam ettim, yüksek sesle, her şeyi yitirdim, yitti her şey, nereden biliyordum her şeyi yitirdiğimi, her yeni gelenin eskisinden daha kötü, bilinçsizliğin bilinçlilikten daha iyi olduğunu da ve düşündüm annemi, çektiği ıstırapları, benim iki kez aşkını nasıl engellediğimi, doğmadan önce ve doğduktan sonra, annem çocuk doğurmak için Aryeh'nin aşkını istememişti, ben dünyaya geldikten sonra da Aryeh istememişti çocuk arabalı bu kadının aşkını, suratıma karşı söylemiyordu, fakat ben biliyordum, bunu yaşamının sonuna kadar unutmayacaktı, suçu hep bende arayacaktı, yine de ona kızmam mümkün değildi, çünkü annem haklıydı, dünyaya gelmem aşkını engellemişti, o anda karar verdim, hemen telefon edecek ve özür dileyecektim, tıpkı dekandan da özür dilediğim gibi, numarasını çevirdim ve usul bir sesle konuştum, derhal babama seslendi, Şlomo, Ya'arah telefonda, sonra benimle konuştu, oldukça yüksek bir sesle, nasılsınız, nasıl geçiyor balayınız, ben usul sesle devam ettim, çok güzel, gerçekten çok güzel.

İstanbul nasıl, diye sordu, yanıtladım, çok güzel, sordu, oteliniz nasıl, gerçekten Haliç görünüyor mu odanızdan? Fotoğraf çek, görmek istiyorum, otelden görünen başka manzaraları da çek, ben sordum, sizler nasılsınız, ne yapıyorsunuz? Önemli bir şey yok dedi, her şey yolunda, sordum, Tirza Yenge nasıl? İyi olmaya çalışıyor, diye konuştu annem, fısıldadım, anne, anımsıyor musun,

Yoav'ın[10] Davud'a Abşalom'un ölümünden sonra ne söylediğini anımsıyor musun, annem hemen yanıtladı sorumu, evet, fakat niçin soruyorsun? Devam ettim, bu gece düşümde gördüm, büyük bir yatakta yatıyorum, sen de yatağın kenarına oturmuş bana Tevrat'tan okuyorsun, insanın düşmanlarını sevdiğini, kendisini sevenlerden de nefret ettiğini anlatıyorsun, annemin babama bir şeyler söylediğini duydum, sanırım annemin telefonda niçin böyle ciddi konuştuğunu merak etmişti, babam sordu, ne anlatıyorlar, nelerden söz ediyorlar, sesimi yükselttim, söyle babama dedim, ben onlar değilim, ben benim, sonra anneme sordum, niçin bir zaman sonra Tevrat'tan okumamıştın bana, vazgeçmiştin, annem karşı çıktı, yeter Ya'arah, dedi, nedenini biliyorsun, hem bunun tartışmasını şimdi yapacak değiliz, hele ülkelerarası bir telefonda hiç, fısıldayarak konuştum, babama söyleme, fakat bu ülkelerarası bir telefon görüşmesi değil, annem şaşırdı, bu da ne demek oluyor, dedi, kendimi sana çok yakın hissediyorum, yanıtını verdim, senden özür dilemek istiyorum, yaşamını berbat ettiğim için.

Parana yazık oluyor, diye konuştu hızlı hızlı, yazık olan yaşam, diye mırıldandım, üzerinde durmadı, keyfinize bakın, dedi, telefon ettiğine sevindim, telefonu kapattım, aradan birkaç saniye geçmişti ki, telefon çaldı, açmadım, çok emindim, arayan annemdi, birden anlamıştı ne demek istediğimi, korku ve kaygı dolu bulmaya çalışıyordu nerede olduğumu. Telefon aralıksız on kez çaldı ve sustu, evin içi yine sessizliğe büründü, salona geçtim ve kanepeye uzandım, düşündüm, daha başka kimden özür dilemeliydim, belki Şira'dan, kedisinin ölümünden sorumlu olduğum, kediyi ölüme götürdüğüm ve Şira'nın zaten boş olan yaşamında daha büyük bir

10 Kutsal Kitap'a göre Kral Davud'un en güvendiği generali. Abşalom ayaklandığında, Davud'a bağlı birliklerin başına geçti ve Abşalom'u kendi elleriyle öldürdü. (ç.n.)

boşluğa neden olduğum için, sızladım kendi kendime, ne yapmıştım ben, boş bir yaşamı daha da boşaltmıştım, yaptıklarından utanan birini daha da utandırmış, yanmış bir tapınağı ateşe vermiştim.

Bir battaniye aldım, ev serinlemişti, ilkyaz geldiği için kaloriferleri artık yakmıyorlardı, battaniyeyi üzerime örttüm, giysilerimi çıkarmamıştım, hatta ayakkabılarım bile daha ayağımdaydı, bu evde kendimi geçici görüyordum, yatağına uzanmış çevresine bakan, günlerinin sayılı olduğunu bilen, yaşamın ondan sonra da devam edeceğine inanan bir hasta gibi hissediyordum kendimi. Buraya yakında başkaları taşınacaktı, belki de yaşamlarının başlangıcında olan genç bir karıkoca bu evde oturacaktı, kadın benim gibi pencereden pencereye koşamayacak, evin içine taze ekmek kokusu girmediğine emin olmak isteyecekti, emlakçı da onlara, yakında ekmek fırını yok, diyecekti, sadece bir bakkal dükkânı var, bunun üzerine kadın da kocasına dönüp özür dilermiş gibi bakmayacak ve taze ekmek kokusuna karşı alerjim var demek zorunda kalmayacaktı, birden kapının vurulduğunu duydum, biri usulca tıklatıyordu, bu annemin, çabuk aç, diyen sert vuruşu değildi, yine de yerimden kıpırdamaya cesaret edemedim, yorganı başıma çektim, sanki birinin beni görmesinden, yakalamasından korkuyordum, kulaklarımı da tıkadım, her şeye karşın dışarıdan bana seslenen o kısık sesi duydum, yattığım yerden fırladım, kapıyı araladım ve onun merdiven boşluğunda arkası dönük durduğunu gördüm, aşağı inmeğe hazırlanıyordu, üzerinde onu gençleştiren denizci gömleği, mavi-beyaz çizgiler, yüzünde aklaşmış iki günlük sakal, beni gördü, elindeki sigarayı yere attı, ayağı ile ezdi, izmarite şöyle bir tekme attı, ben kapının aralığında durmuş onu seyrediyordum, içeri girmesi mümkün değildi, cebinde saklı o kabartıyı kalçalarıma sürtmeden.

Çok kez düşlemiştim, ne güzel olurdu, beni teselli ederdi, günün birinde kapımı çaldığını görmek, beni tüm doluluğuyla kendine çağırmak, güzel elleri, parıldayan parmaklarıyla, üzerindeki giysisi, ayağındaki külotu, güldüğü zaman birbirlerinden uzaklaşan, ciddileştiğinde birbirine yaklaşan ince gözleriyle, şimdi gülmüyordu, gözleri birbirine yakındı, konuştu, sadece bir bakayım demiştim de, nasılsın, sağ salim eve vardın mı, yanıt vermedim, elimdeki yengi kupasını sımsıkı tuttum, güzeldi, fakat çok da ağır, zar zor tutuyordum, sonunda konuştum, eve vardım dedim, şimdi buradayım, sanki evde olduğumu görmüyormuş gibi, arkamı döndüm ve yavaş yavaş salona yürüdüm, o da içeri girdi, arkamdan geldi, bu eve ilk gelişiydi, tuhaftı, ama o buraya ait değildi.

Ben onu burada nasıl misafir ederdim, bir an için düşündüm, çünkü ben de misafirdim artık burada, geçmiş yaşamımın evi burası, yeni bir yaşamım da olmadığına göre ben şu sıralar evsizim, onu nereye götürebilirdim, şimdi hiçbir şeyim yoktu, yaşamım bile. Birden öfkelendim, niçin davet edilmediği yere giriyordu, zorla, fakat aynı anda öfkem kayboluverdi, sıcak bir duygu aldı yerini, o beni istiyor, dedim kendi kendime, istiyor beni, fakat bir bakarsın az sonra o da başka türlü düşünür, pişman olur buraya geldiğine, kız kardeşinin söylediklerini anımsadım bir an için, mutluluk dolu torbamı kemiriyordu Ayala'nın sözleri, torbam patlıyor, içinden mutluluk sızıyor, yumuşak ve yapış yapış, karıncalar görse sevinirlerdi, konuştu birden, kız kardeşim yolladı beni buraya, dedi, küçük bir çocuk gibi.

Ne vardı bu evde, içeri adımını atan, hemen çocuklaşıyordu, sadece düşünceleri değil, konuşması da değişiyordu, bakarsın az sonra da bana, sevgili su farem, derdi, ben de ona, kunduzum, sordum, niçin, dedim, yanıtladı, sana bir şeyler olduğunu sanıyor da, diye konuştu, durumun hoşuna gitmemiş, kendini iyi hissetmiyorsun diye düşünüyor, düşündüm ve şaşırdım, onu niçin bana gönderiyordu, kardeşinden sakınmamı, ona geri dönmememi söyleyen Ayala değil miydi, bana bir tuzak da kurmuş olabilirlerdi, beni deniyorlardı, kız kardeşi kapının arkasına gizlenmişti, ne söyleyeceğimi bekliyordu, bakalım ona soğuk davranacak mıydım, onu evine yollayacak mıydım, fakat Aryeh'in şu andaki sürpriz varlığı benim için vazgeçilmez bir nimetti, tıpkı paketinden çıkmış kocaman bir oyuncak gibi duruyordu karşımda, dimdik, hiç kullanılmamış ve güzel kokulu, üzerinde o gülünç çizgili gömleği, ağzı dişsiz, yüzü tıraşsız, bu oyuncağa mutlaka dokunmalıydım, keşfetmeliydim nasıl çalıştığını, odanın kapısında duruyorduk, onu içeri almak niyetinde değildim, o da girmek için ısrar etmiyordu, dimdik duruyor ve gülüyordu, daha doğrusu gülümsüyordu, gençlik fotoğraflarında görmüş olduğum gülümsemeydi, birbirimize bakıyorduk, sanki ikimiz de dilsizdik, sağırdık da, bir süre sonra ilk konuşan o oldu, mutlaka bir şey yemek istiyorsundur, öyle değil mi dedi, ne de olsa seni üç gün boyunca aç bıraktım, şaşırmış gibi konuştum, önemli değil, sen henüz matemlisin.

Önemsemez gibi gülümsedi, peki, evine başsağlığına gelenler seni görmeyince ne düşünecekler diye konuştum, dilini dişlerinde gezdirdi, diş doktoruna gittiğimi düşünecekler diye konuştu, hem Ayala evde, kaynanam ve diğerleri de orada. Diş doktoruna gittin mi, diye sordum, merak etmene gerek yok, doktordan geliyorum, önemli bir şey değilmiş, tedavi edecek. Merak etmene gerek yok dedi, sanki ben karısıymışım gibi, kırık diş parçasını öfkeyle tuvalete atanın ben olduğunu bilmiyordu, suratıma baktı, bakışlarını yukarıdan aşağı gezdirdi ve sordu, geliyor musun?

Bir saniye, dedim, üzerimi değişmem gerek, sonra hızla yatak odasına geçtim, sevinç içinde dolaba saldırdım, dışarıdaki havaya çok uygun şarap kırmızısı kadife elbisemi aldım, hemen üzerime geçirdim, biraz makyaj yaptım, parfüm de süründüm, yatak odasını tam terk etmek üzereyken, yaptıklarımdan iğrendim, düşündüm, niçin böyle seviniyorsun, böylesine bayram ediyorsun, sırf o evine gelip yüzüne güldü diye mi, üzerimdeki kadife elbiseyi hemen çıkardım, eski blucinimi ayağıma geçirdim ve hemen salona döndüm, tekrar kararımı değiştirmekten korkuyordum. Pencerenin yanında durmuş, ıslık çalıyordu, duş yaparken söylediği Babil'in nehirleri şarkısını, bir an karşımdakini Yoni sandım, o severdi bu pencerede durup, dışarısını seyretmeyi, ayakta sallandığımı hissettim, sanki ani bir rüzgâr esmişti, Yoni'yi gözümün önüne getirmiştim, o daha dün bir sürü taşın arasında bir taştı, şu andaysa onu anımsamam, pencerenin önünde duruşunu düşlemem bile beni rahatlatmaya yeterliydi, dışarıda görünen çöp tenekeleriydi, çöp atmaya gelenleri de görebilirdiniz, bizim için bir oyun olmuştu çöpe gelenler, hangi dairede kimin çöpten sorumlu olduğunu, hangi gün, hangi saatte çöp attığını iyice biliyorduk, bazen birimiz ötekine en son ve en yeni bilgileri veriyordu, hele bazı katlar gereğinden fazla çöp atmaya gelirlerse bunun nedenini kestirmeye çalışıyorduk, bizim için çöp kutuları tam bir bulmaca oyunuydu, başkasına saçma gelebilirdi, fakat biz keyif alıyorduk, bu oyun sakinleştiriciydi, çoğu zaman birbirimize hemen anlatırdık o gün gördüklerimizi, örneğin Yoni, inanmayacaksın, fakat bugün adam indirdi çöpü aşağıya, derdi, o zaman ben buna hemen bir yorum getirirdim, demek ki karısı bu gece sokulmasına izin verdi, Yoni de dindar bir bakirenin yüz ifadesiyle gülümserdi, böyle pek terbiyeli olmayan konuşmalar bizi birbirimize yaklaştırırdı.

Evet, nasıl bir yemek çekiyor canın, diye sordu nezaketle bana doğru dönerek, bu melodi beni çok hüzünlendiriyor, dedim, şaşırmış gibi sordu, hangi melodi, şu sıralar hep mırıldandığın ya da ıslıkla çaldığın melodi, dedim, Babil'in nehirleri, omuzlarını silkti ve ben o melodiyi tanımıyorum, diye konuştu, ben öylesine ıslık çalmıştım, Fransız yemeği mi arzularsın, yoksa İtalyan, Tayland, Çin ya da Şark yemeği mi? Şu anda en çok, Yoni'nin hazırladığı salatayı canım çekiyordu, onun için, Çin oldu yanıtım. Yeni bir Çin lokantası açıldı, yemekleri mükemmel dedi, hatta ölümünden bir hafta önce Joséphine'i götürmüştüm, tabiî hastaneden çıkarmıştım birkaç saatliğine, iğrenir gibi oldum, karşımda Joséphine'in yemek yiyişini görür gibi oldum, o durumda ne yiyebildi Çin lokantasında? Konuştu, hiçbir şey, dedi, yediğinin tadını alamıyordu, sadece çay içti, çayı çok severdi. Bunu söylemene gerek yok, diye düşündüm ve gurur duydum, belki hiç kimse bilmiyordu, fakat en son çayını benim elimden içmişti, olmaması gerekiyordu, fakat olmuştu, bir rastlantıydı. Bir adım geri attım ve gitmesek daha iyi olur, diye konuştum, niçin, dedi, beni dert edinme, bence önemli değil. Fakat onun oturmuş olduğu, yemek yemediği, sadece çay içtiği lokantaya ben gitmek istemiyordum, yatakta oturup çay içmesi beni rahatsız etmemişti, fakat ölümünden az önce götürüldüğü lokanta beni çekmiyordu, Aryeh ise kararını çoktan vermişti, kapıyı açtı, az sonra da otomobilin kapısını, gaza basıp hızla hareket etti, caddelerdeki far çiftlerinin arasına biz de katıldık, küçük ışık yuvarları karanlığı deliyordu.

Bu basamakları nasıl çıktı, diye sordum, kent merkezindeki eski bir binanın dar ve döne döne yükselen merdivenlerini çıkarken. Zorlanmıştı, fakat ben ona destek olmuştum, diye kendini över gibi konuştu, bir eliyle kalçama dokunarak bana da destek oldu, sanki tarif ediyormuş gibi, hasta karısına o anda acıdım, kocasını kızdırmamak için dişlerini sıkmıştı mutlaka. Güçlü bir iradesi vardı, dedi, bir şey istedi mi kararından vazgeçirmek mümkün değildi, söze karıştım, fakat onu niçin buraya getirdin, merdivenleri çıkmasına zorladın, dedim, kentte başka Çin lokantaları da var, girişi kolay olan, bu sözleri söyledim, fakat göstereceği tepkiden de korktum, haklısın diye konuştu, kızmamış olmasına şaşırdım, ben bunu göz önüne almamıştım, tek düşüncem, onu kentin en iyi Çin lokantasına götürmekti.

Fakat ne yerse yesin tat alamıyordu, dedim, gülmeye başladı, çirkin, sinir bozucu bir gülmeydi, lokantadan içeri adımızı attık, sanki yer altından dünyaya çıkmıştık, ufak tefek bir garson dudaklarında yağ çeken bir gülümsemeyle yanımıza sokuldu ve bizi pencere kenarındaki küçük bir masaya götürdü, kekeleyerek İngilizce, yanılmıyorsam siz geçen hafta da gelmiştiniz, dedi, Aryeh de, suratında az önceki gülmesinden son izler, garsonun söylediklerini onayladı ve birlikte gelmiş olduğum bayanı da anımsıyor musunuz, diye sordu. Garson memnun memnun, evet anlamında başını salladı, karısının çok etkisinde kalmış olacak, diye bir an düşündüm, Aryeh konuşmasına devam etti, öldü, dedi, garsonun gülümsemesi birden kayboldu, suratıma baktı, sanki karısını ben öldürmüşüm gibi, sonra geri geri gitti, eğilip selamlar vererek gözden kayboldu, otur oturmaz da ufak tefek bir başka garson, bu kez bir kadın, elinde koskocaman bir yemek listesi masamıza geldi, listeyi aldım ve hemen arkasına gizlendim, düşündüm, burası Joséphine'in ölümüne neden olmuştu, tüm gücünü toplayarak o merdivenleri çıkmış, ona yaranabilmek için sağlıklı insan maskesine bürünmüştü, onun için hasta yatağından kalkıp bu lokantaya gelmişti, çok eminim burada oturduğu sürenin her saniyesinde ıstırap çekmişti, onun gibi bir hasta için hastaneden çıkıp buraya gelmek yapılacak işkencelerin en büyüğüydü, hele böyle lüks bir lokantaya gelmek, ben bile yabancılık çekmemek için zorlanıyordum, onun karşısında oturmak, hata yapmadan yemek yemek, görgülü bir sohbet etmek kolay değildi, hele daha doğumumdan önce kaderiyle oynadığımı bilmek. O da yemek listesinin ardına gizlenmişti, sadece güzel parmaklarını görüyordum, bu gerginliğe daha fazla dayanamadım ve yerimden kalkıp, tuvalete doğru yürüdüm, biraz kendime gelmeliydim, güç toplamalıydım, tuvalette oyalandım, mırıldandım kendi kendime, şimdi beni bekliyor, beni istiyor, dışarı çıkıp masaya dönmek için zorlanıyordum, beklemediğim bir anda evime gelmesi, beni yemeğe davet etmesi ürkütücüydü.

Senin için bir şeyler ısmarladım, dedi, masaya geri döndüğümde, bana güvenebilirsin, bu lokantanın spesiyalitesini biliyorum, mutlaka beğeneceksin, kısaca, çok güzel, dedim, teşekkür ederim, daha fazlası gereksizdi, tartışmanın hiç anlamı yoktu, fakat kızmadım da değil, ne hakla karışıyordu, kendini ne sanıyordu, birden sordu, kocan ne zaman dönüyor, dedi, bu Yoni'yle ilk kez ilgilenmesiydi, yanılmıyorsam iki gün sonra dedim, ayrılıyorsunuz, diye kesin konuştu, bu bir soru değildi, çok şaşırdım ağzından çıkan bu sözlere, yine kızdım, benim ne yapacağıma bir kez daha karar verir gibiydi, yine de kızmamış gibi konuştum, umursamaz bir kadın rolünü oynadım, olabilir, dedim. Bu gibi şeyleri pek uzatmamak gerekir, diye konuştu, sordum, bu gibi şeyler ona göre nelerdi bilmek istedim, omuzlarını silkti, kötü ilişkiler, karşı çıkar gibi yaptım, fakat aramızdaki ilişki iyi, konuştu, o zaman daha da kötü, dedi ve uzun parmaklarını üç günlük sakalında gezdirdi, düşündüm, haklı sayılırdı, iyi ilişki kötü ilişkiden daha berbattı, çünkü insan diğerine bağlanıyordu, onsuz yaşayamayacağını sanıyordu, konuşmasına devam etti, Ayala'nın, küçük kız kardeşimin, ona hiç de uymayan bir adamla olan ilişkisi tam on yıl sürmüştü, kocasından ayrılmaya karar verdiğinde dört çocuk doğurmuştu, adam da boşanmaya ancak çocuklar onda kalırsa yanaşacağını açıklamıştı, şimdi o Amerika'da, evli olduğu kadın Ayala'nın çocuklarını büyüttü, kız kardeşim de burada yalnız başına yaşama devam etti.

Tir tir titremeye başladım, bu söyledikleri sanki beni doğrudan doğruya ilgilendiriyordu, sordum usul bir sesle, hiç pişmanlık duymadı mı, dedim, atmış olduğu adım o günlerde doğruydu diye yanıtladı, fakat aradan yıllar geçtikten sonra kimi sorunları yaşıyor. İnsanoğlu kimi zaman, istese yaşayabileceği bir sorunu, istese de yaşamayacağı bir başka sorunla değiş tokuş ediyor, diye mırıldandım, konuştu, biraz düşünceli, bana kalırsa, dedi, insan isterse sorunun her türlüsüyle yaşayabilir, önemli olan ümidini yitirmemesi, sordum, neyi ümit etmeli yaşamı sorunlar dolu insan, konuştu, benim yaşıma gelmiş biri çoğu sorunu büyütmemesi gerektiğini kavramıştır, dedi, içinde yaşadığı çevre sürekli değişmektedir, o da uymak zorundadır, çocuklar büyümüştür, günün birinde yine dönüp geleceklerdir, alın yazısını kabullenir, düşündüm, bana ne olacak, geleceğim apaçık, alın yazımdan kurtulamayacağımı biliyorum, üzerime geliyor fırtına örneği, konuştum, ne yaparım, ya kocam gerçekten bana uygun birisiyse.

Sana uyan bir erkek olsaydı şimdi burada oturmazdın, dedi ve sırıttı, düşündüm bir an, bu doğruydu, yaşamımda çok şey duru değildi, bulanıktı, yine de denemeliydim, konuştum, bir gün bana uyar belki, dedim, ağzını açtı, kırık dişi göründü, belki diye mırıldandı. Çok arzuluyorum bana uymasını dedim, soğuk bir tavırla sözümü kesti, anlıyorum seni dedi ve işaret parmağını bana uzatarak, fakat duygularını göstermek isterken biraz abartmıyor musun, diye devam etti, bunun doğru olmadığını göstermeliydim ona, elimle elini tuttum, niçin ikimizden söz etmiyoruz dedim, bize ne olacak, soralım, nedense hep benim yaşamımdı söz konusu ettiği, onunki ne oluyordu, konuştu, korkma, dedi, evet, gerçekten de ilk kez korkmuyordum, içim rahattı, şarabımdan bir yudum aldım ve neler olacağını düşünmemeye çalıştım, benim adıma ısmarlamış olduğu yemeklerin tadına varmalıydım, içinde bir sürü fındık, ceviz ve benzeri şeyler görünen pirincin, kızartılmış tatlı şehriyelerin ve düşündüm, ne güzeldi yediğimin tadına varmak, insan hayatında en önemli şeydi bu.

Önündeki yemeğe pek dokunmadı, arada sırada birkaç lokma aldı, daha çok şarabını yudumladı, sigarasından bir iki nefes çekti, Paris'in bohem yaşamından, gece hayatından karmakarışık anılar anlattı, çoğunu yaşamıştı, Paris'te dikkatleri üzerime çekerdim, diye konuştu, orada bu bir değer vermedir, buradaysa göze batmanın lanetten farkı yok, Paris'te çok kısa sürede beni aralarına almışlardı, kabul etmişlerdi, dedi, sanki benimle konuşmuyordu da, o günlerde onu istememiş olan burnu büyük anneme anlatıyordu Paris yıllarını, az sonra ağzından çıkan kelimeler birbirine yapışmaya başladı, sanırım evden çıkmadan önce de biraz içmişti, bir şişe şarap daha ısmarladı, garson kız şişeyi getirdi, açarken ona gülümseyerek baktı, gözleri çok güzeldi, pahalıydı, sordum kendi kendime, o kızla benim aramda bir fark var mıydı, sanmıyorum, böyle şeyler onun için pek önemli değildi. Az önce düşünmüştüm, Yoni'den ayrılmam gerektiğini apaçık söylerken bunu kendisi için düşündü sanmıştım, fakat yanılmıştım, az sonra aramıza yine mesafe koymuştu, bir an için sustu, elini uzattı ve garson kızın gözleri önünde saçlarımı okşadı, kıza şöyle bir baktım, şimdi yengi bendeydi, bakışlarımla, o beni istiyor, dedim, fakat aynı anda o da garson kıza baktı, yengi dolu değil, kışkırtan, lokmam boğazıma tıkandı, öksürmeye başladım, Joséphine'in yaşamının son gününde hazırlamış olduğum çayı içerken öksürüğe tutulması gibi. Garson kız koşarak uzaklaştı, elinde bir bardak suyla geri geldi, istememiştim, kızın getirdiği suyu içerken düşündüm, o beni istemiyor, sürekli beni isteyip istemediğine kafa yorarken unutmuştum, acaba ben onu istiyor muydum, artık bunu araştırmanın zamanıydı, hiç olmazsa bir kez denemeliydi, ne de olsa hemcinsini eleştirmek çok kolaydı.

Hemcins kapalı bir kutuydu, insanın kendiyse açıktı, daha doğrusu kendine karşı kapalı değildi, ben şu anda Aryeh'e karşı da açıktım, tepemden tırnağıma aşk doluydum, önünde durmakta olan yemek tabağı gibi doluydum, düşündüm, az sonra aynı yatağa girecektik, yatacaktık ve ertesi sabah aynı yatakta uyanacaktık, bunları düşünmek bile heyecanımı doruk noktasına çıkarıyordu, matem günleri sona erer ermez de birlikte İstanbul'a uçacaktık, benim için yepyeni bir yaşam başlayacaktı, annem ile babam benimle artık konuşmayacaklardı, ailem bundan sonra o olacaktı, kız kardeşi de beni evlat edinecekti, her şeyden uzaklaşacaktım, Yoni'den, küçük evimizden, giysilerimden bile, orada bırakacaktım, her şeyimi yeni baştan satın alacaktım, belki de bundan sonra İstanbul'da yaşayacaktık, sokaklarında tanıdık yüzle karşılaşmadığım bu kentte, artık fark etmiştim, onu yaşamımın bir parçası yapmanın ne kadar zor olduğunu, sanırım onun hatırına yepyeni bir yaşama başlamak en kolayı ve de en doğrusuydu, onu şu andaki yaşamıma uydurmak mümkün değildi.

Fakat sonra yine annem ile babamı anımsadım, üzüldüm onlara, hele anneme acıdım her ikimizi de kaybedeceği için, Yoni'ye de acımadım değil, kalacaktı o evde tek başına, benim mirasım dolaptaki bir sürü giysiyle, kim bilir ne yapardı bu kadar giysiyi, duraksadım, kendimi bu adamdan çekmeliydim, tüm hatalarını gözümün önüne getirdim, saçlarından kırışıklarına, sararmış dişlerinden yaşlılığına, gittikçe kısalan yaşamından dalgalanan kişiliğine ve hırçınlığına, düşündüm, ne işim vardı benim onun yanında, evime dönmeliydim, o küçük yaşamıma, belki de söylediklerini yapmak yanlış olmazdı, o bana pek güvenemiyordu, ben ona nasıl güvenecektim, bir an bana gülümsüyor, az sonra garson kıza gülücükler yolluyordu, saçlarını modern ve kısa kestirmiş olduğunu fark ettim, evet, emindim, bu kızdı uzun ağızlıklı sevgilisi, butikte karşılaştığımızda yanındaki gerçek aşkı. Belki de beni buraya bilerek getirmişti, genç kadını kışkırtmak ya da onu bir daha görmek istediği için, o kadınla ortak sapık bir oyun da oynuyor olabilirdi, yemek boğazıma tıkandı, titreyen bir sesle sordum, söylesene Allah aşkına, beni niçin getirdin buraya, konuştu, Çin yemeği yemek istediğin için, dedi, rahatlar gibi oldum, bu doğruydu, Çin yemeğine karar vermiştim, fakat beni kandırmış olabilirdi, nasıl karar verdiğimi pek anımsamıyordum.

Yemek listesini yine eline aldı, iyice inceledi, sonra bana tavada kızartılmış, üzeri dondurmalı muz önerdi, fakat burada daha uzun süre kalmak niyetinde değildim, ona olan güvensizliğim beni neredeyse boğacaktı, yüzüne baktım, kendimi pek iyi hissetmiyorum, diye konuştum, haydi, gidelim artık, hemen yerimden kalktım, çıkışa doğru yürüdüm, neredeyse basamaklardan yuvarlanıyordum, niçin gelmiştim bu lanet olası lokantaya, keşke onu evime, yaşamımdaki ilk evime götürseydim, o sonsuz portakal bahçelerinin dünyasını gösterseydim, ortasındaki yıkık evi de, orada sözünü etseydik kimi şeylerin, dışarıda bekledim onu, gelmesi uzun sürdü, ne yapmıştı yukarıda lokantada bu kadar süre, suratı da bir karış asıktı, seni biraz şımartayım istemiştim, diye öfkeyle konuştu, galiba böyle şeylere pek alışık değilsin.

Senin garson kıza âşık olduğuna çok emindim, onun için kalktım, diye sızlanır gibi konuştum, karşı çıktı, dayanamıyorsun biraz şımartılmaya dedi, sevinip mutlu da olamıyorsun, hemen kendini cezalandırmaya kalkışıyorsun, insan istedi mi her zaman bir ceza bulur, sen her defasında suçu başkasında arıyorsun, çok yazık. Öyleyse yemin et bana, kelimelerin üzerine basa basa konuştum, garson kızla aranda hiçbir şey olmadığına, öfkesi tepesine çıktı, gerçekler önemsiz, diye sesini yükseltti, şimdi sana ne söylesem inanmayacaksın, sakinleşmeyeceksin, bunu sen de biliyorsun. Ağlamaya başladım, hayır, bu doğru değil dedim, söyleyeceklerin beni sakinleştirecektir, fakat gözyaşlarıma engel olamıyordum, o da öfkesine, rahatlatacak bir şeyler söyleyeceğine homurdanıp duruyordu, yanında yürüyen beni hiç önemsemiyordu, az sonra evinin önündeydik, seni eve bırakacaktım, diye konuştu, fakat içinde bulunduğun bu durumda yalnız kalamazsın, sanki benim velinimetimdi, bana çok büyük bir iyilik yapmak istiyordu, konuştum, sen benim için hiçbir şey yapmak zorunda değilsin, dedim, sadece kendi istediğini yapmalısın, yine o bağımlı olma duyguları yükseldi içimde. Daha birkaç saat olmuştu bu evi terk edeli, şimdi yine onun kapanındaydım, yine yapacağı iyiliğe bağımlıydım, yine ona teşekkür etmeliydim, aşk doluydum ve de acınacak durumdaydım, kafam almıyordu, niçin ve nasıl olmuştu bu gelişme, çünkü evime gelip beni çağıran oydu.

Eve girer girmez biliyordum, buradan çıkamayacaktım bir daha, ne ona sahip olabilecektim, ne de ondan kurtulacaktım, birkaç saat önce buradan kaçıp gitmem olağanüstü bir gerçekti, fakat böyle şeyler arka arkaya tekrarlanmaz, bunun bilincindeydim, başı önünde bir köle gibi dosdoğru yatak odasına yürüdüm, ahırına giren at örneği, üzerimdekileri çıkardım ve yatağa girdim. Hemen gelmedi yanıma, telefonun çaldığını duydum, buzdolabının kapısı da birkaç kez açılıp kapandı, hapishanemde duymaya alıştığım başka gürültüler de geldi kulağıma, biraz sonra odaya girdi, elinde bir kutu bira, yüzünde avından emin kaplanın umursamazlığı, şöyle bir iç geçirdi, sonra üzerindeki çizgili gömleği çıkardı, mavi pantolonu da, gelip yanıma uzandı, içimdeki bir his onu rahatlatmam gerektiğini söylüyordu, ne de olsa akşam yemeğini zehir eden bendim, başladım hafif hafif sırtını okşamaya, hoşuna gitmiş olacak ki kocaman bir erkek kedi gibi mırlamaya başladı, sonra sırtında bir kabarıklık sezdim, uzunca bir yara gibi, oramı kaşı, diye konuştu, önce iğrenir gibi oldum, fakat aynı anda aklıma geldi, insan çok sevdiği birinden iğrenmezdi, istediği yeri kaşıdım, kabarığın etrafını da, az sonra parmaklarımda bir yaşlık hissettim, kırmızılaştı, kandı, kanamaya başladı, dedim, hemen doktora görünmelisin, konuştu, şu sıralar gitmem gereken tek doktor dişçim, dedi, diğerleri biraz daha sabretsinler.

Fakat yarayı böyle açık bırakmak da tehlikeli, diye konuştum, o ise güldü, şu anda evi terk etmek bence daha da tehlikeli, dedi, hem hasta olmayan sağlıklı bir insanı doktora götürmek o kadar zordur ki! Ne işim var doktorda? Benim hiçbirine güvenim yoktur, her hastalığın bir kaynağı var, onu doktor filan tedavi edemez, çünkü bu kaynak insanın ruhudur.

Öyle ise git ve ruhunu tedavi ettir, diye konuştum, hemen karşı çıktı, ruhumu yabancı birisine mi teslim edeyim diyorsun? Benim hiç kimseye güvenim yoktur, diye devam etti, ben hiç kimseye bağımlı da olamam, öylesine nefret dolu konuşuyordu ki, sanki tüm doktorlar düşmanıydı, sordum, peki nasıl yardım etsinler sana, yanıtladı, benim hiç kimsenin yardımına gereksinmem yok, dedi, birisi bana yardım etmeliymiş, bir de bu eksikti, sırtındaki yara böceği andırıyordu, sanki yürüyordu, konuşmaya devam etti, okşa onu biraz, dedi, belki iyi gelir. Dışlanmış gibiydim, fakat yine de sırtındaki kabarıklığı okşadım, bir anda tüm dünya küçüldü, büzüldü, o yara kadar oldu, açık seçik, basit bir dünyaydı, gerginliksiz ve tokatsız, omuzlarımdaki tek görev, benden o anda beklediği tek şey, yarasını okşamaktı, düşündüm, biraz kafamı yordum, bunu yapmak organını ya da sırtını okşamaktan daha alçaltıcı değildi, hatta daha faydalıydı, bu okşamanın belki de iyileştirici bir etkisi olabilirdi.

Az sonra kanama durdu, nefes alması da ağırlaştı, sakinleşti diye düşündüm, uykuya daldı galiba, bir an için okşamayı bıraktım, güldü ve konuştu, bir başkasının yarasıyla ilgilenmek seni sakinleştiriyor, öyle değil mi? Ses tonu yine üst perdedendi, yarasını okşatmakla bana bir iyilik yapıyormuş gibiydi, gurur duymamı bekliyordu, yatağın içinde öfkeyle doğruldum ve oturdum, yine onun tuzağına mı düşmüştüm, evet, fakat niçin, yarasını okşamam benim çıkarımaydı, mutlaka yapmalıydım, nasıl becermişti bunu, konuştuğunu duydum, biliyorum şimdi neye gereksimin olduğunu, dedi, beni arkamdan yakaladı ve bütün gücüyle çekip üzerine oturttu, sırtım suratına dönüktü, önümde esmer, derisi gergin ayakları duruyordu, hiç suçu olmayan genç ayaklar, küçüğünden büyüğüne yan yana dizilmiş parmaklar da , beni sıkıca tuttu, hızla hareket ettirdi, ben ise düşündüm, artık ne zaman bir elma görürsem, onu anımsayacaktım, sırtındaki böceği andıran yarasından dolayı, kısacası onu düşünmeden edemeyecektim, çünkü insan nereye gitse elmayla karşılaşır, tıpkı her yerde burnuna ekmek kokusu geldiği gibi, ilerde hep kilitli bir dünyada dolaşıp duracaktım, burnumu tıkayacak, gözlerimi kapatacaktım, kendimi zorladım, elmaların tadını anımsamak istedim, tatlı mıydı onlar, şu anda vücuduma verdiği tatlılık gibi, organının ucu sanki bir huniydi, ucundan bal damlayan, o acıydı, fakat balı tatlıydı, bu çelişkiyi hissediyordum ve bu çok mükemmel bir duyguydu, üzerimi balla kapladı, tıpkı Herodes'in,[11] kendisiyle evlenmeye razı olmayan Hasmon prensesinin tüm ailesini öldürdükten sonra yeni doğmuş çocuğunun vücuduna da bal sürdüğü gibi.

Sallanıp duruyordum, bir ileri, bir geri, ritmik hareketlerle, kurtulmak istedim mi, vücuduna doğru çekiyordu, altımda da his-

11 Yahuda eyaletinin Roma tarafından atanmış kralı.

sediyordum hareketlerini, aşağı ve yukarı, gittikçe birbirine daha güçlü vuruyordu vücutlarımız, eski bir hatta unutulmuş iki tren vagonu gibi birbirimize kenetlenmiştik, o anda arkadan şiddetli bir vurmayla ileri atıldım, az kalsın büyük yataktan yuvarlanıyordum, ayaklarını gözden kaybettim, duygularım bana, yalnızsın, diyordu, içinde yükselen tatlılık senin, anımsadım, mahallemizdeydi, kütüphanenin raflarına sürtündüğümde hissetmiştim o tatlı duyguları, şimdi içimde yükselen duyguların onlardan hiç farkı yoktu, kocaman pencerelerde güller, rengârenk ve kokular dolu, okuma odasından duyulan usul konuşmalar, sakinleştirici, kalın kalın romanlar dizili rafların arasında ben tek başıma, hepsini de en az bir kez okumuştum, yine de ara sıra onları ziyaret ediyordum, geleceğimi saklıyorlardı, onlar benim koruyucu köpeklerimdi, tozlu rafları okşuyor, elime kalın kitaplardan birini alıyor, sayfalarını şöyle bir karıştırıp, aradığım yeri hemen buluyordum, aynı anda raflardan o tatlı duygular yükseliyordu, pencereye gidip oturuyordum, yanan baldırlarımın arasında kalın kitap, bakışlarımı portakal bahçelerinde gezdiriyordum, ağaçların yutup gizlediği çiftlerde, bir defasında da Avşalom'u gördüm, büyük ve güzel, topraktan çıkıyordu, sanki aradan geçen yıllarda mezarında büyümüş, yaşlanmıştı ve şimdi yeniden dünyaya geliyordu, şimdi canı istemişti doğmak, hangi yaşta ve hangi dünyaya geleceğine kendi başına karar vermişti, toprak da onu beslemişti, tıpkı bir ağacı beslediği gibi. Ne kadar mutlu oldum onu gördüğüme, düşündüm bir an, kim bilir annem ile babam nasıl sevinirdi, onu bir armağan gibi eve götürürsem, sonra da kapının önüne bırakır ve kaçardım, bir daha geri gelmemek üzere.

Beni çevirdi kendine, yatağın öteki ucundaki yüzüne doğru, onu gördüğüme şaşırdım, konuştum, unutmuştum senin de burada olduğunu, dedim, o da konuştu, biliyorum unuttuğunu, fakat her şey yolunda, bilmesine memnun oldum, böylesi iyiydi, şimdi her şey iyiydi, beni biliyordu, ruhumu okuyordu. Uzanıp, etli ve kuru dudaklarını öptüm, ona sokuldum, vücudumu vücuduna bastırdım, konuştum, seninle hep burada kalmak istiyorum, dedim, emin misin, diye sordu, yanıtladım, evet, yine sordu, sorusu iticiydi, bende sevecek ne buluyorsun, konuştum, raflar arasında sessiz dolaşan adımlarını, dedim, peki, başka, diye sormaya devam etti, yanıtladım, geri kalan her şeyindense nefret ediyorum, fakat bence bunlar o kadar önemli değil.

XIII

Benim saatim dokuzu gösteriyordu, Aryeh'in, tehdit eder gibi sol bileğinden suratıma doğru sırıtan siyah saatinde ise dokuz buçuk olmak üzereydi, yataktan fırladım, hızla giyinmeye başladım. O gözleri kapalı yatağın ortasında yatıyordu, saatli sol kolunu alnına koymuştu, omuzlarına kadar çektiği, vücudunu örten çiçekli çarşafın içinde bana, kumaşlara sarınmış yaşlı bir Hintli kadını anımsatıyordu. Tam kapıyı açmış, çekine çekine koridora bakarken, sesini duydum, nereye gidiyorsun?

Gözleri henüz kapalıydı, sadece ağzı açıktı, kırılmış dişi parıldıyordu, konuştum, üniversitede bir randevum var, dedim, sesim bir tuhaf çıkmıştı, özür diler gibi, niçin böyle konuştuğumu ben de bilmiyordum, sanki ondan saklayacak bir şeyim vardı, gözlerini de açtı ve sordu, ben uykudayken gizlice gidecek kadar önemli mi?

Randevum saat on buçukta, dedim, bir dakika bile geç kalamam, konuştu, üniversitede herkes geç kalır dedi, sanıyor musun ki üniversitelerde neler olup bittiğini bilmiyorum ben, sinirlenir gibi oldum, niçin böyle saçma sapan konuşuyorsun, sesimi yükselttim, birden yattığı yerden doğruldu ve tıslar gibi, benimle böyle konuşmamanı öneririm sana, dedi, duyuyor musun? Kekeledim, ne demek istediğini anlamıyorum, benden beklediğin nedir, hemen konuştu, şimdi senin başka şeyi sorman gerekiyor, dedi, kendinden ne beklediğini biliyor musun, daha dün, hep seninle beraber olmak istiyorum, demiştin. Haklısın, dedim, bu demek değildir ki, birkaç saatliğine de olsa başka bir yere gidemeyeceğim, üniversiteye gideceğim, işim bitince de yine buraya geleceğim, bağırdı, geri gelmene hiç lüzum yok, anlıyor musun beni, şimdi bu kapıdan çıkarsan bir daha buraya dönemezsin, sıkıntıyla saatime baktım, dokuzu gösteriyordu, yanına gidip onun saatine bakmaya da cesaret edemedim, acaba saat gerçekten kaçtı, sıkıntıdan neredeyse hüngür hüngür ağlayacaktım, ne istiyorsun sen, dedim, ne istiyorsun benden, konuştu, senden hiçbir şey istemiyorum, sadece sözünde durmanı bekliyorum, hep burada senin yanında kalacağım diyorsan, bu sözünü yerine getirmeni istiyorum, şimdi nasıl üniversitedeki randevum senden daha önemli, diyebilirsin, kendimi tutamadım haykırdım, sen sözlerimi işine geldiği gibi çeviriyorsun, bak işte bunun en güzel örneği, niçin şimdi ya ben, ya üniversite diyorsun, sana yetmiyor mu önemli şeylerde seçimimi doğru yapmam, bırak da küçük şeylerde de kendi doğru bulduğumu yapabileyim. Bir randevuya yetişmem gerekiyorsa niçin hemen, beni sevmiyorsun, diye düşünüyorsun, ben bunu böyle kabul ediyorum, dedi ve devam etti, beni de önemsemelisin, birden ses tonunu değiştirdi, üst perdeden sürdürdü konuşmasını, sana burada gereksinmem olduğu için gitmeyeceksin demiyorum, sadece seni denemek, verdiğin sözü yerine getirip getirmeyeceğini bilmek istiyordum, şimdi görüyorum ki, düşüncelerimde yanılmamışım, sen karşılıksız bir çek gibisin, bir şeyler söyleyip duruyorsun, fakat aşk ne demek, bundan haberin bile yok, seven bir kadın karşısındaki erkeğe nasıl davranır, bunu da bilmiyorsun.

İnanamıyorum, diye bağırdım, duyduklarım inanılacak gibi değil, o konuşmasına devam etti, ben de, dedi, Joséphine'in yatağında uyumana nasıl izin verdim, inanamıyorum, o gerçek bir kadındı, aşkın ne olduğunu çok iyi biliyordu, senin gibi değildi, bütün gücümle haykırdım, ömrümde hiç böyle bağırmamıştım, o artık toprağın altında, onu sürekli aldattığın için öldü kadıncağız, sonu gelmeyen o çılgın sınavlarınla başının etini yediğin için, kükrer gibi karşı çıktı, bağırdı gözlerimin içine baka baka, nasıl cesaret ediyorsun beni böyle suçlamaya, defol git!

Ben de şu anda onu yapmaya çalışıyorum ya, diye haykırdım, derin bir nefes aldı, yengisinden emin konuştu, gördün mü, nasıl da itiraf ediyorsun, randevun bahaneden başka bir şey değil, odadan dışarı fırladım, kapıyı arkamdan hızla çarptım, bütün gücümle, büyük bir gürültüyle, içerden boğuk boğuk bağırdığını duydum, seni uyarıyorum, Ya'arah, şimdi gidersen geri döneceğin hiçbir yerin yok, unutma bunu, konuştum, gerçekten de gideceğim hiçbir yerim yok, dedim, fakat bu sözleri ona haykırmayı unuttum, söylediklerim bana kaldı. Koşar adım çıktım evden, basamakları inip, sokak kapısını açtım, evin önünde bir taksinin durduğunu gördüm, matemli aile büyük bir azametle indi, anne, kız kardeş ve kocası, yanımdan geçerlerken anne beni başıyla şöyle bir selamladı, sanırım beni dünden anımsamıştı, bonjour, diye mırıldandım, ses tonuma dikkat ettim, hıçkırmamaya, fakat öfkemden titremesine engel olamadım, oradan uzaklaştıkça da öfkem daha çok arttı, durağa gidene dek tüm yol boyunca, hem ona, hem de kendime lanet okuyup durdum, nasıl yapmıştım bunu, nasıl olmuştu da böylesine yanılmıştım, onun gerçek yanlarını fark edememiştim, benim ona bağımlılığıma bağımlı olduğunu nasıl da kavrayamamıştım, benden istediği tek şey buydu, bağımlılıktı.

Bomboş otobüste pencere kenarına oturdum ve gözyaşları arasından kentin caddelerine, hastanenin beyaz dumanlar çıkan bacasına baktım, orada yatmakta olan Tirza'yı düşündüm, öteki yatağa mutlaka bir başkasını getirmişlerdi, kocası ve çocukları vardı, belki de hiçbiri yoktu, ne önemi vardı, niçin düşünüyordum, az sonra otobüsten indim, üniversitenin serin koridorlarında yürüdüm, kocaman pencerelerinden olduğundan çok daha çekici görünen dünyaya baktım, vitrinde satışa sunulan bir dünya, yanımdan hızla gelip geçen insanları durdurmak ve sormak istedim, nedir bu aceleniz, inanın bana, gitmek istediğiniz yere böyle koşuşturmanın hiç anlamı yok, ben oradan geliyorum, pırıl pırıl ve çok değerli o dünyadan, fakat hiç de göründüğü gibi değil orası, her şey çürümüş, bana inanmalısınız, mezarlıkta bile bu kadar çok kurt yok, o dünyanın güzel sokaklarında olduğu kadar, fakat sustum, söylemedim bu düşündüklerimi, yüzümü yıkamak için tuvalete girdim, aynada kendime baktım ve yeniden ağlamaya başladım, görünümüm hüzün doluydu, kıpkırmızı gözler, şişmiş göz kapakları ve çarpılmış bir ağız aynadan bana bakıyordu, düşündüm, içine düşmüş olduğum kuyudan nasıl kurtaracaktım kendimi, evet, nasıl kurtulacaktım?

Tuvalet kabinlerinin birinden çıkan bir kadın geldi yanımdaki muslukta ellerini yıkamaya başladı, görünüşü çok olağandı, güzel değildi, fakat çirkin de değildi, her şeyiyle normal bir kadındı, beni andırıyordu, her şey başlamadan önceki Ya'arah'ı, son günlerimde kim yağlayacaktı beni, kim yağlayacaktı son günlerimde beni, bu sözleri mırıldana mırıldana tuvaleti terk ettim ve dekanın odasına giden merdiveni çıktım, asistanların odasının önünden geçtim, içerden gelen sesleri duymamak için başımı çevirdim, bambaşka bir dünyanın insanıydım ben, bir mülteciydim, çok uzaklarda bir yerde yaşanan savaştan kurtarılmış biriydim, şimdi burada eski kimliğiyle karşılaşıyor ve ondan saklanıyordu, sanki düşmandan saklanırmış gibi.

Odasının kapısı açıktı, tıklattım ve yanıt beklemeden içeri girdim, boş koltuğunun önündeki masada açık bir kitap durmaktaydı, iskemleye oturdum, başımı masanın soğuk tahtasına bıraktım ve gözyaşlarıma hâkim olmaya çabaladım, onlarsa kudurmuştu gözlerimde, ben gözyaşlarımı sakinleştirmeye çabaladıkça onlar daha az sözümü dinliyordu, dizlerime damlıyorlardı, tıpkı evimizin mutfağında, küçük pencerenin karşısında bulaşık yıkarken önlüğümden dizime suların damladığı gibi, anımsadım, ben bulaşık yıkarken Yoni evin içinde dolanır, bana bir sürü şey anlatıp dururdu, bu benim için bir oyundu, söylediği her kelimeyi aklımda tutamazdım, belki her üç kelimeden biri kalırdı aklımda, kimi zaman konuşması keser, sen ne diyorsun buna diye sorardı, o zaman ben kekelemeye başlar, hepsini duyamadım derdim, bir kez daha anlatsana, anlatırdı, her iki kelimeden biri aklımda kalırdı, kendimi zorlayıp dikkat etmekten kimi zaman başıma sancılar saplanırdı, aynı şeyi üçüncü kez anlatmak zorunda kalan Yoni'nin de keyfi kaçar, sesi yavaşlardı, o zaman ben sinirlenir, biraz daha yüksek sesle anlatamaz mısın, derdim, duymama imkân yok, seni anlamamı istiyorsan öyle fısıldar gibi konuşma, arada bir bulaşık suları sıçrar, önlüğümden çoraplarıma bütün üstümü ıslatırdı, o ıslaklığı şimdi tüm vücudumda hissediyordum, derimin üzerinde gezinen bir böcek gibi kaşındırıyordu, aynı anda omzuma sıcak bir şeyin dokunduğu fark ettim, İngiliz aksanlı sesini duydum, rahatlatıcıydı, gerçekten sizin için çok arzu ediyorum, her şey yakında inşallah düzelir, dedi.

Başımı kaldırdım, kıpkırmızı, şişmiş yüzümle ona baktım, onun bakışları yumuşaktı, konuştu, çok aniden mi oldu? İrkildim, sordum, çok aniden olan nedir, dedim, düşündüm bir an, o sabah olup bitenler beni gerçekten çok şaşırtmış ve ürkütmüştü, onlardan söz etmediğini sanıyordum, konuştu, annenizin ölümü, dedi, düşündüm, insan gerçekten yalan söylememeliydi, nasıl kurtaracaktım kendimi şimdi bu durumdan, bir şeyler mırıldandım, annemdi, fakat üveydi, beni anlamak istermiş gibi nezaketle başını salladı ve sordu, peki gerçek anneniz, o hayatta mı, yeter bu kadar konuştuğu, diye bir an düşündüm, sonra başımı önüme eğip, yanıtladım, hayır, doğum yaparken vefat etmişti, yine sordu, sizi doğururken mi, konuştum, hayır, dedim, erkek kardeşimi doğururken, soruları bitmemişti, kardeşiniz kaç yaşında? Fısıldadım, o da öldü, annemden birkaç ay sonra, yanımdan çekildi ve gidip koltuğuna oturdu, çürük ailemden etkilenmiş gibiydi, bana baktı, hiç konuşmadan, suratı tıpkı pespembe, yağlı küçük bir domuzu andırıyordu, ümitsizliğe kapıldım birden, gülmeye başladım, dekanla buluşmamın benim için bir kurtuluş olacağını sanmıştım, fakat daha önce olup bitenlerden hiç farkı yoktu, onlar gibi umutsuzluk doluydu.

Gülmemi saklamak için başımı iyice önüme eğdim, onu yine ağlamaya başladığıma inandırmalıydım, başardığımı sezdim, hemen bir kâğıt mendil tutuşturdu elime, onunla gözlerimi sildim, başımı kaldırıp dekana doğru baktım, mavi gözleriyle o da bana bakıyordu, başımın ağrıdığını fark ettim, konuştum, yalvarır gibi, acınacak bir ses tonuyla, bana inanmayacaksınız, Profesör Ross, fakat birkaç gündür beni kederlendiren bir şey daha var, diye konuştum, karısı elinden alınan marangozun kaderi, hattâ adamcağız sonunda karısı ile yeni kocasına yemek ve içki taşımak zorunda kalıyor, gözyaşları içki kadehlerine damlıyor. Birkaç gündür, nasıl söylesem, onun bu kederine ben de katıldım, elinden karısını almış o çırağa lanetler okudum, ona yardımcı olmuş kadına da, fakat sabah buraya sizin yanınıza gelirken bir şey anladım.

Neyi anladınız? Soru dolu bakışlarla beni süzüyor, derin derin soluyordu, nefesi dolgun dudaklarından her an taşacakmış gibiydi, sorusuna başka bir soruyla engel olmak istedim, sordum, sizce kadehlerine içki koyarken ağlamasının nedeni neydi?

Dekan oturduğu yerde şöyle bir doğruldu, bu da ne biçim soru, dedi, kendine ve artık başkasının malı olan karısına ağlıyordu, uğradığı o lanet olası haksızlığa ağlıyordu! O konuşurken ben dudaklarının hareketini izliyordum, kapanıyorlar, sonra yine aralanıyorlardı, kendinden çok emin bir halleri vardı, sonra konuştum, evet, ben de bu sabaha kadar böyle düşünmüştüm, fakat şimdi başka bir neden buldum, marangozun ağlamasının nedeni uğramış olduğu haksızlık değildi, karısına yanlış davranmış olmasına ağlıyordu, bu hikâyenin kötü kişisi marangozdur, o çırağından da karısından da kötüdür.

Peki bu savınızı nasıl kanıtlayacaksınız, diye sordu, sesi buz gibi çıkmıştı, sanki beni aşağılıyordu, korktum, kendime olan en son inancımı da yitirmek üzereydim, artık dekan da bana karşı olacaktı, savımdan vazgeçemezdim, çantamdan kitabı çıkardım, hikâyenin olduğu sayfayı açtım ve savımın kanıtı burada yazanlar diye konuştum, marangoz karısını borç istemek için çırağına niçin yollamıştı? Sırf para almak için karısını tehlikeye atması bilinçliydi, aramak için de üç gün beklemişti, üç akşam uyumak için yatağa girdiğinde karısı yanında yatmıyordu, sabahları da onsuz uyanmıştı, ancak üç gün sonra çırağının evine gitmiş, karısına ne olduğunu sormuştu, gençlerin yolda karısıyla yaptıklarını duyunca da, onu eve götürüp, derdini dinleyeceğine, çırağın boşanma yazısı karşılığında borç verme teklifine, evet, demişti. Niçin araştırmamış, niçin bir açıklama istememiş, niçin karısıyla konuşmamıştı, ne de olsa onu maceraya atan kendisiydi. Görüyor musunuz, diye konuştum, bir sürü günah ve hata, her şey gözümüzün önünde, günahlar ve hatalar zinciri!

Dekan şaşırmış gibiydi, gözlerini kırpıştırarak suratıma baktı, bir an bana göz kırpıyor sandım, sonra çok ciddi bir ses tonuyla konuştu, bana kalırsa karısı da pek suçsuz sayılmaz, Ya'arah, dedi, bu hikâyeyi pek incelemiş sayılmam, ancak kadını çırağın suç ortağı olarak görmek gerek.

Bunu nasıl düşünebiliyorsunuz, diye sesimi yükselterek karşı çıktım, duygularına ya da söylediklerine dayanarak onun üzerine karar vermek hiç de mümkün değil, çünkü onlardan hikâyede söz edilmiyor, davranışlarına bakarak da bunu iddia edemezsiniz, çünkü kadın hikâyede tamamen pasif bir rol oynuyor. Çırakla yemek yerken eşinin ona hizmet etmesine belki karşı çıkmıyor, fakat kadın üç gündür orada kendi isteğiyle mi veya zorla mı kalıyor, bunu bilmiyoruz, belki de kadının başına yolda bir şey gelmemişti, bunu yapan çırağın kendisiydi, marangoz karısından çırağın iddiaları üzerine ayrılmıştı, bu utanç verici bir gelişme değil mi, o duruma düşürülen kadının çırakla evlenmesi yanlış mı, görüyor musunuz, bana kalırsa bu hikâye kadını doğrudan doğruya suçlamıyor.

Elimden kitabı aldı ve okumaya başladı, gözlerini dikkatle sayfalarda gezdiriyordu. Biraz sonra konuştu, haklısın, dedi, burada anlatılanlardan kadının suçlu olduğu kanısına varmak pek mümkün değil, bu nedenle de onu suçlamak doğru olmaz, suçlu bile olsa suçlanamaz.

Evet, diye konuştum, fakat biliyor musunuz bu hikâye marangozla çırağından başka daha kimleri de suçluyor?

Kimleri, diye şaşırmış gibi sordu, konuştum, sizi, beni, yıllar boyu bu hikâyeyi okumuş olan tüm nesilleri de, hepimiz göz yaşartıcı hikâyeyi okurken gerçekleri göremedik. Aldatılmış, alçaltılmış ve ağlayan kocaya acımak çok kolay, fakat dehşet verici ve kader belirleyici ayrıntılar niçin göz ardı ediliyor? Bu hikâye okurlarını yanlış yola saptırıyor, onları sınavdan geçiriyor, bakın biz bile sınıfta kaldık.

İç geçirdi, haklısınız, dedi, kollarını iki yana açtı, özür dilermiş gibi, sevgili kitabını elinden bırakmadı, ne de olsa içinde daha başka hazineler de gizliydi, sordu, fakat niçin yanlış yola saptırıyor bu hikâye bizi sizce?

Yaşam bizi niçin yanlış yola saptırıyor sizce, diye ben de ona sordum, başını kitaptan kaldırdı, gözlerini bana dikti, aralarındaki savaşı görüyordum, gözlerden biri benden yanaydı, diğeriyse bana karşıydı.

Anımsıyor musunuz Tanrı'nın Musa'ya verdiği yanıtı diye konuştum, benden yana olan gözüne bakarak, Musa Tora'yı yazarken, her türlü itiraza olanak veren bir bölümü beğenmediğini söylemişti, Tanrı'nın yanıtı da şöyle olmuştu, yanılmak isteyen yanılsın! Hataları engellemek mümkün mü sizce? Hata yapmak isteyen yapacaktır, bizler de sanırım bu hikâyeyi okuduğumuzda yanılmak istiyorduk, tabiî herkesin kendine göre bir nedeni vardı, belki bu hikâyenin kahramanları üzerine yanılgıya düşmek suç değil, ancak insan kendi yaşamının hikâyesini anlamaya çalışırken yanılgıya düşerse kötü olur, çünkü bu yanılgının bedeli çok büyüktür. İşte ben hazırlayacağım çalışmada bu konuyu incelemek istiyorum, ayrıca araştıracağım, "tapınağın tahribi" üzerine yazılmış başka hikâyelerin içinde okuru bilinçli olarak yanlış yola saptıran ya da yanlış yola sapmağa iten başka hikâyeler de var mı bakalım. Çünkü yapılan hata tinsel, yapılacak düzeltmenin de tinsel olması gerek, sizce de öyle değil mi? Gökyüzü kararlarla dolu, hepsi de açıklanmayı bekliyor.

Başını çevirip, pencereden görünen bir parça gökyüzüne baktı, sonra hafifçe gülümsedi. Beni sevindirirsiniz, eğer kitapta savınızı kanıtlayacak ilginç başka bölümler de bulabilirseniz, diye konuştu, fakat sanmıyorum, bana kalırsa ortaya attığınız teze uyan hikâyeler yok bu kitapta, her neyse yine de bir deneyin derim, başarılı olursanız çok ilginç, fakat olamazsanız ayırdığınız zamana yazık bence.

Yaşamda başımızdan geçen her şey için böyle düşünebiliriz, diye konuştum, el attığımız, fakat başarılı olamadığımız her şey için, zamana yazık, diyebiliriz, insanoğlu doğduğuna, yaşadığına veya evlendiğine de pişman olabilir, evet, dedi, fakat hikayedeki ölçütler apaçık, denetlenmesi kolay, söze karıştım, insan yaşamında da ölçütler oldukça berrak, ancak kişinin onları kabullenmesi her zaman kolay olmuyor.

Belki haklı olabilirsiniz, dedi, dekan konuya devam etmedi, şimdi sizden bir hafta içinde tezinizle ilgili bir öneri bekliyorum, yoksa gelecek yıl birlikte çalışamayız, irkildim, bir hafta içinde mi? Benim bu hafta yapacak başka önemli işlerim vardı, önümüzdeki günlerde tüm yaşamımı kurtarmalıydım, nasıl altından kalkacaktım isteklerinin, fakat dekan inatçıydı, bu son şansınız Ya'arah, diye konuştu, artık sizden vazgeçmemi söylediler bana, fakat ailenizdeki matem nedeniyle son bir şans daha vermeye hazırım size, dosyanızı bir hafta içinde masama koymazsanız, artık ben bile yardım edemem.

Peki, ya bir hafta içinde istediğinizi yerine getiremezsem, ne olur, diye ağzını aradım, fakat dekan ısrarla, o zaman göreve sizin yerinize bir başkası getirilir, dedi, kusura bakmayın, konuştum, peki, deneyeceğim, sonra ağır ağır oturduğum yerden kalktım, o gülümsedi, denemek yetmez, diye konuştu, başarmak zorundasınız, fısıldar gibi konuştum, Profesör Ross, dedim, bu randevuya gelebilmek için nelerden vazgeçmiş olduğumu bir bilseniz, suratıma baktı, affedersiniz, ne dediniz?

Yok bir şey, diye mırıldandım, önemli değil, insanın yaşamında öyle bir an vardır ki, o hiçbir şeyi anlamaz, dekan konuştu, sert bir ses tonuyla, evet, dedi, bu, dünyaya geldiğimiz andır, sanırım siz bunu çok geç anladınız, güldüm ya da daha şimdi dünyaya geldim, ben rötarlı doğdum, başımı kapıya doğru çevirdim, bir adım attım, fakat o anda aklıma bir şey geldi, dekana döndüm, biliyor musunuz, bana bir zamanlar birisi demişti ki, hata yapmış olan insan, hata yapacağını daha önceden bilir, kendine engel olamaz, hata yapması kaçınılmazdır. Dekan gülümsedi ve şaşırmamak isteyen de şaşırmaz, diye mırıldandı, topuğu aşınmış sandaletlerin içindeki kocaman ayaklarına, çoraplarına baktım, bacaklarını uzatmış oturuyordu, rahat bir görünümü vardı, yaşamında her şeyi düzenlenmiş bir insanın rahatlığı suratından okunuyordu, bir adım attım, kendimi frenleyemedim, dikkatsiz biriymişim gibi ayağına bastım, hemen geri çekti, masanın altına, affedersiniz, dedim, dikkat etmemiştim, yaptığımdan çok utanç duymuş gibi yanına sokuldum ve sarılıp, acıdı mı, diye sordum. Hayır, hayır, diye konuştu, sürpriz davranışım ona heyecan vermişti, gözlüğünün titrediğini fark ettim.

Dışarı çıktım, koridorda yürüdüm, asistanların odasının kapısı açıktı, içeride hiç kimse yoktu, çabucak odaya girdim ve kapıyı arkamdan kapattım. Dar ve yüksek bir dolap odanın bir duvarını baştan sona örtüyordu, dolabın bittiği yerdeki küçük pencereden çok etkileyici bir panorama gözlerim önüne yayıldı, tüm tapınak tepesi, kara ağaçların çevrelediği altın kubbeler, Davud'un batık kenti, dar sokaklar, cenaze törenine gider gibi ağır ağır ilerleyen otomobiller ve yeni kent uzun, sivri altın dişlerinin arasına aldığı altınları yutuyor, kuleler, yüksek binalar ve aralarında ilkyazın son günlerinde çayırları kaplayan gelincikler örneği soluk kırmızı damlar, açtım pencereyi, başımı dışarı çıkardım, bu parıldayan tabloya daha yakın olmak, ilkyazın yumuşak kokusunu içime çekmek istiyordum, havada hafif bir duman kokusu, ötelerde, tepelerde yükselen, ağır ağır ve ısrarla ilerleyen, öne doğru genişleyen, aslanı andıran kocaman tapınağı her taraftan saran alevler, marangozun önce boş kadehlere, sonra ellerine damlayan gözyaşları, kederinin büyüklüğü altında kopan eller, sonra karşılıklı duran iki cansız iskelet, büyük ateşin ışığında aydınlanan kemikler, menekşe gibi eğilmiş, güçsüz başlar, adam af diliyor, kadınsa, ben affettim, diyor, fakat Tanrı affetmiyor.

Oda kapısının açıldığını duydum, arkamı döndüm ve Neta'nın elinde kahve fincanı, dans edermiş gibi bir yürüyüşle içeri girdiğini gördüm, siyah, kıvırcık saçları çokayaklı böcekler gibi hareket ediyordu, öteki elinde bir deste kâğıt tutuyordu, şaşırdığı belliydi, ender bir ziyaretçi, diye konuştu, alay eder gibi, sevinmediği belliydi, iki aydır bütün işlerini ben yapıyorum, hemen karşı çıkarmış gibi yanıt verdim, benim için yapmadın, dedim, sadece onlara, bensiz de yapabileceklerini kanıtlamak için çalıştın, Neta neşelenmiş gibi güldü ve evet, dedi, korktuğum kadar değildi, çok kolaydı, ben de güldüm, bundan sonra da korkmana gerek yok, diye konuştum, sana rakip olacak değilim, sen istediğini elde edeceksin, hiç dertlenme, senin gibileri aşk yüzünden zor durumlara düşmez, sorunlar yaşamaz.

Aşk mı? İrkildi, Tanrı korusun, benim aşkım bunlar, diye konuştu ve elindeki kâğıtları masaya bıraktı, iki desteye ayırdı, aşkımı seninle paylaşmaya hazırım, dedi, gel düzeltmeleri birlikte yapalım, sömestr başında olduğu gibi, düşündüm, bu odada oturduğumu, küçük pencerenin yanındaki masada ve yükseköğrenime yeni başlamışların sınav kâğıtlarını gözden geçirip, arada sırada kenara kimi notlar düştüğümü anımsadım, sonra kimi akşamlar Yoni gelir, masamın üzerine oturup, beklerdi, ben de işimi bitirince kâğıtlarımı toparlar ve onunla bir yerlere giderdim, o yıllarda beni koruyan bir hale vardı, evimin bana verdiği güvenlik, şimdi artık olmayan, Neta'nın dikkatle bana baktığını sezdim, tepeden tırnağa incelermiş gibiydi, sen değişmişsin diye konuştu, sordum, nasıl değişmişim, durdu, sonra, bilmiyorum dedi, destelerden birini eliyle iterek bana uzattı, geriye doğru çekildim, bugün olmaz, dedim, yapacak daha bir sürü işim var, sonra yine uğrarım.

Omuzlarını şöyle bir silkti ve kâğıtları hırsla önüne çekti, hemen çalışmaya başladı, odadan çıktım, bir ruh gibi ilk yaşamımın koridorlarında uçtum, otobüse giden yürüyen merdivenleri indim, bindim, oturur oturmaz hareket etti otobüs, bilmiyordum böyle çabuk çabuk nereye gidiyordum, beni evde bekleyen yoktu ki, aceleyle kapıya sıkıştırılmış küçük bir kâğıt parçasından başka, üzerinde annemin güzel yazısıyla yazılmış şu kelimeler okunuyordu, "Yoni bugün üç buçukta geliyor, almaya git!" Son kelimenin yanındaki ünlem işareti kalındı, loş eve girdim, kâğıdı birkaç kez arka arkaya okudum, bu kelimeler tehdit ve korku doluydu, ünlem işareti de, mırıldandım, zavallı annem, zavallı annem, tekrarlayıp durdum, belki yüz kez, sonra zavallı babam da dedim, zavallı Yoni, zavallı, zavallı, zavallı Yoni.

Duvardaki büyük saate baktım, on ikiye geliyordu, hemen telefon sarıldım, havaalanını aradım, gerçekten saat üç buçukta İstanbul'dan bir uçak bekleniyordu, düşündüm, nereden biliyordu annem Yoni'nin bu uçakla geleceğini, ne yapmıştı, nasıl öğrenmişti, benim yaşamımı kurtarmak için büyük uğraşı vermişti. Kapıya sıkıştırdığı kâğıda karaladığı birkaç kelime için kim bilir ne zahmetlere girmişti, yüreğim sızladı, hemen telefona sarıldım ve havaalanına giden dolmuşlardan birinde kendime yer ayırttım, sonra odalarda gezindim, sağa sola bakındım, nereden başlasaydım toplamaya, hazırlık yapmaya, bakkala koştum, ekmek, şarap, birkaç çeşit peynir, sebze ve meyve de, Yoni'nin sevdiği yeşil elmalardan, bir dükkân öteden beyaz çiçekler, ne de olsa balayı yolculuğundan dönüyordu, koşar adım eve döndüm, heyecanım bir türlü geçmiyordu, getirdiklerimi buzdolabına yerleştirdim, tenceredeki bozulmuş yemeği çöpe attım, panjurları yukarı çekip pencereleri açtım, henüz ürkek ilkyaz havası eve dolsun istiyordum, hemen gelmedi, biraz beklettikten sonra nazlı nazlı pencereden içeri girdi ve uçar gibi dans eden adımlarla odalarda gezindi.

Kendime gelmiştim, enerji doluydum şimdi, mutluydum da, onun şerefine pasta yapmaya karar verdim, en çok sevdiği çikolatalı pastayı hazırlamalıydım, tarifi bulamadım, yıllar sonra aklımda kaldığı kadarıyla bir şeyler becerdim, pasta fırındayken temizliğe giriştim, keyifle, odalardaki kederi ve umursamazlığı silip süpürdüm, onun uğruna yaptığım zahmetleri ve hazırlıkları görünce beni affetmeliydi, fakat hepsi yine de yetersiz kalırsa, yemekten sonra önüne koyacağım çikolatalı pasta nefesini kesecekti, yatakları toparladım, çarşafları değiştirdim, yorgan kılıflarını da, geç kalmış aşkımızın yuvasını hazırladım, çalışırken arada sırada Aryeh aklımdan geçmedi değil, fakat bu doğru dürüst bir anımsama değildi, onu düşünecek zamanım yoktu, acelem vardı, ellerim hızlı çalışıyordu, ayaklarım da, yüreğim bile en son hızıyla çarpmaktaydı, sanki düğünüme hazırlanıyordum, öylesine önemli bir gündü bugün, benim ve sevgili Yoni için, çünkü Yoni beni bugün affetmeliydi. İnsan çıkabilmek için önce inmelidir, diyecektim ona, tekrar bir araya gelmek isteyen de önce birbirine veda etmelidir, bugün ilk karşılaşmamız olacak, gerçek ilk karşılamamız, beni reddetmesine izin vermeyeceğim, bomboş bir bardağı doldurur gibi aşkla dolduracağım onu, dolacak, hem de ağzına kadar, aşkla öylesine dolacak ki, yerinden kıpırdayacak hali kalmayacak, akşama da annem ile babam bizi ziyarete gelecekler, karşılarında el ele oturacağız, belki de birbirimize sarılmış, annem aramızın ne kadar iyi olduğunu görecek, dertlenmesine hiç gerek kalmadığını fark edecek, bana göz kulak olan birinin varlığını da kabullenecek.

Banyoya koştum, çabucak bir duş aldım, kendime çeki düzen

verdim, pek fazla süslenmedim, onun hoşuna gidecek kadar, sonra beyaz bir elbise giydim, sanki bir davete gidiyordum, evet, bugün havaalanının büyük salonunda benim düğünüm vardı, yolculuğa çıkanlar ve sevdiklerini bekleyen tüm karşılayıcılar bu düğünün davetlileri olacaktı, gelin ile damadın bir araya gelişini heyecanla izleyecekler, şahitlerimiz olacaktı tüm insanlar, sonra hep birlikte şarkılar söyleyecekler, ellerini omuzlarımıza değdirecekler, tepelerde ve Kudüs'ü çevreleyen surlarda damat ile gelinin sesleri yankılanacaktı, coşkunun ve mutluluğun sesi, sonra da bayramlarda mukaddes yerleri ziyarete giden hacılar gibi arka arkaya, dizi dizi kutsal kente tırmanacaktık.

Heyecanla bir örtü aldım dolaptan, yere yaydım, fırından çikolatalı pastayı çıkardım, örtünün üzerine koydum, yanına da çiçekleri, kahverengi ve beyaz yan yana çok güzel duruyordu, iki renk arasındaki bu bağlantı bana, elimi elinin üzerine koymuş olduğum anı hatırlattı, büyük bir kâseye de elmaları yerleştirdim, üzerlerindeki benekler sırtındaki yarayı anımsatıyordu, onu unutamayacak mıydım, elmaları ters çevirdim, yaralar gözden kayboldu, aramızdaki anlaşmazlığın nedeni de, sırtındaki yarayı görmezlikten geleceğime üzerine basa basa onunla tartışmaya girmiş olmamdı, bunun için de kavgalı ayrılmıştık, fakat şimdi buna üzülmüyordum, çünkü bugün ben evlenecektim, gece de, şu yatakta gebe kalacaktım, tüm acılarım ve sevinçlerim, tüm korkularım ve anılarım, tüm düş kırıklıklarım ve şaşkınlıklarım, tüm ürpertilerim ve tutkularım, tümü bir araya gelecek, yepyeni bir varlığı oluşturacak, yumuşak ve güzel, neşeli ve çılgın, bir kızım olacak, yirmi yıl sonra da fotoğraflar dolu o kutuyu karıştıracak, şu andan sonra artık hep kızım için yaşayacağım, çünkü aşk hayatım bugün sona erdi, dolmuşla havaalanına giderken, üzerimde beyaz elbisem, kirlenmemeli gelinliğim, dikkat etmeliyim.

Dolmuşun penceresinden alevler gördüm, evlerden birinin arkasında kıpkırmızı çiçekler açmış o kocaman ağacı, hiç sönmeyen bir meşale örneği, Yafa'ya giderken de onu görmüştüm, nasıl güneşe bakılmazsa o aleve de bakmamalıydım, yasaklamalıydım kendi kendime, başımı çevirdim, yanımda oturan başörtüsü çiçekli genç kadın yaşlıca bir kadına, belki annesiydi, oturdukları apartmanda bir erkek çocuğunun dünyaya geldiğini ve doğumdan iki gün sonra da öldüğünü anlatıyordu, ancak çocuk sünnetsizdi, cenaze töreni yapılamayacaktı, ölü çocuğu sünnet etmişlerdi, duyduklarımla ürperdim, peki deriyi ne yapmışlardı, çocuğu öyle mi gömmüşlerdi, yoksa annesi gazete kâğıdına sarıp elbise dolabına mı saklamıştı, tıpkı benim annemin, yıllar sonra bile kendisinden daha canlı kalmış o güzel saç örgüsünü dolabın çekmecesinde sakladığı gibi.

Dolmuş havaalanı binasının önünde durdu, coşku dolu adımlarla düğünümün yapılacağı salona doğru yürüdüm, orada toplanmış olan davetlilere tek tek baktım, hiçbirini tanımamam biraz tuhafıma gitti, tebrik etmek için yanıma gelen de olmadı, belki de damat olmadan gelini tanıyamıyorlardı, fakat az sonra Yoni geldiğinde her şey açıklığa kavuşacaktı, yürüyen bant üzerinde, bakışları ciddi ve hüzünlü ilerleyecek ve beni görür görmez de tüm yüzü sevincinden kıpkırmızı olacak, o ağaç gibi alev alev yanacaktı, ben ona koşacaktım, orada toplanmış olanların tebrikleri arasında el ele yürüyecektik, sonunda Yoni ne olup bittiğini anlayacaktı. Bekledim, genç bir adamın geniş omuzlarının ardına gizlendim, nedense o anda korkmaya başladım, ya uçaktan tek başına inmezse, ne yapardım, güneşten yanmış, kolunda bir başkası İstanbul'dan dönebilirdi, onun için temizleyip hazırlamış olduğum evimize de gitmeyebilirdi, balayında ya da uçakta tanışmış olduğu tek başına yaşayan bir kadın onu evine davet edebilirdi, böyle olacağına inanmaya başladım, fakat yine de, damat özgür olmasa da ondan vazgeçmeyecektim, sevgilisinin gözü önünde yapacaktık düğünümüzü. Yolcular akın akın gelmeye başladılar, çobansız ilerleyen, gürültücü ve büyük bir koyun sürüsü, herkes ümitle sağa sola bakınıyor, karşılayıcısını arıyor, görür görmez de el sallıyordu, çevremde duranlar da seslendiler, hoplaya zıplaya el salladılar, seven eller, dokunmak isteyen hasret dolu eller, birden onu gördüm, geliyordu, fakat çok yavaş yürüyordu, adımları geri geri gidiyormuş gibiydi, tek başınaydı, insanlar sanki hastadan kaçar gibi onun yanından uzaklaşmıştı, neşe ve heyecanla el sallayıp seslenenlere bakmadı bile, suratı soluk ve dert doluydu, çökmüş omuzlarında çantası ağır ağır yürüdü.

Bekleyenlere yaklaşınca şöyle bir çevresinde bakındı, beni arıyordu, belli etmeden benim gelip gelmediğimi araştırıyordu, utanç mı duyuyordu yoksa, ona koşmak ve sarılmak istedim, fakat bilemediğim bir şey beni engelledi, sanki her yanıma o anda felç inmişti, gözleri yaklaştı, yumuşak vücudu da ağır ağır, benden ayrılmış, bundan sonraki yaşamından kendi sorumlu olan Yoni az ilerdeydi, düşündüm, bırak onu, bırak gitsin, kapatma onun yolunu, aynı anda yanında, sanki ona yapışıkmış gibi yürüyen saydam bir varlık seçtim, bu mutlu Yoni'ydi, gözleri parlayan, dimdik yürüyen, aralarındaki fark çok belirliydi, keskindi, mutlu Yoni bana umursamaz gibi bakıyordu, bağımsız bir insandı, zavallı Yoni'ninse hüzünlüydü çevresini araştıran bakışları, o anda kavradım, ona doğru koşsam sıcacık sarılsam bile bir şey değişmezdi, kurbanının üzerine saldıran aç ve vahşi hayvandan hiç farkım olmazdı, birkaç adım arkasında mor giysili genç bir kadın gördüm, koşar adım geliyordu, bekleyenler arasından çıkan sarışın saçları kıvırcık bir genç hızla yanına gitti, hasretle birbirlerine sarıldılar, Yoni'nin bakışları bir an için onlara takıldı, sarılmalarını kıskanç gözlerle izledi, ben de gizlendiğim yerden aynı kıskançlıkla onları seyrediyordum, o anda fark ettim, bu kıskançlıktı artık tek ortak yanımız, güzel ve birbirine âşık çiftleri kıskanmak.

Önümden gelip geçti, beni görmemişti, arkasından baktım, hafif öne eğik sırtına, sağa sola çevirdiği boynuna, ince ensesine, beni arıyordu, her şeye karşın yine de bana bakınıyordu, bir an için öfkelendim, gözümde zavallı olmaya başlamıştı, hem benden vazgeçmişti, hem de arıyordu, gözümde affedilecek bir davranış değildi bu yaptığı, kalabalığın arasında iyice gözden kayboldum, uzaktan izledim Yoni'yi, kareli yeşil gömleğini, hafif öne eğik omuzlarını, salondan dışarı çıktı, ağır ağır yürüyerek dolmuş durağına gitti, gömleğinin yeşili grileşti, hava dönmüştü, yağmura çevirmişti, gördüm, gökyüzü, dünyanın o incecik derisi delindi, büyük bir elektrik ışını gözleri kamaştırdı, düşündüm, şimşek buysa, gök gürültüsü nerede, nasıl birbirinden ayrılırdı şimşek ile gök gürültüsü, bu mümkün değildi, onlar gelin ile damat gibiydi, o anda gökyüzü yine ayrıldı, şimşekler sanki yeryüzünü iki parçaya böldü, bir parçası bana düştü, öteki de ona. Yoni kendi parçasının içinde kaybolmuştu bile, sabırla dolmuş kuyruğunda beklemekteydi, ben, kendi parçamın içinde, kaldırım kenarına park etmiş bir otomobili siper almış, onu izliyordum, yağmurun kiri kar beyazı giysimde lekeler bırakmaya başlamıştı, toprakla karışık bir yağmurdu, bir an içinde lekeler çoğaldı, inanılmazdı, ama üzerimdeki giysi renk değiştirdi, az öncesine kadar ben umutlar ve beklentilerle doluydum, onunla salondan kol kola çıkacak, evimize gidecek, çikolatalı pasta ile çiçeklerin karşısına oturacaktık, inanılmazdı, her şey birdenbire nasıl da değişivermişti, çünkü ben unutmuştum daha sonrasını, akıl edememiştim gelecekte bizi bekleyenleri düşünmeyi, bir insan diğer insanla tekrar karşılaştığında, kırılacak kadar ince, hatta kırılmış hınç ve düşmanlık dolu o yaşamını tekrar gözünün önüne getirdiğinde, her şeyin bir an için aldatıcı ve geçici olduğunu kavrardı.

Kaldırım kenarına oturdum, ıslağa ve seyrettim uzun bekleme kuyruğunun nasıl da çabucak kısaldığını, Yoni az önce en arkadaydı, şimdi ise en önde, beklemesini bilen sonunda hedefe ulaşıyordu, önemli olan bir yerde sabırla durmaktı, bense bir oraya, bir buraya gidip duruyordum ve hep en arkada kalıyordum, gördüm, son bir kez daha denedi, başını çevirip bakındı, sordum kendi kendime, arkasındaki kuyruğun uzunluğuna mı bakmıştı yoksa beni mi aramıştı, acaba kuyruktan çıkıp, aranacak mıydı, hayır, olduğu yerde durdu, aynı anda da boş bir dolmuş geldi, öne eğik sırtını içeri soktu, soluk yüzünü, koyun kıvırcığı saçlarını, yok denecek kadar küçük burnunu, kayboldu dolmuşun içinde, bıraktı kendini yeni yaşamının koltuğuna, biliyordum, artık kendi yolunda yürüyecek olan Yoni'nin içimi sızlatan bu en son görüntüsü yaşamım boyunca gözümün önünden gitmeyecekti, perdeleyecekti katarakt gibi beni, gelecekte yaşayacağım, mutlu ya da mutsuz, her şeyin yanı başında duracaktı utançla, yaşamımın ölçütü olacaktı.

Dolmuş kalkıp gitti, uzaklaştı, sakladığım yerden çıktım ve kuyruğa girdim, onun geride bıraktığı kocaman ayak izlerine basarak ilerledim şakır şakır yağan ilkyaz yağmurunda, ılık, rengi koyu, tadı toprak yağmurda ıslanarak, az sonra önümde duran dolmuşa bindim, kente doğru yola koyulduk, ıslak giysimin içinde korkuyla titriyordum, bizden daha hızlı otomobiller yanımızdan ıslık çalarak çılgın gibi geçiyordu. Düşündüm, şimdi onun yanında, kolunda otursaydım, etrafımda olup bitenleri fark etmeyecektim, şimdiyse, yapayalnız, bütün sesler yüceleşiyordu, onlara engel olacak biri yoktu yanı başımda, asfalttaki en ufak engebe ya da çukuru hissediyordum, dar virajları da, düşündüm bir an, nasıl dayanacaktım, bugünü kazasız belasız nasıl atlatacaktım, geceyi de, nereye gidecektim?

Başımı pencereye dayadım, gözlerimi kapattım, dışarıda görecek hiçbir şey yoktu, içerde de, sadece Aryeh'i görüyordum, evinde başsağlığına gelmiş misafirleri arasında dolaşıp duruyordu, kafesinde gezinen aslan örneği, sordum kendi kendime, bir bahane uydurup evden kaçması ve bana gelmesi bakalım ne kadar sürecekti, bunu yapacağından çok emindim, aramızdaki oyundan vazgeçemezdi, fakat bu akşam onu bir sürpriz bekliyordu, çünkü Yoni kapıyı açacak ve karşısında beni göremeyince üzülecekti, Aryeh'in de karşısında ben durmayacaktım, hayatımın bu iki erkeği beni tek başına bırakmıştı, yanımdan hızla geçen otomobiller, korna sesleri arasında.

Kente vardık, dolmuş yavaş yavaş boşaldı, çantasını, bavulunu alan indi gitti, en son ben kaldım, şoför arkasına dönüp, nerede ineceğimi sordu, ağzımı açtım, bir balık gibi, nerede inmek istediğimi gerçekten düşünmemiştim, adam gülümsedi, tatlım, dedi, gidecek bir yerin yoksa gel benimle, düşündüm, acaba annemlere mi gitseydim, fakat sorularına dayanamazdım, konuştum, üniversitede indirin beni, dedim, şoför şaşırdı, bu saatte mi? Hava kararmaya başlamıştı, adama yanıt vermedim, konuşacak gücüm yoktu, hastanenin önünden geçtik, bacasından yine dumanlar çıkıyordu, pişmanlığın dumanlarıydı, Tirza'nın karanlık pencerenin yanında yatan vücudunu örtüyorlardı, beni de bekliyorlardı.

Dolmuş üniversitenin girişinde durdu, ağır ağır indim. Şoför arkamdan sordu, bavulunuz dedi, bavulum filan yok, yanıtını verdim, yurtdışına gittiniz, yanınıza hiçbir şey almadan mı, hayır, dedim, yurtdışına gitmedim, dönen birini karşılamak için havaalanındaydım. Peki, nerede şimdi o, niçin yalnız dönüyorsunuz, diye şaşırmış gibi yine sordu, konuştum, güzel bir soru, dedim, bu soru üzerine kitap yazılabilir, uzaklaştım, yukarıya çıkmak için yürüyen merdivenlere bindim, akıntıya karşı gidiyordum, üniversiteyi terk etmek isteyenler öteki merdivenden aşağıya iniyordu, hızlandım, geç kalmamalıydım, koşarak koridorları geçtim, sanki yaşamım söz konusuydu, kütüphaneye girdim, kitapların kokusunu içime çektim, kütüphaneci kadından o kitabı istedim, dışarıya vermediğimiz kitaplardan biri dedi, eve götüremezsiniz, hayır, götürmeyeceğim, diye konuştum, burada okuyacağım. Fakat on beş dakika sonra kapatıyoruz, diye kütüphaneci kadın anımsattı, evet, dedim, on beş dakika yeterli bana, kitabı alıp kenar masalardan birine oturdum, titreyen ellerimle sayfalarını karıştırdım, neyi aradığımı ben de bilmiyordum, fakat bulduğum zaman bilecektim.

Öteki masalarda oturanlar yavaş yavaş toparlanmaya başladılar, az ötede Neta'yı gördüm, ayağa kalktı, kıvırcık saçlı başını şöyle bir salladı, elindeki bir deste kâğıdı kocaman çantasına tıkıştırdı, bense, çocuğunu sıkı sıkıya tutan bir anne örneği kitap elimde öyle oturmaya devam ettim, okşar gibi parmaklarımı kapağında, sayfalarında gezdirdim, ne olursa olsun biz ayrılmayacaktık, çok iyi biliyordum, hiçbir şey, en katı kural bile bizi şu anda ayıramazdı, az sonra hoparlörden kütüphaneci kadının sesi duyuldu, herkesin kütüphaneyi terk etmesini söylüyordu, oturduğum yerden kalkıp, usulca en uzak köşedeki masaya gittim ve raflar arasına yere uzandım, sert halının üzerine, dikkatle kulak kabarttım, adımlar gittikçe uzaklaştı, kadının en son kalan birkaç kişiye seslendiğini duydum, bugün düğüne davetliyim diyordu, tam zamanında kapatacağım, gerçekten de az sonra ışıklar söndü, kapı üstlerinde gece boyunca yanacak güçsüz birkaç lambanın ışığından başka, artık ertesi sabaha dek burada hapistim, yemeksiz, susuz, kitabımla baş başa.

Rahat bir nefes aldım, uzun zaman sonra ilk kez, gittim en yakındaki soluk ışığın altına oturdum, kitabı açtım, kocaman kütüphanenin sessizliğinde sayfaların hışırtısını dinledim ve az sonra o hikâyeyle karşılaştım, aradığım oydu. Tapınağın tahribinden az önce vaftiz olan papaz kızının hikâyesiydi, babası mateme girdikten üç gün sonra yanına gelmiş ve ben bunu seni kurtarmak için yaptım, demişti, fakat papaz oturduğu yerden kalkmamış, kızının ölümüne dek, gözlerinden yaşlar ısrarla orada oturmuştu. Sonra üzerine başka elbiseler giymiş ve kendisine sıcak yemek getirmelerini söylemişti, çok emindim, bu hikâye bana yabancı değildi, daha önce dinlemiştim, evet, yıllar önce annem okumuştu, masanın çevresinde oturuyorduk ışıkların sönmüş olduğu bir gecede, mum ışığında, babam konuşmuştu, ne okuyorsun kızcağıza bu hikâyeyi, demişti, görmüyor musun hüzünlendiğini?